福尔摩斯
探案全集
IV

〔英〕柯南·道尔／著　　傅　聪／译

九 州 出 版 社
JIUZHOUPRESS

目 录

SHERLOCK HOLMES THE COMPLETE NOVELS AND STORIES

福尔摩斯新案卷

最后致意

福尔摩斯新案卷

The Adventures of Sherlock Holmes

在我看来，夏洛克·福尔摩斯极有可能会成为名声流传不朽的男高音一样的人物，对着贪得无厌的听众一再鞠躬谢幕，可是这一切总有一天会结束的，无论是在真实的生活中还是在虚构的世界里，总有一天福尔摩斯肯定会踏上天国之路。有人希望最好能有一个奇异的阴间——那是一个虽然神奇却不可能存在的地方。在那里，菲尔丁的漂亮小伙仍然可以向理查逊的美丽女郎表达爱意；司各特的英雄们依旧可以继续勇敢地战斗下去；狄更斯欢乐的伦敦佬们还在肆无忌惮地大声欢笑着；而萨克雷的市侩们则继续从事着让人瞧不起的勾当。说不准在一个神殿的偏僻角落里，福尔摩斯和他的老朋友华生医生暂时逗留在一个地方，而将他们施展才华的舞台让给另外一些聪慧的侦探和他们有些反应迟缓的助手。

实事求是地说，福尔摩斯从事侦探事业已经有相当长的时间了。当然要是白发苍苍的老先生跟我讲，他从小就是读着福尔摩斯侦探故事长大的，我是不会像他们想象的那样惊喜的。毕竟，随意安排个人的重要日期是不会受到他人欢迎的。事实上，福尔摩斯是在《血字的研究》和《四签名》中首次与公众见面的，这两部小说发表于 1887 年和 1889 年之间。此后我出版了一系列的短篇小说，第一部是 1891 年在《海滨杂志》上出版的《波希米亚丑闻》。看起来读者似乎很买它们的账，需求量大增。从那以后的三十九年来，我始终在写故事，到目前为止已出版五十六七部，可分为《冒险史》、《回忆录》、《归来记》和《最后致意》。其中近几年发表的最后十二篇，被我收编在这本《新探案》里。

福尔摩斯的侦探工作是从维多利亚朝晚期中叶开始的，在那短暂的爱德华时期——那是个狂躁的时代——他也没有放弃自己的事业。由此，我们可以这样说：当年读福尔摩斯故事的年轻人，现在又能看到自己的孩子在同一本杂志上阅读着同样的传奇。从这里完全可以看出英国民众对福尔摩斯的耐心和忠诚，实在是可圈可点。

我已经下决心用《回忆录》来结束福尔摩斯的侦探生涯了，这是因为我不希望自己的文学生涯被限制在这一个领域里。这位面庞消瘦冷峻、四肢懒散的人物已经将我大量的想象力消耗掉了，于是，我就这么将他的生命了结了，令人感到欣慰的是没有验尸官来检验他的尸体。所以，在那之后相当长的一段时间里，我可以很从容地回应读者的要求并把当时的仓促之举搪塞过去。对此我一直没有后悔过，实际上，我也一直没有觉得写这些侦探小说，对我在填补自身不足方面进行的其他研究有所阻碍，诸如，我对历史、诗歌、历史小说、心理学以及戏剧等的研究。相反，我可以这样说，假如没有福尔摩斯的存在，我就没有现在的成绩，虽然他一定程度上确实影响了一些人对我其他文学方面的了解。

鉴于此，读者们，让我们和福尔摩斯说声再见吧！感谢你们始终如一的支持，希望阅读这本书可以把你们从生活的焦虑中解救出来，并得到只有在小说幻境中才能获取的思考灵感，这将算作是我的回报。

阿瑟·柯南·道尔谨启

一　被阻止的婚礼

整整十年来，当我第十次要求将下面这个故事呈现给读者时，夏洛克·福尔摩斯这样回答我："现在可以这样做了。"我终于得到了允许，因此我会将我朋友这段人生中至关重要的经历呈现给公众。福尔摩斯和我都十分喜好洗土耳其浴。我看见在蒸气笼罩的浴室里，那舒坦懒散的气氛，让福尔摩斯更放得开，比平时更随和、也更愿意谈一些平时不愿说的话。在北安普敦街浴室楼上一个僻静的角落里，并排放着两只躺椅。1902年9月3日，我们的对话就从这躺椅上开始了。

我问他有没有激动人心的故事。他从裹着身子的浴衣里将他那瘦长却很灵敏的胳膊伸出来，从身旁的上衣内袋里将一个信封掏了出来，并说道："虽然这可能只是一次故弄玄虚、甚至是神经过敏的欺骗，不过却也可能关乎生死。我所了解到的也就是信上说的这些。"

这封信是头天晚上从卡尔顿俱乐部发出的，内容是："詹姆斯·戴默雷爵士致敬夏洛克·福尔摩斯先生：因有十分让人为难的事聆听教诲，明日下午四时半将登门拜见，如您同意这次拜会，请电话至卡尔顿俱乐部示知。"当我将这封信递回去时，福尔摩斯说道："华生，我已经和他约好了，同意和他见面。你了解戴默雷这个人的情况吗？"

"对于这个名字，我了解它在社交界是无人不知的。"我说道。

"对于他，我要知道得多一些。他因善于处理那些很少见的棘手案例而名声在外。你可能记得在办理哈默福特遗嘱案时，他与刘易士爵士之间的谈判吧？他是一个有着深厚外交天赋的人，所以，我认为他这样做不是在做秀，他可能确实需要我们的帮助。"

"我们？"

"对呀，华生，要是你愿意的话。"

"哦，对此我感到荣幸之至。"

"既然这样，请记得时间是四点半。在那之前，可以先把这个事情暂时忘却。"

那个时候我住在较远的安妮女王街，不过在约定的时间之前我就已经赶到了贝克街。詹姆斯爵士于四点半如约而至。不用太多的笔墨对他的外表进行描述，因为很多人都没有忘记他那坦荡爽朗的性格，宽阔而剃刮得十分干净的面颊，还有那悦耳动听的声音。他灰色的爱尔兰眼睛传递给人的是坦率与真诚；灵活且含笑意的双唇不时蹦出幽默的语言。他经常戴着发亮的礼帽，穿黑色的礼服大衣，总之每一处细小的地方，从黑色绸缎领结上镶嵌的珍珠别针到漆皮皮鞋上淡紫色的鞋罩，都在向外界显示他那名声在外的衣着品味。这位高大雍容的贵族轻易就掌控了整个房间的气场。

"实际上，我是准备请华生医生出手的。"他很有礼貌地鞠了一个躬说道，"福尔摩斯先生，我们确实离不开华生医生的配合，因为这次我们面对的是一个喜欢用暴力，而且对什么都毫不顾忌的人，可以说，他是全欧洲最危险的人物之一。"

"我过去的很多对手也都被别人冠以此名号，"福尔摩斯微笑着说，"你不抽烟吗？那真是不好意思，我要抽一根。假如你说的这个人比已经死去的莫里亚蒂教授，或者是现在还活着的塞巴斯蒂恩·莫兰上校还要危险的话，我认为那倒真值得领教一下，他的大名是……"

"古纳亚尔男爵，听说过吗？"

"你说的是奥地利的那个杀人犯吗？"

戴默雷上校将他那双戴着羔皮手套的双手高高举起，大笑着说："真是很厉害！没有什么事可以瞒得过你，福尔摩斯先生！这么说，你已经将他确定为杀人犯了？"

"对犯罪案件关注是我的工作。了解布拉格事件的人，又如何不怀疑这个人是罪犯呢？可惜的是由于一条不能变通的法律条款和一位目击证人的可疑死亡，他被无罪释放！当施普吕根通那起所谓的'事故'发生的时候，我就像在现场一样可以认定，杀害他妻子的罪犯就是他！我也了解到他来到了英国，并且也预料到他早晚会给我找点事情做的。那么，古纳亚尔男爵现在如何了？这次不会是悲剧再一次上演了吧？"

"可以说这次要远比上次严重。预防犯罪永远比惩治犯罪更有意义。眼睁睁看着一件残忍可怕的事情即将在自己眼前发生，而自己对此却无能为力，这简直可怕极了！人活在这世上难道还有比这更让人感到为难的境遇吗？"

"好像没有了。"

"那你就会对当事人同情了，我在为他处理这件事。"

"我不明白，你只是中间人，那谁是委托人？"

"福尔摩斯先生，我恳请您对这个问题不要追问。我必须要保证他尊贵的姓名不出现在这个案子里。他的动机绝对高尚而且正义，不过他确实不想让别人知道他的名字。您的报酬我保证一点儿问题都没有，并且您可以完全自主行动，当事人是谁其实没有什么要紧吧？"

"真是对不住，"福尔摩斯说，"我一直习惯于负责的案子一头有谜团，要是两头都是谜的话，那就无法让人从容了。詹姆斯爵士，恐怕让你失望了，我不准备接这个案子。"

詹姆斯爵士显示出明显的焦灼不安，他那原本开朗、敏感的面颊因为激动和失望而渐渐变得阴沉起来。

"福尔摩斯先生，您恐怕一时半会不清楚这样做意味着什么。您这样做使我左右为难。我可以确定，假如我告诉您真相，您一定会为接手这个案子而感到自豪，可是之前的承诺让我不能透露任何这方面的信息。好吧，至少我将能说的都讲给你听，可以吧？"

"可以，不过有一点我要声明，我并没有承诺什么。"

"我知道。首先，您肯定听说过德·梅尔维尔将军吧？"

"是那个在开伯尔战役成名的梅尔维尔吗？如果是他的话，我知道。"

"他的女儿叫维奥莱特·德·梅尔维尔，是个年轻貌美、有才华且富裕的女人，从各方面说都远远超出一般人。我们竭尽全力从魔掌中准备营救的就是这个美丽可爱的女孩。"

"你的意思是她被古纳亚尔男爵控制住了？"

"这种控制对女人来说是最致命的，那就是爱的控制。这个家伙——您应该听说过，是一个长相帅气、举止优雅、声音温柔的男人，同时他还具备女人所痴迷的浪漫神秘的气质。很多女人都心甘情愿任他摆布，他也充分利用了自己的这个优势。"

"可是像他这样的一个人，如何能够遇见维奥莱特小姐这样身份非同一般的女士呢？"

"他们是在地中海乘游艇旅行时结识的。虽然对来宾有所限制，不过客人都是自己负担旅费的。显而易见，等组织者了解到这位男爵的品性时已经来不及了，这个家伙已经缠住了小姐，他完完全全俘获了她的芳心——

仅仅说她爱上了他显然是不充分的，她陷进去了，除了他，在她眼里，这个世界再没有别人了。任何说他不好的话，她一句都听不进去。我们做了所有能让她摆脱这种痴迷的事，不过都没有用。简单说吧，她准备下个月和这个坏蛋结婚。她已经到了结婚的年龄，同时又认定了他，我们真的不知道做什么才可以阻止她疯狂！"

"那个奥地利事件，她知道吗？"

"那个狡猾的家伙，先入为主已经把过去所有的丑闻都讲给她听了，可是他将自己说成是一个无辜的牺牲品。对他所说的一切，她毫不怀疑，根本不听别人的。"

"上帝呀！你已经无意将那位主顾的名字泄露了，很显然，那主顾就是梅尔维尔将军了。"

来访者明显局促不安起来。"福尔摩斯先生，我本来可以顺着你的话说的，不过这不是真实情况。跟你讲，梅尔维尔将军已经被这件事击垮了。这位以坚强著称的军人因为这件事情绪变得极为低落，之前战场上那所向披靡的斗志已经消失不见，现在只是一个老态龙钟、精神颓废的老头，他再也没有精力去和这个狡诈凶残的奥国恶棍一较高下了。我的主顾是一位将军的老朋友，在将军女儿小的时候他就如同一名慈父溺爱着她，他无法做到亲眼看着这起悲剧发生而无动于衷，苏格兰场对这件事毫无作为，请您参与此事是他的提议，但是，正如我前面所说，他特别要求不要让他的名字和这个案件有任何的交集。在我看来，依您的能力想了解到我的主顾应该不难，但是我请求您以名誉做担保，千万不要如此，可以吗？"

福尔摩斯微微一笑。"这个我向你承诺。"他说道，"另外这个案子引起了我的兴趣，我准备着手开始了，如何和你保持联系呢？"

"您需要找我的时候可以去卡尔顿俱乐部。万一有紧急情况，我还有一个私人的电话号码'XX.31'。"

福尔摩斯将这个电话记下了，然后带着微笑坐下，将通讯录打开并铺在膝盖上。"告诉我男爵现在的住址。"

"金斯敦附近的弗尔诺宅子，那是一所很大的房子。这个混蛋不知靠什么手段走运发了财，这样他就成了更有危险性的对手了。"

"他最近一直在家吗？"

"嗯，最近一直在家。"

"除了这些，你还有什么关于他的信息可以告诉我的？"

"他有一些堪称奢侈的爱好，他对养马很感兴趣，经常在赫林汉打马球，后来他那个布拉格事情传开了，他被迫离开了那里。他还喜欢收藏书籍和名画，他的艺术才能很过人。据我所知，他很擅长鉴赏中国陶瓷，可以说是这方面的专家，还写了一部此方面的著作。"

"是个有着聪慧大脑的家伙。"福尔摩斯说道，"所有厉害的罪犯都是这样。我的老熟人查理·皮斯十分擅长小提琴演奏，而文莱特是个很独特的艺术家。这方面的例子我还可以说出很多。好的，詹姆斯爵士，请你跟你的主顾讲，说我马上就开始调查古纳亚尔男爵。我能说的就这些了，我还有一些自己的信息渠道。你可以放心的是，我会想办法将案子的突破口找到的。"

我们的委托者离开之后，福尔摩斯陷入深深的冥想之中，似乎无视屋内我的存在。终于，他回过神来，问道："华生，你对此事有何看法？"

"我想，你应该亲自拜会一下那位女士。"

"华生，亲爱的伙计，要是她那可怜的的老父亲都无法让她动心，难道我一个陌生人可以吗？当然，假如其他的办法都不奏效，那也只能这样。不过我认为我们可以另辟蹊径，从其他角度入手。在我看来欣韦尔·约翰逊可能会有些帮助。"

在福尔摩斯回忆录里，我之所以没有提到过欣韦尔·约翰逊这个人，是因为我较少涉及福尔摩斯的后期生活。早先，约翰逊是一个人人都知道的坏家伙，曾两次被关进巴克赫斯特监狱。在本世纪初，约翰逊决定重新做人，投靠了福尔摩斯，成为对福尔摩斯很有帮助的助手。他在伦敦黑社会里充当福尔摩斯的眼线，给福尔摩斯提供了十分重要的情报。假如约翰逊当了警方的"内线"的话，那他早就被人识破了。有他介入侦破的案子，他从来不直接上法庭，因此他一直隐藏得很好，其活动一直没有被同伙识破。因为他曾两次被关进监狱，这名声让他能够随便出入伦敦的每一家夜总会、小客栈以及赌场，此外，他头脑聪慧，反应迅捷，很快便成为一个收集情报的高手。现在福尔摩斯正需要他的帮助。

我无法紧跟福尔摩斯的步伐，因为我自己还有事情要处理。但是一天晚上，我应他的要求在辛普森餐馆与他见面。我们坐在临街窗前的小桌旁，低头看斯特兰德大街上涌动的人潮，他跟我讲了最近的一些情况。

"约翰逊正在努力探查信息。"他说，"他选择在黑社会的黑暗角落寻找蛛丝马迹，因为只有在这种黑暗深处，才有可能将这个人的秘密探查出来。"

"我想说的是，假如这位小姐连已经发生的事实都不相信，那么即使有新的发现又如何能让她回心转意呢？"

"这还真说不好，华生，女人的心思和想法有时候对男人而言完全是个谜。杀人犯也许可以得到宽恕和谅解，不过小小的冒犯却可能招来怨恨。古纳亚尔男爵提醒我……"

"什么，他提醒你？"

"哦，是这样，我还没跟你讲我的计划。华生，我一贯喜欢和对手近距离斗争，我迫不及待想亲眼看一看他到底是什么货色。在我吩咐约翰逊要探查的工作之后，我就坐上马车直奔金斯敦，去拜会一下这位态度温和的男爵。"

"他知道你吗？"

"那其实很容易，因为我递上了我的名片。他是一位沉着冷静的对手，十分镇定自若，声音很温柔，和蔼得就像是你的一位顾问，可实际上却像蛇一般阴险毒辣。他是有教养功底的，是个真正的犯罪贵族。在他虚与委蛇的社交礼仪下是他那异常阴冷残酷的内心。是的，能和古纳亚尔男爵交手我很兴奋。"

"你刚才说他温和？"

"不错，如同一只抓到了老鼠的猫在那儿喵喵叫。有些人的温和远比那些粗暴者的残酷更要可怕。他的寒暄与众不同。'福尔摩斯先生，我就知道早晚有一天我们会见面的。'他说，'很明显，您一定是梅尔维尔将军请来阻止我和他女儿结婚的，是这样吧？'

我直接承认了。

"'先生，'他说，'我认为你会将自己多年来辛辛苦苦积攒下来的声誉毁掉的，这个案子你绝没有成功的可能，只会无谓地浪费精力，甚至有可能为自己招致危险，所以，劝你还是早早停手吧。'

"'真是不谋而同啊，'我回答道，'刚才那些话恰恰是我准备跟你讲的。我很尊重你的才智，男爵，而且今日相见我发现我的这种尊重更是丝毫没有损耗。坦诚简白地说吧，没有人想揭开你的旧疤，让你不舒服，过去的就让它过去吧，现在你春风得意，可是要是你非要结这门亲的话，那么你就给自己招来了众多大敌，他们绝不会让你痛快下去的，直到你在英国无法立足为止，这代价你非要付出吗？假如你过去的事情传到她的耳朵里，那是很让人难堪的。'

"男爵鼻子下面的两撇黝黑的胡须，好像昆虫的两个触角。在听了这番话之后，他触角似的胡须开始颤动起来，最后笑了出来。'福尔摩斯先生，不要怪罪我的失礼。'他说，'可是看见你手里没牌却还要赌钱的样子，我实在无法忍住不笑。我认为任何人都无法将这件事办成，那确实让人同情。福尔摩斯先生，你手上连一张赢牌都没有，只有小到微不足道的牌。'

"'你如此自信？'

"'我当然自信。因为我的牌棒极了，跟你讲也无所谓，我幸运地获取了这位小姐全部的感情。虽然我已经将过去所有的不愉快都跟她讲了，我也告诉她会有一些邪恶的小人——我相信你能够猜到指的是谁——会来告诉她这些事情，并且我还跟她讲了如何应付这些人，你可能听说过催眠术暗示吧，福尔摩斯先生？你会看到它神奇功效的。对于有个性的人大可以利用催眠术达到目的，而不必用那些粗俗愚蠢的做法，所以她对你们是有戒备之心的。可以肯定的是她会同意与你见面的，因为她还是多少会听从她父亲的话——除了那件小事以外。'

"华生，当时我认为我和他之间没有什么可谈的了，于是我尽可能保持理智地准备离开了，不过，当我把手刚放在门把上的时候，他突然把我叫住了。

"'顺便告诉你一下，福尔摩斯先生，'他说，'勒布伦，那个法国侦探，你知道吧？'

"'知道。'我说。

"'你知道他遭遇了什么不幸了吗？'

"'听说他在蒙马特区被一伙恶棍打伤，可能以后的日子要卧床不起。'

"'不错。这件事可能是个巧合，被打之前他就正在对我的案子进行调查。福尔摩斯先生，还是不要插手这件事，这不是件什么好差事，好几个人都已经遭到了挫败。临走之前我要郑重对你说：你走你的康庄大道，我过我的独木桥，再见。'

"事情就是如此了，华生。现在你已经了解事情的进展了。"

"看来这个家伙有一定的危险性。"

"嗯，十分危险，不过我不怕他的威胁，可是需要警惕，这类人做的往往比说的更歹毒。"

"你非要参与其中吗？他和或者不和那个女孩结婚对你来说有那么重要吗？"

"想想他要是真的将他的前妻杀害了，那这件事与我的关系就很大了。除此之外，我们显赫的主顾……好了，我们不聊这个了，喝完咖啡，你跟我回家，那个约翰逊在家等着我们呢。"

约翰逊果然在家等着我们，他是一个高大粗犷、红脸庞的男人，全身上下只有那双乱转的黑黑的眼睛，才将他那不寻常的机灵劲显示出来。看起来，他像刚刚还潜伏在另一个世界。在他身边的长椅上坐着一位身材苗条、面容苍白憔悴、神情焦躁不安的年轻女子。她一脸的忧愁和颓废，一看就知道曾经历了岁月的沧桑。

"她叫吉蒂·温德。"约翰逊晃晃他的肥手介绍道。

"她什么都知道，好吧，还是让她自己跟你们讲吧。接到你的口信不到一小时，我就将她抓住了。"

"我很容易被人找到。"年轻女子说道，"我时时刻刻都生活在伦敦的地狱里。胖约翰逊也在那儿，我们是老相识了。胖子，可是有一个人比我们更应该生活在十八层地狱，假如这个世界还有那么一点儿公平的话！这个人就是你们的对手，福尔摩斯先生。"

福尔摩斯微微一笑说道："得到你的祝福非常高兴，吉蒂·温德小姐。"

　　"假如我可以帮你们使他得到惩罚，我甘愿听你们差遣。"这位女客人咬牙切齿地说道。通过她那张苍白的脸和冒着火星的双眼中，我发现了她对那个人充满着仇恨。这是极少数女人才有的愤怒，男人可能很少有这种仇恨。

　　"福尔摩斯先生，你不用询问我的历史，那毫无意义，不过我可以跟你讲，我今天这个样子完全是拜古纳亚尔所赐！我恨不得马上看到他死！"她双手发疯似的在空中乱抓，"上帝呀！如果我能把他打入那个他已经将无数人推进去的深渊该有多好啊！"

　　"你了解如今的情况吧？"

　　"胖子已经将情况跟我讲了，他正准备对一个愚蠢的女人下手，还准备与她结婚，你想挽救那个愚蠢的女人。你这么了解这个魔鬼，一定不要让他和任何一个清白理智的女人在一起。"

　　"她已经失去了正常的判断，她疯狂地爱上了他。她已经了解到他的一切，可是她根本不在乎。"

　　"她知道那件谋杀案吗？"

　　"知道的。"

　　"上帝呀！她一定是彻底没有了理智！"

　　"她认为那些发生在他身上的不好的事都是在冤枉他。"

　　"为什么不将证据摆在她眼前，让她好好看看？"

　　"你可以帮我们这样做吗？"

　　"我不就是活生生的证据吗？让我站在她面前，跟她描述一下那个恶魔是如何折磨我的。"温德小姐说道。

　　"你愿意做这些吗？"

　　"我有什么不愿意的？！"

　　"既然如此，这值得我们试一试。可是他已经跟她交代了大部分罪过并且获得了她的原谅，我认为她是不会再谈这个事了。"福尔摩斯说道。

　　"我会跟她讲她还没有了解的事情。"温德小姐说，"除了这件人人皆知的谋杀案，我还知道他的其他几件谋杀案。他经常用一贯的温柔腔调跟我说起某人，然后眼睛直直地盯着我说，'还没有到一个星期，他就死了。'

这也不是小事，可是，你看，那时我丝毫没有放在心上，因为那时我也爱着他，如同现在这个傻瓜一样！不过有一件事情让我警醒了。是的，我的上帝啊！如果不是他那善于甜言蜜语的嘴拼命地解释安抚我，那天晚上我就离开了。我发现了他的一个棕黄色的小本子——本子上着锁，外面有金色的家徽。我想那天晚上他喝多了，否则的话他是不会给我看那个本子的。"

"那个本子里记载了什么？"

"我跟你讲，福尔摩斯先生，这个恶魔专门收集女人的东西，并且以此为荣，就如同有些人喜欢收集飞蛾或是蝴蝶标本一样。他把什么都收在那个本子里头了，包括照片、姓名，以及各种交往细节，反正有关这些女人所有的事他都记在里面了。这是一本让人痛恨的书，没有丝毫的人性可言，即使是那些穷困潦倒到极点的人也干不出这种勾当。可是阿德尔伯特·古纳亚尔却这样做了。'我所毁灭的灵魂'，他可以把这样的字都写在本子封面上，只要他想这么干，不过，这都是题外话了。这个本子也无法帮上你们什么，即使能帮得上，它也不会落到你们手中。"

"能告诉我它在哪儿吗？"

"它在哪里，我怎么会知道呢？我们已经分开一年以上了，我只知道以前它在哪儿放着。在很多方面他都是像猫一样的男人，精细、整洁，因此我猜想你们也许在他的里间书房能找到它，就在那个旧书柜的格挡里。你知道他家吗？"

"我曾经到过他的书房。"福尔摩斯说。

"什么，你曾经去过？要是你早上才开始调查的话，那进展还真是神速呢。我看古纳亚尔这次真要倒霉了。中国瓷器摆满了他的外间书房——在两扇窗户之间的一个大玻璃柜子上。在柜子后面有一个门通往内书房——内书房是一间小房子，主要用来存放文件和小物件。"温德小姐说道。

"他不怕窃贼光临吗？"

"古纳亚尔并不怕盗贼，他完全可以自我保护，晚上他会启用报警系统。再说，除了陶器还他有什么怕人盗窃的呢？"

"是不必担心被盗窃。"欣韦尔·约翰逊如同一个专家一样肯定地说，"要这种东西的人应该不多，它们既不能熔炼也不能卖。"

"有一定道理。"福尔摩斯说，"要是明天下午五点你可以再来一次的话，我会考虑采纳你的建议，安排你与那个女人见上一面，非常感谢你的配合，而且我还告诉你，我的主顾也会认真地将你的贡献考虑进去的……"

"说什么呢，我可不是因为钱，福尔摩斯先生。"这个年轻女人高声嚷道，"能让我看见他受到惩罚，就是给我最大的报酬。当他受到惩罚时让我的脚在他的脸上践踏，这就是我想要的回报。只要你们对付他，明天或者任何一天我保证什么时候需要什么时候到，胖子会告诉你们在哪儿可以找到我。"

第二天吃晚饭的时候，我才在斯特兰大街的餐馆里再一次和福尔摩斯见面。见面后我问他有何进展。他耸了耸肩，接着将经过讲给我听。他简略的叙述让我只能先这么记下来，尚需要补充编辑才可以还原当时的情景。

"安排见面没有受到丝毫的阻碍。"福尔摩斯说道，"女孩知道在婚姻一事上违抗了父命，所以在这件事情上尽量表现得顺从。将军打电话通知什么都安排妥当了，小姐也准时出现了。于是在下午五点半，我们坐着一辆马车来到了老将军的住所——贝克莱广场一〇四号，那是一座比教堂都更让人产生畏惧感的灰色伦敦城堡。在男仆的带领下，我们走进了一间黄色窗帘遮盖的客厅，在那里小姐正等着我们。她端庄秀丽、脸色苍白，不过神情却很镇定，冷静得就像山里的雪人，可是只容人远观，不可靠近。

"我找不到合适的语言形容她，华生，可能在案子结束之前你会与她见面的。你可以用你自己的词汇去形容她。她确实容貌超人，那种容貌就像高尚的信徒具备的美——飘逸绝世。在我看来，可能只在中世纪的古画中有这种面容出现。我还真的无法想象，这个恶魔如何忍心将魔爪伸向这样一位犹如天使的女子。你很清楚两极相吸的道理，也了解野兽对天使的吸引，可是你不会见到比这更让人痛心的了。

"她显然知道我们的来意，当然——那个混蛋早已给她洗脑了，可是温德小姐的出现还是给她带来了震惊，不过她仍然招呼我们坐下，那样子如同修女在招呼两个乞丐。华生，假如你想脑子够用的话，需要跟维奥莱特·德·梅尔维尔小姐学习一下。

"'先生，'"她的声音冰冷得如同冰山上的冷风一样，'我早就听说过您的大名。我知道您来这儿的目的是对我的未婚夫古纳亚尔男爵进行恶意诽谤。在父亲的要求下，我答应见你们一面，不过我还是要告诉你们，你们说的任何事情都将丝毫影响不了我的想法。

"华生，听到这话，我真替她伤心难过。那一瞬间，我对她的感觉就像是对自己女儿的感觉。我不是个擅长说话的人，我用的是头脑，不是感情。不过对于她，我是真的想尽办法，用尽了我能用的语言。我将一个婚后才看清丈夫真面目的女人痛苦却无奈的情况描述给她，此时的她只能屈从于那血腥的拥抱和肮脏的亲吻，却毫无作为。

"我将我所知道的都跟她讲了——羞辱、恐惧、痛苦，以及绝望，都一一讲给她听。可是我全部真挚的言语，却丝毫没有给她苍白的面颊增添一丝血色，也没有让她无神的双目闪亮一点光芒。我突然想起了那个混蛋讲的催眠术。她那个样子，确实让人相信她是在地球之外的狂热梦境里生活着。她的回答让我如此的绝望：'我已经耐心听你们把你们要说的都讲完了，福尔摩斯先生，可是结果和预期的没有什么不同。我清楚我的未婚夫古纳亚尔经历了很多事情，受到了憎恨和不公平的待遇。作为诽谤者中的一员，可能你们是出于好意。我听说你们是受一个侦探的委派，支持我未婚夫和反对他对你们来说是一样的。可是无论如何，我希望你们要清楚一点，那就是我爱他，他也爱我，对我来说，全世界的态度并不重要，假如他高贵的品行曾经有过那么一两次的堕落，那我就是被派来帮他重回高贵的。不过我不清楚'——说到这儿她的目光盯着温德小姐——'这位女士是什么人？'

"就在我要回答的时候，温德小姐像旋风一样插了进来。要是你见过冰和火的对决，那现在她们就是。

"'让我亲自告诉你我是谁。'她从椅子上跳了起来，声嘶力竭地嚷嚷着，由于过度气愤，她的嘴巴已变了形，'我是谁？我告诉你我是他最后一个情妇，是他引诱、享用后，一脚踢到垃圾堆里的上百个女人中的一个！你要相信，他对你自然也是如此，而你的归宿将会是坟墓，甚至那还可能是你最好的归宿！我告诉你，你这个傻女人，你要是与这个人结婚，他一定会置你于死地的。要么是死心，要么是死人，他肯定会让你在它们之中选一个的。我说这些不是出于对你的感情，你的死活我根本不关心，这完全是因为我对他刻骨铭心的仇恨！我要让他悲惨地死去，他如何对待我的，我就要怎么对待他，可是结果都一样。你不用这么看着我，我的小姐，请相信，你的下场要比我悲惨。'

"'我看我们不必再继续谈下去了。'德·梅尔维尔小姐声音冷漠地说，'我要跟你讲的最后一点是，我知道曾有三个很有城府的女人纠缠我的未婚夫，总之，即使有什么错事，他也已经虔诚地悔改了。'

"'怎么会只有三个？'她大声尖叫着，'你这个无可救药的蠢货！真是超级白痴，白痴到家！'

"'福尔摩斯先生，我想我们可以结束这次见面了。'她用冰冷的声音说道，'我已经尊重父亲的意见与你们见面了，现在我不想再听这只疯狗乱叫了。'

"温德小姐闻言疯狂地冲了过去，假如我没有抓着她的手腕，她早就揪住那个痴情小姐的头发了。我将她拉到了门口，还好，她没有再继续闹下去任由我们拉上了马车。虽然我很冷静，可是我心头也憋着火。华生，在她那冰冷和超级自我感觉良好的外表下，这个我们试图挽救的女人有种让我们感到厌恶的东西。目前的情况就是如此。很明显我们必须找到新的突破口，因为事实证明这个方法已经没用了。我会和你保持联系的，华生，因为现在轮到你登台了，虽然下一步更多的要看他们如何出手，而不是我们。"

真如所料。他们的拳头打过来了，虽然我不愿意相信是那位小姐鼓动这件事的。我还清楚地记得那天我站在人行道上，目光被一个广告牌吸引了过去，当时一阵恐惧袭上心头。在大旅馆与查令十字街车站之间，一个腿部残疾的卖报人正在那里陈列他的晚报。日期正是上次见面之后两天。可怕的大标题赫然写着：

福尔摩斯遭到谋害

　　我还清楚记得当时我傻愣愣地站了一会儿，然后头脑混乱地抓起一份报纸。慌乱中我忘记了付钱，还被卖报的那个人斥责了几句。最后，我站在一家药店的门口，将那则吓坏我的消息找了出来。上面是这样刊登的：

　　这个消息让我们感到很震惊，今天早晨著名私家侦探福尔摩斯先生遭到谋害，情况危急，具体情况目前还不知晓。该事件于十二时左右发生在里金大街罗亚尔咖啡馆门外，两名持棍者攻击了福尔摩斯，福尔摩斯头部及身上遭到攻击。据医生说福尔摩斯伤势很严重。当时被送进查令十字街医院，后在本人的要求下，被送回了贝克街的家中。袭击的歹徒着装很考究，他们行凶后从人群中穿过罗亚尔咖啡馆向葛拉斯豪斯街逃离。据猜测，凶手或许是福尔摩斯先生侦查案件的涉案人员。

　　我快速浏览了一下报纸就跳上了马车往贝克街而去。在客厅我与著名外科医生莱斯利·奥克肖特爵士相遇，他的马车停在外面。"没有威胁到生命，"他告诉我，"头皮裂伤有两处，严重青肿有几处。缝过几针了，还打了吗啡，现在需要的是安静休息，不过只说几分钟的话关系不大。"得到允许后，我蹑手蹑脚地走进房间。福尔摩斯完全醒着，我听见他轻声呼唤我的名字。窗帘没有完全放下，只落下了四分之三，有一线阳光透过窗户照在他裹着纱布的头上。殷红的血迹将白色的纱布浸透了。我坐在他旁边，脑袋下垂。

　　"别担心，华生。没事的。"他的声音很微弱，"情况没有你看到的那么糟糕。"

　　"希望如此，愿上帝保佑！"

　　"你应该清楚我在功夫方面是有两下子的，对付一个人问题不大，第二个人上来我才有些招架不住了。"

　　"现在我可以帮你做些什么，福尔摩斯？可以肯定是那个混蛋找人这么做的。只要你说话，我现在就去收拾他一顿！"

　　"华生！我的好朋友，我们不能那么做，只能让警察去抓他们。我估计他们早已经准备好逃跑了。我们必须要明白这一点。等着看吧，我已经想好怎么办了。首先，要将我的伤势往严重了说，他们会去你那儿探查消息，而你要尽可能往严重了说，华生，什么伤势严重，估计撑不到下个星期了，脑震荡啦，昏迷不醒啦——怎么严重怎么说！总之，要尽可能说得特别严重！"

"不过莱斯利·奥克肖特爵士那儿如何交代？"

"他那儿好办，他会看到我最严重的一面，他那儿我来对付。"

"还需要我办什么事？"

"对，去通知欣韦尔·约翰逊带那个女孩子躲起来，估计那些混蛋就要找她麻烦了。那些人已经察觉到那个女孩帮助了我们，他们既然能对我下手，就不会放过她，现在这事很紧急，需要立刻去办。"

"我立刻去办，还有什么吩咐吗？"

"将我的烟斗和装烟叶的盒子放到桌上，还有，明天早上过来，我们商量一下行动计划。"

那天晚上，我通知约翰逊，叫他带那个女孩到偏僻的郊区暂时隐藏起来。

六天以来，福尔摩斯已经奄奄一息的消息已经渐渐让众人相信了。病情诊断书写得非常严重，报纸上也对他严重的伤情进行了夸张报道。我每天都过来探访，知道情况没有那么严重，他那强壮的身体和坚强的意志正在恢复中，而且速度很快，在我看来他实际恢复的速度要比他伪装出来的还要快。我清楚我的朋友是一个喜欢保守秘密的人，因为这往往会引起戏剧性的效果，可是这样却会让最亲密的朋友也得猜测他深藏的用意。他将一条格言用到了极致——最安全的计划就是独自酝酿的计划。虽然相对于其他任何人，我和他来往得最频繁，走得最近，可是我仍不时察觉到和他之间有些距离。

第七天的时候，他的伤口已经拆线了，可是晚报上却说他患了丹毒。在同一张晚报上有一则消息引起我的注意，无论这个消息意味着什么，我都必须告诉福尔摩斯。这个消息是在本星期五由利物浦开出的丘纳德轮船卢里塔尼亚号的旅客名单中，赫然有阿德尔伯特·古纳亚尔男爵的名字，他将前往美国去处理财产，回来将与维奥莱特·德·梅尔维尔小姐举行婚礼。

福尔摩斯听到这个消息时，全神贯注的表情和冷冷的眼神，让我知道这个消息震动了他。

"星期五！"他高声地喊着，"还有三天的时间！我猜这个混蛋是想让自己尽快摆脱危险。可是他肯定不能如愿！华生！我准保他不能如愿！现在，华生，我希望你替我办点事。"

"我来就是任你调遣的，我的朋友。"

"那就好，华生，从现在开始二十四小时对中国瓷器进行研究。"

他没有跟我解释为什么要这么做，我也没有问为什么。长期的相处已经让我对他言听计从。不过等我离开房间走在贝克街上的时候，我内心不由自主琢磨起自己究竟应该怎样执行这项奇怪的指令。最后，我就坐车来到圣詹姆斯广场的伦敦图书馆，找到我的朋友洛马克斯副管理员，就瓷器研究向他征询建议，之后我就带着一本相当厚的书回到了我的住所。据说有些律师可以通过强记使自己成为某方面的专家，虽然星期一询问了证人，还没有到星期六就把记得的那些都忘了。当然，我是不敢说自己已经摇身一变成了陶瓷方面的专家，可是那一晚到第二天清晨，除了必要的短暂的休息之外，我脑海中将大量的知识和名词记下了。我将著名烧陶艺术家的印章、神秘的甲子纪年法，还有洪武和永乐的标志，以及唐寅的书法和宋元初期的鼎盛历史等通通记下了。第二天晚上我去探望福尔摩斯的时候，我的脑子里依然没有忘记这些知识。

他已经从床上下来了，尽管从公开报道中你是了解不到这个消息的。纱布仍然缠着他的脑袋，他坐在安乐椅上。

"福尔摩斯，"我说，"那些相信报纸的人都以为你已经生命垂危了呢。"

"那正是我想要达到的目的。华生，你的功课做得如何了？"

"我已经全心努力去做了。"

"既然如此，那么你可以就这个话题进行很好的交流了吧？"

"我认为没问题了。"

"那好，帮我把壁炉上那个小匣子拿过来。"

他将那个匣子盖打开，从里面取出一件用上好丝巾仔细包裹的小物品。包裹里面是一件精美的、深蓝色的茶碟。

"这个你一定要好好拿着，华生，这是一件正宗的明朝彩陶。即使在克里斯蒂市场，也很难再找到比它更正宗的了。如果有完整的一套，那将价值连城——事实上，除北京紫禁城之外，还真不清楚哪儿有完整的一套。真正的收藏家看见这个无不视若珍宝。"

"我拿它做什么用？"

福尔摩斯将一张名片递给我，名片上面有这样的字样：希尔·巴顿医生，半月街三六九号。

"今天晚上，这将是你的名字，华生。你将用这个名字去拜访古纳亚尔男爵。我了解他的一些习惯，晚上八点半他会有时间。事先给他写封信告诉他，你要去拜访他，并说届时你会带去一件稀世绝好的明朝瓷器。你本身就是一个医生，同时，你还是一个收藏家，这件东西是你偶然所得。你了解到男爵有这方面的喜好，而你不介意高价出售这件瓷器。"

"那要价多少？"

"能这样问，说明你不错，华生，如果你不知道自己货物的价钱，那你就原形毕露了。这个碟子是詹姆斯爵士给我拿来的，我已经了解到这是他主顾的收藏品，你说它举世稀有一点儿不为过。"

"也许我可以建议让专家来估价。"

"完全可以，华生！你今天很在状态呀，可以建议克里斯或苏富比拍卖行来鉴定。你可以婉转拒绝自己提出价格。"

"如果他要是不答应和我见面呢？"

"放心，他会见你的。他对收藏的喜爱已经到了疯狂的程度了，尤其在瓷器这方面，他是公认的权威。来，华生，坐下，我来口述这封信，不要求对方回信，你只需说你会来访及来访的原因。"

这封信虽然简短，但十分得体有礼，同时还能引起收藏者的极大好奇心。我们即刻就让人将信送去了。当天晚上，我捧着这珍贵无比的茶碟，揣着巴顿医生的名片冒险赴约去了。正如詹姆斯爵士所描述的，住宅和花园极富华贵，这充分证明了古纳亚尔男爵十分富有。珍贵的灌木分布在一条狭长的甬道两旁，甬道与一个带有雕像装饰的小广场相通。一个南非金矿大王在他最富有的时候修建了这所宅子，那带角楼的长形低房子虽然谈不上有多高的建筑艺术价值，但其规模和坚固性却不容置疑。一位很有气魄的管家把我带到大厅，再由一个身穿长毛绒外套的男仆将我引到男爵面前。他站在两扇窗子之间的大橱柜前，橱柜里面摆放着他的部分中国陶器藏品。我进去时，他将身子转向我，我发现他手里拿着一个棕色花瓶。

"坐下吧，医生。"他说，"我正在对我的稀世藏品进行查看，看看是否还有能力再添几件。这件 7 世纪的唐朝小花瓶，你看看是否有兴趣。我敢说你一定没见过比这更好的做工和瓷釉。你带了所说的那件明朝的碟子吗？"

我十分小心地将包裹打开，然后把东西交给他。他在书桌前坐下，由于天色已经暗了下来，他将灯拉近然后对茶碟检查起来。黄色的灯光照在他的脸上，使我可以仔细端详他的模样。

说实话，他确实是一个帅气的男人，在欧洲享有美男子的称号不是浪得虚名。他个子中等，身体优雅而灵活；面容黝黑，与东方人很像。有着一双黑亮、朦胧的大眼睛，这对女人有着极大的诱惑力。他的鬓发乌黑，小胡子短而上翘，且光亮如蜡。他的端正五官给人一种欢喜之感，只是那张直线般的薄嘴唇给人不好的感觉。假如说我见到过一个杀人犯的嘴唇的话，就是这张了——嘴角紧绷，给人一种冷酷无情的感觉，就好像脸上的一道伤口，显得凶残，让人顿生恐惧之感。他无法做到让胡须不挡着嘴唇，这是一个天生的危险信号，像是在向他的敌人提出警告。他的声音很动人，举止也很优雅。论年龄，我觉得他应该三十出头，事后才知道他已经四十二了。

"真是棒极了！简直是太好了！"他终于开腔了，"你说你有一整套六件，可是据我了解，还没有这样的绝世珍品。只有英国的一件艺术品可以与它比美，可是那绝不是在市场上能见到的。请您多体谅，巴顿先生，我想知道你是如何得到它的呢？"

"对你来说这个问题十分重要吗？"我尽可能用一种无所谓的口气说话，"你只需要能看得出它是真品，至于价钱，我想我要听专家的。"

"这太让人不解了。"他黑色的眼睛里充满了怀疑，"在做这样有极高价值的珍品交易时，当然需要多了解一些与之相关的信息。这件东西是真的，这个我可以肯定。但是，我——我肯定要将相关的情况考虑清楚——假如之后证明你没有权力卖它怎么办？"

"我保证这种情况是不可能发生的。"

"哦，这就牵扯到另一个问题了，那么请告诉我你如何证明你的保证？"

"我的银行可以对此作出答复。"

"哦，可是整个这场交易还是让我觉得哪儿有问题。"

"你可以不买，这没关系。"我轻描淡写地说，"我先跟你交易只是因为听说你是一个鉴赏家，我想我的东西在别的地方可以顺利成交，这不会有任何问题。"

"谁告诉你我是一个鉴赏家？"

"我了解到你曾写过一本这方面的书。"

"哦，你读过它？"

"没有。"

"上帝呀，这可让我越来越有些糊涂了！作为一个鉴赏家和收藏家，你的藏品中有如此珍贵的物品，这不奇怪，可是你却从未读过一本能告诉你自己藏品价值的书，这就让人不解了，你如何解释呢？"

"我时间有限，我是一个医生。"

"这解释不过去。假如一个人有长期的爱好，无论他是干什么的都会挤出时间研究的。你在信上说你是个鉴赏家。"

"不错，我是。"

"我可以问一些问题来检验你的真实身份吗？我必须要告诉你，医生——假如你确实是个医生的话——那疑问越来越大了。请问，你知道圣武天皇以及他和奈良附近的正仓院的关系吗？哦，你感到迷惑吗？那好，换一个，你跟我说说北魏在陶瓷史上的地位吧。"

我假装生气地椅子上跳了起来。"先生，你不觉得你这样做很无礼吗！"我说，"我到这儿来只是看重你，不是让你将我当作小学生来考的。在这个领域我的知识或许不如你，可是我拒绝回答如此无礼的提问！"

他盯着我看，眼中的慵懒现在完全消失了。他突然瞪着我，冷酷的双唇中露出凶残的牙齿。"还在耍什么花招？你是个奸细，你是福尔摩斯的帮凶。这是你们用来对付我的诡计！这家伙听说就要死了，于是就派你这个奸细来探听情况。好啊！既然来了，就不要再回去了，我让你有来无回！"他从椅子上跳了起来，我向后退了一下，以防他的袭击，因为这家伙已经气得疯狂了。他可能一开始就对我产生了怀疑，也有可能是那些问题暴露了真相，总之我无法再装下去了。他把手伸进抽屉疯狂地找寻着什么。这时有声音传到他耳朵里了，他站在那儿静听。"啊！"他喊叫着，"来了！"突然冲进了身后的屋子里。

我一个健步冲到了门口，那场景我在以后的日子也永远记得。我看见通往花园的窗户大开着，在窗户边站着一个人，头上缠着血迹斑斑的纱布，脸色苍白得吓人，那是福尔摩斯。一瞬间他就从树缝中消失不见了，我只听见身体擦过树叶的声音。一声大叫响起，这座宅子的男爵向着他冲了过去。就在那时！仅仅只是一眨眼的工夫，可我还是清楚地看见一只胳膊——一只女人的胳膊从树丛中伸了出来。几乎与此同时，男爵发出一声凄惨无比——我永远不会忘记——的惨叫。他双手捂着脸冲进屋子里，用头使劲往墙上撞，然后倒在地毯上翻腾乱滚，一声接一声的惨叫不断响起。

"我要水！看在上帝的份上，快给我拿水来啊！"他哭喊着。

我从茶几上迅速拎起一个暖壶向他冲去。就在这时管家和几个仆人也闻声过来了。我记得当我蹲下将伤者的脸转向有光亮的这边时，其中一个仆人见到眼前的惨境吓晕了过去。男爵整个脸已经被硫酸腐蚀了，硫酸还在从耳朵和下巴往下滴着。一只眼睛已经蒙上白翳，另一只红肿不堪。

就在几分钟前，我还在说的那张帅气的脸现在已经面目全非，像是画家在一幅漂亮的油画上用海绵胡乱涂抹着，一团糟，已经没有了样子，恐怖极了。

我刚才只是简略地说明了男爵被硫酸袭击的情况，但具体情况并不是很清楚，现在有几个仆人爬到窗户上，有几个冲到了院子里，可是由于在夜晚，又下起雨来，所以没什么发现。受伤的男爵在哭喊当中对那个向他泼硫酸的人痛骂着。

"是那个女贱人，温德！"他哭喊着，"这个贱人！她一定会付出代价的！她一定会的！上帝呀，我要疼死了！"我用油帮他敷了脸，用纱布给他包扎好，然后又给他打了一针吗啡。在这场谁也没有料到的灾难之后，他对我的怀疑已经完全消失了，他握着我的手，似乎我有神通可以让他那失明的眼睛重新明亮似的。要不是想起他实在是咎由自取，我可能会因这毁灭性的打击而替他伤心难过，但此时他那滚烫的手只会让我讨厌，终于他的家庭医生和诊断专家赶来了，这样我可以借此脱身了。一位警察也赶了过来，我给了他我真实的名片。因为如果给那张假的，不但无用而且愚蠢，因为在警署范围，他们对我的容貌和对福尔摩斯一样熟悉。之后我就从那座阴森可怕的宅子离开了。一小时之后，我回到了贝克街。福尔摩斯坐在那张他经常坐的椅子上，脸色有些苍白，神情疲惫。这不仅仅是因为他有伤，更多的是因为今晚发生的事情太过惊人，这使一向坚强的他也大为震惊。他带着恐惧之色听我讲述男爵遭受的痛苦。

"实在是咎由自取！华生，这就是咎由自取！"他说，"老天看着呢，罪孽深重迟早会遭报应的。"说完后他从桌子上拿起一个棕色的本子。"这就是那个女人说的本子，要是它也无法发挥作用，就再也没有其他好办法了。不过，我相信它会起作用的，华生，它必须有用。凡是有自尊的女人都不会视若罔闻的。"

"难道这就是那本所谓的爱情日记吗？"

"不错，准确说该叫淫乱日记，随你怎么叫都行。当那个女人第一次告诉我们有这个东西存在时，我就已经意识到只要我们能拿到它，它就能帮助我们，成为我们一个很有用的武器。那时我什么都没说，是担心那个女人走漏风声，可是我一直没有放下它。这次我被袭击，刚好有机会让男爵误认为我的威胁解除了。我本可以再等一等，可是他去美国的计划让我不得不将行动提前。他绝不会把对自己这么不利的东西留在家里的，因此我们必须马上行动起来。夜里去偷是不可能的，他防范森严。不过假如他的注意力被别的事情完全占据，那么我认为在晚上我就很可能找到它。这就是你和那件蓝色瓷器的作用。我估计我只有几分钟的时间行去找它，因为我很清楚你在瓷器方面的知识是很有限的。正是出于这种考虑，最后一刻我决定将那个女孩子找来，可是我却不清楚她小心翼翼揣在怀里的小包是什么东西，我上哪里能知道呢？我以为她来是协助我完成任务的，其实她内心另有想法。"

"他已经猜到我是你派来的了。"

"我原来就害怕这点。不过你和他周旋的时间足以让我拿到这个本子了，虽然尚不够让我逃跑。啊，詹姆斯爵士，欢迎您的到来！"

我们那位讲究礼数的朋友已经如约而来了。他刚才在全身心地听福尔摩斯讲述事情的经过。"你们创造了奇迹——完全是奇迹！"听我们讲述完后，他说道，"假如伤情如华生所讲，我们不用这本可怕的日记也可以让这场婚姻泡汤了。"

听后福尔摩斯摇了摇头。

"像德·梅尔维尔这类女人未必会像我们想象的那样做。在我看来，她们会像爱受难者一样更加爱他，而忽略他的外形，将自己的爱上升到道德层面，这正是我们要摧毁的。这本日记会让她醒悟过来的——这是我们唯一的机会。那是他亲笔写的，她相信的可能性会大增。"

詹姆斯爵士将日记和珍贵茶碟一并带走了。由于我要去办事情，就和他一起出来了。一辆马车在那等着，他跳上去，快速对车夫吩咐了一声，马车立刻跑走了。虽然他用外套挡在玻璃上来遮掩车厢上的家徽，不过我还是借助气窗的光照将家徽看得很清楚。我十分吃惊，转身又回到福尔摩斯的房间。

"我已经知道我们的主顾是哪位了。"我大喊着准备报告我的新消息，"他就是……"

"只需知道是一个忠实的朋友就可以了，我的朋友。"福尔摩斯抬手挡住了我。

我不清楚他们是怎么用那本让人脸红的日记本的。可能是詹姆斯爵士办的，也可能是把这个复杂的活交给小姐的父亲去办了。可是无论哪种方式，结果十分圆满。三天之后，晨报有一条消息刊登出来，内容是阿德尔伯特·古纳亚尔男爵与维奥莱特·德·梅尔维尔小姐的婚礼取消了。同一份报纸还刊登了吉蒂·温德小姐受到刑事法庭泼硫酸伤人的指控。在审判过程中，由于当事人事出有因，情有可原，所以采用了此类罪行当中的最低量刑。我的朋友福尔摩斯本来面临被控盗窃罪的危险，可是因为出发点是好的，加之主顾的超然地位，一向原则性很强的英国法庭也变得灵活且有人情味了，所以福尔摩斯至今还没有受到指控。

二 被软禁的军人

　　虽然我的同伴华生想法不多，可是有时候却很固执。长期以来，他一直要求我写一写自己的经历，这使我有些承受不起。也许这场"祸"是我自找的，因为一有机会我就说他的记叙是肤浅的，并指责他只顾着去迎合大众口味，却不去严格遵循事实和数据。"你自己去试试吧，福尔摩斯先生！"他这样回应我的指责。不过，我不得不承认，每当提起笔我就意识到，故事确实应该以一种可以引起读者兴趣的方式来讲述。

　　下面这个案子更是需要采用这种方法来呈现的，因为它是我遇到的最为奇特的案件之一，尽管华生恰好在他的案例中没有提到它。说到我的这个同伴兼传记家，我想在这里很有必要说一下，假如我在进行各种繁琐的调查中，不怕麻烦地找一位搭档，那肯定不是缘于我一时的冲动或任性，而是华生确有他自己的一些为人所看重的地方。他对我的表现的评价有些夸大其词，而对自己的优点只低调地给予了一些微不足道的关注。通常来说，一个能预见到你的结果和行动过程的搭档是有一定危险性的，可是如果每一步进展都成为他一种永恒惊喜的话，那么，这样的人的的确确是一个理想的助手。

　　我查阅笔记本发现，在1903年1月，也就是在布尔的战火刚刚熄灭之后，詹姆斯·埃姆·多德先生来见我，他是一名身材高大的英国人，为人正直，精神饱满，有着黝黑的皮肤。那时，善良的华生离开了我去和他妻子团聚，这是我记忆中我们合作期间他唯一的一次自私行为，因此，那个时候这里就我一个人。

　　我一向很喜欢背对着窗户坐着，而让拜访我的人坐在对面的椅子上，那样光线就可以大部分照在他们身上。詹姆斯·多德先生好像有些局促，不知道该如何开始我们的谈话。我没想着去将他从窘境中解救出来，因为他的这种状态让我有更多的时间去观察他。我认为给对方留下一种权威感的印象是很有好处的，后来我发表了一些我的看法。

"我想，先生，您来自南非吧？"

"不错，先生。"他答道，脸上显出一丝惊奇。

"是名帝国义勇骑兵，我认为。"

"不错。"

"而且很明显，属于米德尔塞克斯军团。"

"完全正确。福尔摩斯先生，您简直就是先知。"

我保持微笑地看着他一脸迷惑的表情。

"当一个身体魁梧、脸色黝黑的绅士进入我的房间站在我的面前，我很容易猜出他从哪里来，因为英国的太阳永远不会将人的脸庞晒得那样黑。另外，手帕不是装在口袋里而是放在袖筒里，还有你留着短胡子，这说明你不是正规军人。你身上带有骑手的伤口，所以你是名骑士的身份就不是秘密了。我能猜到你属于米德尔塞克斯军团，是因为你的名片，另外，你的名片还告诉我你是来自斯若格模藤街的股票经纪人。"

"您已经了解到了一切。"

"我所了解的不会比你多，不过我一直训练自己要关注自己看到的一切。据我看，多德先生你今天早上来见我可不是来与我讨论观察这门学问的。请告诉我，图克斯布瑞旧公园里有什么奇怪的事发生了？"

"福尔摩斯先生……"

"亲爱的先生，这没必要保密。您的信都使用了那样的标题，而且用十分紧迫的字眼来约我见面，显而易见，一定是有什么奇怪而且很重要的事情发生了。"

"您猜得不错，的确如此。不过我要讲这封信是我在下午写的，之后又发生了好多事情，要是埃姆斯沃思上校没有将我撵走……"

"将你撵走？"

"嗯，可以这样说吧。埃姆斯沃思上校性格倔强。他在部队时，他的严酷在队伍中是出了名的，而且还经常说些粗俗的语言。假如不是因为戈弗雷的缘故，对他我是无法容忍的。"

我将烟斗点上，之后靠在椅子上。"我需要你将你所说的解释一下。"我说道。

对方有些坏坏地咧嘴笑了。"对您，我已经形成了一种惯性认识，以为什么都不用跟您讲，你一切都明白。"他说，"现在我跟您讲一些真实情况，上帝眷顾，希望你能告诉我这些情况都代表着什么。这件事已经让我夜晚睡不着觉，满脑子装的都是它，而且我发现，我越是想得深入，越觉得这个事令人不解。

"我进入部队是在两年前，也就是在 1901 年，小戈弗雷·埃姆斯与我加入了同一个骑兵队。他是埃姆斯沃思上校唯一的儿子，埃姆斯沃思上校是克里米亚战争时维多利亚十字勋章获得者；小戈弗雷·埃姆斯生性好战，所以非常乐于参军，这就让人不难理解了。军团里没有比他更优秀的人了，我们相识并结下了深厚的友谊——这种友谊只有在阅历相同、一起经历过很多事情后才能建立起来。他是我的伙伴——这在军队中是十分珍贵的，我们患难与共，共同经历了一年的恶战，后来在比勒陀利亚外围的钻石山附近的一次战斗中，机枪打中了他。他从开普敦的医院和南安普敦给我来了两封信，之后就没有再联系——即便是只言片语，福尔摩斯先生，你可知道六个多月他杳无音信，要知道，他可是我最好的朋友啊。

"当战火熄灭之后，我们都回到了家乡，我给他的父亲写了封信询问戈弗雷在哪里，可是没有得到回复。我没有等到回复，于是又写了一封信。这一次，我收到了回信，不过话语简短且生硬，说戈弗雷去游玩了，一年内回来的可能性不大，就这些。

"我心情低落，福尔摩斯先生。这件事在我看来真是让人费解。他是个出色的人，绝不会这样不理一个好朋友的，这完全不是他为人处世的风格。另外，我无意间知道他是一大笔财富的继承人，而且我知道他和他父亲不太合得来。他的父亲有时很专横，对他父亲的性格小戈弗雷时常感到无法容忍。是的，我很不理解，我下定决心弄个清清楚楚。然而，碰巧由于两年不在家，我还要处理自己的一些事务，所以只有这周我有时间才能再次调查有关戈弗雷的这件事。不过既然我要决心调查这件事，我就准备将其他的事放下直至将这件事弄个水落石出。"

詹姆斯·埃姆·多德先生应该是那种你最好跟他作朋友而不要作对手的人，他有双严厉的蓝眼睛和一个方下巴，他的下巴在讲话时绷得很紧。

"哦，那你都做了哪些调查？"我问道。

"我采取的第一个行动就是前往他家，亲眼去看看事情到底是怎样一个状态。他家位于贝德福德附近的图克斯布瑞旧公园。我先写信给他的母亲，因为我感觉我也无法容忍那倔老头的坏脾气。对他母亲，我做了个很直接的正面进攻：我告诉她，戈弗雷是我的好朋友，并且我怀着极大的兴趣告诉她，我和她儿子戈弗雷一起同甘共苦，一起度过了很多美好的日子；还有，我询问了假如我在她家逗留的话，她会不会反对，等等。她亲切地给了我回信，信中发出招待我过夜的邀请。这就是我在星期一那天能够到那儿去的原因。

"图克斯布瑞旧公园不是可以轻易到达的，无论从车站哪个地方走都需要走五英里，因为车站没有马车可以雇用，所以我被迫带着我的箱子走过去，到达那里的时候天都快黑了。它坐落在一座大公园内，那地方很偏僻。建筑我可以判断出它融合了多个年代的各种风格：地基属于伊丽莎白时代风格，门廊则属于维多利亚时期风格。房间里随处可见镶板和挂毯，此外还有已经褪了色的老照片，里面似乎隐藏着很多阴影和诸多秘密。有一个年纪似乎和房子一样古老的管家老拉尔夫，还有他的妻子，他妻子的年纪甚至比他还要更大一些，她曾当过戈弗雷的奶妈，戈弗雷曾跟我提起过她，说在感情上他很亲近奶妈，仅次于他的母亲。所以虽然她的外表很古怪，我也下意识地接近她。我对戈弗雷的母亲也有好感——她是一个像小白鼠一样温柔的女人。只有上校本人不允许我拜见他。

"等我和他父亲见面后，我们争吵起来了，假如我没觉得他可能有意刺激我这样做的话，我早就走回车站了。我被人直接引到他的书房，在那儿我见到了他。他个子虽然很高，却伛偻着背，皮肤呈烟灰色，胡须花白且散乱，他那红色的长鼻子就像秃鹰的嘴一样向外突出着，他坐在摆满东西的书桌后面，两只凶狠的灰眼睛在浓密的眉毛下直直看着我。现在我终于明白了，为什么戈弗雷很少说起他的父亲。

"'喂，先生，'他的声音很刺耳，'我很想弄清楚你这次拜访的真正目的。'

我跟他讲，我已经在给他妻子的信中将这件事解释过了。

"'嗯，我知道，你说你在非洲认识了戈弗雷。不过，我们只是单凭你一面之词。'

"'我口袋里装着他的信件。'

"'拿给我看看。'

他简单地看了看我递给他的两封信，随后又把它们扔给我。

"'好吧，那又如何呢？'他问。

"'我和您的儿子戈弗雷是好朋友，先生。我的许多记忆都与他有关。我对他突然失去联系感到惊讶，并希望知道他的境况如何，这难道值得怀疑吗？'

"'可是，先生，我记得我已经给你回过信，将他的情况告知了，他已经去外地旅游了。在他从非洲回来之后，他的身体情况一直很糟糕，我和他母亲一致认为他需要全身心的放松和休息，而且最好换一下生活的环境。在我们的建议下，他出去旅行了。请把这个消息转达给任何一个与他关系好的朋友吧。'

"'我会的。'我答道，'不过或许您能仁慈地告诉我他所乘轮船的名字和航行的线路，还有航行的日程。这样，我就可以给他写一封信去。'

"看起来我的这个要求让他感到很困惑，也激怒了他。我发现他的浓粗的眉毛垂在他的眼睛上，手指在桌子上烦躁不安地敲着，最后他还是抬起眼睛看着我。他的表情就像是在下棋时看到他的对手走了危险的一步棋，而他已经想好了应对的措施。

"'有相当多的人，多德先生，'他说，'会因你愚蠢的固执而恼羞成怒，而且会认为这种要求已经达到不可原谅的程度。'

"'您是一定要体谅我的，先生，因为我与您儿子是真正的好朋友。'

"'可实际上我已经对你的冒犯进行了很大的容忍。无论如何，我必须要求你放弃这些想法。每个家庭都有自己的隐私和做某事的原因，这些是不便随意让外人知道的，不管他用意多么良好。关于戈弗雷过去的事我妻子很想了解，你可以告诉她，可是，我警告你不要再继续打听现在以及以后的事情了。先生，要知道你这样的探查是起不到任何作用的，并且还把我们置于一个很难堪的境地。'

"就这样，我无法进行我的调查了，福尔摩斯先生。这个困难让我无法应对，我只能假装接受这个现实，而在内心里却坚定决心，不查清我朋友的下落就不会鸣金收兵。这是个沉闷的夜晚，在昏暗的旧房子里我们三人默默无语吃了晚饭。老夫人急切地向我询问有关他儿子的事，可是老头子却是一脸的沮丧之色。我感到整个过程让人十分难受，于是找了一个合适的机会，回到了卧室。我的卧室是一楼的一间大而空的屋子，它和其他房间一样昏暗。无论是谁在非洲草原上生活了一年后，福尔摩斯先生，就都不会对住处有很高要求的。我拉开窗帘，看着外面的花园。这是一个晴朗无云的夜晚，明亮的月亮在半空中悬着。然后，我坐在熊熊燃烧着的火旁，旁边的桌子上有一盏灯在燃烧，我试图用小说将我的注意力发散。让我没想到的是，我的思绪被进来添煤的老管家拉尔夫打断了。

"'我想您晚间十分需要填煤，先生。天气冷，这些房间气温很低。'

"他似乎想了一下才准备离开房间，可是当我转过身去时，发现他正对着我站着，充满渴望的表情在他那布满皱纹的脸上清晰可见。

"'不好意思，先生，晚餐时我忍不住听了一下你说的关于小主人戈弗雷的事。你要清楚，先生，我的妻子给他当过奶妈，所以可以说我是他的养父，我自然非常关心他。你说他混得很好，先生，是吧？'

"'他是我们团里最优秀的人，有一次他将我从波尔人的枪下解救了出来，如果没有他的解救今天我就不会在这儿了。'

"老管家将他瘦削的双手来回搓着。'我明白，先生，是的，小主人戈弗雷就是这个样子，他的勇敢精神我们都知道。公园里没有他没爬过的树，什么也无法将他挡住。他以前是个好孩子——哦，他是个好人。'

"我马上跳了起来。'什么！'我叫道，'你说他以前是这样，你怎么如此表达？就像他已经不在人世了一样。这里面到底有什么秘密？戈弗雷·埃姆斯沃思发生了什么事？'

"我抓住了老管家的肩膀，可是他却缩了回去。

"'我实在不理解您的意思,先生。请向主人询问关于小主人戈弗雷的事,他清楚,我不能参与。'

"说完他就要离开房间,可是我却抓住了他的胳膊。

"'你听好,'我说,'假如你不想让我整晚都打扰你的话,你得在你离开前回答一个问题,告诉我戈弗雷是不是已经死了?'

"他似乎不敢看我的眼睛,就像一个被施了催眠术的人。最终答案像是被从他的嘴里拖拽了出来一样,这个答案可怕而又始料不及。

"'真要是那样就好了,上帝呀!'他喊道,然后从我手中挣脱,冲出了房间。

"当时的情形您可以想象出来,福尔摩斯先生,我心情抑郁地坐回到了我的椅子中。对我而言,这位老人的话好像只有一种解释,那就是我那可怜的朋友参加了某一犯罪活动,或者至少卷入了让家族都感到耻辱的见不得人的交易。他的那位严厉的父亲将儿子送走,并不让他与其他人见面,这样就可以避免让那些丑闻传出去。戈弗雷是一个性格粗犷的家伙,他轻易就会受身边的人影响。很明显他曾落入坏人的手中,并被引上了邪路。假如事情真是如此,那就太可惜了。但即便是这样,我依然认为我当前的任务还是找到他,看看我是否能帮他。我快速地思考着这件事,就在那个时候,我猛然抬起了头,发现戈弗雷·埃姆斯沃思不知什么时候站在我面前。"

我的客人停了下来,好像在回想什么。

"继续往下讲。"我说,"你的悬案有一些吸引人的地方。"

"戈弗雷站在窗外,福尔摩斯先生,他将脸靠在玻璃上。我跟您讲过我那天夜里我往外看到的情形。当时窗帘半拉着,当我往外看时,他的身体正好出现在这个空隙中。因为窗子是落地的,所以我可以看见他的整个身体。不过吸引我目光的是他的脸,我目不转睛地盯住了他。他的脸呈现一种少见的苍白——我还一直没有见过脸色如此苍白的人。我想鬼可能就是那样子的,可是当我们目光碰在一起的时候,我发觉那分明是一个活人的眼睛。当他发现我在看着他时,他纵身往后跳去,瞬间在黑暗中不见了踪影。

"事实上，还有一些关于他的令人百思不得其解的事，福尔摩斯先生，它们绝不仅仅是那张在黑夜里白得让人害怕的脸，是比它更微妙的——一种无法见光、鬼鬼祟祟、罪恶的东西——与我所认识的那个坦率、优秀的小伙子格格不入，这让我觉得很是害怕。

"不过，当一个人在军队中服役了一两年，并且一直和波尔人作斗争，他就会至始至终都保持着警惕，而且动作迅速。当我一来到窗户边，戈弗雷已经不见了踪影。窗户的开关有些问题，费了半天功夫我才将它们打开。打开后我跳过窗户，顺着花园的路，往我认为他可能要走的那个方向追去。

"我跑上的这条路不仅长，而且光线稀少，可是我还是看到好像前面有什么东西在移动。我一边跑着，一边喊着他的名字，可是没有什么回应。当我跑到那条路的尽头时，发现有好几条岔路分别与不同方向的外屋相连。我站在那儿不知怎么办，就在我犹豫的时候，我清晰地听见了关门声，它不是从我身后的房子，而是从黑暗中前面的哪间房子里传过来的。福尔摩斯先生，这就让我清楚地知道刚才我看到的绝不是什么幻影。戈弗雷逃离了我，并在他身后将门关闭。这一点，我确信。

"对此我毫无办法，那一晚我一直心绪难安，心中翻来覆去地思虑此事，试图找到能解释这一现象的证据。第二天，我发觉倔强的上校变得温和了，并且当他的妻子提到附近还有一个地方值得一看时，我便乘机问他们，我可否再在这里逗留一晚上。老头子的沉默算是勉强地同意了，这样一来我就可以将我的观察计划进行下去了。我已经完全相信，戈弗雷就藏在附近什么地方，可是具体藏在哪儿，又为什么躲藏我却不知道。

"这栋房子很大，也很杂乱，就是把一个兵团藏在里面都可以做到不被人发现。要是秘密在那里面，那我就真的很难看穿。不过我听到的那扇关上的门肯定不是在这个房子里，所以我决定到花园里搜寻一下，看看能有什么收获。做到这些并不难，因为那几位老人只顾着自己的事，我不用费多少周折就可以实施自己的计划。

"几间小外屋位于花园外，有一间独立的小房子在花园的尽头，房子大小足够园丁或猎场看守人住。这个地方有没有可能是关门声传来的那个地方呢？我装作一种漫不经心的样子，逐渐靠近它，就好像我在漫无目的地闲逛一样。就在这个时候，一个人身材矮小的人走出门来，他脸上留有胡须，穿着一件黑色外套，头上戴着一顶圆顶高帽，看上去与园丁的气质毫不相容。令我惊讶的是，他出门后随手将门锁上了，然后将钥匙装进自己的口袋里。随后他看到了我，脸上带着一丝惊讶。

"'您是谁？这儿的客人吗？'他问。

"我跟他说我是这儿的客人，并说我是戈弗雷的一个朋友。

"'可惜的是他周游世界去了，不然他看到我会很兴奋的。'我又说道。

"'是的，的确如此。'他说道，同时以一种充满抱歉的眼神看着我，'无疑您要挑个合适的时间再次光临。'说完他继续往前走了，不过在当我转过身时，我发现他正站在花园的尽头，将身子隐藏在月桂树后面观察着我。

"当我从那间小房子经过时，我仔细看了看，发现窗户上挂着很厚的窗帘，而且，就我所能看到的，里面什么东西都没有。我估计假如我太大胆放肆的话，有可能会破坏现在正在做的事，甚至被命令离开这个地方。我察觉到自己处于被别人监视的处境，因此，我漫步走回房间，在继续我的调查之前等待黑夜的到来。当天色变暗，一切都安静下来时，我从窗户跳出去，轻手轻脚地朝那个神秘的小屋走去。

"前面我说过窗户上挂着很厚的窗帘，可是现在我发现窗户上还安装了百叶窗。不过，还是有一丝光线透了出来，因为窗帘没有完全拉严实，百叶窗上有一个小缝隙，我可以通过这个缝隙看到里面，真是让人感到高兴。我看到里面灯火明亮，炉火在熊熊燃烧。对面坐着那个早上与我说过话的矮个子，他正在一边吸烟，一边读着报纸。"

"什么报纸？"我问。

我的提问让他的讲述被迫中断，为此，我的客人看上去有些生气。

"这很重要吗？"他问。

"我需要了解，这是最基本的。"

"可是我没有注意。"

"或许你该看看它是大开报纸呢，还是像周报那样的小型报。"

"哦，你提醒了我，那是一份不太大的报纸，或许是《观察者》。不过，我真的没有把心思放到这些小事上，因为我的注意力被背对着窗户坐着的人吸引了过去，我敢说这个人就是戈弗雷。我虽然无法看到他的脸，可是我熟悉他肩膀的轮廓。他的头部以一种忧郁的姿态伏在胳膊肘上，身体朝着壁炉。正当我在想如何处理此事时，突然有人拍了一下我的肩膀，原来是上校出现在我身旁。

"'请过来，先生！'他低声说道，然后一言不发地走进那个大房子，我跟在他的后面来到了自己的卧室。他拿起大厅里的一个时刻表。

"'有一列火车八点三十分开往伦敦，'他说，'送你去火车站的车将于八点抵达门口。'

"他气得脸色苍白，而我则感到自己陷入了进退维谷的尴尬境地，我只能磕磕巴巴说出几句表示不好意思的话语来，并以想迫切地见到我的朋友的借口使自己免于受责。

"'这件事到此为止。'他粗鲁地说，'你已经过分干涉了我们家的隐私。你在这里本来是以客人身份来的，可你现在却成了一名间谍，我实在不知说什么好了，先生，我想我们这里将不再欢迎你。'

"听到这儿，我再也无法控制住自己的情绪，福尔摩斯先生，我开始情绪激动地与他说话。'我已经发现您将儿子藏的地方了，而且我确信是因为你自己的某些原因，将他藏起来的，不允许他与外人接触。我虽然不清楚你以这种方式将他与世隔绝的原因是什么，可我确信他的行动将不再自由。我警告你，埃姆斯沃思上校，如果我不能确定我的朋友是安全和幸福的，那么我就要弄清事情真相，不然我不会甘休的，而且不管你说或者做什么，我都毫不畏惧。'

"老家伙看上去如同恶魔一样凶恶，我甚至以为他即刻就要动手。我曾经说过，他是一个瘦削、大块头同时脾气很倔强的老头。虽然我自己也并不瘦弱，不过同他动手还是让我心中没有底儿。然而，在怒视了我一阵儿后，他却走出了房间，而我则最后登上了早上的那趟火车来请求您的帮助，我想听听您的建议，正如我在信中跟您讲的那样。"

我的客人将他的问题和盘托出，精明的读者可以意识到，要解决这个问题实际上不是很难，因为用为数不多的几个选择就可以将谜底揭开了。不过，它虽然不是很难，但还是有些有趣和新奇的地方，正是这个原因才让我把它记录下来。

用一些熟悉的逻辑方法一分析，我就缩小了问题的范畴。

"家里共有多少仆人？"我问道。

"我所了解到的，只有老管家和他的妻子。他们好像过着一种最简单的生活。"

"除了他们，在那间独立式的房子里再没有其他仆人吗？"

"应该没有了，除非那个留胡须的小个子也是仆人。不过，据我看，他的地位比较高。"

"还有一点很关键，那就是你有没有发现把食物从一间房子送到另一间房子的情景？"

"您这样问提醒了我，我确实曾发现老拉尔夫提着一个篮子沿花园小路朝那个房子的方向走去，不过当时我并没有想到那里面装的是食物。"

"你在那里有没有询问过当地人？"

"询问过。我曾问过车站的站长以及村里的店老板，不过我只是问他们是否了解我的老战友戈弗雷·埃姆斯沃思的一些事。他们两个都向我保证，他确实出去旅游了。他回过家，然后几乎马上又出去了。看来这个说法显然为大家所普遍认同。"

"你没有向他们谈一谈你的怀疑吗？"

"没有。"

"这是非常有头脑的。这件事的确应当深入调查一番，这样吧，让我们一起回图克斯布瑞旧公园去看看。"

"你说的是今天吗？"

刚好那个时候我正在调查华生所讲的一个修道院学校的案子，格雷米斯特公爵也被牵扯进这个案子里面，同时，我还接受了一个土耳其苏丹委托的案子，要求我立即开始调查活动，稍有疏漏可能会导致十分严重的政治后果，因此就像我日记中记的，直到下个星期初，我才有时间调查这个案子。詹姆斯·埃姆·多德先生陪我去贝德福德郡。当我们坐着车前往尤斯顿时，我们捎带了一个不苟一笑、不喜说话、有着铁灰色肤色的先生，他是我约来的。

"这是一个老相识。"我对多德说，"他到现场可能完全没什么作用，但也或许有，所以现在我们没必要讨论这件事。"

华生的记录已经让读者都了解到了这样一个事实，那就是当我思考案子时我不太喜欢说话，而且更不会泄露我的想法。对此多德似乎很惊奇，不过却也没多说什么，我们三人一起继续我们的旅程。在火车上，我问了多德一个问题，这个问题我是想让我们的同伴能听到。

"你说你通过窗户很清楚地看到了你朋友的脸，那么你十分确信就是他？"

"对此我敢打包票，当时他的鼻子贴着玻璃，灯光都照在他身上。"

"有没有可能是一个长得很像他的人？"

"不会的，我敢肯定就是他。"

"可是你说他变了呀？"

"只是肤色变了。他的脸，我无法用语言形容，像鱼肚那样的白，像被漂白过一样。"

"是不是所有部位都发白了？"

"我想应该不是，他的眉毛就没变白。当他的眉毛贴着窗户玻璃的时候，我看得很清楚。"

"你叫他名字了吗？"

"当时我太吃惊了，也吓坏了，所以我没喊出来，之后我就追他，这我已经跟您讲过了，最后我没追上。"

实际上，这个案子可以结了，只需要将一个小事件说清楚就可以圆满结束了。在坐着车走了很长很长的路后，我们到达了我的客人跟我们讲的那个大而杂乱的房子。那个年龄很大的管家拉尔夫给我们开了门。我已经把那辆马车租用了一天，并让我那个年长的朋友待在车里面不出来，直至我们叫他时，他才能出来。拉尔夫脸上长满了皱纹，上身穿着传统的黑色外套，下身穿椒盐色的裤子，只是稍有些变化，看上去有些奇怪。他戴着一副褐色的皮手套，一看到我们，他就立即将它摘下了，当我们进入大厅时，他将它们放在大厅的桌子上。

我的朋友华生或许已经提起过，我的感官十分敏锐，我感觉到房子里有一股虽然微弱可是却很刺鼻的味道，这股味道好像就来自大厅桌子上。我转过身，将我的帽子放在那里，又故意让它掉到地上，然后我低下身子去捡它的时候，乘机把鼻子凑到手套那里。检查的结果告诉我，就是从那里散发出一股令人奇怪的焦油味。我继续穿过大厅来到书房。

唉，我在讲述自己的案子时还必须采用华生所用的方法。正是通过隐瞒案子链条上的这些环节，华生的讲述才产生了那种吸引人往下读的效果。

在书房，我们没见到埃姆斯沃思上校，但一接到拉尔夫的消息后他便马上赶来了。在我们听到走廊里传来急速而沉重的脚步声后，没过一会儿门被猛地一下推开，他迅猛地冲了进来，胡子一颤一颤的，面部表情扭曲。我还从来没有见过一个如此让人感到可怕的老人。他接过我们的名片，马上撕得粉碎，并扔在地上踏了几脚。

"你这个乱管事情的家伙，难道我没跟你讲，不准你再进入这个地方吗？再也不要让我在这里见到你那张让我讨厌的脸。要是未经我的允许，你再进入这儿，我就会让你尝到我的厉害，我要开枪打死你，先生！上帝会让你知道，我会这么做的！还有你，先生！"他转向我，"我也同样提醒你。我了解你那让人瞧不起的职业，请你不要把你的那些才能用到这里来，我们这里用不着你来管。"

"我不会离开这里的，"我的客人坚决地说，"直到戈弗雷亲口跟我讲他没受到任何形式的要挟。"

那位对我们有很大意见的主人按响了铃儿。

"拉尔夫，"他说，"马上打电话给郡警察局，让派两名警员来，就说家里有盗贼闯入。"

"稍安勿躁，"我说，"你要清楚，多德先生，埃姆斯沃思上校这么做都是在他的权利范围内，而我们则是没有权力不得到允许进入他的住宅。另一方面，他应该也很清楚，你的行为完全是因为真切关心他的儿子。我冒昧地说一句，要是让我跟埃姆斯沃思上校谈五分钟，我想我一定会改变他对此事的看法。"

"我可不会那么轻易改变主意。"这个老兵说道，"拉尔夫，马上去照我说的做，你还在磨蹭什么？打电话给警察！"

"事情没有那么简单。"我靠着门说，"无论哪个警察介入都会带来你所恐惧的那种灾难。"我拿出笔记本，撕下一页，在上面匆匆地写了几个字，然后将它递给埃姆斯沃思上校说，"是它引领我们到这里来的。"

他紧紧盯着那个字，脸上一派惊愕之色，此外，再没有其他表情了。"你是如何知道的？"他吃惊地问道，然后一下子重重坐回在椅子上。

"我的工作就是将事情恢复它的真相。这是我的职业。"

他开始沉思起来，瘦削的手不时扯着他乱七八糟的胡子，然后无可奈何地打了个手势。"好吧，既然你们那么想见戈弗雷，那就见吧。不过我可跟你们讲，这是你们自己愿意的，不关我的事，是你们强迫我的。拉尔夫，告诉戈弗雷先生和肯特先生，五分钟后，我们去看他们。"他恶狠狠地说道。

大约五分钟后，我们沿着花园小路一直走到尽头，来到了那个神秘的房子前。一个蓄着胡须的矮个男人正站在门口，他的脸上带着非常吃惊的表情。"这太让人接受不了了，埃姆斯沃思上校。"他说，"这将让我们所有的计划都破灭。"

"我没有别的办法，肯特先生，我已经受制于人了。戈弗雷可以见我们吗？"

"那倒是没问题，他在里面等着。"他转身领着我们进入一间虽然很大但装修却很简单的前屋。一名男子背对着火站着，一见到他，我的客人就伸出手向他跑去。

"嘿，戈弗雷，老朋友，再次见到你，真是太好了！"

可是那名男子却急忙挥手让他别过来。"不要过来，吉米，跟我保持距离。不错，你可以好好看我！现在的我已经不像那个聪明的乙中队一等兵埃姆斯沃思，是这样吧？"

他的外貌确实与常人不同。任何人都能看出他之前应该很帅气，轮廓分明，脸庞被非洲的太阳晒得黝黑。可是在他那黝黑的皮肤上却零星地点缀着一块块的白斑，这让他的脸看上去有些怪，有地方黑，有地方白。

"这就是为什么我不与外界接触的原因。"他说，"我不介意，吉米，可以说假如没你这个朋友，我也能过好日子。我自有我的原因，不过你的做法对我却很不利。"

"我只是想知道你是否一切都好，戈弗雷。那天晚上，当你通过我的窗户向里面看的时候，我看到了你。要是不把事情查清楚我这心里实在难安啊。"

"当老拉尔夫告诉我你在那里时，我也实在想不惊动你偷偷看你一眼。我真希望你没有看到我，可是当我听到窗户被拉开时，我就快速跑回自己的地方来了。"戈弗雷说道。

"你能告诉我到底发生了什么事情吗？"

"哎，这件事其实也没有多长时间，"他说着，同时点上了一支烟，"你是否还记得，那天早晨，在巴佛斯普瑞特，也就是比勒陀利亚郊区，东部的铁路线上那一场战斗？我不知道你是否听说我被击中了？"

"不错，我听说了，可是我不知道详细情况。"

"在行军中，我们三人与其他人失散了。这是个非常偏僻而且破旧的地方，你或许没有忘记。辛普森，就是被我们称为秃子辛普森的那个混蛋，还有安德森和我，我们对布尔人进行搜查，可是他们躲藏了起来并将我们抓住了。我的两个同伴被打死了，而我则被一颗从猎象枪中射出的子弹击中了，不过我仍努力来到我的马上，可是，它跑了几英里后，我就晕了过去，并摔落马下。

"我醒过来的时候天色已经暗了下来，我站起来，感觉身上十分无力，好像大病了一场。令我吃惊的是，在我很近的地方有一座房屋，那是一间相当大的房子，有着宽阔的楼梯和许多窗户。当时气温很低。你还记得那种一般在夜晚才有的令人麻木的冷吗？那种致命的、能把人冻病的冷，和那种干脆的对健康没有大碍的冷大不相同，嗯，就是那种能刺入骨髓的冷，我唯一的希望好像就在于我是否可以走进那座房子。我跟跟跄跄地拖着我的脚往前走，那时我的意识几乎失去了。我恍恍惚惚记得我费力爬上了楼梯，通过了敞开着的门，来到一间放着好几张床的屋子，然后带着喘息，将自己重重地摔在其中一张床上。床没有整理好，可对当时的我来说，这还是个问题吗？我把衣服拉过来裹到发抖的身上，很快就沉沉地昏睡过去。

"当我再一次醒过来的时候已经是早上了，但对我来说好像我不是苏醒过来进入一个清醒的世界，而是进入了一个离奇的梦魇当中。太阳将光线透过没有窗帘的大窗户洒满房子，那个宽敞、空荡、却异常发白的屋子中的每一个细节都显得如此逼真。我面前站着和侏儒一样矮小的人，他的头是球状的，却大了很多。他兴奋地用荷兰语正急切地说着什么，同时舞着他那两只看上去像棕色海绵球似的令人感到怪异的手。他身后站着一群人，他们好像被这种情形逗乐了，可是我却感到浑身阵阵发凉。他们中没有一个和我一样的人。每个人都以一种奇怪的方式生长，他们扭曲、肿胀或畸形。他们的笑声让我听起来感到一阵阵恐怖。

"这些人当中好像没有一个人懂英语，可是我急需要弄清楚眼下的境况，因为这个大头怪物似乎变得十分狂躁，他发出如野兽一般的叫声，他把他变形了的手放在我的身上，把我拉下床，对我流血的伤口根本不在乎。这个小怪物壮得像牛一样，如果不是一位上了年纪的老人被屋子里的喧闹引过来的话，我还真预料不到他接下来要怎么对付我。老人显然有一定的权力，他用荷兰语严厉地说了几句，对我动手的那个人向后退去了，然后他转向我，以一种吃惊的眼神看着我。

"'你究竟是如何来到这里的？'他惊讶地问，'等等！我看出你已经没有什么力气了，而且你受伤的肩膀需要处理。我是医生，我现在就帮你处理，但是，活着的人！你可知道你在这里比你在战场还要危险。你现在是在麻风病医院，而且还在麻风病人的床上睡着了。'

"还要我跟你讲述更多吗，吉米？由于战火马上就要烧了过来，所有这些可怜的家伙在前一天都被转移走了。之后，随着英军向前推进时，他们又回到那里了。他们的医院院长告诉了我这些情况。虽然他相信他对此病是免疫的，可是也从来不敢像我那样做。我单独被他安排住进一个房间，对我和善，大约在一个星期内，我就被转到比勒陀利亚的总医院。

"所以才有了你现在听到的悲剧。我原先抱着侥幸心理，但直到我到家了，你在我脸上看到的这些让人恐惧的疤痕说明我侥幸的心理是无知的。我该怎么办呢？我只能待在这座没有人来的房间里。我有两个信得过的仆人，有一所我可以生活居住的房子。在答应不将我的事说出去的前提下，肯特先生，一名外科医生，和我生活在一起。这些听起来简单，但另一个选择却是让人接受不了——以后的生活将和陌生人在一起，与世隔绝，永远没有解除隔离的希望。但是，绝对保密是十分必要的，要不然的话，甚至在这个宁静的乡下也会引起强烈的抗议，如果真是如此的话，我的下场必将更加悲惨。即使是你也不能知道，吉米。为什么我父亲做出了让步，我还真的不知道。"

埃姆斯沃思上校指着我。

"是这位先生让我没有了办法。"说着他展开了那张我在上面写了"麻风病"字样的纸，"我认为既然他已经知道那么多，让他知道也许会更好。"

"事情不为人所转移。"我说，"什么事情都既是好的，同时也可能是坏的。我很理解只有肯特先生才见过病人。先生，我想问一下，在治疗这种病方面，您是专家吗？就我所了解的，这种病在性质上不是属于热带，就是属于亚热带？"

"我具有受过训练的医疗人员的一般知识。"他有些不自然地回答。

"先生，对您的医术我不想质疑，但我相信您也同意，在这种情况下听听别人的意见是有好处的。您避开别人是出于害怕隔离病人的压力会加在您身上，这点我是可以理解的。"

"事实确实是这样的。"埃姆斯沃思上校说。

"我已经估计到这一点了。"我解释说，"我带来了一个朋友，他一向十分谨慎，我是绝对信任他的。他曾受过我的恩惠，他想从作为朋友的角度而不是一名专家的角度提些建议。他就是詹姆斯·桑德斯爵士。"

听到这里，肯特先生脸上流露出的一种夸张的惊奇和欣喜，就好像一个新副官就要去见罗伯茨勋爵一样。

"我感到十分的荣幸。"他喃喃地说。

"既然那样，我就把詹姆斯爵士请到这里来，他在门外的马车上。埃姆斯沃思上校，我们是不是到您的书房去，我给您做些您需要听的解释。"

这个时候我想起了华生。他通过巧妙的提问以及令人意想不到的讲述，就可以把我的只是系统化了的常识变为天才的杰作。可是在我讲自己的故事时，却没有这样的援助。不过，我还是要将我的推理过程呈现给我为数不多的听众，其中包括在埃姆斯沃思上校书房里的戈弗雷的母亲。

"这件事的推理，"我说，"是从一个假设开始的。当你排除了一切不可能，那么无论剩下的是什么，无论令人感到多么离奇，也肯定是真相。或许剩下好几种解释，在这种情况下，要不断地推敲，不断地测试，直到其中的一个或其他得到让人满意的支持。我们现在将把这一原则运用到眼前这件事上。当我第一次听到这个案子时，对这位先生的隔离或者说被监禁在他父亲住宅的外屋，我可以给出三种可能的解释：一种解释是他因做错了事而躲藏；二就是他精神出了问题，家人不愿将他送到精神病院；再有就是他患了某种导致他被隔离的疾病。除了这三种我无法给出其他更充分的解释了。之后我就对这些假设进行核查筛选。

"做错事的这种假设经不起推敲。该地区没报道有什么犯罪的事，这一点我可以确信。假如是尚未发现的犯罪，显而易见家人关心的是要处理掉这个犯罪者，会把他送到国外而不是藏在家里，因此这种假设也是不成立的。

"精神出了问题的假设也不能让人信服。在外屋出现的第二个人，他极有可能是监护人。他出来时将门锁上了，这一行为有利于我的这个假设，并让我们认为他是被看护起来了。另一方面，看护应该不是很严密，要不然的话这个年轻人就没有机会跑出来看他的朋友。你还记得，多德先生，我为了便于调查，曾问过你，肯特先生正在读的是什么报纸，假如是《柳叶刀》或者《英国医学》杂志，那么就会加强我的判断。但是，只要有相关的人照顾并且及时与当局协调，把一个精神出了问题的人限制在私人住宅并不违法。那么，为什么他们还要违背这一做法而保守秘密呢？我无法做出合理的解释。

"对于第三种可能性，通常情况下比较罕见，但一切特征都符合。在南非，麻风病其实很常见。由于意外的原因，这个年轻人或许成为受害者。他周围的人都有被传染的可能性，由于他们渴望将他从隔离中解救出来，有时就免不了与他接触。为防止流言到处流传，以及随之而来当局的介入，严守秘密是十分必要的。如果报酬足够多，找一个可以照顾患者的尽职的医生也不是难事。这样天黑后不给患者自由就没有道理。皮肤异常发白是这种疾病的常见症状。该案例是棘手的一个——如此棘手迫使我不得不决定采取行动，就把它当作已经证实了的结果。来到这里后，我发现了拉尔夫端着吃的，戴着消毒剂洗过的手套，我再一次确认我的判断。给您看那一个词，说明我已经发现了您的秘密，我写出来而没有说出来，是向您证明我是很慎重的，使您对我产生信任。"

就在我结束了这一案件简单分析时，门被推开了，著名的皮肤科医生被人引了进来。这一次他那严肃的表情明显放松了下来，他的眼睛里流露出一丝让人感到温暖的东西。他大踏步地走到埃姆斯沃思上校的跟前，将对方的手握住了。

"我通常给人带来坏消息而很少有好消息，"他说，"可是这个消息会更能让你接受。这不是麻风病。"

"您说什么？"

"这个病叫鱼鳞癣病，是一个典型的伪麻风病，得这种病的人，皮肤像鱼鳞一样。它有碍容貌，病情顽固，可是却是可以治愈的，传染性也是不存的。是的，福尔摩斯先生，这是个神奇的巧合。可又不能说是完全的巧合，是否有我们未知的微妙力量在起作用？我们无法确定，这个年轻人自从与这种传染性疾病有过接触后，一直承受的恐惧产生了一种神奇的物理效应，代替了他所担心的结果，可能是这样。无论如何，我以我的专业声誉担保——老太太晕倒了！肯特先生最好照顾一下老太太，直到她恢复意识，她是因幸福昏厥的。"

三　王冠宝石案

重新出现在贝克街一楼这间凌乱不堪的房间里，华生觉得心里很舒坦。他明白，许多惊险的故事就是从这里开始的。他四周看了看，看到了墙上的各种图表，看到了被盐酸腐蚀过的平台，看到提琴盒子还斜靠在角落，还看到了老式烟管中的烟灰，最后目光定格在毕利一副朝气蓬勃、甜美微笑的脸上。毕利年轻、聪明、机灵，只要他肯活络一下他的聪慧大脑，就能将我们那位双眉紧锁的大侦探的孤独和寂寞驱赶走。

"好像一切都是老样子呀，毕利，你还是没什么变化。我希望他也如此！"

毕利以一种关心的目光，扫了一眼卧室那扇紧闭的门。

"我想他还在睡梦中。"他说。

明亮的夏日，刚刚夜晚七点。华生对老朋友这种颠倒的作息时间再熟悉不过了，因此对此觉得十分正常。

"我想又因为一桩案子吧？"

"不错，先生，刚才他还在冥思苦想案情呢，我真担心他的身体无法承受，他的脸又苍白，又清瘦，到现在他还没有吃任何食物。'福尔摩斯先生，您什么时候吃饭？'哈德森夫人问。'七点三十，后天'他说，您可想象得出当他在推想案情时就是这样子。"

"是的，毕利，我很清楚。"

"他最近在调查一个人，昨天他就装扮成一个寻找工作的工人出去了；今天，他又将自己扮成一个老太太，我几乎被他欺骗过去了，想不到他还擅长这个。"毕利咧嘴一笑，又指了指一个在沙发上的很大的太阳伞。"那就是扮老太太用的道具。"他说。

"毕利，你知道他在调查什么吗？"华生问道。

毕利用一副事关国家大事的样子，低低告诉我："先生，我可以跟你讲，但不能外传，是一桩王冠宝石案。"

"你是说那件事关价值十万英镑的盗窃？"

"不错，他们要求一定要将它追回，先生。哇，首相和内阁大臣就坐在那个沙发上。福尔摩斯先生自然对他们很客气。他很快将他们的情绪稳定下来，并答应他将想尽一切办法。后来肯特莫尔公爵也来了。先生，你知道这说明了什么吗？要是我可以这样说的话，他有一个不开窍的脑袋。我能和首相非常亲近，而且那个内阁大臣对我也有好感——他看上去温文尔雅、彬彬有礼，但我就是对那个公爵有意见。你知道，他对福尔摩斯先生不太相信，还不想雇用他呢。我看他宁可找不回那件宝贝。可是，我认为什么事都无法欺骗福尔摩斯先生。"

"嗯，我们希望他一切顺利，马到成功，让那个肯特莫尔公爵颜面尽失。"华生说，"毕利，窗户上的窗帘是怎么回事？"

"三天前福尔摩斯先生叫人弄上去的。它的后面，或许有什么令人感兴趣的东西。"说着毕利走了过去将罩住拱形窗的帘布拉开。

华生看了一眼忍不住非常吃惊，因为那里放置了一个福尔摩斯的假人像。假人像穿着长袍，脸微微面向窗朝下，好像正在读一本书似的，同时，身体坐在扶手椅中。毕利将假像的头部动了动，让它朝上。

我们将假像变换角度，让它看上去更像真人似的。假如百叶窗不拉下的话，我还真有点不敢动它。可当窗帘被拉起来时，你就可以从路那边发现它。

"在这之前我们也放过一次类似的东西。"毕利说。他将窗帘向两边拉开，并透过窗户向街上望去。"有些家伙在那边一直对我们进行着监视。在窗口我现在还能看到一个家伙。你可以过来瞧瞧。"

华生刚要过去，突然卧室的门开了，又瘦又高的福尔摩斯走了出来。他苍白的脸色阴沉着，他的步伐和仪态却显得健硕有力。他一步跨到窗前，又一次将百叶窗拉下来。

"好了，毕利，"他说，"你胡闹什么，不要命啦，而我还离不开你呢。华生，再一次在老地方看见你非常高兴，你来得正是时候。"

"我急匆匆地赶来了。"华生回应道。

"你可以离开了，毕利。那小子真是麻烦得很，华生，我怎样做才能让他不冒险？"

"冒险？什么意思？"

"暴毙而亡，我等着今晚有事发生。"

"会有什么事发生？"

"被人谋杀，华生。"

"什么，不要开这种玩笑了，福尔摩斯先生。"连我有限的幽默感也不致开这样的玩笑。但是无论如何，眼前还是娱乐一下吧，对不对？可以喝酒吗？煤气炉和雪茄放在原地不动。你去坐在原来的扶手椅上，让我看看。我希望你不是很讨厌我的烟管里冒出的难闻的烟草味，这几天，我就是以它为食。"

"你为什么不吃饭？"

"当你适当饿一下你的感官，你会发现它们更加敏锐。哦！当然，华生，我亲爱的老伙计，你是个医生，不过你也得承认：人的消化功能从血液中获得的，就是你的大脑所失去的。我就是一个大脑，而我身体的其他部分只是一种附件而已。"

"可这有很大的危险性，福尔摩斯先生？"

"哦，不错，一旦有差错，可要烦请你记住凶手的姓名和地址。你带上我的友谊和祝福离开，将它交给苏格兰·雅德的西尔瑞斯——尼格莱图·西尔瑞斯伯爵。将它记下来，伙计，记下来！ N.W.莫撒德花园一三六号。都写下来了吗？"

华生的脸不自主地抽搐了一下，因为我知道福尔摩斯此举是有很大风险的，也非常清楚他所说的或许只是对形势的最低估计，而并非夸大其词。一直以来，我都是做实事的人，而且自认为雷厉风行。

"不能把我落下吧，福尔摩斯，我已经闲了几天了。"

"华生，你的脾性不但没有变化，反倒变本加厉了。你肩负着医生的各项职责，一刻也没有停止过。"

"都是一些微不足道的小事，可——难道你就不能让那家伙受到法律的严惩吗？"

"你说的完全正确，华生，我可以的。这正是那家伙所担心和顾虑的。"

"可是你为什么没有那样做？"

"因为我现在还不晓得宝石在哪儿？"

"啊！毕利告诉我——王冠宝石被人偷了！"

"是的，就是那颗黄色的马扎灵宝石。我已将抓捕的网结好了，又有了鱼，不过到现在我还没有拿到宝石，捉住他们又有什么用呢？让他们被严惩，我们将会使世界变得更加美好。可是那不是我做事的目的，现在我要的是宝石。"

"你的鱼包括西尔瑞斯伯爵吗？"

"包括，而且是一条大鲨鱼。他上钩了。还有一条是拳击手山姆·莫顿。山姆为人可以，可惜被伯爵利用了。山姆不是一条鲨鱼，只能说是一条愚蠢的大鲔鱼，他一直在我的网里胡乱地瞎折腾呢。"

"西尔瑞斯伯爵在哪儿呢？"

"整整一个早上我都在他身边。华生，之前我扮成老太太的模样你看过，我还真的从未比那扮相更逼真的了。他还为我捡过太阳伞呢？'您要走稳，夫人。'他说，他口音里夹杂着意大利音。你要清楚，那家伙心情好时可以呈现出彬彬有礼的样子；心情不好时就换上一副凶巴巴的样子。生活总是有许许多多看似矛盾的事，华生。"

"极有可能发生的是悲剧！"

"嗯，是的。我尾随着他到了马尔利斯的老斯着本兹工作间。斯着本兹造的气枪——在我看来做得很精细吧，而且我敢说他现在一定就在对面的窗口。那个假人你看见了吗？我知道，毕利已给你看了。不错，随时都有可能有一颗子弹从那个假人头颅穿过。啊！毕利，那是什么？"

毕利拿着盘子来到屋内，盘子里放了一张卡片。福尔摩斯抬起眼睛扫了一眼，会心一笑。

"就是那人自己，还真出我的意料。勇气可嘉，华生！有如此的胆子！或许你听说过他一向有'射手'之称。要是能把我丢进他的猎物袋，那还真算得上是他射击生涯中最辉煌的战绩。这可以充分证明他深深地感觉到我的存在。"

"叫警察帮忙吧。"

"或许吧，不过不是现在。华生，你偷偷向窗外瞅一眼，看是否有人在街上转来转去的？"

华生从窗帘的一角十分谨慎地往外瞧了瞧。

"对，在那面门附近有一个长得很壮实的家伙。"

"那极有可能就是山姆·莫顿吧——就是那个忠实但愚蠢的走狗。那位绅士在哪儿呢，毕利？"

"在会客厅等您见面呢，先生。"

"我一按铃，就可以将他领进来。"

"好的，先生。"

"要是我不在房间，同样可以让他进来。"

"好的，先生。"

等到门关上之后，华生才十分认真地转身面对福尔摩斯。

"看着我，福尔摩斯，这完全不可行。那是一个亡命徒，他可能会谋杀你。"

"这一点我相信。"

"那你一定要允许我跟你在一起。"

"你可能会坏事的。"

"坏他的事吗？"

"不是的，华生，我亲爱的伙计，是坏我的事。"

"哦，我不可能离开你。"

"不，你要离开我，华生。我相信你会明白的，你肯定会玩这个游戏，而且我确信你将会一玩到底。那个家伙没有受到邀请自己过来，他可能会为此而把命丧在这里。"

福尔摩斯将笔记本拿出来，飞快写下下面几行字："乘坐马车去苏格兰·雅德，将它交给 C.I.D 的尤盖尔。叫警察来，将那家伙逮捕。"

"我愿意听你调遣。"

"在你离开的这段时间，我可能刚好有时间找到宝石在哪儿。"他按了一下门铃，"我建议我们从卧室出去。这第二个出口对我们真是太有利了。我十分愿意看到我的鲨鱼，而不愿意让他看到我。你应该清楚吧，我有我做事的习惯。"

片刻，当毕利将西尔瑞斯领进来的时候，房间已经空无一人。那位声名显赫的猎手、冒险家和花花公子，实际上却是一个黝黑的壮实的家伙，留着黑黑的大胡子，长着薄薄的小嘴唇，还有一个长长的鹰钩鼻。他穿着很考究，不过他精致的领带、晃眼的别针和戒指，有一种显摆的感觉。当门在他身后关上后，他开始用凶残贪婪的眼光打量四周，担心有什么埋伏。随后，当他发现在窗口的扶手椅上的那冷漠的头颅和睡衣的衣领时，想必内心产生了一股暴力冲动。首先，他的表情变得惊愕，随即，眼神变得阴暗、邪恶，又闪出一种报复希望之光。他向周围又多看几眼，看到没有其他人，就踮着脚尖，半举起粗棒，向那无声的假人像靠近。他蹲踞着，正要猛然跳起狠击一下时，突然一个冷静而嘲讽的声音从打开的卧室门里传来：

　　"不要打碎它，伯爵，不要打碎它！"

　　来访者不由地向后一退，一时之间的惊惧让他的脸都扭曲了。然而一瞬间，他再一次举起他的粗棒，像是要把他的怒火从假人像发泄到真人身上，可是对方灰眼睛里冷静的眼神以及脸上讥讽的微笑里的某种东西，让他的手不由自主地垂落了下来。

　　"它只不过是个玩意而已。"福尔摩斯一边说，一边走向那个假人像，"法国雕塑大师特伍涅尔的杰作。他非常善于做蜡人像，就如同你的朋友西着本兹善于做气枪一样。"

　　"气枪，先生！我不明白你要表达什么？"

　　"将你的帽子和棒放在旁边的桌上。谢谢！请坐在这里。把左轮手枪也掏出来，没问题吧？哦，很好。你来得真是恰逢其时，我正想找个时间和你说说话。"

　　伯爵以冒火的眼睛看着对方，眉毛向下一沉，威胁道："我也有些话想跟你聊聊，福尔摩斯。这也是我来这里的原因。我承认我刚才试图袭击你。"

　　福尔摩斯把脚放在桌子的一角不停摆动着。"我知道你会那样想。"他说，"可我不明白你为什么这样做？"

"因为你做出了很让我恼火的事，因为你已经派人跟踪了我。"

"你说是我派的人！绝无此事！"

"开什么玩笑！我让人尾随过他们。两个人才能玩那种游戏，知道吗，福尔摩斯？"

"那没有什么，西尔瑞斯伯爵，可能当你与我讲话时，请在我名字前加个前缀。你会清楚，作为我的日常工作，我该让自己对近一半的犯罪记录都要熟悉，而且你会同意，破例会招来他人的非议。"

"嗯，既然如此，福尔摩斯先生。"

"完全正确！可我敢说你误会了我的所谓的'手下'。"

西尔瑞斯伯爵嘲讽地大笑起来。"其他人也可以像你一样跟踪我。昨天是一个户外锻炼的老头，今天换了一个上了年纪的老太婆。他们一整天都在偷偷盯我的梢。"

"说实话，先生，你过于夸奖我了。老拜伦·达奥森在他被吊死之前的夜里说：对我来说，法律已经失去了作用。而现在你又在夸我那些微不足道的演技。"

"真的是你——你本人吗？"

福尔摩斯耸了一下肩膀。"在那个角落里，你还能看见我的道具。在没有怀疑之前，你在马尔利斯还彬彬有礼地递给我的太阳伞。"

"要是我早知道，你极有可能永远没有——"

"不会再出现在这里了，我自然非常清楚这一点。令人遗憾的是我们大家都没有抓住机会。事实上，是你没有估计到，所以我们都还可以安然坐在这里！"

伯爵眉头紧蹙，眼神中透出凶光。"你所说的只会使事情变得更加难以收拾。不是你的'手下'，而是你化了装来跟踪我！你已承认戏弄了我，这是为什么？"

"你又这样了，伯爵，你经常在阿尔及利亚射杀猛狮。"

"什么？"

"可那又是因为什么？"

"因为什么？那种运动让人感觉刺激，又惊险！"

"而且，让那国家免受其害？"

"是的！"

"可问题就出在这里！"

伯爵跳起来，他的手下意识地去摸屁股兜。

"请坐下，先生，请坐下！还有一个更为现实的原因，那就是我想要那颗黄色的宝石！"

西尔瑞斯伯爵坏坏地一笑，然后向后又坐在椅子里。

"听我跟你讲！"福尔摩斯说，"你早知道我是因为这件事查你。今晚你来这里的真正目的是，想了解一下我对此事知道多少内幕，想知道我距离目标有多远。对，我应该说，从你的角度来讲，它十分关键，因为我已掌握了一切，只有一事尚不清楚，不过你会告诉我的。"

"哦，是吗？上帝呀，你漏了什么？"

"现在宝石在哪儿？"

伯爵锐利的眼神射向对方。"哦，你想知道这个吧？你想什么呢？我怎么能告诉你它在什么地方！"

"我相信你会告诉我的。"

"真是痴心妄想！"

"你是无法瞒得住我的，西尔瑞斯伯爵。"当他盯住福尔摩斯看时，发现福尔摩斯的双目闪烁着精光，如同两颗威慑人心的钢球一般，"你已经是强弩之末了，我可以看透你的内心。"

"那么，你说说宝石在哪儿！"

福尔摩斯有些意味深长地拍了拍手，然后有些搞怪地竖起一根手指。"那么你是知道它在哪里了，你已承认了！"他说道。

"我哪有承认啊。"

"现在，伯爵，假如你理智的话，我们做笔交易，否则的话，你就麻烦缠身了。"

西尔瑞斯伯爵将目光投向天花板。"你在吓唬我！"他说。

福尔摩斯就像一位象棋大师在琢磨一步意义重大的杀着一般，用锐利的眼神看着对方。然后，他猛地将桌子的抽匣拉开，从抽屉里掏出一个很厚的笔记本。

"你知道我这本子里都记了些什么吗?"

"不知道,我不需要知道!"

"记着你!"

"记着我?"

"不错,先生,记着你!你所有的一切——你那邪恶且危险的生活。"

"不知死活,福尔摩斯!"伯爵大叫,眼睛几乎要喷火,"我无法忍受你了!"

"都在这里记着呢,伯爵。这里有老哈罗尔夫人死亡的确凿证据。她给你留下了布利莫房产,可你却很快把它输掉。"

"不要再说梦话了!"

"还有美尼·旺兰德小姐的全史。"

"啊,你可真会望风扑影!"

"还有很多事呢,伯爵。这里记录的是1892年2月13日开往利维拉的火车豪华包厢的抢劫案。这里还有隆乃斯信贷中同年伪造的支票。"

"不对,那个与我无关。"

"哦,那么其他与你有关?现在,伯爵,你是个赌徒,当所有的王牌都被别人拿走了,那么,还不如干脆缴械投降。"

"你跟我说这些与你所说的宝石有关吗?"

"不要急,伯爵,慢慢来!我现在就直奔主题吧。我手中掌握的所有证据都会让你深陷麻烦中,可最重要的是,就王冠宝石而言,这案子对你和你的拳手也明显不利。"

"是这样吗?"

"带你去怀特夯,又带你离开的那个车夫被我找到了。我又看见涉入此案的门卫,还有那个拒绝为你效力的爱克·桑德斯,他已经将你告发了,游戏就要结束了。"

伯爵额头上一根根青筋凸显。他将那长满绒毛的黑拳紧紧握住,极力压制情绪。他想说什么,不过又什么也没说出来。

"我将它放在桌子上。它里面缺了一张牌,那就是王冠宝石。我确实不清楚它在哪儿。"

"你永远无法知道的。"伯爵说道。

"不是这样吧？现在，请你放聪明一些，伯爵，想想你的处境吧，你将在监狱度过二十年。山姆·莫顿也逃不脱这个下场。从宝石中，你能得到什么好处呢？我告诉你，你将一无所获。不过要是你把它拿出来，我会将此事压下来。我不想要你或山姆，我只想获得宝石。还是放聪明些吧，就我而言，只要你以后学乖一点，你会恢复自由的。稍有一着不慎，你的好日子就到头啦。不过这一回，我的酬金就是要得到宝石，而不是你。"

"可是如果我不遵从呢？"

"为什么？既然这样——哎！——那就不要宝石，而要你了。"

随着按铃声，毕利出现了。

"我看，伯爵，将你的朋友山姆也叫过来来谈谈，毕竟，他也参与了其中。毕利，你去找一下前门外那个很壮实的绅士，让他来一下。"

"假如他拒绝呢？"

"那就不强求，毕利，不要跟他来硬的。不过要是你告诉他，西尔瑞斯伯爵叫他，他就会来的。"

"你准备做什么？"毕利一走，伯爵就问。

"我一个朋友华生刚才和我在一起。我跟他讲，在我的网里已有一条鲨鱼和一条鮈鱼；现在我要将我的网收起来了，它们就在一起了。"

伯爵从椅子上坐起来，将手伸向后面。福尔摩斯从他的睡衣的口袋里支起某个东西。

"我不会让你死在床上的，福尔摩斯。"

"我也有过这样的想法，可那很重要吗？伯爵，你的下场更有可能是竖着死而不是横着死，看你的将来多么可怜。为什么我们不能退一步海阔天空，趁现在好好享受一番呢？"

就在这个时候，那个凶残无情的恶魔吓人的眼睛里，掠过一道野性的凶光。当他正紧张地准备动手时，却发现福尔摩斯的身影显得越发高大。

"伯爵，你即使扣动手枪的扳机，也是没有任何用处的。"他语调平静地说，"我很明白你不敢这么做，即使我让你那样去做。哎，那令人讨厌的枪声,伯爵,还是改用气枪吧。啊!我好像已听到你亲爱的同伙清脆的脚步声了。你好,莫顿先生,街上是不是很没有意思?"

来人是一个大块头的年轻人,就是那位拳击手,他长着一副扁平的脸,看上去愚蠢、倔强。他笨拙地站在门口,表情有些茫然,他四下打量了一番,然后面向狡猾的同伙求助。"发生了什么事,伯爵?这家伙想要干什么?出了什么事?"他的声音深沉而沙哑。

伯爵耸了一下肩膀没有说话。

福尔摩斯应声说:"要是任我简要地讲,莫顿先生,我应该说一切都了结了。"

那个拳击手依然在同他的同伴说话:"这家伙在开什么玩笑,还是怎么啦?现在我可没有开玩笑的心情。"

"我想不是这样的。"福尔摩斯说,"我会向你保证,如果再迟一些你就更没有幽默感了。现在,看这里,西尔瑞斯伯爵,我时间很珍贵,同时我也不愿浪费时间。我要回卧室休息了。趁这个机会,请你随意一些。当我不在的这段时间里,你可以和你的朋友商量一下。我先用小提琴拉一曲威尼斯船歌。五分钟之后,我会回到这里听你们最后的答复。你不会放过这个机会的,不是吗?我们将你带走呢,还是你给我们宝石呢?"

说完福尔摩斯转身离开,顺便从角落拿起小提琴。没过多久,一声悠长而凄凉的音律从关闭的卧室若有如无地传来。

"什么声音?"拳击手看着他的同伴,有些焦灼地问,"他已经知道宝石的事了?"

"他知道的事太多了。在我看来,他好像什么都知道了。"他的同伴说道。

"上帝呀!"拳击手的脸顿时变得一片苍白。

"爱克·桑德斯将我们出卖了。"

"是他出卖了我们吗?要是我因此送命的话,无论如何我都饶不了他。"拳击手发狠地说道。

"那有什么用。我们商量一下该怎么办。"

"稍等。"那个拳击手说,然后有些狐疑地看了看卧室的门。"他是个十分奸诈的滑头。我想，他会不会偷听我们的谈话？"他问道。

"拉着小提琴，他如何能偷听？"

"你说的有道理。可能窗帘后面有人。这间房有很多窗帘。"拳击手四下打量，突然一眼看见窗口的假人像，惊得他说不出话来，只用手指着。

"好了，别瞎担心，那只不过是个假人。"伯爵说。

"假的，是吗？真的吓我一大跳！图桑德夫人不在那儿，她是他的生活支柱，是衣服，是一切。可是那些窗帘，伯爵！"

"哦，别管那些窗帘了！我们不要再浪费时间了，时间已经所剩不多了。他能用宝石拖住我们。"伯爵说道。

"该死的，他会这样做的！"

"假如我们仅告诉他宝石在哪，他就不会再找我们的麻烦。"伯爵说道。

"什么！放弃它？放弃十万英镑？"

"两者只能选一个。"

拳击手抓了一下他的短平头。"那儿就他一个人，要不然我们去把他除去。要是他的灯一熄，我们就没什么可害怕的。"

伯爵摇了摇头。"他的手枪已经装上了子弹，已经有所准备。即使我们毙了他，我们也很难从此地成功逃离。另外，非常有可能，警察已知道他得到什么证据了。啊！看，那是什么？"

窗口似乎传来什么声音，两人受惊似的立刻跳起来，可是一切静悄悄的。除了坐在扶手椅上的奇怪的身影外，房间里什么都没有。

"街上传来的，"莫顿说，"不管了，现在只管这里，伯爵，你聪明，想想办法，要是来硬的不行，就只能依靠你啦！"

"聪明人我见多啦，岂能害怕他。"伯爵回答道，"宝石，就在我秘密口袋里放着呢。我不敢随便放置它，今晚就把它运出英国，在星期日之前，在阿姆斯特丹将宝石切成四块。他还不知道凡赛德。"

"我想凡赛德下星期会离开。"

"那没问题，可是现在他肯定要乘下班船离开。我们其中一个必须携带宝石溜走，到拉姆街找到他。"

"可是假的底子还没有做好。"

"那他一定要见机行事，不能错过良机。"再一次，他凭借着探险家对危险的那种直觉，停了下来，眼睛看着窗口。"对，确实是从街上传过来轻微的声响。"

"至于福尔摩斯，"他继续说，"他很容易被欺瞒。你瞧，宝石即便被那个傻瓜得到了，也不会抓我们。好，那我们就答应把宝石给他。我们做个套，当他明白过来时，宝石已在荷兰了，而我们也已在国外了。"

"棒极了！"山姆·莫顿咧嘴一笑，兴奋得叫出声来。

"你去跟那个荷兰人讲，让他赶快走人。我来与这个乳臭未干的家伙过招，哄他一番。我跟他讲宝石在利物浦。真是让人讨厌，什么吱吱歪歪的曲子，这么让人厌烦！当他发现宝石不在利物浦时，它已经在船上了，我们在欣赏着蓝色的大海。来这儿，将那个锁眼取下，宝石在这里。"

"我认为，你会带着他。"

"我把它放在哪儿更安全呢？要是我们将它带出怀特夯，自然有人会带出我的住处。"

"还是让我们再看一看它吧。"

西尔瑞斯伯爵有些不耐烦地看了一眼自己的同伙，没有理会伸过来的脏兮兮的手。

"干什么——你想我会从你手上抢走它吗？看这里，先生，你那个态度让我忍受不了。"

"哎，我不是有意的，山姆，不要浪费时间吵了。假如你想看它美妙之处，那么你到窗口来。借着光看！来这里！"

"非常感谢！"

福尔摩斯从假人像的扶手椅上猛然窜出，迅速伸手夺过那宝石，然后一手拿着宝石，一手拿着左轮手枪指着伯爵的头。两个家伙禁不住倒退一步，都惊呆了。还没等他们恢复镇定，福尔摩斯已按响了电铃。

"不要乱动，先生们，老实点，我警告你们。你们要知道现在你们的处境。警察正在下面候着呢。"

现在伯爵既不知道愤怒，也不知道害怕，完全是一头雾水。"你这该死的怎么——"他喘着粗气说。

"我知道你会吃惊的。你没有察觉我卧室的第二道门通往窗帘的后面。我原先估计当我替换假人时，你肯定听到了我的声响，不过我很幸运骗过了你。它让我有机会听到你们亲密的谈话。要是有我在，你们恐怕不会那么放开地去说那些话。"

伯爵做了一个无可奈何的手势。

"我们给了你想知道的，福尔摩斯，我猜你自己也不是什么好人吧。"

"说那些已经没用了，恶人远在天边，近在眼前啊！"福尔摩斯微笑了一下，回答道。

渐渐地，山姆·莫顿明白过来眼前的一切。当外面楼梯上响起沉重的脚步声时，他终于高叫起来。

"有警察！"他说，"可是我不明白那吱吱歪歪的曲子是怎么回事！我明明听得很清楚。"

"嘘！"福尔摩斯回答道，"你的听觉没有问题，不过我让它自己响，不就可以了吗！我想说这些现代留声机真是一个让人敬佩的发明。"

警察一下子冲了进来，随着手铐的咔嚓声，两名罪犯被带入下面候着的出租马车中。华生缠着福尔摩斯，祝贺他在他美丽的花冠上又给自己增添了一片新的花瓣。谈话中，毕利端着盘子进来了。

"先生，肯特莫尔公爵来了。"

"哦，引他进来吧，毕利。他是个享有很高荣誉的贵族。"福尔摩斯说，"他很忠诚而优秀，不过却是个保守派。我们是不是可以冒昧地跟他开一下玩笑呢？可以推断，他对发生的事肯定什么都不知道。"

门开了，一位身材消瘦、不苟言笑的人进来了。他脸庞瘦削，留着一撮黝黑的胡须，这与他那宽阔的肩膀很不相称。福尔摩斯热情地向前，同时缓慢地伸出了一只手。

"欢迎您，肯特莫尔爵士！一年中这时候，气温就是有些低，不过室内挺暖和的。让我来帮您脱上衣吧？"

"不用了，谢谢！我不脱上衣。"

福尔摩斯却拉着袖口不松手。"请答应我这样做！我朋友华生会向你证明，天气变化有多么可怕。"

那位爵士有些厌烦地将搭在身上的手甩开。"我这样挺好，先生，我很快就走，我只是过来看看，想知道你正在调查的工作进展如何。"

"我只能说难——确实很难。"

"不出我的预料，这不奇怪。"那个公爵的话语和态度中，透着一种压抑不住的讥笑，"谁都有力有不逮的时候，福尔摩斯先生，不过至少它对我们自鸣得意的弱点有好处。"

"是，先生，我始终感到困惑不解。"

"这没有什么好疑惑的。"

"有一事我很迷茫，可能你能使我茅塞顿开。"

"那天晚些的时候，如果你听从了我的劝告，我想你就会有用不尽的办法，可是如今就不太好办了，不过我还是愿意帮你。"

"肯特莫尔公爵，我认为我们肯定先要制定一个起诉盗贼的计划。"

"不急，还是等你抓住他们再说吧。"

"是这样，不过问题在于——我们如何对收赃者进行处理？"

"这来得及！"

"我们还是先计划好。现在，对收赃者起诉最好的证据是什么？"

"真正的赃物，也就是宝石了。"

"你会以偷蓝宝石的罪名将他逮捕吗？"

"这自然。"

福尔摩斯很少笑出声来，就华生回忆说，可是当时他几乎快要哈哈大笑了。

"如果是那样的话，我亲爱的先生，我不得不对您说'你被捕了'。"

肯特莫尔爵士顿时恼羞成怒，紫色的脸涨得像火一样红。

"你如此大胆，福尔摩斯先生，我为官五十年，还没有人让我受过这么大的耻辱。我公务繁忙，没有时间与你开玩笑，没工夫奉陪，我不妨实话实说，先生，对你的能力我一直就没有相信过，而且我一直认为此事不如早交给警察处理为好，你现在的行为，证实了我当初的预料是多么的正确。先生，我要跟你道声'祝你晚安'了。"

福尔摩斯身子瞬间一转，将公爵堵在了门内。

"不要急，先生。"他说，"你如果带着马扎灵宝石离开，要比现在揣宝石更是罪不可赦。"

"福尔摩斯先生，你如此放肆！我很生气，请让开！"

"摸一摸你上衣的右口袋。"

"你究竟想干什么，福尔摩斯先生？"

"快些吧，来，照我说的去做。"

随后，那位神色巨变的贵族站在那儿，表情呆滞，颤抖的手里出现一颗大大的金黄色的钻石。

"这是怎么回事？怎么回事？这是什么——福尔摩斯先生？"

"真是不幸！肯特莫尔公爵，太不幸了！"福尔摩斯大叫，"要是我老朋友在这儿他一定会跟您讲，我有一个不太好的习惯——就是喜欢和人开玩笑。恕我冒昧——实在有些冒昧。我承认在见面时就已经将宝石放进了您的口袋。"

那位老贵族禁不住将目光从宝石移开，然后直勾勾地看着他面前那张笑脸。

"先生，我十分茫然不解，可，这确实是王冠宝石。我们对您的感激无以言表，福尔摩斯先生，不过你得承认，你的幽默还是让人有些受不了，而且它的重见天日，也非常出人意料，不过至少我得撤回对你超群的职业才能的偏见，可是你究竟怎么——"

"这个案件只完成了一半，以后再说细节。显而易见，肯特莫尔公爵，当你回到你们的上流圈子后，可以非常自豪地宣告一下此案的成功告破，算是对我这个小小玩笑的某种回报。毕利，请送一下公爵，然后告诉哈德森夫人，要是她能尽快送两个人的晚饭过来，我将非常感激。"

四 石桥附近的女尸

考克斯有限公司的银行保管库地处查令十字街，保管库里有一个特别旧的锡质文件箱，人们都不曾理会，箱子上面刻的是我的姓名：约翰·华生，医学博士，隶属于印度部队。箱子里面塞满了纸，纸上记录的都是夏洛克·福尔摩斯先生在不同阶段侦查的案子，其中有些没有结局、无从说起的案件，一直没有成功破获，那是些很有趣的案子。

也许这些毫无结果的案件更能吸引研究者们，然而普通读者难免会觉得枯燥无味，像詹姆斯·菲利莫尔这样的案件：这位先生返回自己家去拿雨伞，就从此在世界上消失不见了。另外还有一个案子：小汽艇"阿丽西亚"号，它在春日的一个早晨驶入了一团雾气中，从那以后也消失不见了，船上面的所有人从此再也没有消息。还有一个这样的案子：伊萨多拉·伯桑诺是一位很有名的记者，突然有一天精神失常，两眼瞪着一个火柴盒，火柴盒里面装的是奇怪的肉虫。

此外，还有一些案件不能出版。如果公开出版的话，会牵涉某些家族的隐私，对他人造成伤害，也会引起很多社会人士的恐慌。我绝对不会做泄露别人私密这样的事，目前这些问题由我的朋友福尔摩斯来处理，我现在要做的就是销毁和清理这些旧的记录。由于我考虑到过多的读物可能会影响到我心里特别尊重的那个人，所以有很多特别有意思的案子，一直没有整理出来编辑出版。其中，有一些是我作为目击证人时参与办理的案子，还有一些是我没有参与只略知一二的案子，故只能以第三者的身份来叙述。下面这个故事是我的亲身经历：

那是十月狂风大作的一个早晨，我早上起来穿衣服的时候，看到后院一棵法国梧桐仅余的树叶被大风卷去了。我下楼去吃早餐，一边走着一边想："我的朋友今天必是抑郁寡欢，因为正如所有伟大的艺术家一样，他的心情很容易受到周围环境的影响。然而出乎我的意料，他看起来非常高兴，而且快吃完早餐了，浑身上下都透露着他独有的兴奋劲。

我问了一句："福尔摩斯，是不是有案子了？"

他回答："看来我的推理能力也会传染到你嘛，华生。没错，确实有案子了。经过了一个月的无所事事，我终于有事可做了。"

"可以让我一起参与吗？"

"我们可以一起讨论，不过这次不会有太多的行动。这是新来的厨子煮老的鸡蛋，你先把它吃掉吧。我估计这煮鸡蛋时的火候和前厅桌上放的那本《家庭杂志》不无关系。像煮鸡蛋这样的小事，也必须得集中注意力去计算时间什么的；恐怕妨碍计算时间的就是那本杂志上面的感人爱情故事。"

十五分钟后，我们吃完早餐。桌子撤下后，我们面对面地坐着，他随手从口袋里掏出一封信。

"你听说过金矿大王奈尔·吉布森这个人吗？"他问道。

"是美国那个参议员吗？"

"没错，他曾是西部某州的参议员，但是大多人仅知道他是全世界最大的金矿巨头。"

"我听说过这个人。他在英国不是也住了很多日子嘛，他的姓名大家都很熟悉。"

"是的，五年前他在汉普郡买了一个不小的农庄。你是不是听说他妻子惨死的事情了？"

"我觉得这应该是他上头版头条的原因，但具体细节我并不知道。"

"我也没料到我会参与到这个案子中，否则我早就把摘要弄好了。"他的手指向椅子上的一叠纸，"尽管这个案子轰动一时，但情节却是非常简单清楚的。被告人虽然极具人格魅力，但证据确凿，这是法院起诉的观点，也是验尸官起诉的观点。现在这个案子已经移交温切斯特巡回法庭审理。尽管我会发现事实，但却无法改变事实，恐怕这是个费力不讨好的案子，除非我能找到全新的或者意外的事实，否则我的当事人没有任何成功的希望。"

"你的当事人？"

"哦，华生，我忘了告诉你，我也染上了你那种倒叙的糊涂习惯了。你先看一下这封信。"

说着他递给我一封笔迹粗犷的手札，上面写的是：

克拉里奇饭店 10 月 3 日

福尔摩斯先生：

我不能眼睁睁地看着这个世界上最善良的女人走向死亡，我要尽最大力量去援救她。我敢肯定邓巴小姐是无罪的，对此，我不能做任何解释，也不想去解释。您知道事实的经过——谁会不知道呢？此事已经成为全国的新闻。却没有一个人肯站出来为她说话！正是这种不公，让我都快要发疯了。连一只苍蝇也不忍杀害的善良女人竟然受到这样不公的待遇。我明日十一时会前来拜访，相信您可以在黑暗中找到光明。也许之前我得到过什么线索，却未曾留意。不管怎样，只要您能救她，我所知道的一切，我所有的一切，甚至我的生命，我都会毫不犹豫地为您所用。相信您一定会倾尽全力来办理这个案子。

奈尔·吉布森

"你看，就是这封信了。"福尔摩斯将早餐后抽完的一斗烟灰敲了出来，接着又轻轻装进去一斗烟草，"我就是在等候那位先生。有关这个案子的情节，你也不可能在短时间内看完这么多的报纸，如果你想知道这个案子的详细经过，那最好听我简短地跟你说一下。依我看，这个人不但是世界上最有势力的金融巨头，而且是最令人生畏和脾气暴躁的人。这个悲剧的牺牲者，就是他娶的一个妻子，我只清楚她年过不惑。另外家中还有一位可爱的青年家庭女教师，由女教师来负责教育两个孩子。女主人年老色衰，显然这更不利于她。这三个人就是这个案子的主人公，故事发生在一所古老的庄园，它曾经是英国政治历史的中心。事情的经过是这样的：一天夜晚，女主人披着披肩，穿着晚礼服在离宅子半英里左右的地方，被一颗突如其来的子弹打穿了脑袋。现场没有任何谋杀的线索，附近也没有发现武器。华生，这一点你要注意——现场没有武器。谋杀也许是在夜晚进行的，护林人于十一点钟发现了尸体，尸体运回家之前，警察和医生对尸体进行了检验。经过就是这样，也许有些简短了，你可以听明白吗？"

"我听得很明白。那个家庭女教师为什么会是疑犯呢？"

"首先有确凿的证据可以证明，在她的衣橱底板上发现了一支手枪，而且这支手枪开过一枪，尸体上的中弹口径与枪的口径刚好吻合。"他拖长了语调，两眼直视，重复着说："她衣橱的底板上。"随后他又默默低头思考了。我不敢贸然打断他，我察觉得到他脑中的思绪很活跃。突然他又抬起头来。"发现了手枪就能定罪，是如此吧，华生？两个陪审团都是这样认为的。再有，死者身上有一个纸条，内容是约她在桥头见面，并且纸条的上面署有女教师的名字。如何？吉布森参议员是一个极具吸引力的男子，那么他妻子死后，除了早已得到主人青睐的这位年轻女士，谁还能更有希望继承女主人的位置呢？财产、地位、爱情，一切都取决于一个中年女人的死亡。真是可恶可恨！"

"对，确实是这样啊，福尔摩斯。"

"还有，她也没有拿出自己不在现场的证据。除此之外，就是在出事前不久她到过命案发生的地点——雷神桥，这一点她不得不承认。因为有几个过路的村民看见她在那个地方了，所以她无法抵赖。"

"这样看来就可以定罪了。"

"可是，华生，雷神桥是一座有石栏杆的宽石桥，它跨越过一个很深又很长的芦苇池塘最窄的一部分，女主人的尸体就在桥头上。这些都是基本事实。咱们的当事人来了，比约定的时间早了许多。"

毕利开门进来了，可是让人意外的是，他报的姓名却是马洛·贝茨先生——显然我们对这个名字都很陌生。来客身材消瘦，有点神经质，举止犹疑，眼神惊恐——我作为一个医生，在我看来，这是一个即将要崩溃的人。

"放松心情，贝茨先生，不要太激动。"福尔摩斯说，"我们坐下来谈。我在十一点钟有约，我只能跟您谈一小会儿。"

"我明白。"来访的人像有哮喘病的人那样只说出了少许的话，"我是吉布森先生的农庄经理，他是我的雇主。福尔摩斯先生，他就是一个大恶霸！"

"您有些言重了，贝茨先生。"

"没办法，我只能这样说。时间紧迫，我不能让他知道我在这儿，他马上就过来了。我实在无法提前来，他的秘书弗格森先生今天一早才跟我讲他约您谈话的事。"

"您是他的经理？"福尔摩斯问道。

"我已提出辞职了。我只要再等十天左右，就能摆脱他的奴役了。他是一个对所有人都非常残酷的人。为了掩饰他的罪过，他才投身慈善事业，他妻子是他最大的牺牲品。他对他的妻子非常冷酷无情！我不知道他的妻子是怎么死的，但我敢说他使她生活悲惨绝望。她是巴西人，来自热带，这点您是知道的。"

"我未曾听说过。"福尔摩斯说道。

"她出生于热带，有火热的性格，热情并富有激情。她就是用这种热情去爱他的。我听人议论她原来非常美，但当她的魅力渐渐逝去后，她便失去了他的欢心。大家都非常同情她，喜欢她，恨他对她的恶劣。不过他能说会道，十分狡猾。这些就是我想告诉您的。不要相信他的甜言蜜语，他满脑子坏主意。我得走了，不！不能留我！他快来了。"

他仓皇失措地看了一眼钟表，就朝门外跑了。

"现在就这个事儿！"福尔摩斯沉默了一会儿，小声说道，"吉布森先生看上去有一个非常稳定的家庭，可是我想这个警告还是有一定道理的。现在我们只好等他本人来了。"

十一点的时候，楼梯上传来了沉重的脚步声，随后这位大名鼎鼎的百万富翁进了屋子。我一看见他，就理解了他的经理对他的恐惧和憎恶，以及那么多的企业对手对他的诅咒。假如我是一个雕塑家，想要雕塑一个具有代表性的企业家，一个拥有钢铁意志和铁石心肠的人，奈尔·吉布森先生当之无愧可以做我的模特儿。他那一脸傲气、高大瘦削的身影带给人一种饥渴贪婪的印象。把亚伯拉罕·林肯像的高贵之处换上卑劣，就与他有些相像了。他的脸如花岗石般冷峻，纵横的皱纹和伤痕布满在他那冷酷无情的脸上。他冰冷的灰色眼睛在浓眉下闪烁着狡黠，不时地打量着我们俩。当福尔摩斯介绍我时，他向我微微地鞠了鞠躬，顺手将一把椅子拉过来，神态威严地直对着福尔摩斯四膝相接坐下。

"我不绕来绕去，直接有什么就说什么了，福尔摩斯先生。"他张口便说，"我对经费不会放在心上，您可以尽管烧钱，要是您需要用火光照亮真相的话。这个女子是被冤枉的，她的罪名必须得到洗刷，我认为这是您分内的事，您说价格吧！"

"我的业务收费数目是固定的，"福尔摩斯声音冷漠地说，"我从不随意变更，除了有时免费。"

"那么，假如您不是很在乎金钱，请您考虑一下您的名望吧！假如您将这个案子办好，美国和英国的报纸都会把您捧上天，您将会成为两大洲的新闻之星。"

"非常感谢您的夸奖，吉布森先生，不过我也不需要吹捧。您可能会觉得奇怪，我不喜欢出名，我感兴趣的是问题的本身，说说事实经过吧，不要浪费时间了。"

"我看报纸上已经把关键情况都说了，我想我也提不出什么新鲜的东西来。不过，假如您有什么需要补充说明的情况，在这里我可以为您解答。"

"那么，就一点。"

"什么？"

"您和邓巴小姐的实际关系到底怎么样呢？"

金融大王似乎被吓到了，差一点从椅子上站了起来，随即又恢复了镇定。

"我认为您问的这个问题属于您的权力范围内的问题——您是在执行您的职责，福尔摩斯先生。"

"我同意这种说法。"

"既然如此，那我可以向您保证，我们之间完全是雇主和一个青年女家庭教师的关系，我只有在当着孩子面的时候才与她谈过话。"

福尔摩斯从椅子上站了起来。"我非常忙，吉布森先生，"他说，"我既没有时间同时也没有兴致进行不靠谱的谈话。您可以走了。"

紧接着，我们的客人也站起来了，他的大身体居高临下对着福尔摩斯。他的眼睛里燃烧着愤怒，灰黄色的脸颊有些泛红。

"您这是什么意思，福尔摩斯先生？您是在推脱这个案子吗？"

"至少我拒绝您本人。我认为我已经把话说得很明白了。"

"您言外之意是什么？提高价钱？怕困难？还是其他的？我有权利要求您对我解释。"

"您可能有这个权利。"福尔摩斯说，"我可以给您解释。这个案子已经很繁琐了，不要再加上错误的报告。"

"您认为我没有对您说实话？"

"我已经尽可能委婉地将我的意思表达清楚了，假如您要坚持用那个词来表述，我也没意见。"

我马上站了起来，因为我发现在这个富翁的脸上出现了一种凶恶的气息，同时他将他那巨大的拳头举了起来。而福尔摩斯微笑着，慵懒地拿起烟斗。

"冷静一下，吉布森先生。早餐后的争吵有碍消化。我认为，安静地思考一下，到外面散散步对您有好处。"

金融大王的怒火好不容易才控制住，他的愤怒转化为冷漠。我非常佩服他的自制力。

"好，那就听您的吧。我不会强迫您，相信您知道应该怎样处理自己的业务。这样对您是没什么好处的，福尔摩斯先生，我曾经打败过比您更强大的人，跟我作对是不会有好结果的。"

"这话有很多人也对我说过，我还是会选择坚持不变。"福尔摩斯微笑着说，"好了，再见吧，吉布森先生，您还有很多的东西需要学习。"

客人转身走了出去。福尔摩斯却毫不理会地吸着烟，出神地看着屋顶。

"华生，你是怎么看的？"他终于张口问道。

"这个么，说实话，想到他是一个不留情面清除所有障碍的人，也许他的妻子就是他的障碍，正如刚才贝茨先生告诉咱们的，所以……"

"言之有理，我也这样认为。"

"但他和女教师的关系到底是怎么回事，你是如何看出来的？"我问道。

"目的就是要诈一诈他，华生，诈他！联想到他的话语中有强烈的感情色彩，和他那不动声色的自制力很冲突，他显然是为了被告而不是对死者动了感情。要想知道事情的真相，就一定要弄清楚他们三个人之间的关系。你看到我刚才用单刀直入法向他进攻，他是如此从容地应对。其实我只是对他们之间的关系很怀疑，诈他的目的就是让他误会我已经知道了情况。"

"他还会回来吗？"

"那是一定的，一定会，他不会放弃的。你听！这不门铃又响了吗？听他的脚步声也传过来了。嗨，吉布森先生，刚才我们还说您快要来了。"

这次这位金融大王的神色可比走的时候要平和得多。他的愤怒眼神里显现着他受伤的自尊，但他肯定暗自告诉自己，只有先让步才能达到想要的目的。

"这次我思考过了，福尔摩斯先生，我觉得我刚才太冲动了，误会了您的意思。您有权力了解事实的真相，不管事实是怎样的，这一点我表示非常理解，不过我老实地告诉您，邓巴小姐和我的关系跟这个案子没一点瓜葛。"

"这是要由我决定的，对不对？"

"对，我认为是这样的。假如您是一个外科医生，必须要知道所有的症状才能够做出诊断。"吉布森说道。

"对，事实确实如此，病人如果不跟医生说实话，那他一定是别有目的。"

"可能是这样，但有一点不可否认，福尔摩斯先生，有人问起他与某个女人的关系如何时，人们大多都会有所戒备——特别是有真正的感情时。谁都不愿外人闯进自己的内心深处，但是您却突然闯进来，不过我可以理解，因为您的目的是好的，也是为了要拯救她。既然墙都已经推倒了，隐藏的东西也已经暴露，那您需要知道什么，您就问吧？"

"我想知道真相。"

金融大王迟疑了一会儿，他的表现就像在整理思绪一样，他冷酷而又布满深纹的脸看上去更加抑郁阴冷。

"我可以简单地跟您讲。"他终于说道，"有些事情既痛苦又难以说出口，我只挑主要的说。遇见我妻子的时候，我正在巴西淘金。玛丽亚·品脱是一个马诺斯官员家的女儿，长得非常漂亮。当时我是一个热血青年，但即使以今天的眼光看，我依然认为那时的她是一个美人。她的性格也与我所认识的美国女子截然不同，她有一种既丰富又深厚，热情、坚贞、容易冲动的热带气质，总之，我当时就喜欢上了她并娶她做了我的妻子。在几年的时间里，激情退去之后，我才意识到我们没有共同的东西，完全没有，因此我对他的爱冷下来了。如果她对我的爱也变冷淡，事情就好办了，但女人的特征您是知道的！不管我对她多么冷淡，她对我的感情丝毫没有改变。我之所以对她冷淡，甚至像有些人说的对她残酷，是因为我希望如果能使她对我的爱化为仇恨的话，对我们都没有坏处，可是没有起到效果，她依然深爱着我，二十年如一日，不管是在亚马逊的河岸，还是在英国的森林，我用尽了所有办法，她依然深爱着我。

"邓巴小姐的出现改变了这种局面。她应聘成为我们孩子的家庭教师。大家都认为她是一个非常美丽的女人，您应该也在报纸上见过她的照片。我不想把自己伪装得比别人高尚，我承认与这样一个女子在一座房子里经常接触并一起生活，我控制不住自己对她产生了强烈的感情。您会怪罪我吗，福尔摩斯先生？"

"我不怪罪您，如果您这样向她表白，那我就要怪罪您，因为她是在您的保护之下的。"

"可能是这样。"这位富翁说，随后责备瞬间又使他的眼睛产生了愤怒，"我不假装高尚。我这一辈子都是一个想要什么就会伸手去取的人，而我现在最需要的就是去爱这个女人，并且要得到这个女人，我就这样告诉了我的家庭教师。"

"所以，您就这样做了，是这样吧？"福尔摩斯如果动了感情，他的样子是怕人的。

"我跟她讲，如果可能，我一定会娶她，但这不是我能左右的。我说我不会在意钱，所有能使她感到幸福的事我都愿意去做。"

"真是慷慨。"福尔摩斯不无讥讽地说道。

"福尔摩斯先生，我来找您是探讨案子，不是来请教道德问题的，我不需要您的指教。"

"我之所以管这个案子，是看在这位年轻女士的份上。"福尔摩斯厉声说道，"在我看来她被指控的罪状，肯定不比你所承认的这些更糟，一个无辜的寄人篱下的女子你想这般毁灭她，像你们这种有钱人就该得到应有的惩罚，你们应该意识到，不是所有的人都会被你们买通，对你们的罪过可以做到视而不见。"

出乎我的意料，这个脾气暴躁的富翁居然接受了福尔摩斯的训斥。

"我自己也是这么认为的，感谢上帝，我的阴谋没有得逞。她坚持不同意我的请求，她本来立即就要辞职离开的。"

"那为什么没有走呢？"

"原因是她的家人还要靠她的工作来养活，她不忍心丢掉工作而不管他们，同时我也跟她发誓绝不会打她的主意了，她才同意留下来。还有一个原因，她明白她对我造成的影响，并且这种影响比世界上任何别的影响都更有力，她试图用她的影响力来做好事。"

"你指的是做什么呢？"

"她知道我工作的一些情况，福尔摩斯先生，我的事业非常庞大，庞大到超出普通人的想象。我既可以建设它，同时也可以破坏它，不过我总是在破坏它。我不仅将个人毁灭了，还将集团毁灭了，此外还有城市，甚至国家。企业的斗争很现实，很残酷，弱肉强食，我总是倾注全力，我从不喊疼痛，同时也不在乎别人的痛苦。不过她有不同的看法，在我看来她是对的。她认为一个人的财富不应该建立在一千个人被毁灭的基础上。我认为她能超越金钱而看到更长久的东西。在她看来我会听她的话，她一直以为通过影响我的行为，可以为公众谋些福利，于是她选择留了下来。之后这件事就发生了。"

"关于这件事情，您可以再具体说一下吗？"

这个富翁两手捧着脸，沉思了一会儿，然后说道：

"我明白，这对她会造成不利。女人的内心男人很难猜透。刚一出事时，我简直被震惊了，在我看来，我妻子是因为过分激动而完全改变了本性。我内心对此有一个解释，现在我将它讲给您听，无论是真是假。我妻子是一个十分喜欢嫉妒的女人。世界上有那么一种对精神关系的妒忌，它的危害要比对肉体关系的妒忌更加让人感到恐惧。尽管我妻子不会妒忌女教师和我的关系，这点她心里也很清楚，但她的确察觉到了这位英国姑娘对我的想法和行为的影响，即便这是一种好的影响，但她依然极度地憎恨，她血管里自始至终都流着亚马逊悍妇的血液。她也许想过要谋害邓巴小姐，也可能用枪威胁着她从这里离开，或者还发生了扭打，可能在这个过程中枪走火打死了持枪者。"

"这种可能我事先想到过。"福尔摩斯说，"也可以说，这是一种可以替代蓄意谋杀的解释。"

"然而我的家庭教师完全不承认发生过这种情况。"

"她不承认不代表证据，是不是？可以理解，一个处境凶险的女人也许糊里糊涂做了某事，之后拿着枪回到家。她也许会把它扔在衣橱里，她自己也说不清楚。当枪被查出来时她可能矢口否认此事，因为她知道不管怎么解释都是讲不清的。这个假设您打算用什么来推翻呢？"

"邓巴小姐本人的话。"

"或许吧。"福尔摩斯说道。他看了一下表，又说道："我估计今天上午我们就能获得许可证，然后乘晚上的车到温切斯特。当我与这位年轻女士见面后，我也许能起到非常好的作用，不过我不能保证什么。"

在获得官方许可证的问题上耽搁了一下，当天我们没有去成温切斯特，而是去了汉普郡的雷神湖区。吉布森本人没有随行，但是他给了我们萨金特·科文特里警官的具体地址，就是那个查验现场的地方警察。他脸色苍白、身材高瘦、表情怪异，感觉像是他知道很多情况却没有勇气说出来。他有一个毛病，就是总是会突然把声音压低，似乎在说些非常重要的事情，实际上说的都是些很平常的话。不过，他还算是一个正派诚实的人。其实他很需要帮助但又很高傲，不肯承认自己的能力一般。

"不管怎样，我宁愿是您而不是苏格兰场的人来参与此事，福尔摩斯先生。"他说，"上面一插手，地方警察即使成功也不会有荣誉，不成功还会背黑锅，我听说您是很公正的。"

"不用给我什么荣誉，"福尔摩斯对心事重重的警官说，"即使困难是我解决的，也不需要提我的名字。"

"我很清楚您非常大度，我知道您的朋友华生先生也是个大度忠诚的人。福尔摩斯先生，我们一边走一边说，有个问题我只对您一个人讲。"他四下张望了一下，好像有什么不敢讲似的，"您没感觉这案子应该不利于吉布森先生本人吗？"

"这点我也考虑过。"

"您从未见过邓巴小姐，不管从什么角度看她都是一个非常好的女人。他也许觉得他的妻子防碍他的事，美国人要比咱们英国人更容易动用枪，而那是他的手枪。"

"有证据能证明这点吗？"

"有，那是一对手枪中的一支。"

"一对中的一支？另一支在哪里呢？"

"他有很多各种各样的武器。我们还没有找到能与这支配上对的，但枪匣是装一对枪的。"

"如果真的是一对中的一支，肯定可以找到另一支的。"

"您可以去看一看，我们把枪放他家里了。"

"以后再说吧，现在咱们还是一起去现场看看吧。"

以上这些对话是在警官小屋里进行的，现在这个小屋已经成为地方警察的临时警局了。从这里走半英里路，伴着秋风走过布满金黄色的凋谢羊齿植物的草原，就来到通往雷神湖的篱笆门。过了这个篱笆门沿着一条小路，我们到达一块空地。空地上是一幢由木材建成的住所，那是一个一半仿佛是都铎王朝的风格，一半又似乎是乔治时代的建筑。建筑旁边是一个很长的小湖，上面长满了芦苇，小湖中心位置的湖面最窄。一些小沼泽分布在湖的两翼。石桥穿过湖面，走到桥头时警官停下来指着地面说："这儿就是发现吉布森太太尸体的地方。"

"尸体被移动之前您就到达这里了吗？"

"是的，我那时就到达这里了。"

"当时去找您的是谁呢？"

"吉布森先生本人。听有人大声喊出事了的时候，他就跟别人一起从住所里跑过来，他告诉其他人不许移动任何东西，等待警察的到来。"

"非常的明智。报道上说枪击距离不远。"

"对的，距离非常近。"

"距离右边太阳穴远吗？"

"枪口就是在太阳穴边。"

"尸体倒下时的姿态是什么样的？"

"是仰面倒下的，任何挣扎的痕迹都没有，也找不到任何的武器。她的左手攥着邓巴小姐给她的便条。"

"您是说在她的手里攥着？"

"是的，要弄开她的手指非常困难。"

"这点非常重要。这表明纸条不是死后有人故意放的，排除了做假证据的可能性。还有我印象中便条的内容非常简短，写的是：'我将于九时到雷神桥。格·邓巴'，内容是这样的吗？"

"是的，福尔摩斯先生。"

"邓巴小姐承认纸条是她写的吗？"

"是的，她承认了。"

"那么她是如何解释这件事的呢？"

"她的辩护想在巡回法庭上进行，现在她什么也不肯说。"

"这是一个很耐人寻味的案子。便条的用意模糊不清。"

"不过，"警官说，"如果我可以说说想法的话，我却认为在案情中唯一觉得清晰的就是便条的含意。"

福尔摩斯摇了摇头。"假如便条真的是出自她的手，那么肯定会很快送到的。那死者手里怎么还攥着便条呢？会面时她没必要再去看它吧？你不觉得这点很奇怪吗？"

"听您这么一分析，我也认为确实不太正常。"

"我要坐下来好好想一想。"福尔摩斯说道，说完他就坐在石栏杆上。能够看出他那警觉的灰眼睛在四下审视。突然他站起身来，跑到了对面的栏杆前，并拿出放大镜对着那儿的石头看。

"奇怪。"他说道。

"是的，栏杆上的凿痕我们也发现了。我猜测也许是路过的人凿的。"

灰色的石头上有一道白色的缺口，只有六便士的硬币大小。仔细观察，能够看得出是猛击的痕迹。

"要经过猛烈的撞击才会凿成这样。"福尔摩斯若有所思地说。他用他的手杖使劲敲了几下石栏，却没有留下任何痕迹。"真的是只有猛击才会出现这样的结果。令人奇怪的是凿在一个奇怪的地方——栏杆下方，而不是靠上面。"

"但是那儿离尸体至少有十五英尺。"

"是的，差不多有十五英尺，也许与案子没有关系，但还是要注意一下。嗯，这里也没什么可看的了。您说，在附近没发现脚印吗？"

"如同铁板一样硬的地面，福尔摩斯先生，上面没有任何痕迹。"

"那我们先去宅子里，瞅瞅您之前提到过的武器。接着我们到温切斯特去，我要去见见邓巴小姐。"

吉布森先生还没有回来，那位上午来访的贝茨先生出现在他的家里。他带我们看了他雇主用来摆放各式各样武器的陈列室，还真是让人看了胆战心惊。这些武器全部都是他的主人经历冒险时获得的。

"和吉布森先生为敌的人实在太多，只要了解他的作风的人都不会对此感觉惊讶。"他说，"他每天睡觉的时候，床头柜里都会放一支上了膛的手枪。他是一个狂暴的人，在大多数的时候我们都害怕他。他去世的夫人也会经常被他吓到。"

"您碰见过他对她动手吗？"

"这个我倒没碰见过，但我听他对她说过非常恶毒的话，极度侮辱她的话，还在佣人的面前讥讽她。"

"金融大王在个人生活方面似乎有些问题。"我们往车站走的时候，福尔摩斯这样说道，"你看，华生，我们又掌握了这么多的情况，还有新的发现，可是现在我依然不能下结论。即便贝茨先生非常不喜欢他的东家，可是他提供的情况却是：案发时东家一定是在书房里，直到八点半晚餐结束的时候。当然命案的时间是在夜里，可事件是在便条上的时刻发生的。找不到任何证据可以证明，吉布森先生下午五时从城里到家之后，也曾到过户外。相反，邓巴小姐承认，她确实曾和吉布森太太相约在桥边会面。除了这些她什么也不愿意说，是因为她的律师叮嘱她要保留自己的辩护直到开庭。我有几个特别重要的事情需要向她问清楚，得见到她我才放心去问。不得不说，这个案子对她很不利，除了一点。"

"除了什么？"我问道。

"当然是从她衣橱里面找到的手枪。"

"什么？"我惊讶地说，"我还以为这个证据对她最不利呢！"

"不是的。我刚了解时就觉得古怪了，现在对整个案情了解之后，我倒认为这点是唯一可靠的依据。但是道理要能讲得通才行，凡是存在矛盾的地方肯定会发现问题的。"

"我没明白你的意思。"

"这样，华生，假如你是一个设定好了计划除去情敌的女人。你按照计划，写了一个便条给对方。对方来了，你拿起事先准备好的手枪，开枪杀了她，一切干得那么干净利落。当你费尽心思作案之后，可能会干出这样一件这样蠢事吗？为什么不将手枪扔到身边的苇塘里去毁灭证据，却把枪带回去放在了自己的衣橱里？要知道那里将会是第一个受到搜查的地方。我认为，华生，即便是你也不可能那么蠢吧？了解你的人都不会说你会这样干。"

"可能是情绪一时激动——"

"不会，不会的，我认为没有那种可能。假如作案是事先谋划好的，排除可疑肯定也会事先谋划好的，所以，我觉得咱们好像面临着一个错觉。"

"但是你的观点依然存在很多的疑问。"我说道。

"不错，我们现在要做的事就是解决它。一旦观点转变过来，也许大家认为最不利的证据也会成为导向真相的线索。假如说，邓巴小姐说她根本不知道手枪，咱们通常设想她是在说实话，所以有人把手枪放进她的衣柜里。谁放的呢？一定是那个栽赃给她的人，一定就是那个犯罪的人，这样，我们很有可能马上就能找到一个有利的线索了。"

因为手续还没有办完，我们只好选择在温切斯特住一晚。第二天一早，在那位刚来就锋芒毕露的辩护律师乔埃斯·卡明斯先生的引导下，我们到监狱里探望了邓巴小姐。之前听了那么多关于她的事情，我内心已经对她有了一个轮廓，不过见了她却依然让我记忆深刻。难怪那位让人望而生畏的金融大王，都会在她这里感受到那么多有力量的东西，也能引导和制约他的东西。当你见到她那细致的面容和分明的眉目时，你都能感觉到，即便她会做出一时冲动的事，也是情有可原的。她的身上有一种内在的高贵气质，一种能让人产生好影响的高贵气质。浅黑的肤色，修长的身材，脱俗的仪态，端庄的气质让人一见倾心。此时她那双黑眼睛里却透露着茫然和无助，类似囚笼中困兽的忧伤。当她知道前来帮助她和看望她的就是非常有名的福尔摩斯时，她苍白的双颊泛起了一丝血色，看我们的目光也有了一丝希望的光芒。

"奈尔·吉布森先生应该已经对您讲过我们之间的一些事情了，是这样吧？"她低声问道。

"跟我讲过了。"福尔摩斯答道，"您不用再跟我讲那些不便说的事情了。见到您之后，我认为吉布森先生说的是事实，不管是你们之间的纯洁关系还是您对他的影响。那么，为什么这些情况没有在法庭上面说清楚呢？"

"因为我认为指控不会成立。之前我想，只要我们耐心等一等，所有的一切都会真相大白的，就不用再去提那些令人很难堪的家庭琐事。现在才明白，事情不但没有澄清，反而更加严重了。"

"亲爱的小姐，"福尔摩斯有些着急，"一定别对这点抱有什么幻想，卡明斯先生能证明，现在所有的情况都是对你们不利的，如果想胜利，我们一定要尽最大的努力。你现在的处境十分不利，相信您会用所有的力量来帮我找到真相。"

"现在任何的情况我都不会掩饰。"

"那您跟我讲讲和吉布森太太的关系。"

"她是恨我的，福尔摩斯先生。她对我的恨已经到达极点。她这个人做事毫不留情，她对她丈夫爱到什么程度，就对我恨到什么程度。应该是她误会了我和她丈夫之间的关系。我不想说对她不公的话，我看得出来她那强烈的爱是肉体意义上的，所以她不能理解，那种在精神上、甚至理智上把我和她的丈夫联系在一起的关系。她也不能理解，我之所以没离开仅仅是为了能对他产生好的影响。现在看来我的决定是错误的，我没有资格留下，因为我的存在让别人感到不愉快，不过即使我没有留下，他们也不会变得愉快。"

"邓巴小姐，"福尔摩斯说，"请您把那天的经过详细地告诉我。"

"我会把我知道的全部真相都告诉您，但是另外一些情况，我没有办法证实，还有一些最重要的情况，我解释不了，也想不到用什么方法去解释。"

"只要您把事实说清楚明白，或许有别人能解释。"

"好的，那天晚上我去雷神桥，是因为上午时收到吉布森太太给我的一个便条。便条就放在我给小孩上课那间屋子的桌上，也许是她亲手放在那里的。便条上写着让我在晚饭后去桥头等她，她有重要的事跟我说，还让我将回信放在花园日晷上，并说希望这件事其他人都不会知道。即使我不清楚她为什么要保密，我还是接受了约会，按照她的意思做了。她还告诉我把她的便条烧掉，所以我就将便条在课室的壁炉里烧了。她特别害怕她丈夫，她丈夫经常对她很粗暴，为此我还经常批评他。所以我觉得，她这样做的目的只是为了不让她的丈夫知道。"

"可是她却留着您的便条？"

"对。听说她死的时候手里还攥着那个便条，这让我感到很奇怪。"

"后来又发生了什么事？"

"我便准时去了雷神桥。我到那里时她已经在那儿了。直到那一刻，我才明白这个可怜的人是多么的恨我。她简直就是个疯子，好像患了精神病一样的矛盾和自欺，不然她怎么会一直对我很淡然而心里却又如此恨我呢？当时她说的那些话我不想重复，她将所有的仇恨和愤怒都化成了最疯狂的语言喷涌而出。当时我什么都没说，也没有办法说话。她的样子实在叫人不忍目视，我便转身捂着耳朵跑开了。我离开的时候她还在桥头上站着，站在那疯狂地谩骂。"

"她站的位置是后来发现她尸体的地方吗？"

"应该就在那几米之内。"

"你走没一会儿她就死了，您没有听见枪响吗？"

"没有听见。不过有一点，福尔摩斯先生，她的叫骂声把我弄得精神紧张疲惫，我一路迷茫跑回自己的屋里，没有注意到后来发生了什么事。"

"您是说您回到了屋里。那在次日的早晨之前，您一直在屋子里吗？"

"没有，当听到出事的消息之后，我就和别人一起跑去看了。"

"那么您看见吉布森先生了吗？"

"看见了，我看见他刚从桥头回来。他让人去请警察和医生。"

"那您发现他有什么特殊反应吗？"

"吉布森先生的自制力非常强，我觉得他的喜怒大多不会表现出来的。作为一个非常了解他的人，我看得出当时他是被深深地震动了。"

"再来说说最重要的，出现在你屋里的那支手枪，你之前见过它吗？"

"我对天发誓，我从来没有见过。"

"是在什么时候发现的呢？"

"第二天早晨，当警察进行检查时。"

"是在您的衣服里发现的吗？"

"是在我衣服和衣橱的底板之间发现的。"

"您认为它是在什么时间放在那里的？"

"头一天早晨以前它还未出现在那里。"

"您为什么这么讲呢？"

"刚好在头天的早上我整理过衣橱。"

"那么这就是很可靠的依据。可以说这是有人为了栽赃，把枪放在您屋内的衣橱里面的。"

"可能是这么回事。"

"会是在什么时候干的呢？"

"那一定是在吃饭的时候，还有就是我在课堂给孩子上课的时候。"

"也就是您收到便条的时候？"

"是的，从那个时候以及整个上午。"

"好，邓巴小姐，谢谢您。您再想想有没有遗漏什么有利于我侦查的要点。"

"我想不到了。"

"在桥的石栏杆上发现有猛击的痕迹，您认为这能说明什么吗？"

"我认为应该是巧合。"

"非常奇怪，邓巴小姐，怎么刚好是在出事的时间，在出事的地点出现痕迹的呢？又为什么会撞成那样呢？这需要非常大的力量才会凿成那样。"福尔摩斯说道。

福尔摩斯专心而苍白的面孔突然浮现一种迷惑而紧张的表情，经验告诉我，这是他展现他的天才思想的时候。他的思路总是在关键时刻表现突出，一时之间，我、律师、邓巴小姐，全部紧张而沉默着。他突然从椅子上跳起来，因为过于激动和紧张，我感觉他浑身在轻轻颤抖。

"华生，来，快来！"他向我招手。

"怎么了，福尔摩斯？"

"请你们放心，小姐、卡明斯先生，你们就等着听我的好消息吧。托正义的福，我即将侦破一个让全国人都欢呼的案子了。邓巴小姐，明天您可能就会等到消息了，现在就请您相信我吧，阴霾正在散去，真相马上就能揭晓，我非常有信心。"

从温切斯特到雷神湖本来很近，但现在对我来说，因为非常着急而感觉很遥远，而对福尔摩斯来说路程实在太长了。由于兴奋过度，他几乎快要坐不住了，不停在车厢里来回踱步，不时用他那敏感的长手指敲打着旁边的坐垫。马上就要到达目的地了，他突然坐在我对面，接着他把两手放在我的膝盖上，用一种非常调皮的眼神直视着我的眼睛。

"华生，"他说，"你好像同我外出办案时往往都是带武器的。"

我带武器对他有利而无害，每次他全身心思考问题时，他根本顾及不到安全问题，有好几次都因为我带的手枪救了他。我曾经跟他讲过。

"不错。"我说道。我将手伸到裤袋里，拿出了一把短小轻便又非常上手的小手枪。

他接过枪，打开保险扣，捋出子弹，细心地观察着。

"这枪真有重量，够沉的，"他说。

"对的，很沉。"

他拿着枪思考了一会儿。

"你知道吗，华生，"他说，"咱们的事情和你这支枪很密切。"

"你是在说笑吧。"

"不，我说的是真的。我们需要实验一下，如果实验成功，真相就会被揭穿了，我们的实验如何就看这支小枪的表现了。嗯，拿出一枚子弹，将其余的装好，扣上保险，可以了！这样重量就增加了，试验就更容易了。"

他的脑子里到底在想什么，我毫无察觉。他也没打算让我弄明白，而只是坐在那里出神。很快我们就在汉普郡小车站下了车。我们雇了一辆很破旧的马车，一个小时后，我们就到了那位对我们推心置腹的警官家里。

"福尔摩斯先生，找到线索了吗？"警官问道。

"现在就看华生医生的手枪了。"我的朋友说，"就是这把手枪。警官先生，您能给我找一根十码的绳子吗？"

我们来到本村的商店里买了一些结实的细绳。

"这些应该够用了。"福尔摩斯说，"如果你现在方便的话，咱们就可以踏上最后的旅程了。"

太阳渐渐落山了，汉普郡连绵不绝的旷野中展现出曼妙的秋色。警官有些不太情愿地陪着我们走，不时地用怀疑的目光看着我的朋友，似乎在猜测他精神是不是有问题。即将到达现场时，我能感觉到，福尔摩斯镇静表情后面的激动心情。

"我承认，"他回应了我的疑虑，"之前你是见过我失败的，华生。即使对这种事情我有一种本能，但本能往往会误导我。刚才在温切斯特监狱时，当我脑中出现这个想法的时候，我就非常肯定地相信它了。可是聪明的头脑最大的弱点，就是你总能想出各种有可能的答案而把你引入歧途。当然，对于这件事，咱们一试便能见分晓。"

他边走边把绳子的一端紧紧地拴在了手枪柄上。很快我们就到达了案发现场。在警官帮助下，福尔摩斯特别细致地画出尸体位置。之后他去灌木丛里找了一块大石头。他将石头拴在绳子的另一端，然后把石头由石栏往下悬吊在水面之上。他用手举着手枪站在出事的地方，枪和石头之间的绳子由于石头的拉力而绷得笔直。

"开始！"他喊道，与此同时他将手枪举到头部，然后把手一松。手枪被下降的石头拖得一下子飞了出去，啪的一下撞在石栏上，紧接着翻过石栏，掉进水中。福尔摩斯紧立刻冲过去，跪在了石栏的旁边。他大声地欢呼，看来他一定是找到了他想要找的东西。

"还能有更明确的证明吗？"他大声喊道，"快来瞧，华生，是你的手枪帮我解决了一切的疑虑！"他手指着那块凿痕，不管是大小还是形状都与第一块凿痕一模一样。

"我们今天晚上住旅店。"他站起身来说。身旁的警官惊讶不已。

"您可以用打捞钩毫不费力地就能捞起我朋友的手枪。在附近也能够捞到那位一心想要实行报复的女士使用的手枪、绳子和石头,这些都是她设计用来掩饰她的罪过,而且把谋杀罪成功嫁祸给无辜者的用具。请您转告吉布森先生,明天上午我要与他见面,商量怎样办理释放邓巴小姐的事。"

当天夜里,当我们在村里的旅店吸着烟斗时,福尔摩斯简单地理了理事情的经过。

"华生,"他说道,"我看到,你已经把这个雷神桥案件记录到你的故事里,我的名声肯定也提升不了吧?我的脑子有些反应不过来,我缺少那种将现实和想象结合起来的思考能力。我不得不承认,光凭石栏上的凿痕就足够证明案件所有的问题,但是我并没有用最短的时间得到答案。

"我们不得不承认,这个不幸女人的思维是非常精细的,所以揭露她的阴谋还是比较困难的。变态的爱实在太可怕,咱们经手的案子里这个算是比较奇特的。在她眼里,无论邓巴小姐是她精神上或者肉体上的情敌,都是不可原谅的。显而易见,她将她丈夫对她感情的粗暴拒绝所产生的怨恨,都施加到那个无辜的女子身上了。结束自己的生命是她死前的第一个决心,第二个决心就是竭尽全力让她痛恨的对手得到比死亡都可怕的遭遇。

"我们可以很清楚地看到她计划的每个细节,这些细节可以证明她的思维非常的精细。为了欲盖弥彰,她从邓巴小姐那儿非常巧妙地弄到了一个便条,让人一看就觉得是后者选择了犯罪的地点,但她急于想让人找到便条,做得太过头了,直到死时手里还攥着便条。其实我更早就应该怀疑这一点的。

"接着她拿了她丈夫的一支手枪,就在那天早上她将另外一支相同的手枪放掉了一颗子弹后,将其放进邓巴小姐的衣柜。如果找个树林放一枪绝不会引起别人注意的。按照计划,她来到桥头,设计好这个巧妙的办法来掩盖证据。就在邓巴小姐如约而往的时候,她就用她所有的力量把对她的仇恨发泄出来。邓巴小姐走远后,她就执行了这个可怕的计划。现在所有的情节都完整了,每一个环节也都弄明白了。报纸可能会问,为什么开始没有到湖里打捞？事后当一个合格的侦探总是容易的，不过有一点，苇塘这么大是无从下手的，除非你能很确切地知道需要到什么地方打捞什么东西。好了，华生，我们终于帮了一个强大的男人，还帮助了这个不平凡的女人。假如以后他们走在一起，我认为这也是很有可能的，金融界可能就会看到，那个伤心的课堂让吉布森先生学到了很多。"

五　爬行人

夏洛克·福尔摩斯建议把普莱斯伯利教授的离奇案情公之于众，这样一来，就可以将二十年前影响整个伦敦学术界和大学校园的恶意谣言澄清了。普莱斯伯利教授的这个离奇案子的真相在一个锡盒里已经尘封了很多年，直到目前我终于得到我朋友的许可，可以把所有的真相让大家知晓。普莱斯伯利教授的案子是福尔摩斯退休前接的为数不多的案子中的一件。考虑到这点，我的朋友建议我把这个案情公布出来，是经过再三琢磨的。

1903年9月初的一个周日，吃过晚饭后，我收到了福尔摩斯的简短留言：

方便的话立刻来一趟！速来！

夏洛克·福尔摩斯

福尔摩斯晚年时候跟我的关系是特别的。他是一个被习惯支配的人，他有很多根深蒂固不易变化的习惯，而与我来往早已成为他的习惯之一。作为一种习惯，我就像他的烟丝、提琴、陈年的老烟斗以及旧案的索引，让他割舍不了。他每次遇到困难的案子，需要一个同伴给予他更多的勇气时，就能显现出来我的用处。除了这些我还会有其他的用途：对于他的大脑，我就像是一块磨刀石。我能够刺激到他的思维。他喜欢在我面前和我大声谈论并梳理他的思绪。有些时候，我感觉他的话并不是对我讲的，更像是对墙壁说的。但无论怎样，他还是养成了大多数的事情都会对我讲的习惯，不管是我的表情或是我发出的感叹，还是能给他的思考带来很大帮助的。假如，我头脑中那一贯的迟钝有时会使他着急，但也会促使他的灵感更活跃并快速地迸发出来。在我跟他之间，这些可以算得上是我的不值一提的用处。

我很快就到了贝克街，推开门我发现福尔摩斯蜷缩在椅子上，眉头紧锁，嘴里叼着烟斗，很明显他又遇到难题了。见我进来，他指着我常坐的那张椅子示意我坐下，可是，大约有三十多分钟他又好像忘了我的存在。猛然间，他从沉思中缓过神来，脸上呈现出他那有点古怪的表情，他说道：

"亲爱的华生，我知道你会理解我的沉思的，我跟你讲，就在昨天，有人跟我反映了一些很奇怪的事情，这使我联想到了关于本性的问题。嗯！我想写一篇论文，以表明在侦查时狗所能起到的作用。"

"不错，福尔摩斯，但是研究警犬已经不是什么新鲜事了，比如警犬会……"

"不，不，华生，我指的不是这个，确实有非常多的关于警犬的研究。"福尔摩斯将我的话打断，"我指的是，在侦破案件的时候，狗可以提供给我们非常微妙的线索。铜山毛榉案你应该还有印象吧，那个案件就是我用匪夷所思的办法解决的，我通过研究那个小男孩的性情，推理出了他那备受尊敬又看似可亲的父亲的犯罪特点。"

"当然，我记得特别清楚。"

"我对于狗的看法大抵相同。狗是能反映出家庭生活的。一个抑郁的家里怎么会养出一条欢快而活跃的狗，还有就是一个欢声笑语的家里怎么会有一只耷拉着耳朵抑郁沉闷的狗呢？脾气暴躁的人养的狗也是狂吠不已的，阴险的人养的狗也不会正常。从狗的身上是能感受到主人情绪的。"

"但是，福尔摩斯，你讲这些太过牵强了吧。"我摆摆手，表示不认同。

这时福尔摩斯的烟斗已添上了烟叶，他又重新坐到椅子上。对我说的话，他似乎一点儿也没在意。

"我之所以跟你讲有关狗的性情的分析，是因为它刚好与我最近正在调查的案件有关。现在这个案子还没理清，我正在整理思绪。我觉得有个疑问是，普莱斯伯利教授的狼狗罗依怎么会咬主人呢？"

听到这里，我感到非常失望！我放下所有的工作，急忙赶来难道就是听他唠叨这个小小的疑问吗？福尔摩斯看了我一眼，说道："华生，你还是一点儿没变，有一点你一定要学会，往往重大的案件都是从人们忽略的小事上找到线索的。表面上看这件事不是也非常离奇吗？你知道牛津大学著名的生理学教授普莱斯伯利先生吧？他是一位年长又非常稳重的学者，却被自己很宠爱的猎犬咬伤了两次，你来说说看法！"

"他的狗一定是疯了吧！"

"不排除这个可能。奇怪的是，这只狗没咬过别人，而且也只是在特殊的情况下才咬的主人，这点我觉得很蹊跷。华生，真的不可思议！哦，门铃响了，一定是年轻的贝内特先生，看来他来得比预期要早些，我本来是要在他来之前多和你谈谈的。"一阵急匆匆的上楼的脚步声传来，然后是更加急促的连续敲门声，接着贝内特先生就出现在门口了。他看上去三十岁左右，个子修长，英俊潇洒，穿着考究，举止谦和大方，看上去很有学者风范，却没有沾染社交场上的世故。福尔摩斯和他握握手，之后，他的目光有些惊奇地注视着我。

"福尔摩斯先生，我的情形非常微妙，想到教授和我不管在工作上，还是私下的关系都很密切，请理解我不能旁若无人地说出事情的来龙去脉。"

"这点您放心，贝内特先生，华生医生是个很谨慎的人，并且跟您说实话，我希望有一位助手帮我来处理这个案子。"

"这样啊，那悉听尊便吧，福尔摩斯先生！请理解我这样的谨慎。"

"华生，贝内特先生就是那位名教授的助教，也是教授女儿的未婚夫，也在教授家里住。我们一定要认真保护他对教授的忠诚。我想现在能体现这份忠心最好的办法，应该就是用必要的措施来揭开教授的古怪行为，您说是这样吧，贝内特先生？"

"但愿可以，福尔摩斯先生，这就是我来这里的原因。华生先生对案情了解吗？

"我还没有告诉他。"

"那么最好先听我说一下事情的详细经过，接着再反映一些新的情况。"

"还是听我讲吧。"福尔摩斯说,"我也顺便理理整个事情的过程。华生,在整个欧洲教授都是非常有名望的。他过的生活是一个学者应有的,他从未有过绯闻,虽然他是个鳏夫。他只有一个女儿,叫伊迪丝。教授很有上进心,性情随和,精力非常充沛,但是在几个月前情形发生了微妙的变化。

"事情是这样的,当时他六十一岁,突然和他的同事解剖学教授莫尔非的女儿订了婚。他的求婚一点儿都不像一个已经上了年纪人的求婚,更像是一个很富有激情的青年在求爱,很多人可能都未曾见过像他这样深情的表白。那位女士名叫爱丽丝·莫尔非,她是个美人,而且秀外慧中,这位年长的教授对她很着迷,可是,他家里的人好像对这场婚恋并不认可。"

"我们觉得他这样做一点儿都不合乎常理。"贝内特先生按捺不住了。

"是的,不只是不合乎常理,还有些狂热和违背自然规律了。由于普莱斯伯利教授很富有,所以爱丽丝的父亲就没有反对这门婚事,爱丽丝本人也有自己的主意;当时有很多人在追求爱丽丝,假如用世俗的眼光看,追求她的这些人虽然不是很富有,至少年龄是相当的;而爱丽丝好像也并不在乎教授的古怪脾性,竟然有些爱上他了。实际上,他们之间最大的障碍是年龄。

"从那时起,教授的日常生活就被笼罩在阴影中。接下来,他突然做出了非常不可思议的举动。一天,他悄悄地离家出走了,所有人都不知道他去了什么地方。过了一天后,他回到家,因过度劳累而显得精神疲惫。一直很乐观向上的他这次突然变得非常沉默,也没告诉任何人他去了哪里。就在这时,我们的当事人贝内特先生收到一封他同学发自布拉格的信,这位同学在信上说,他非常幸运在布拉格碰见了普莱斯伯利教授,遗憾的是没能说上话。家人这才知道原来教授去了布拉格。

"那么,关键问题随之而来了。教授从布拉格回来之后,变化非常大。感觉让人很难接近,行为也变得很诡异。简直就像换了个人似的,再也看不到他以前的样子。他的高贵品质也好像蒙上了一层阴影。不过他的智商好像并未受到影响,他讲课时还是那么神采飞扬,但是,经常会做出一些很古怪的举动,有时对人很不和善,真叫人琢磨不透。他的女儿想尽一切办法来拯救她的父亲,以恢复他们的父女感情。这位贝内特先生——教授女儿的未婚夫也曾努力这么做，结果一切努力都白费。贝内特先生，现在你把这封信的内容给华生医生讲讲吧！"

"多数时候普莱斯伯利教授都会把他的秘密跟我讲。他对我的这份信任即便是他的儿子或弟弟也会妒忌。作为他的秘书，他所有的信件都是由我开封并整理的。自从他结束布拉格之行后，这些就发生了变化。他告诉我如果有从伦敦寄来的邮票下方有十字标志的信，让我一定要交给他亲自拆封，还再三叮嘱我，不要让任何人接触这些信。我后来确实看到过有这样几封信寄来，信封上面标有十字标志。从字迹来看，写信人并没有多高的文化水平。教授收到这些特殊的信后，他写的回信也不交给我，也未曾见他投到信箱。"

"那个匣子呢，贝内特先生？"福尔摩斯问道。

"不错，还有那个匣子。这次旅途回来，教授带回来了一个小木匣子。这个木匣子是他这次大陆旅行的唯一见证。那是一个上面刻有典雅图案的木匣子，像是出自德国人之手。他回来后立即就把这个匣子放在壁橱里。那天，我找插管时，不经意在壁橱里看到了这个匣子，我就伸手拿了起来。教授看到了，表情大变，甚至用非常粗鲁的话骂了我。这简直太不可思议了。教授从未对我这样过，我当时心里非常难过，我尽力跟他解释说我不是故意把匣子拿出来的。整个晚上他都用恶狠狠的眼神看我。看来，那天我拿出匣子真的伤害到了他。"说到这里时，贝内特先生将笔记本从他的口袋里拿了出来，打开后说道："那天是 7 月 2 日。"

"像你这样的证人真是让人佩服，贝内特先生。"福尔摩斯说，"你做的这些记录日后一定会用上的。"

"其实，这种记录方法是从教授那儿学来的，非常的有条理。自从发现教授的行为有些反常，我就开始关注他。7 月 2 日时我的记录如下：教授正从书房走向客厅，突然他的爱犬罗伊跑过来咬了他。7 月 11 日，同样的事情又发生了。然后 7 月 20 日，罗伊第三次咬住了教授不松口。自那天起，我们就将罗伊拴了起来。罗伊是条非常忠诚、可爱的狗，福尔摩斯先生，您是不是认为我说得有些啰唆了。"

贝内特先生觉得福尔摩斯没太在意他所讲的话，显得有些不开心了。

福尔摩斯正盯着天花板看，脸上没有表情，听贝内特先生这样说，他这才回过了神。

"奇怪！感觉很不正常！"福尔摩斯小声说，"我今天可是第一次听你说起这件事，贝内特先生，你之前说又发现了新的情况？"

见福尔摩斯问到这个问题，贝内特先生率真、英俊的脸突然变得很阴沉，像是想到了非常可怕的事。"我要讲的是发生在前天晚上的事。就在前天夜里，我失眠了，翻来覆去怎么也睡不着，大约两点多的时候，我听到走廊里有闷闷的响声，我就打开了房门。走廊的那头是教授的房间。"

"具体是哪天的事？"福尔摩斯问。

这看似无关紧要的话把我们讲述者的话给打断了，他显得有些不高兴。

"先生，我已经说过，是在前天晚上，9月4日。"

福尔摩斯笑了笑点点头："请谅解，继续说吧。"

"教授的房间在走廊的那头，如果他要到楼梯口，必须得从我的房间过道路过。福尔摩斯先生，那天的情景我至今想起来都毛骨悚然。我一直觉得自己不是一个胆小的人，但是在那天我还是被眼前的情景吓着了。黑漆漆的走廊里，只有一缕光线从中间的一个窗户透进来。我隐隐约约看到一个黑乎乎的东西在半蹲着，从走廊的那头过来了。等那黑乎乎的东西到达光亮那里时，我惊呆了，那黑乎乎的东西居然是教授。他在爬行，福尔摩斯先生，教授在地上爬着！他并不是用膝盖和手往前爬，而是头在下面，四肢朝下手脚并用地爬着。更让人难以理解的是，他爬得特别熟练，一点儿都不吃力！我站在那里看着，惊讶急了。教授爬到我的面前，我才缓过神来，赶紧上前要把他扶起来。教授突然从地上跳了起来，张口大骂，非常生气地下楼去了。我等了差不多有一个小时，他也没有上来。直到黎明时分，才听到他上楼的脚步声。"

"华生，这事你是怎么看的？"这时福尔摩斯的口气像个病理学家，他似乎正拿着一个难得一见的标本。

"也许是教授腰痛吧，我以前见过一个有严重腰痛病的人走路就是这样的，听说这种病发作起来疼痛难忍。"

"华生，你说得可真好！你从来都是一鸣惊人！但是，你所说的腰痛病是不能解释这个问题的，因为他是一下子站起来的。"

"教授的身体向来都非常好。"贝内特说，"甚至比我想象的还好很多。可是，福尔摩斯先生，教授在地上爬行这件事是属实的。不过我不至于因为这件事就报警，可是我们也无能为力，正如某种不幸正在向我们靠拢，而我们却不知道该做什么，伊迪丝——普莱斯伯利小姐也是束手无策，我们都想尽力帮教授脱离困境，我们不想看着悲剧发生。"

"真的是一桩发人深思而又奇特的案子。华生，你怎么看呢？"

"站在一个医生的角度，我认为这就是一个精神病人的表现。他是因为被爱情冲昏了脑袋，想用出国旅行来摆脱这场感情纠纷。那个小木匣以及他的信件是不是跟他的私人账目有关系呢？也许那个小木匣里放着贷款或股票证券。"

"也许，教授家的狼狗不同意他的证券交易？不是，华生，事情不应该这么简单，也许只能说明……"福尔摩斯正要说下去，就在这时，有人敲门，开门后一位年轻小姐出现在门口。贝内特先生吃惊地站起身来，这位小姐伸出双手与他握手。

"亲爱的伊迪丝，有什么事情吗？"贝内特先生问到。

"杰克，我实在太害怕了，我想让你陪着我，我一个人在家里感到很不安。"

"福尔摩斯先生，这就是伊迪丝·普莱斯伯利——我的未婚妻。"

福尔摩斯向她点了点头，然后问："普莱斯伯利小姐，你有没有发现新的情况？"刚来的这位来访者是一位漂亮、有传统气质的英国小姐。她对福尔摩斯礼貌地微笑一下，然后在贝内特先生旁边坐下。

"我去旅馆发现贝内特不在那儿，我想他应该在这里。之前他说过来找您。哦，福尔摩斯先生，请您一定要帮帮我可怜的父亲。"

"我一定会尽力的，只是，普莱斯伯利小姐，现在案情还很模糊，你能提供一些新的线索给我们吗？"

"福尔摩斯先生，我的父亲昨天一整天都非常奇怪，他似乎生活在一种奇幻的梦境中，甚至经常不知道自己在做什么。我认为他不像是我的爸爸，更像是他的躯壳。"

"昨天发生了什么事情？"福尔摩斯问道。

"就在昨晚，一阵疯狂的狗叫声把我的注意力吸引了过来，我发现是被拴着的罗伊在叫。我在睡觉前总是先把门锁好，贝内特先生会把这些讲给你们听的，现在我们全家正处在非常让人担心的危险之中。我的卧室在楼上，当时我正躺在床上望着月光，突然听见狂乱的狗叫声，我扭头发现我的爸爸正在窗外看我，福尔摩斯先生，我吓得魂飞魄散。爸爸的脸紧贴在玻璃窗上，他将一只手抬起来，应该是要扶窗框。假如那个时候窗户开着的话，我肯定会吓疯的。福尔摩斯先生，我发誓，我并没有说梦话，也不是我的错觉。差不多有二十秒我在床上一动不动，吃惊地看着那张脸。之后发现他突然就不见了，当时我不能动了，也下不去床看他往哪儿去了。我浑身直冒冷汗，身体不停地抖，我就这样在床上躺了一晚上。第二天早上吃饭的时候，我发现爸爸的情绪非常不好，昨晚发生的事他也没提，我也装作什么都没发生，但是我心里特别乱，说要进趟城，然后就来找您了。"

福尔摩斯听了普莱斯伯利小姐这些话感到非常惊讶。"小姐，你说你的卧室在楼上，那么你们家有长梯吗？"他问道。

"没有，福尔摩斯先生，这正是让人想不通的地方。我卧室的窗户很高，站在地面没有办法够到，爸爸是怎么爬到窗户上的呢！"

"那天是 9 月 5 日。"福尔摩斯说，"情况更复杂了。"

"福尔摩斯先生，这不是你第一次提到时间了，案情和日期有什么关系吗？"贝内特问道。

"当然有关系，而且关系还不小，可是现在我没有充足的证据来证实它们之间的关联。"

"您不会认为月亮的运转周期和教授的异常反应有有关联吧？"

"不会的，月亮的运转周期不会和这有关联，也许和别的什么事相关吧。先把你的笔记本留给我看看，我得确认一下日期。华生，我觉得有关这个案子的线索已经很明显了，是我们开始行动的时候了。这位年轻的小姐反映有些事他父亲并不记得了，我想她的直觉是对的。我们可以说接到了他的邀请去找他，他也许会相信我们，认为是自己忘了约定的时间，这样我们就能接触到他了。"

"太好了！"贝内特先生说，"但是，教授这段时间脾气很暴躁，这点您得有心理准备。"

福尔摩斯笑了笑说："假如我的推理没有错，我们有足够的理由立刻去见他。贝内特先生，明天我们将在牛津大学见面。在我印象里，契克斯酒店应该就在附近吧，我们可以先去那里尝尝葡萄酒的美味，另外，酒店的床单也是非常干净的。可是，华生，接下来的几天我们恐怕不能留宿在这么高档的旅馆里了。"

星期一的早上我们已经在去牛津大学的路上了。四处奔波对福尔摩斯来说是常有的事，他说走就走，可是我的诊所经常有一些事需要我安排处理。这一路走来，福尔摩斯对教授的案子只字未提，直到我们来到了他说的那家旅馆，他开口了："华生，我们尽量赶在午饭前见到教授。他十一点下课，午饭前他应该会在家里歇一会儿。"

"那么我们拜访他的理由是什么呢？"

福尔摩斯眼睛看着那个笔记本。"8月26日教授异常兴奋，可以猜想那时他的思想比较混乱。我们要统一口径，就说我们是应邀来拜访他的，我认为他一定会相信我们所说的。你先冒险试试看如何？"

"那就试试看！"

"非常好，华生，既敬业又勤劳的好伙计！'试试看好了！'我们要找个和善热情的本地人带我们去。"很快，一个本地人赶着一辆双轮马车带着我们，先穿过一排古老的学院建筑，接下来又进入一条林荫大道，最后在一座非常漂亮的房子前停下来。房子的周围有很多紫藤和草坪。看来普莱斯伯利教授的生活一定很舒适。当我们刚到门口时，一个头发花白的老人从前窗把头探出来。浓密的眉毛下面，一双戴着玳瑁眼镜的眼睛在细细地看着我们。接下来，我们就去了他的书房。那是一位神秘的科学家，我们从伦敦来到这里是因为他的异常反应，这会儿他就在我们面前。眼前的教授五官端正、身材魁梧、举止大方，穿着礼服，并未发现什么不正常之处。他和我心目中的大学教授的印象完全相符。他有一双很特别的眼睛，目光犀利、敏锐，多多少少有些狡猾。我们将名片递到他手里。

"二位先生，请坐，今日到此不知是为了什么？"他问道。

福尔摩斯轻轻笑了笑，说道："教授，我是来请教您的。"

"请教我？"

"有没有可能是搞错了？有人跟我说牛津大学的普莱斯伯利教授邀请我们过来一下。"

"有这事儿？"教授灰色的眼睛里浮现出有点狐疑的神情，"既然有人通知您来，那您能告诉我是哪位先生告诉您的呢？"

"不好意思，教授！这不方便回答您，如果是搞错了，希望您能谅解！希望我们的到来没有影响到您的正常生活！"

"不会有影响的，不过我希望弄明白此事。那么您收到过便条、信函或电报吗？以表明您到来所为何事。"

"不好意思，我没收到。"

"那么，您不会不远千里来到这里，就是为了告诉我是我邀请您来的吧？"

"这个请恕我不能说！"福尔摩斯答道。

"不能告诉我！"教授毫不客气，"那好，我来帮您解答！"

说完，教授便去摇门铃。很快，在伦敦时我们见过的老朋友——贝内特先生过来了。

"进来，贝内特先生，这是从伦敦来的两位绅士，他们告诉我是我邀请他们来的，我将所有信件都交由你处理，你有没有发现哪封信上提到过福尔摩斯先生呢？"

"未曾发现过，教授！"贝内特的脸有些红了。

"这就对了！"教授两只眼睛狠狠地看着福尔摩斯。"那么，两位先生，"教授将手扶在桌子上，"我对你们的到来表示怀疑。"

福尔摩斯动了两下肩膀，然后说道："实在不好意思，打扰您了！"

"我想你们不能就这么离开！福尔摩斯先生！"老教授大声地喊着，情绪很激动，他挥动着两只手，在门口将我们拦住，他看上去非常生气。"不能就这么轻易离开！"他突然面目狰狞，又龇牙咧嘴地大笑，很失态地说了些我们听不懂的疯话。还好贝内特先生在这里，不然估计我们要和教授打一架才能离开这里。

"教授！"贝内特高声喊道，"您有极高的名望！如果您的表现在学校传开来会怎样？福尔摩斯先生是很有名气的人，您对他要以礼相待！"

教授听了贝内特的话后，思考了一下，才让开了道。很幸运，我们终于逃离了这恐怖的地方，来到外面马路上。福尔摩斯回想刚才的事情突然笑了，说道："我们博学的朋友应该是神经上出了点问题，这次我们的到来确实有些仓促了，但是终于和教授面对面交流了。哦，华生，教授跟踪我们来了，他就在我们的身面。"

后面传来一阵跑步声，哦，非常庆幸，那不是发了疯的教授，而是他的助手贝内特，他在马路的拐角处追上了我们。他跑得很急，以至于气息不稳，来到跟前后说道："对不起，福尔摩斯先生，请您原谅我！"

"贝内特先生，这不能怪你！这种情况是我们干这行经常遇到的。"

"教授从来没有如此失态过，他变得越来越可怕了。您现在能理解，为什么我和普莱斯伯利小姐整天心惊胆战了吧，但是，教授的头脑一点都不糊涂。"

"他头脑不糊涂？"福尔摩斯问道，"这我没有预料到，看来他的记忆力比我想象的要强。我们可不可以去看看普莱斯伯利小姐卧室的窗户呢？"

贝内特先生点点头，我们便一起往前走。很快我们看到了房子的一角。

"就是那里，从左边数第二个窗子！"领路人说道。

"窗户看上去好高啊，根本没有办法上去。可是，你看，窗户上面有水管，下面有青藤，似乎能够爬着上去。"

"真不低啊，我觉得我不能爬上去。"贝内特说。

"不错，对于所有正常人来说那种行为是极其危险的。"福尔摩斯自言自语道。

"我还要跟您讲另外一件事，福尔摩斯先生，我记下了从伦敦寄给教授信的人的地址，就在今天早晨教授给他写了回信，这是我从吸墨纸上发现的地址。作为一个让人信任的秘书，这样做我感到很不光彩，可是，我也没有其他办法！"福尔摩斯接过纸条看了看，顺手塞到口袋里面。

"多拉克，是斯拉夫人吗？这名字怎么这么怪！这个线索非常重要。今天下午我们回伦敦，华生，我们留在这里也没什么用了，教授并没有犯罪，我们不能抓捕他；我们也不能监禁他，因为我们没有他精神失常的证据，总之目前我们还不能对他怎么样！"

"那我们到底要怎么做呢？"

"先静下心来等等，贝内特先生，真相总会大白的，如果我的猜测是正确的，教授在下周二也许又会有些不正常。到时我们会来到这里的。现在的情形不明，建议普莱斯伯利小姐暂时能留在伦敦！"

"没问题。"

"让她先在伦敦待着，等解决了问题，没有危险再让她回来。这几天要顺从教授，不要打扰到他。"

"看，他在那里！"贝内特惊恐地低声说道。在树丛中，我们看到了教授挺直高大的身影走了出来，他向周围看了看，向前探着身子，双手摆动着。贝内特跟我们摇手后匆匆离开，他从树丛里溜过去，随后我们看到他上前和教授高兴地说着什么。

"我觉得教授应该感知到我们为何而来了。"福尔摩斯说道。我和福尔摩斯朝旅馆走去。"仅此一面，教授清晰的逻辑和辨识力深深地印在我的脑海中。看来教授的性情的确发生了巨大变化，但是，如果换位思考也可以理解，一名侦探突然来访，还是他的家人请来的！我们的朋友贝内特的日子这次可能不那么好过了。"他继续说道。

福尔摩斯来到邮局发了份电报。当天晚饭后我们收到回电，他看过后也让我看了一下电报：

商务路已走访，并见到多拉克。热情可亲，波希米亚人，稍微有点上年纪，经营一家大杂货商店。

麦希尔

"在你走之后麦希尔过来协助我。"福尔摩斯说，"我的日常事务由他照顾。不错，这下我们知道了和教授秘密通信者的一些情况。他是波西米亚人，教授的布拉格之旅会和这有关吗？"

"太好了，我们又有新的线索了。"我有些迫不急待，"可是咱们现在所找到的线索似乎并没有什么关联，比如教授家的狗和波西米亚之旅都解释不通教授为什么会在夜晚爬行，另外你说的日期问题，也令人费解。"

听后福尔摩斯笑了笑。我们来到那家酒店的客厅里，一边聊着这桩离奇的案子，一边喝着福尔摩斯提到过的美味葡萄酒。

"我们先来说说日期。"福尔摩斯打开话匣子，开始娓娓道来，"这位非凡的年轻人记录上说7月2日教授的行为非常奇怪，之后又隔了9天再次发生类似的行为，好像只有一次不同。最后一次发作的日期为9月3日，星期五，之前的一次发作时间是8月26日，间隔正好也是9天，因此这位教授发作的时间是有规律的。"

对这种说法我也很赞同。

"我们来试想一下，每隔 9 天教授会服用一次某种带有剧毒而且药效快的烈性药。本来他的脾气就很暴躁，结果服用了这烈性药就变得更加暴躁了。他可能是在布拉格学会服用这种烈性药的，并且这种药是一个在伦敦的波西米亚人寄给他的。华生，现在所有问题都很清楚了。"

"但是那条狗，夜里窗户前的黑影，还有爬行在过道里是怎么回事？"我问道。

"是的，现在只是个开头，所有的事情在下周二就会真相大白。这几天我们要和贝内特先生保持联络，剩下的时间我们来欣赏这美丽的小镇的景色。"福尔摩斯说道。

第二天一早，贝内特先生偷偷地溜进来，他带给我们新的消息。事情果然如福尔摩斯所想，当我们走后，贝内特的日子就不好过了。虽然教授没有怪罪贝内特把侦探带到家里，但是他用非常难听的话骂了贝内特。贝内特感觉很委屈。贝内特告诉我们，今天一早，教授又像以前一样，给学生上了一堂精彩的课。

"除了间歇性奇怪的发作，他的精力比以前更加充沛了，头脑也更清晰了。不过就是感觉他像变了个人似的，不是我们认识的普莱斯伯利教授。"贝内特说道。

"我认为您所担心的用不了一个星期就可以真相大白。"福尔摩斯说，"还有其他事情需要我去处理，病人也还在等着华生医生。我们约好下周二这个时间在这里见面，假如在下次和你说再见之前，我们还是不能对教授的异常表现解释清楚，或者还没找到帮你摆脱困境的办法，那是不可思议的。假如这几天有什么新发现，咱们随时保持联络。"

接下来的几天里，我和福尔摩斯各忙各的，没有再见面。直到星期一晚饭后我收到福尔摩斯的便条，他让我第二天去火车上跟他相见。我如约前往。我们坐上了开往牛津大学的火车，他跟我说教授现在很好，这几天教授家里也安静如初，教授的举动也没出现过什么异常。晚上我们还是下榻在契克斯酒店。晚上贝内特过来找我们。福尔摩斯说的和贝内特跟我们讲的情形完全一致。"教授今天又收到了来自伦敦的包裹，里面有一封信，还有个小包裹，包裹和信上都有十字标记，教授没有让我拆。这几天就有这个新情况。"他说道。

"这些就足够证实我的猜想是对的了。"这时，福尔摩斯的表情非常严肃，"贝内特先生，能不能结案就看今天晚上了。假如我的推理没出意外的话，马上这个案子就真相大白了。现在我们一定要秘密监视教授的一举一动，以便更快地结案。这样，贝内特先生，今天晚上你一定要提高警惕，注意观察教授的所有行为，如果听到他经过你的门前，你要悄悄跟在他后面，不要惊动他。我和华生就在附近隐藏。哦，对了，你说的那个小木匣的钥匙在哪儿？"

"就在他的表链上。"

"我认为咱们要把匣子打开看看。如果没有办法弄到钥匙，匣子应该不会太牢固吧？家里有身体强壮些的人吗？"

"有个马车夫很壮实，他叫迈克菲尔。"

"他在哪儿睡？"

"在马厩二层。"

"可能会用到他。先暂定如此，到时候看情况，再见！相信在黎明前我们还会再见面的。"

当天夜里，我们在教授家前厅对面的草丛里隐藏起来。月色当空，感觉有些冷，所幸的是，我们带来了厚实的外套。一阵凉风袭来，云彩将半圆的月影遮住。假如我们不是急切地等待教授的出现，假如不是我的同伴福尔摩斯信心满满地说案子在今晚就会真相大白，潜伏在草丛里可是一件很难受的事。

"假如我们的判断没错，教授每隔9天就服用一次烈性药的话，那么今天晚上就是他发作的时候。"福尔摩斯说道，"我们掌握的情况是：教授从布拉格回来后出现异常；他一直秘密地同一个在伦敦的波西米亚人有联系。可以假想这个人是布拉格那里的一个代理商，这个波西米亚人按时给他寄药。但是，教授究竟服用了什么烈性药？另外，他服用这烈性药是因为什么，对我们来说这也是个疑问。现在可以肯定的一点是，这些变化都是教授从布拉格回来后发生的。华生，他的手骨关节你有没有注意到？"

"说老实话，我并没有注意到。"我说道。

"他的手骨关节很大并且还有老茧，这样的手我很少见到，华生，如果要观察一个人记得先看手，接着再看袖口、裤膝和鞋子。难道这么粗大的关节是因为从事某些职业？"福尔摩斯沉默了一会儿，突然拍了两下前额，"哦，华生，华生，我为什么一直没想到呢？没错，一定是这样，太不可思议了。现在所有的情况都已经清楚了。这之间的联系我怎么给忽略了呢！又粗又大的关节，我竟然一直都没想到关节呢！还有青藤、狼狗！唉！我真糊涂！华生你看，教授出现了！这回我们要仔细看明白。"

前厅的门缓缓地被人推开了，在微弱的灯光下，普莱斯伯利教授高大的身影出现了。他身穿睡袍，开始在门口站了一会儿，随后两只手垂了下来，身体前倾，接着他走下台阶，走到林荫道上，忽然半蹲下来，手脚着地，有时又腾空跃起，看上去精力非常旺盛。他顺着宅子向前移动，之后又拐了个弯。这时，贝内特悄悄地走出大厅，跟了上去。

"快过来，华生，快点！"福尔摩斯大声说。我们发现了一个可以看到宅子另一端的位置，于是我们跑了过去并蹲下来。月光下，教授的所有行为我们都能看得一清二楚。我们看见教授蹲在墙角，接下来的事让我们感觉不可思议，只见他抓着青藤向上爬，从这根藤跳到另一根藤上，动作极其敏捷和熟练。我们感觉他很享受攀爬的过程，似乎在嬉戏一样。他的睡袍敞开了，朝两边扇着，看上去仿佛就是一只大蝙蝠牢牢地靠在自家的墙上。可能是在青藤间玩累了吧，教授又顺着青藤慢慢地爬了下来，接着他又像刚才似的蹲下了，向马厩那边爬去。听到响声后拴着的狗大叫起来，当它看到昔日的主人完全变了模样，叫声就更加狂乱。狗似乎被激怒了，全身都在用劲儿，拼命地挣缰绳。

只见教授特意找个狗够不到他的地方蹲了下来，用各种方法逗自家的狗。他突然从地上捡起一把石子，向狗的脑袋扔去；还用一根棍子去戳狗，马上就碰到狗嘴了，又停了下来。总之，他使用各种手段去惹恼狗，让人看得目瞪口呆，平日里冷峻威严的教授居然会像个动物一样蹲在地上，用各种不可理解的方法去激怒一只充满野性的狗狂吠！

糟糕！激怒的狗没有力气挣断绳索，却从颈圈中逃脱了，那个颈圈应该是拴粗脖子狗的。挣脱了束缚的狗飞快地上前将人扑倒了。狗咆哮不已，人大声尖叫。这次教授差点丢了性命。这只狗咬住他的喉咙不放，狗的牙齿很锋利，我们赶紧跑上前去把人和狗分开。此时，教授昏了过去，而狗却虎视眈眈地盯着我们，贝内特赶紧跑过来，高声呵斥着，狗才老实了。"果然在意料之中，"贝内特摇摇头，"之前他这么逗狗时我看见过，我就觉得这只狗早晚会咬他的。"

我们一起把教授抬回他的房间，贝内特和我们一起给教授被咬伤的喉咙敷了药。那道伤口非常深，差点咬到颈动脉，失血很多。四十分钟左右，危险过去了，我给教授注射了一支吗啡，他昏昏沉沉睡着了。现在，我们才互相看看，刚才可怕的场景好像又闪现在眼前。

"得找个好点的外科大夫给他看看。"我说。

"这样不合适！"贝内特大声说道，"现在知道教授这些异常的只有家人。如果传出去，恐怕会谣言四起。我们还是想想教授在欧洲学术圈的名声和学校的地位，以及他女儿的感受吧！"

"没错！"福尔摩斯说，"这事只有我们几个人知道就可以了，并且这些情况都在我们掌控中，我们就不要让这种事再扩大化了。贝内特，手链上的钥匙呢？现在迈克菲尔正在看护病人，有情况随时和我们联系，咱们去看看那个神秘小木匣里装的是什么吧。"

匣子里没有多少东西，不过却足够证实我们的推测——一个空药瓶、一个注射器、一个还装着药的药瓶。另外，有几封外国人的来信，每个信封上都有使贝内特感到很困惑的十字形标记，还有，每封信上都写着商务路地址并署有"A.多拉克"的签名。还有几张是教授刚刚收到一瓶药的收据和详细清单。还附有一封像是很有文化的人写的信，上面贴着的邮票是澳大利亚的，盖着的邮戳是布拉格的。"我们总算是找到了！"福尔摩斯拆着信高兴地喊出了声。

信的内容是这样的：

尊敬的同行，自从上次您光临敝舍，我对您的情况再三斟酌，即使你需要特殊的治疗，我还是希望您慎重，因为我研究发现服用此类药会发生危险。

类人猿血清应该会有非常好的效果，但是，就像我所说的，样本是我从一种黑面猿身上提取的；黑面猿是爬行攀缘的，但类人猿是直立行走的，从这点看类人猿跟人类更接近。

我恳请您在未达到疗效之前，不要将此疗法泄露出去。切记！在英国我另外还有一个主顾，皆由多拉克做我的代理人。

请记住将每周的服药情况按时报告给我们。

此致

　　敬礼

　　　　　　　　　　　　　　　　　　　　　　　　H.洛温斯坦

洛温斯坦！看到这个名字我想起了关于一个没有多大知名度的科学家的一篇文章，那是一篇以特殊的方式来研究长生不老药和返老还童术的相关报道。布拉格的洛温斯坦！洛温斯坦研制的强身血清来源不清，所以在医学界被禁止使用。我把我看过的这篇报道大致说了一下。贝内特随手从书架上取出一本动物学指南，找到相关的介绍："黑面猿，喜马拉雅山麓物种，黑面，体大，是类人爬行猿里面最大的种类。后面还有很详细的介绍。太感谢您了，福尔摩斯先生，我们总算知道了教授怪异行径的根源。"

"其实这场不是时侯的爱情才是真正的根源，教授被那年轻的姑娘迷上了，情急之下，觉得如果自己变年轻点就能实现美梦。可是人如果不遵循自然规律，肯定会受到打击。即使是生物界最高级的人类也会返回动物的本性。"福尔摩斯拿起小药瓶，看着里面透明的液体，默默地思考着，"我会给这位先生写信，告诉他应用这种毒药是违反法律的行为，我们就能结案了。但是，这种事依然会发生。为了返老还童，还会有一些人寻找更高明的方法，这是很危险的，而且会对整个人类造成极大的威胁。

"华生，你想一下，那些追求物质和世俗享受的人总是想尽办法来延长他们的生命，可是又有谁成功了？只有注重精神的人才更有资格追求更高的境界。"说到这里，福尔摩斯从椅子上跳下来，"贝内特先生，我认为事情已经很明白了，所有发生的情形都证实了我们的猜想。狗是最早发现教授发生变化的，它嗅出了教授的怪异。罗伊咬伤的其实不是教授，而是猿猴，那么逗狗的也不是教授本人，也是猿猴。对猿猴来说攀缘是它的本能，而教授探头到女儿窗口纯属偶然。华生，有一趟早班列车是回市里的，我们乘车前，还可以到契克斯酒馆喝一杯去。"

六 狮鬃毛

在我退休后有一个离奇案件自动送上门，这个案件的难度毫不逊色于我退休前所办的任何案件。事情发生在苏塞克斯郡。我退休后一直住在苏塞克斯的乡间小别墅里，正享受着美好而恬静的乡村生活，这种生活是我待在阴沉的伦敦时所向往的生活。自从我退休后，很少看见华生。他周末有时会过来看望我一下，这可以说是他和我的全部联系了。所以，这个案情我只能自己来记录了。如果他当时在场的话，他会以什么方式去渲染事情精彩的开头以及我最终如何战胜困难侦破案件的喜悦啊！可是他终究不在场，我只能用我自己的方式，来向大家讲述我在侦破狮鬃案之谜所遇到的种种坎坷。

我的别墅坐落在苏塞克斯丘陵的南麓，前面就是辽阔的海峡。站在我的别墅望去，整个海岸都是白垩色的峭壁，通向海边的是一条蜿蜒崎岖的小路，其间还要经过陡峭的悬崖。小路尽头的海滩上铺满了卵石，长度差不多有一百码，即便是在涨潮的时候，这片海滩也能看得清楚。这片海滩既弯曲又高低不平，形成了天然美丽的游泳池，每当涨潮时都会重新注满水。这条美丽的海岸线向两边伸延数英里，一直到海湾处的伏尔沃斯村。

我的住处孤零零地立在那儿。我和老管家，还有我的蜜蜂，都是这座房子的居住者。哈罗德·斯泰赫斯特很有名的私人学校——三角墙学校，距此半英里外。这所学校面积非常大，有几十名为谋生而正在接受培训的年轻学生，除此以外还有几名教师。在年轻的时候，斯泰赫斯特不仅是知名划船运动员，而且还是优秀的全能学生。我搬到海滨以后，我们一直都相处得很好，他是我唯一一个不用事先说明就可以相互串门的朋友。

1907 年 7 月下旬，刮了一次非常大的海风。风是从海峡吹向海岸的，风把海水刮到了峭壁下面，退潮后那里形成了一个大咸水湖。第二天一早风平浪静，被冲洗过的海滨极其整洁。在这样的美好时光里，我不可能待在家里工作，于是便在早餐之前到外面去散步，呼吸一下新鲜空气。我顺着峭壁上的小径走向海滩。这时，背后有人把我叫住，我回头一看是斯泰赫斯特正挥着手跟我打招呼。

"多好的早晨，福尔摩斯先生！我就知道一定会看到你。"

"要去游泳，是吗？"

"你又开始那套推理了。"他笑了笑，双手拍着他那饱满的衣袋，"没错，一早麦菲逊便出来了，我在那边应该会遇到他。"

弗茨罗伊·麦菲逊是一位老师，他是一个看上去既健康又俊美的青年人，尽管他的生命力有些被风湿热遗留下的心脏病所削弱，他还是一个天生的运动员，能在所有不太激烈的运动中展现得特别出众。无论冬天或者夏天，他都坚持游泳，因为我也爱游泳，所以经常会遇见他。

这个时候我们又看见了他。在小路顶端的峭壁边缘上我们发现了他的头。随后又在崖顶上看见了他的整个身影，他像喝醉了一样摇摇晃晃，突然他将双手举起，痛苦地叫了一声，向前扑倒在地。我和斯泰赫斯特与他相距大约五十来码，见到这异常情况我们连忙跑过去，我们将他的身体扶着仰过来。他看上去显然不行了，双眼下陷，目光呆滞，双颊泛青，十分吓人。随后，感觉有一线生命的迹象浮现在他的脸上，他从嘴里说出了什么字，像是非常着急地发出警告，可是声音却很微弱，我只听清了他说出的最后几个字是"狮鬃毛"。其中的意思实在很难理解，但我很确定就是这几个字音。说完之后，他身体半立起，两手一伸，侧身倒下，没有了呼吸。

我的同伴吓得不知所措。这时的我，就像大家想像的那样，所有的神经都开始警觉了。这是理所当然的，这样的事态表明，这是一个超乎寻常的案子。他身上穿着巴巴利外套、裤子，还有没来得及系上鞋带的鞋子。他倒下的时候，肩上围着的巴巴利外套从身体上滑落下来，将身子露了出来。让我们感觉恐慌的是，他的背上显出很多暗红色的条纹，似乎被人用特别细的电线猛抽过。可以看出一定有非常柔韧的工具抽打过他，因为绕着他的肩部和肋部全都是长长的红肿的鞭痕。他是在无比痛苦的情况下将下嘴唇咬破的，血顺着他的下巴往下流。从他那痉挛变形的脸上看得出来他是无比痛苦的。

当伊恩·默多克慢慢移过来站在我们身旁的时候，我正在死者的身旁跪着，而斯泰赫斯特就站在我的旁边。默多克是学校的数学老师，身材偏瘦个头偏高，皮肤黝黑。因为他性情孤僻，很少与人交流，所以他没有什么朋友。他仿佛生活在与自然界不相关的抽象的圆锥曲线和无理数的世界里，学生们都把他看成"怪物"，经常嘲弄他，可是在他身上有一种与众不同的气质，这不仅表现在偶尔发作的脾气上，而且还体现在他那深黑色的眼睛和黝黑的肤色上，用"狂暴"两个字来形容他极为贴切。有一次，麦菲逊的小狗把他给惹烦了，他抓起狗就朝玻片观察孔里扔去。如果他不是一位优秀教师的话，仅仅因为这件事，他早就被斯泰赫斯特开除了。现在来到了我们身边的就是这位怪人。尽管小狗事件可以说明他和死者之间很不和谐，可是眼前死者的景象却把他吓呆了。

"不幸的人呀！不幸的人呀！我能做些什么？我能帮上什么忙吗？"

"你能跟我们说说究竟发生了什么事？你跟他在一起吗？"我问道。

"没有在一起，今天我晚出来会儿，我还没有去过海滨呢，我刚从学校里出来。我可以做些什么呢？"

"你能立即去伏尔沃斯警局报案吗。"

他毫不犹豫，回过头就特别快速地跑着去了。我还继续处理手头的事情，斯泰赫斯特被吓得呆呆地站在死者的身旁。我现在要做的就是记下海滨上都有谁，从小路的顶端我能看见整个海滨，可是我并未在附近发现人影，只在很远的地方有三两个人影正向伏尔沃斯方向走去。这一点弄清楚之后，我慢慢地从小路向下走去。白垩土质中掺杂着灰泥岩和黏土，我在小路上只发现同一个人上行和下行的脚印。那天早晨从这条路去海滨没有别的人。

在一个地方，我发现有个手掌印按在斜坡上，这证明不幸的麦菲逊曾在上坡的时候跌倒过。我还发现圆形的小坑，证明他不止跪倒在地一次。在小路的下端是大咸水湖，它是退潮时形成的。麦菲逊曾在湖边脱过衣服，因为他的毛巾还放在湖边的岩石上。他的毛巾叠好放在那里，还没有湿，可以看出他还没有下水。在海滩上寻找其他线索的时候，我有两次都在卵石间发现了他的鞋印和赤脚印。这表明他已经做好了下水的准备，即使干毛巾说明他未曾下过水。这可以称得上是我生平所遇见的最怪异的问题之一。当事人在海滨停留最长也不超过一刻钟，随后斯泰赫斯特从学校来到这里。可以肯定的一点就是当事人来这里是游泳的，而且还脱了衣服，赤脚印可以证明这一点。然后他突然披上衣服，匆忙中衣服并未穿整齐，可能还没来得及下水，至少还没擦干就回来了。他改变主意的原因是他受到残酷的鞭打，他被折磨得咬破嘴唇，最后只剩下一点力气爬离那地方，后来就死了。

这么残酷的事儿会是谁干的呢？峭壁底部有一些小洞穴，可是根本没有藏身之处，因为初升的太阳直照在洞内，里面的情形看得很清楚。虽然海滨远处有几个人影，可是他们距离这里太远，另外，他们之间还隔着麦菲逊要去游泳的大咸水湖，而且那湖水一直延伸到峭壁，可以肯定他们跟案件毫无关系。海上有两三只渔船离得不太远。可以去询问一下船上的人。目前就有那么几条线索，其中没有一条是明确的。

最后我回到死者身旁时，已经有几个人围着在看了。斯泰赫斯特还在那里没动，默多克已经把村里的警官安德森带来了。安德森是苏塞克斯人，身材既结实又高大，嘴上部留着黄色的大胡子，动作缓慢，这种人往往沉默的外表下藏着睿智的思想。他默默地听着，把我们所说的情况都记下了，之后他将我拉到一边说：

"福尔摩斯先生，我希望得到你的协助。在这看来这是一件大案子，假如我出了什么差错，我的上司刘易斯会因此不看好我的。"

我提议他马上把他的顶头上司找来，另外再找一位医生来，在他们到来之前，要维护好现场，任何东西都不要移动，现场的脚印越少对破案越有利。趁他离开的时间，我检查了死者的口袋。发现里面有一把大折刀、一块手帕、一个折叠起来的名片盒，里边露出纸的一角。我把它打开后交给警察。上面有女性潦草的书写：

　　请放心，我一定来。

莫迪

估计是情人约会，但没有详细的时间和地点。警官将纸片放回名片盒，又和其他的东西一起放进巴巴利的外衣口袋。因为没找到其他线索，所以我建议警官搜查峭壁底部，之后，我就离开现场，回家去吃早餐了。

大约一个多小时后，斯泰赫斯特来到我的住处，并跟我讲尸体已经被搬到学校，稍后将在学校进行验尸。他还告诉我，并未在峭壁底部发现任何线索，这在我的意料之中。但是他对麦菲逊的书桌进行了检查，发现了几封有关与伏尔沃斯村的莫德·贝拉密小姐关系密切的信，由此我们获知了在死者身上的那张字条出自何人之手。

"警官把信拿走了，"他说道，"这信我没有办法拿来，但是有一点我可以确定，他们正处在恋爱中。可是，那件可怕的事跟这件事好像并没有什么关联，那姑娘只是约他见个面。"

"他们不太可能选择一个大家经常去的游泳池见面吧。"我说道。

"那几个学生之所以没跟麦菲逊一起去，是偶然情况。"

"你真的觉得这是偶然吗？"

斯泰赫斯特眉头紧锁，陷入了沉思。

"默多克让同学们留了下来，"斯泰赫斯特说道，"他还说要在早餐前为同学们讲解代数呢。不幸的人呀，今天发生的惨事让他感到特别伤心。"

"可是大家都议论他们两人不合。"

"之前有段时间他们之间是有些不愉快，但这一年以来，默多克和麦菲逊的关系好多了，默多克不和其他人走得那么近，他是一个性情很不随和的人。"

"这样啊。我记得你之前跟我说过，他们之前因为虐狗事件吵过架。"

"是的，那件事早已经过去了。"

"会不会留下了怨恨呢？"

"不会！不会！我相信他们是真心把对方当作朋友的。"

"那个姑娘的情况，咱们得调查一下。你认识她吗？"

"大家都认识她。她可是本地的美人，一个真正的美人，福尔摩斯，你可曾知道，不管她走到哪里都会引起注意的。我知道麦菲逊在追求她，他们能够发展到信上提到的那种程度，是我没想到的。"

"那么，请再具体告诉我她是个怎样的人？"

"她是老汤姆·贝拉密的女儿。伏尔沃斯的所有渔船和游泳场更衣室都是她父亲的。她父亲本来只是个渔民，现在已经非常富有了。他和他的儿子威廉一起经营他们家的事业。"

"我想咱们应该去一趟伏尔沃斯，跟他们见一见。"福尔摩斯说道。

"我们要以什么理由去呢？"

"理由总是可以找到的。无论怎么说，死者也不可能是自虐而死的吧。假如他的伤痕真是鞭子造成的话，一定是有人手拿鞭子抽了他。在这么一个偏僻的地方，能和他交往的人是有限的。如果我们将每一条线索都查遍，一定会发现犯罪动机，而犯罪动机会帮我们找出罪犯。"

如果心情没有被亲眼所见的悲剧影响的话，在这飘着麝香草香味的山坡上溜达一会儿，应该是一件很愉快的事情。伏尔沃斯村坐落在半圆形的海湾里。在老式的村庄后面，靠着山坡又修建了几座现代风格的房子。我跟着斯泰赫斯特朝一幢现代风格的房屋走去。

"这便是贝拉密所称呼的'海港之家'，一座有角楼和青石瓦的房子。对于一个之前一无所有的人来说，这的确已经算是特别的好了，嘿，你瞧！"斯泰赫斯特嚷道。

山庄的花园门被人推开了，接着从里面走出来一个人，又瘦又高，看上去特别的憔悴，原来是那个数学老师默多克。我们便和他在路上打了个招呼。

斯泰赫斯特朝他摆摆手，而他则点了点头，然后向前走去，同时用他那奇怪的黑眼睛瞄了我们一眼。没想到斯泰赫斯特却将他拉住了。

"你为什么来这里？"斯泰赫斯特问道。

默多克气得脸都红了。"先生，如果在学校，你是我的领导，可是我并没有义务向你报告我的私人行动。"他说道。

斯泰赫斯特经历了这紧张的一天之后，显然情绪有些失控。

"默多克先生，你的回答太不礼貌了。"他嚷道。

"你的问题同样没有礼貌。"对方不甘示弱。

"你向来都是这般目中无人的，我无法再容忍你了，以后，我们就各走各的路吧！"

"我早就不想在这儿干了。唯一让我愿意留在你这里的朋友，今天也不幸地离开了。"说完他就气冲冲地离开了，斯泰赫斯特生气地瞪着他。"简直不可理喻！"他气愤地喊道。

我第一时间想到的是，默多克是在借此机会洗脱犯罪嫌疑。突然我脑子里对他有一种模糊的怀疑，可能去贝拉密家拜访会进一步弄清问题。斯泰赫斯特恢复了镇定，我们一起来到了贝拉密家。

人到中年的贝拉密先生，留着红色的大胡子。他看上去很不高兴，脸变得像他的胡子一样红。

"不，先生，我并不清楚这些情况。我儿子，"他说的是坐在客厅一个角落里脸色阴沉、身体强壮的小伙子，"还有我，都把麦菲逊先生对莫德的追求当作是对我们的一种侮辱。先生，结婚的事情他一直都没提过，可他们却经常约会、通信，还有很多我们都不认同的行为。莫德已经失去母亲，我们是她仅有的保护人，我们决定——"

正在这时，贝拉密小姐突然进来了，他就不再说话了。她看上去高贵优雅、光彩照人。让人很难想象，在这样的家庭中，这样的环境里竟然会有这么一位气质高雅的美女。不过对我来说，再漂亮的女性也没有吸引力，因为我的心灵被头脑所掌控。可是，当我看到她那张充满柔和气息、轮廓清晰、精美绝伦的脸时，还是被震动了。就是这样一位姑娘推门进来，打断了我们的谈话。她睁大她的眼睛，来到了斯泰赫斯特面前。

"弗茨罗伊的死讯我已经知道了。"她说，"请把详情都告诉我吧，不要有所保留。"

"这个消息是另一位先生告诉我们的。"她父亲解释道。

"这件事没理由把我妹妹牵扯进去！"那个强壮的小伙子大声喊道。

这姑娘狠狠地瞪了哥哥一眼。"威廉，这是我的事。我要用自己的方式来处理这件事，你不要插手。从整个情况看来，是有人犯了罪，希望我可以帮忙找出犯罪的人，也算是我为死者略表的一点心意。"

我的同伴把大致情况简短地跟她描述了一下，她静静地听着。在我看来，她那专注冷静的神情，说明她不仅有外在的美貌，而且还有坚强的内心。莫德·贝拉密这位独特的女性给我留下了深刻印象。她已经认出我了，因为她转过身来对我说：

"福尔摩斯先生，请您一定要让罪犯受到法律的制裁。无论他们是谁，我都会站在您这边。"在她说这些话的时候，狠狠地瞪了一眼她父亲和哥哥。

"非常感谢。"我说，"我相信女人对这种事情的直觉。你刚才说'他们'，你是觉得这件事不是一个人所为？"

"我对麦菲逊先生非常了解，他是一个强壮而勇敢的人，如果凶犯是一个人，我想是无法伤害到他的。"

"我们能单独谈谈吗？"

"莫德，"她父亲气冲冲地对她说，"我告诉你，这件事情你不要牵扯进去。"

她很无奈地看着我。"我可以做些什么呢？"她问道。

"用不了多久所有人都会知道这个事的，所以在这儿谈也没什么不合适。"我说道，"本来我计划要单独找你谈的，可是你父亲不同意，只好也让他参与了。"随后我将在死者衣袋里发现纸条的事说了。

"在验尸的时候那张纸条肯定会公开。你愿意跟我说说那张纸条是怎么回事吗？"我问道。

"这没什么可保密的。"她答道，"我和他已经有了婚约。之所以没有让其他人知道，是因为弗茨罗伊的叔叔。他叔叔活不了多久了，如果他没有按他叔叔的意愿结婚的话，恐怕他叔叔会取消他的继承权。只有这一个理由！"

"你应该早点告诉我们！"贝拉密先生高喊道。

"爸爸，假如你不反对这门婚事的话，那么我早就告诉你了。"

"我不同意我女儿跟门不当、户不对的人交往。"

"是因为你对他的偏见，我才没有告诉你。有关这次的约会——"她从衣服口袋里摸出一张很旧的纸条，"这是我给他写的回信。"

亲爱的：

　　星期二太阳下山时，海滨老地方见。我只有在这个时间能抽出身来。

F.M.

"今天就是星期二，本来我打算今晚要去见他的。"

我将纸条翻过来看。"你如何拿到它的呢？这并不是邮寄来的。"我问道。

"这个问题我不想回答，这与你调查的案子没有一点关系。我只会如实回答所有与案件有关的问题。"

对于我们的调查，她非常配合，只是她说的那些对我们没有多大用处。她觉得她的未婚夫没有什么敌人，不过她也没有否认，有几个热烈的追求者一直没有放弃对她的追求。

"你的追求者里有默多克先生吗？"

她的脸突然红了，可以看出她非常慌张。"他曾经有一段时期追求过我。后来他得知我和弗茨罗伊的关系后，就没有再追求过我。"

这使我更加怀疑这个怪人了。我决定先去查查他的档案，再去他的房间秘密检查一下。斯泰赫斯特主动要求协助我，因为他也非常怀疑那个人。从"海港之家"回来后，我们希望能把细节梳理得更清晰一些。

一个星期后，验尸报告出来了，不过并没有新发现，案件暂时停止审理，需要继续寻找有利证据。斯泰赫斯特非常谨慎小心地搜查了他下属的房间，不过没有发现任何线索。整个案件我又认真仔细地想了一下，并去现场进一步地进行了检查，也并没有得出新的结论。在我的探案记录上读者会发现，我还从未接到过比这个案子更让我感到无助的案件，就在我迷茫的时候，发生了狗的事件。

最初是我的老管家从奇妙的无线电里听到的，当时人们就是利用无线电波来收集一些乡间琐事的。

"先生，有个很不幸的消息，是关于麦菲逊先生那条狗的。"一天晚上她这样对我说。

以往，我对这类闲谈是不感兴趣的，不过麦菲逊的名字引起了我的注意。

"麦菲逊的狗发生了什么事？"

"死了，先生，是由于主人的死使它过于悲痛造成的。"

"你听谁说的？"

"现在所有人都在议论这事儿。那条狗的情形非常糟糕，大约有一个星期不吃东西。今天有人发现它死在了海滨，是三角墙学校的两个学生发现的，狗就死在他主人死的那个地方。"

"死在它主人死的那个地方。"这几个字我听得非常清楚。我的直觉告诉我这定是一个重要的发现。狗死了，这符合狗的忠诚善良的本性，但是在"同一个地方"！这个荒凉的海滨怎么会对狗又造成伤害？该不会它也成了仇人的牺牲品？难道——？没错，虽然感觉很模糊，但我脑子中事情似乎有些眉目了。几分钟后我就来到了学校，我在斯泰赫斯特的书房里找到了他。我向他提出，把那两个发现狗的学生——撒德伯利和布朗特叫来。

"没错，狗就在湖边躺着。"一个学生说，"它应该是追着死去的主人的踪迹去的。"

那条忠实的小狗我去看过了，那是一条艾尔戴尔猎犬，它在大厅里的地垫上躺着，四肢僵硬，两眼凸出，看上去极其痛苦。

从学校出来后我直奔游泳湖。这时太阳已经下山了，峭壁的黑影笼罩着湖面，湖面如一块铅板发出微弱的光。海滨荒凉，没有一个人，只有上空盘旋鸣啼着两只海鸟。借助逐渐变暗的光线，我依稀分辨出小狗留下的足迹就在它主人放毛巾的那块石头周围的沙滩上。我在那儿苦思冥想了很久，天已经彻底黑了，我脑海中思绪万千。可以这样说：我就像做了一场噩梦。你知道自己在苦苦寻找着非常重要的东西，而且你非常确定它就在那里，可却怎么也想不出来。这就是那天晚上我一个人在那个死亡之地时的感觉。最后我便带着满脑的疑虑向家走去。

当我刚走到小路顶端的时候，脑袋里灵光一现！如同闪电似的，我一下子明白了我苦思冥想的是什么。这一点，华生说得对，我脑子里装了一大堆毫无科学系统性的生僻知识，但必须承认就是这些知识在工作中往往起到重要作用。我的大脑如同一间杂物收藏室，里面堆积了大量不同的东西，数量之多就连我自己也搞不清。其中有一样东西对破解目前这个案件非常有利。即使还不是很清淅，但我至少知晓如何去破解它。我要做一次彻底的实验来证实。

我家有一个里面装满图书的阁楼，一进家门，我就钻进了这间阁楼找了一个小时，几乎将阁楼翻了个底朝天，最后找出了一本咖啡色印着银字的书。我匆忙打开了那本书，找到了我记得很模糊的那一章。的确，那是一个不太现实、不着边际的想法，但我一定要弄清楚，不然我不会甘心。那天我很晚才睡，迫切地期待着明天的实验。

可是我的工作被打乱了。第二天我喝完早茶，正要准备出发去海滨，苏塞克斯郡警察局的巴德尔警官就来找我了。巴德尔警官沉着稳健，眼睛里带着明显的疑问，对我说：

"先生，我非常认可您的能力和经验。今天我拜访您属于非正式拜访，有些话不必我多说。麦菲逊案件，我认为我处理得非常公正。现在的问题是，我要不要逮捕他呢？"

"你是要逮捕默多克先生吗？"

"没错。思来想去，他是主要的可疑对象。地方偏僻的优点就是让我们可以缩小可疑的范围。假如不是他，会是谁呢？"

"你是否有可靠的证据指控他呢？"

他搜集的证据和我之前所找到的差不多。首先是默多克的古怪性格和他古怪的行为，比如虐狗事件。另外，他之前和麦菲逊吵过架，最重要的是麦菲逊对贝拉密小姐的追求可能会让他心生怨恨。他掌握了我之前发现的所有的情况，除了告诉我默多克准备要离开外，没有新的线索。

"现在所有的证据都对他不利，假如就这样让他离开了，我的处境会怎样呢？"这位身材高大的警官感到很苦恼。

"不是这样的，"我说，"你的推论有一些很大的漏洞。那天早晨出事后，他是可以提供证据证明他不在现场的。他和学生始终在一起。在麦菲逊出现后仅仅几分钟，他便从我们的后面来了。另外有一点，他独自一人怎么会对一个像他一样强壮的人动手呢？还有，他的作案工具会是什么呢？"

"我认为十有八九是软鞭子？"

"你有没有研究过死者的伤痕？"我问道。

"我看过了，医生也看了。"

"我用放大镜进行了特别详细的观察，我发现了一些让我感到奇怪的地方。"

"什么奇怪的地方，福尔摩斯先生？"

我在办公桌那儿拿来一张经过放大的照片。"我通常就是用这种方法来处理类似案件的。"我解释说。

"福尔摩斯先生，您做事的确非常细致周到。"

"如果做事不细致周到，我也不会成为侦探。我们来研究一下环绕右肩的这条伤痕，发现什么问题了吗？"

"没发现什么特别的。"

"你看，这条伤痕看上去深浅不一。这边有一个渗血点，那边也有一个。下面这条伤痕与这条很相像。这说明了什么呢？"

"我猜不到。您怎么看？"

"我也不能确定。但是，我应该很快就能找到确切的解释。现在把渗血点弄清楚对我们找出凶手会起到重要作用。"

"我突然有个很特别的想法，"警官说，"假设将一个烧红的网放在背上，那么网线交叉的地方可能就会形成那些渗血点。"

"这个想法倒是很奇妙。我们也可以假设那是一条非常坚硬并带有许多疙瘩的九尾鞭造成的。"

"太对了，福尔摩斯先生，您的说法我完全赞同。"

"当然，我们也不排除还有其他的可能，巴德尔先生。无论如何，你现在逮捕人的证据不够充分。此外，我们还有死者的死前遗言——'狮鬃毛'没有解释清楚。"

"我认为'狮'可能是'伊恩'——"

"我之前也这样认为。只是第二个词和'默多克'丝毫没有关系，而且他是很清晰喊出来的，所以我确定那就是'鬃毛'。"

"您还有其他想法吗，福尔摩斯先生？"

"有一个。只是在还未找到更确切的解释之前，我还不能说。"

"那什么时候能找到可靠依据呢？"

"可能一个小时吧——也可能用不了那么久。"

警官用手摸摸下巴，表情惊讶地看着我。

"我现在特别想弄清楚您脑子里在想什么，福尔摩斯先生。是不是与那些渔船有关？"

"不是，那些船距离太远了。"

"凶手有没有可能是贝拉密父子呢？他们对麦菲逊有意见，会不会是他们下的毒手？"

"不，在我没想通之前我是不会透露什么的。"我笑着说道，"警官先生，我们先各忙各的事，我想你应该中午来这里——"

这时候，有人打断了我的说话。我只听见来人推开我的外屋门，然后过道里传来急速的脚步声，随后伊恩·默多克跟跟跄跄地闯进了屋。他脸色苍白，头发蓬松凌乱，衣着也不整。他瘦削的手扶在桌子上才让自己勉强站直。"白兰地！拿白兰地来！"他喘着气说，说完就无力地倒在了沙发上。

他并不是独自一个人来的，斯泰赫斯特在后面紧跟着也进来了。斯泰赫斯特没戴帽子，喘着粗气，如同默多克一样衣冠不整。

"快拿白兰地来！"他也喊道，"他快挺不住了，我用尽了所有力气才把他弄到这儿来，他在路上昏过去两次。"

半杯烈酒入肚后，发生了奇迹般的变化。默多克单手支撑着，站了起来，把上衣从肩上甩了下来。"快点拿油来，麻醉剂！吗啡！"他喊道，"什么都行，只要不让我受这痛苦的折磨就行！"

看见他背上的伤后，警官和我一起大声叫了起来。在他裸露的肩膀上，全是纵横交错的红肿网状伤痕，和麦菲逊死前的伤痕一模一样。

可以看出，他痛苦极了，这种痛苦似乎已经遍布他全身。他呼吸不匀，脸色变青，有时用双手捂住胸口，喘着粗气，额头出现像雨点一样大的汗珠。他随时都会有生命危险。我们不断地给他灌白兰地，每灌一次白兰地，他就会苏醒一次。我们用棉花蘸食用油往他伤口处涂抹，以缓解他的疼痛，最后他的头重重地倒在了垫子上。人在特别疲惫的时候，睡觉是恢复精力最好的方式。这个时候，他正处于半昏迷半睡眠的状态，这样他的痛苦能够缓解一些。

　　这时候问他话是不现实的。斯泰赫斯特恢复镇定后对我说："什么情况？这到底是怎么回事，福尔摩斯，这是怎么回事呢？"

　　"你在哪里发现他的？"我问道。

　　"海滨，就在麦菲逊死的地方。假如他的心脏也如同麦菲逊那样弱，他是活不到现在的。带他来的路上，有两次他都差点不行了。距离学校太远，所以就到你这儿来了。"

　　"你是亲眼看见他在海滨的吗？"

　　"他发出叫声时候，我正在峭壁的小路上走着。我发现他像醉汉一样，摇晃着站在水边。我马上跑下去，把衣服给他披上，将他扶了上来。福尔摩斯，看在上帝的份上，你一定要想方设法把这地方的灾害除去，简直没法在这地方住了。难道像你这么有智慧的人也想不到解决的办法吗？"

　　"我觉得办法应该是有的，斯泰赫斯特，跟我来！还有你，警官，都过来！相信我一定能将凶手捉住。"

　　在将昏迷的病人交给管家照顾后，我们三人来到了危险的咸水湖边。默多克留下的毛巾和衣服还在石头上放着。我绕着湖水慢慢地走着，他们两人一前一后在我后边跟着。湖的大部分地方都不深，可是在峭壁下面海岸弯进去的地方，深度差不多有四五英尺。那是游泳者一定要去的地方，这儿的湖水像水晶一样透明，清澈透绿。峭壁的底部有一排石头，我顺着石头走过去，仔细观察了下面的深水处。就在湖水最清也是最深的地方，我发现了我一直在搜寻的东西了，我高兴地高呼出来：

　　"霞水母！霞水母！快来看，狮鬃毛！"

　　那是一种随波流动的长毛怪物，黄色毛束里面掺杂着银色的条纹，真的如同从狮鬃上扯下来的一团毛。现在它正卧在水下约三英尺处的一块礁石上慢慢地伸缩着。

　　"这怪物真是害人精，应该让它去见上帝！"我叫道，"斯泰赫斯特，我们来一起做好事！"

　　刚好在礁石上面有一块大石头，我们用力推它，终于它扑通一声掉到了水中。湖面平静之后，我们看见巨石正好落在礁石的上面。黄色的黏膜沿着礁石边缘下垂，这说明巨石把霞水母给压住了。从石头下面冒出来一

114

股很浓的油质黏液，慢慢地扩散到水面，周围的一片水域都被染上了色。

"真是的，这东西可把我害惨了！"警官高声说道，"福尔摩斯先生，这究竟是什么呢？我一直生活在这里，这种东西还从来没见过。这物种绝对不会是苏塞克斯本地的。"

"多亏不是苏塞克斯本地的物种，"我说道，"应该是西南风把它带过来的。二位请跟我回家，有一个故事我要读给你们听，是关于一个人可怕经历的故事，那次海上遇险的经历给那人留下了永久的回忆。"

我们回到书房，看见默多克已经起来坐在那里了。至于在他身上发生了什么事他还不是特别清楚。他断断续续地跟我们说，发生了什么他不是很清楚，只是突然感觉一阵阵极度的疼痛穿过全身，他之所以能爬上了岸，完全凭自己顽强的意志。

"有这样一本书，"我将一本书拿起来说道，"曾把这个神秘的问题揭开过，这本书的名字叫《户外》，作者是著名的自然观察者 J.G. 伍德。在书中伍德说他曾有一次碰到过这个怪东西，还差一点死在它手上，后来他对此物种进行了特别详细的描述。'形霞水母'是这种危险动物的全名，它的毒性并不次于眼镜蛇，甚至引起的痛苦比被眼镜蛇咬还要难受得多。下面我来读一下摘录：

"如果游泳者发现一团蓬松的褐色黏膜和纤维，如同一大把狮鬃毛和银纸的东西，一定要特别的小心，因为这便是非常危险的螫刺动物——发形霞水母。

"你们看，这种凶残的物种是不是已经形容得非常清楚了？

"接着他又说了在肯特海滨游泳时遇见这种动物的过程。他发现，这东西会向四周发出五十英尺长的特别模糊的丝状触手，人只要碰到触手都会有死亡的危险。当时伍德只是远远地被触碰了一下，也差点丢了性命。

"在皮肤上留下浅浅的红色条纹的便是这无数的丝状触手造成的，仔细观察这些条纹都是些微点或脓包，所有的微点好像都是一颗烧红的细针在扎向神经。

"他还说，局部疼痛已经算是整个疼痛折磨中最轻的了。'剧烈的疼痛穿过了我的胸腔，我感觉如同被子弹打中一样倒下了，感觉脉搏停止了

跳动，接着心脏又狂跳六七次，就好像马上要从胸腔里冲出来似的。'

"即使触及毒丝时是在涌动的大海中，而不是在静止狭窄的游泳湖中，他也差点丢了性命。他说，中毒之后他自己都不认识自己了，面色苍白、满脸皱纹、憔悴不堪。事后他大量地喝白兰地，喝了整整一瓶，才重新活了过来。警官先生，这本书你拿着，麦菲逊的悲剧究竟是怎么发生的，它完全可以给出合理的解释。"

"这样我的嫌疑也排除了。"默多克苦笑着说，"警官先生，我不会怪你，福尔摩斯先生，我也不能怪你，我对你们的怀疑表示理解。我认为，在我被捕前能证明自己的清白，是由于我也体验了我那可怜的朋友的遭遇。"

"不是的，默多克先生。调查清楚这个案子我早已有了极大的自信。假如我早一点去海滨的话，你可能就不用遭受这种痛苦了。"

"那你是如何知道的呢，福尔摩斯先生？"默多克问道。

"我这个人喜欢读各种类型的书，而且所有看过的书的内容我都会记在脑子里。'狮鬃毛'这几个字一直在我脑子里徘徊，我记得在哪本书上读到过有关它的描述。这些你们都看见了，那个怪物用这几个字确实能够形象地描述出来。我敢肯定，当时麦菲逊看见它时，它正在水面上浮着，他唯一能够描述害死他的那东西就只有'狮鬃毛'，同时也提醒我们要小心那个东西。"

"现在，我的嫌疑可以洗脱了。"默多克说着，然后努力缓缓地站了起来，"但是我还要说几句解释一下，我很清楚你们曾经调查过我的事情。我确实爱过那个姑娘，但是我知道她选择了我的朋友麦菲逊后，我唯一能做的就是希望她能够幸福。我是心甘情愿退出的，而且还愿意为他们做联系人。因为他们信任我，所以我一直在给他们送信。对我而言她是我最亲近的人，所以我朋友死后我就立刻把消息告诉了她，我担心别人会抢在我的前边，匆忙而冷漠地跟她说这个不幸的消息。先生，我们的关系她不肯讲，是担心我会受到你们的责备。就这样吧，我现在要回学校去了，我需要休息。"

斯泰赫斯特向他伸出手，说："这些日子咱们都过得太紧张疲惫了，默多克，过去的事就让它过去吧，以后我们会相互了解的。"说完，他们两个人如朋友般手拉着手出去了。

警官目瞪口呆地望着我。"天啊，你太厉害了！"最后他喊道，"有关您的故事我以前读过，但是我一直都不信。您简直太让人敬佩了！"

我向他摆摆手，接受这种恭维话会降低我的标准。然后我说道："实际上，这个案件我调查进展很慢，真的很慢。尸体如果是在水里发现的，我可能马上就会侦破此案。是毛巾误导了我，不幸的麦菲逊还没来得及擦身上的水，所以我就觉得他还没下过水，因此不可能受到水生动物的攻击，就没想线索会在水里面。就是这样的误导让我犯了错误。哈哈，警官先生，在过去我经常揶揄你们警察局的先生们，而如今，发形霞水母替警察厅报了仇。"

七 房客的真面目

福尔摩斯先生进入侦探界已长达二十三年，我很庆幸的是，在这漫长的二十三年中有十七年我都和他一起工作，负责记录一些案件侦破的来龙去脉，由此，我手里掌握了数量非常庞大的各种不同的案件资料。但是对我而言，如何从这么多的资料中筛选出更具代表性的倒成了问题。在书架上堆着满满的都是日积月累的案件卷宗，文件递送箱里满满地也全都是千奇百怪的文档。

这些案宗不论对于研究犯罪的学者，还是对于猎奇官员丑闻的人以及维多利亚时代晚期社会来说，都是非常有意义的。对于那些担忧从而来信叮嘱，不要毁坏其先祖威望名节，不要伤及其家族声誉的人，我想说的是，请放心好了，我的朋友福尔摩斯具有较高的职业道德和非常谨慎的态度，对于我如何挑选回忆录的素材他有着严格的要求，同时我更不会滥用他人对我的托付。

近期有人试图销毁和获取这些文件，我们保持高度的警惕。谁是这些不法行为背后的指使者，我们都心里有数，我有资格代表福尔摩斯先生宣布，以后再有这样的行为发生，我们会将所有秘密，不管涉及谁，全部都会公告天下。我所讲的这些话，我想至少会有一个读者心里非常清楚。

在这些案件里，福尔摩斯都起到了非常关键的作用，他总是有机会展示他那独特的观察、分析以及洞察力，我曾在回忆录中详细说明过。有一些案件迷雾重重，需要他花费很大力气去破解，另外也有一些他毫不费力就将其侦破的案件。通常那些最不给他展示个人才能机会的案件，却是一些令人惊骇的人间悲剧，现在我要把这样一个案子叙述给大家。除了姓名和地点我稍微做了调整外，其余的都是真人真事。

那是一天上午，我收到一张福尔摩斯写给我的便条，他约我同他一起去某个地方。我便立即赶到了约定的地方，看见他坐在烟雾缭绕的屋子里，还有一位房东模样的老太太坐在他对面的椅子上，那是一位上了年纪、一脸慈祥、比较胖的老太太。

福尔摩斯向我招了招手，同时说道："这位是麦利娄太太，住在南布利克斯顿区。麦利娄太太并不反感吸烟，所以，华生，你可以放心大胆地吸。麦利娄太太要给我们说一件很有趣的事儿，这件事儿应该还会有所进展，所以我想你在这里将会是大有用处的。"

"没问题，假如我能帮上忙的话。"

"麦利娄太太，你知道，如果我要去郎德尔太太那里拜访，我希望有个人在场作为见证。在我们来之前，这一点要先跟她说清楚。"

"福尔摩斯先生，上帝保佑你。"麦利娄太太说道，"即使你把全教区的人都带上她也没意见，她现在非常急切地要见到你。"

"既然这样，今天下午我们早点去。在出发之前，我们得确保所掌握的事情是否准确。接下来，你再来详细描述一遍这件事，这样也可以帮助华生医生熟悉案情。你刚才说道，郎德尔太太租住你的房子已经长达七年了，在这七年里，你只见过一次她的面容。"

"我宁愿一次也没有看见过，我对上帝发誓！"麦利娄太太说。

"我认为，一定是很严重的毁容吧？"

"福尔摩斯先生，那张脸几乎不像是一张人的面孔，简直是太可怕了。有一次她在楼上窗口那四处张望，被送牛奶的人看见，送奶人吓得连奶桶都扔了，牛奶洒到花园地上到处都是。一次她的脸被我碰巧看见了，她马上就将面纱蒙上了，然后对我说：'麦利娄太太，现在你终于明白我为什么总是戴着面纱了吧？'"

"对于她的过去，你了解多少？"福尔摩斯问道。

"一点都不了解。"

"那当初她来的时候有什么介绍信吗？"

"没有，可是她有钱，很多的钱，来的时候就预交了一个季度的房租。在这年头，像我这样一个无依无靠的人，这么好的机会，我怎么能错过。"

"那她有没有说，她为什么会看上你的房子？"

"我的房子距离马路很远，相对其他出租的房子会更加安静。还有，我自己没有家人，而且我只收一位房客。我想她应该试着找过其他的房子，但只有我的房子最合她的心意。她从不吝惜钱，她只是不喜欢受到打扰。"

"除了你那次不经意看见过她的脸，从此以后就没见她露过脸，这倒真是一件非常奇怪的事，简直太怪异了。难怪你要求把这事查一查了。"

"福尔摩斯先生，不是我想要查。对我而言，只要能拿到房租，其他的我并不在乎。再也找不到像她这样又省心、又安静的房客了。"

"那又是什么原因呢？"

"是她的身体情况，福尔摩斯先生。她看起来越来越瘦，而且她有非常沉重的思想包袱，有时候她会高声喊'救命，救命啊！'有一次我听她大声说：'你这个魔鬼！你这个没人性的畜生！'当时是夜半时分，我在宅子里特别清楚地听到她的哭喊声，吓得我哆嗦了半天，一夜也没睡好。第二天一大早我就去找她了。'郎德尔太太，'我对她说，'要是有什么事让你感觉痛苦，你应该去找警察，或者牧师，我想他们会帮助你的。''看在上帝的份上，不要找警察！'她说，'过去的事是牧师也无法改变的。这样也好，藏在我心里的事如果在我死之前有人能知道，我可能也会感觉舒适些。''哎，'我说，'如果你不想找官方的警察，还有一个当侦探的、报纸上登的那个人'——对不起，福尔摩斯先生。她当时一听就激动得跳了起来。'是的，这个人正合适。'她说，'我怎么把他给忘了呢！麦利娄太太，快去把他请来。如果他不愿意来，那你就告诉他我是马戏班子里的郎德尔的妻子。你就这样说，然后再让他看看这个地名：阿巴斯·巴尔哇。'

这个字条儿就是她所写，上面就是这个地名：阿巴斯·巴尔哇。她说：'假如他就是我所了解的那个人，看见这个地名他肯定会来的。'"

"我是会百分之百要来的。"福尔摩斯说，"这样，麦利娄太太，我先和华生医生聊聊，估计得谈到午饭时间。三点钟左右我们就能够到布利克斯顿区，到你的家中。"

接下来，我们的客人摇摇晃晃地挪出了门，除了这个词我找不到其他的词来形容她走路时的样子了。她刚一出门，福尔摩斯就立刻去屋子角落那一大堆摘录册中去翻找了。我只听见沙沙翻书页的声音，接着他非常愉快地咕哝了一声，我猜一定是发现他想找的东西了。他一脸高兴的样子，都来不及站起来，就两腿盘卧坐在地板上，很多又厚又大的书堆积在他的四周，此外，他的膝盖上还摊开着一本书。

"当时这个案子就让我很伤脑筋，华生。你看这里的旁注就可以作证。这个案子我虽然解释不了，但有一点我可能确定，就是验尸结果绝对不正确。那个阿巴斯·巴尔哇悲剧你还记得吗？"

"我一点印象也没有了，福尔摩斯。"

"但是当时是我们一起去的。不过，可以理解，我对此也没有多少记忆了。因为案子没有什么定论，而且当事人也从来没请求过我的帮助。那么，你是不是要看一下案件的记录呢？"

"可以把案子的重点先说一说吗？"我回应道。

"其实，很简单，听我一说，你可能就会想到那时的情况。郎德尔这个姓在当时可是众所周知的。作为桑格和沃姆韦尔的竞争对手，郎德尔可是那个时候最大的马戏班子。不过，有证据可能证明，就在出事之前，郎德尔已经嗜酒如命了，而他的马戏班子以及他自己都开始逐渐走下坡路。他的马戏班子曾经在伯克郡一个叫阿巴斯·巴尔哇的小村子留宿，这个惨剧就发生在那里。那个地方就在前往温布尔顿的路上，他们走的是大路，当时只是宿营，而没有演出，因为村子特别小，演出不划算。

"他们的马戏班子有一只名叫撒哈拉王的北非雄狮。郎德尔和他妻子往日都习惯了在狮笼内进行演出。你看，这张照片是他们在演出时的留影，从照片中能看得出来郎德尔是一个具有野猪般模样、五大三粗的人，但是他的妻子却是一个非常体面优雅的女人。在验尸的时候有证人说，那时狮子已经表现出一些很异常的征兆，不过他们通常因为每天都接触狮子而麻痹大意，根本就没有关注这些情况。

"一般情况下郎德尔或他妻子是在晚上喂狮子。有的时候会一个人去，也有的时候两个人一起去，从来没有让别人去喂过，因为他们认为，由他们亲自去喂食，狮子就能把他们当成恩人，就不会伤害他们。就在七年前的那天夜里，他们两人一起去喂狮子，接着就发生了惨剧，这件事至今仍然是一个谜。

"就在午夜时分，宿营地里的所有人，都被女人的尖叫声和狮子的阵阵怒吼给惊醒了。马戏演员、马夫们全部从各自的帐篷里面冲了出来，手里提着灯笼来到狮笼前面。借着光线，他们发现郎德尔趴在离笼子十多米处的位置，后脑向内塌陷，头皮上还有深深的爪印。狮笼的大门敞开着，郎德尔太太卧倒在离狮笼门不远的地方，狮子蹲在她身上大声怒吼。她的脸被撕扯得血肉模糊，可是却活了下来。在小丑格里格斯和大力士李奥纳多的带领下，几个马戏演员用长竿子将狮子赶回狮笼，大伙马上过去把笼门关上。

"狮子究竟是怎样从笼里出来的呢，没有人知道。大家猜测，两个人是想进到笼内，但是门刚打开，狮子就跳出来将他们扑倒。获得的证据中，没有让人感兴趣的地方，似乎唯一有价值的就是把郎德尔太太抬回宿营篷车的途中时，她在昏迷中经常喊'胆小鬼！胆小鬼！'半年以后她才恢复到能作证的程度，可是郎德尔的尸检早就照常进行了，判决的结果就是意外身亡。"

"难道不是这个原因吗？"我问道。

"这样说吧，这个案子中总有那么一两个疑点，让伯克郡警察局的青年警官埃德蒙觉得很困惑。他是个很优秀的小伙子！后来他被派往阿拉哈巴德去了。因为他来拜访过我，所以我才介入了这个案子。"

"那人是不是黄头发、瘦瘦的？"

"是的，我就知道你很快就能想起来的。"

"那究竟是什么让他感到困惑呢？"

"这个案子我们都觉得可疑。事件发生的整个过程非常难以想象。如果从狮子的角度来设想，它从笼中出来，会去干什么呢？它向前跳了几下，一直到了郎德尔的面前，郎德尔转身就逃，狮子用力将他扑倒。随后，狮子不但没有往前逃走，反而还转过身冲向笼子旁边的郎德尔太太，也将她扑倒在地，撕咬着她的脸。她在昏迷时喊出的话，似乎说的是她丈夫背弃了她，可是那时这个可怜虫自己都顾不了，更别提能帮上她了，你看出问题所在了吧？"

"是的。"

"另外，还有一点需要细细研究一番，我总算想起来了。有证据可以证明，就在女人尖叫、狮子咆哮的同时，有一个男人也失声惊叫了。"

"那个男人是郎德尔？"

"假如他的颅骨已经内陷，几乎是不可能再听见他的叫声的。记得不止有两个证人说到，女人的尖叫声和一个男人的叫喊声掺杂在一起。"

"我觉得在那时全营地的所有人都可能叫喊。有关其他疑点，我是这样理解的。"我说道。

"那好，我洗耳恭听。"

"当时他们两个人是在一起的，狮子从笼中逃脱的时候，他们和笼子的距离大约有十余米远。郎德尔先生试图转身逃走，狮子却将他扑倒在地。他的妻子也试图进入笼子里将笼门关上，那是她唯一可以躲避的地方。当她跑到笼子门口时，狮子就跳过去把她扑倒。她恨郎德尔当时没有和狮子斗争，反而转身逃走，假如当时他和狮子针锋相对，有可能会制服它，所以她喊他'胆小鬼！'"

"太好了，华生！但还有点瑕疵。"

"福尔摩斯先生，请说有什么瑕疵？"

"假如两人都是在距离笼子十米以外的地方，狮子是如何从笼中逃脱的呢？"

"也许是他们的某个仇人给放出来的？"

"平时狮子跟他们一起玩耍，跟他们在笼内进行表演，那么这次为什么会如此残忍地攻击他们呢？"

"可能是他们的仇人事先故意惹怒了狮子。"

福尔摩斯思考了好长时间，然后突然开口说道：

"对了，华生，有一点对你的推论很有利，那便是郎德尔的仇人有很多。埃德蒙跟我说，每次他喝完酒就会性情暴虐。这个五大三粗的暴徒见人就打，逢人就骂。我猜想，刚才客人说过，郎德尔太太夜里哭喊着'魔鬼'，我觉得她一定是梦见了她那死去的丈夫。但是无论如何，在未证实真相之前，我们的猜想几乎是没有任何价值的。好吧，华生，橱柜里面有冷盘山鸡，另外还有一瓶勃艮地白葡萄酒，我们在进行这次特殊的走访之前，先补充一些体力吧。"

就在我们乘坐的马车停在麦利娄太太家的门前时，就看见她那肥胖的身体出现在门口，门是开着的，这是一座非常宁静而又简陋的宅子。可以看出她的首要目的是怕失去一位难得的房客，因为她在把我们带上楼之前，嘱咐我们千万不要做一些或者说一些会让她不再拥有这位房客的事情，我们答应了她，接着她带我们走上一个铺有破旧地毯的直式楼梯，之后把我们领进了那位神秘房客的房间。

这个房间通风非常差，让人感觉非常的憋闷，屋内有一种难闻的气味，这也是在意料之中的，因为主人一直待在房间，从来不出门。这是一个被命运捉弄的女人，从一个总是把动物关在笼子里的人，成为了一个把自己关在笼子里的动物。她坐在房间中一个非常阴暗的角落里的一把扶手椅上。由于多年一直缺少活动，她的身材已经严重走形了，但可以看得出来她的身材在当年一定是非常曼妙，即使在这时也依然丰满动人。她戴着非常厚的深色的面纱，面纱剪裁得比较短，露出了圆润的下巴和迷人的双唇。能够看出，她之前是一位风姿绰约的女子。她的声音也非常圆润动听。

"福尔摩斯先生，想必你对我的姓氏已经很熟悉了。"她说道，"我就知道你听到这个姓氏之后肯定会来的。"

"你说得对，郎德尔太太，但是我不知道，你为什么会这么肯定我会对你的案子感兴趣。"

"我的身体好些的时候，当地的侦探埃德蒙先生找我谈过话，他跟我说起的。我并没有对他说出实情。可能当时将实情说出会是最好的做法。"

"大多情况下，说出实情都是比较理智的做法。那是什么原因让你没有对他讲实话呢？"

"是因为我的话关系到另外一个人。虽然我知道他是一个不值得我付出的人，但是我还是担心因为毁了他，我会感到良心不安。曾经我和他的关系是那么的亲近，那么的亲近！"

"那么现在你打消了这个顾虑了？"

"没错，我所说的那个人已经死了。"

"为什么你现在不把你所知道的一切，都告诉警方呢？"

"原因是还考虑到一个人，这个人就是我自己。我不愿意接受警方传唤审讯，从而带来满城风雨。我想我没有多少日子了，我想安静地死去，但是我还是想找一个能明事理的人来，将我梦魇般的经历说给他听，在我死后，真相就可以公告天下了，希望想了解事实真相的人能够谅解。"

"太太，实在不敢当，您太抬举我了。我也是一个负有社会责任的人，我不能保证，在你说完之后我一定不会把真相告诉警方。"

"我可以理解，福尔摩斯先生，我对你的办案风格和你的为人非常了解，这些年来我一直都在拜读你的事迹。现在我唯一的慰藉就是读书和看报，所以，这世间发生的事儿大多我都知道。可是，不管怎样，我都愿意碰碰运气，无论你是否会利用我的不幸。把事实说出来会让我心安一些。"

"那我和我的朋友很愿意倾听。"

郎德尔太太站起来从抽屉里拿出了一张男人的照片。一眼就能够看得出他是个非常专业的杂技演员，照片中他那浓密的胡须下嘴角露出一丝微笑，健硕的臂膀抱在凸起的胸肌前。

"他叫李奥纳多。"她说。

"李奥纳多，是作证的那个大力士，对吗？"

"没错。再看这张照片——这是我丈夫。"

看这一张丑陋狰狞的脸，说他是一个人形野猪也不为过，他凶残起来实在让人心生畏惧。人们可以想象他那张让人恶心的嘴在大发雷霆时唾沫乱飞的样子，还可以想象出他那双凶神恶煞的小眼睛中射出的全是狠毒的目光。他那下颌肥硕的脸庞上清清楚楚地刻着禽兽、无赖、恶棍的字样。

"你们看，通过这两张照片你们就可能了解我的一些经历。我是一个在锯末上成长起来的可怜的马戏演员，不到十岁我就开始表演跳圈了。等我长大成人后，我就被这个男人爱上了，假如他那种情欲还可以被称为爱的话。命运就是这样的不公，我成了他的妻子。从那一天开始，我就像生活在地狱里一样，而他就是踩躏我的魔鬼。他是怎样虐待我的，马戏班子里的所有人都很清楚。他还背着我去找其他的女人。假如我有一点儿不满，他就会把我捆起来用马鞭抽打。所有人都很同情我，都非常痛恨他，可是他们又有什么办法呢？所有人都躲着他，不敢激怒他。因为他无论在什么时候都是那么的凶残，喝醉时就如同一个歹毒的杀人犯。他经常打别人，还时常虐待动物，他多次受到传讯，可是他非常有钱，他并不怕被罚。很多好的演员都不愿意留在我们这里，于是马戏班逐渐走下坡路。全靠我和李奥纳多，再加上那个丑角小格里格斯，才勉强让这个马戏班子维持下去。格里格斯是一个可怜虫，他没有多少值得令人称道的事情，但他还是竭尽全力，让马戏班子能够维持下去。

"再后来我和李奥纳多接触的时候越来越多，跟我那凶残的丈夫比较起来，他简直就是天使。他帮助我、怜惜我，我们之间产生了刻骨铭心的爱情，这就是我梦寐以求却从来不敢想象的爱情。后来，我丈夫产生了怀疑，可是我认为他是个色厉内荏、外强中干的胆小鬼，并且只有李奥纳多是他心存忌惮的人，所以我并不怕他。他就用他那粗暴的手段来报复我，不断变本加厉地折磨我。在一天夜里我的惨叫声被李奥纳多听到了，他径直来到了我们的篷车门口。悲剧差一点儿就在那天晚上演，事后我和我的情人都担心早晚会出事。像我丈夫这种人就不该活在这个世界上，我们决定一定要想办法将他除掉。

"李奥纳多头脑很灵活，他的计划也非常周到详细。是他的主意，我不是在把责任推向他，我愿意寸步不离地跟着他。不管怎样我也想不出那样的主意。他做了一个棒子，棍子上面镶了个铅头，在铅头的上边他又安进去五根很长的钢钉，钉尖朝外面，就如同张开的狮爪。他就是用这个棒子给我丈夫致命的一击，接着再制造出是狮子逃出笼把他咬死的现场假象。

"那天晚上，外面一片漆黑，和平日里一样我跟我丈夫去喂狮子，我们把生肉装在锌皮桶里。李奥纳多就藏在我们去狮笼路过的大篷车的拐角上。但是他动作太慢，我们已经走过去了，他也没有找到机会下手。他悄悄地跟在我们的背后，之后我听见了棒子击碎我丈夫颅骨的声音。我听到这声音后，心里激动极了，便快步走上去，将关狮子的笼门打开了。

"然后可怕的事发生了。你们应该听说过像狮子这种野兽很容易嗅出人的血腥味，人的鲜血使它特别活跃。出于某种特异的本能，那狮子马上就知道有人流血了，因此我刚松开门它就跳了出来，并马上扑到了我的身上。李奥纳多当时应该能救我，假如他冲上来用那棒子用力地去打狮子，可能会把狮子吓跑。可是那时他吓坏了，我听见他吓得大声喊叫，然后看见他转身逃走。这时狮子锋利的牙齿朝着我的脸咬下去。我被它那又热又臭的气息熏得几乎晕迷，我一边用手掌拼命地推开它的血盆大口，一边大声喊救命。当时我感觉整个营地的所有人都慌乱起来。后来我只知道是李奥纳多、格里格斯等人，将我从狮子爪下救了出来。

"福尔摩斯先生，这些就是当时的情况，在后来的几个月里我一直昏睡不醒。等我醒过来时，在镜子里发现我变成这般模样，我便特别痛恨那头狮子！恨它为什么没有夺走我的性命，而把我的美貌夺走！福尔摩斯先生，当时我唯一的一个愿望，就是用面纱将我那张可怕的脸遮住，不让人看见，然后再找一个没有熟人找得到的地方生活。这是那时我唯一想做的事，我也这样做了。如同一只受了伤、不幸的动物一样，爬进洞穴里去等待自己生命的结束，这就是尤金尼亚·郎德尔的悲惨结局。"

我们听了这位妇人讲述完她所遭遇的不幸后，都沉默不语，静静地坐在那儿。福尔摩斯伸出他那瘦长的胳膊，手轻轻拍了拍这位妇人的手，并表现出对他而言非常少见的深切同情。

"不幸的太太！"他说道，"真是个不幸的人啊！世事无常，真是不可思议啊！那个李奥纳多后来怎么样了？"

"后来我就再也没有见过他，也没有关于他的任何消息。似乎我也不应该如此恨他，因为与其爱上我，还不如去爱我们用来表演的那个狮口余生的畸形儿呢。可是一个女人的爱并不会轻易摆脱的。当时我在狮子的利爪下，他吓得急忙逃走了，那是我最需要他的时候，他却完全不顾及我的生命，可我还是不忍心将他送上绞刑架。对我而言，我不在乎对我会有什么样的后果，这世上再也没有任何事情比我的亲身经历更可怕的了，可是我还是不忍心不管他的命运。"

"那么，他现在还活着吗？"

"前不久时他在马加特附近游泳时淹死了。我也是通过报纸知道的。"

"那个五爪棒他是如何处理的呢？这个棒子是你的讲述中既巧妙又非常独特的东西。"

"这个我也不清楚，福尔摩斯先生。在营地的旁边有一个白垩矿坑，矿坑的底部是个非常深的碧水深潭。我觉得他也许会扔到那个深潭里。"

"说实话，这个已经不重要了，这个案子已经结案了。"福尔摩斯说道。

"没错，"郎德尔太太说道，"已经结案了。"

我们准备离开时，郎德尔太太的声音有一种莫名的异常，这引起了福尔摩斯的注意。他马上转过身跟她说：

"你的生命不再是你自己的。请拿开你的手。"

"你觉得我这条命还会对别人有价值吗？"

"怎么会没有价值呢？对于一个烦躁的世界而言，甘心忍受痛苦，这本身就是最有价值的榜样。"

郎德尔太太将面纱拿掉，随后走到有亮光的地方。"你会受得了吗？"她问道。

情形实在吓人。她的面容已经被彻底毁掉了，用言语都无法形容她面容的恐怖。在那已经烂掉的脸底，有两只黄褐色的、活泼美丽的眼眸痛苦地向外望着。福尔摩斯满心怜悯而又愤愤不平地举起了一只手，可随后又无奈地落下，接着，我们一起离开了那里。

两天以后，我去了福尔摩斯的住处，他得意地用手指向壁炉架上的一个蓝色小瓶。我上去拿起瓶子，看见上面有一张红色的标签，标签上面写着剧毒字样。我将瓶盖打开，有一种甜杏仁的味道飘出。

"氢氰酸吗？"我问道。

"没错。是她寄过来的，还附有一个字条，上面写道：'我将引诱我的东西寄给你。我听从你的劝导。'华生，毫无疑问，你一定能猜到寄这东西的是哪位勇敢的妇人。"

八　肖斯科姆别墅

夏洛克·福尔摩斯俯身在一个低倍显微镜前已经看了很长时间，突然直起身来，满心欢喜地上下打量着我。

"一定是胶水，华生，"他说，"不可否认，肯定是胶水。快来瞧瞧显微镜里这些四散的东西！"

我弯下腰到镜前认真观察起来。

"这些毛状物是斜纹软呢外套上面的线头；看上去不规则的这些灰色团块是灰尘；左侧的这些东西是皮屑；中间这些褐色的黏团肯定是胶水。"

"那好吧，"我高兴地说，"就如同你所见，这可以起到什么样的作用呢？"

"这些东西绝对是最好的证据。"他答道，"你可能还记得在圣潘克拉斯一案中，我们在警察的尸体旁边发现的那顶帽子吧？那个时候，被告人不承认帽子是他的。他是一个职业制作画框的师傅，经常会用到胶水。"

"这是你办理的一个案子？"

"这是我的朋友、伦敦警察厅稽查处的梅里维尔请求我帮忙调查的一个案子。自从那次我在伪印铸造者的袖缝中发现了铜屑和锌，并由此推测出他是伪币制造犯以来，他们就觉得显微镜非常重要了。"说完，他很烦躁地看了看表，又说："有一个新顾客要来找我，但是已经过了约定的时间。哦，对了，华生，你对赛马了解吗？"

"了解个大概。我伤残补助一半都扔在那上面了。"

"那你就要作我的'赛马向导'了。你听说过罗伯特·诺伯顿爵士吗？对这个人知道多少呢？"

"对于他我一点儿都不陌生，他住在肖斯科姆别墅，以前夏天的时候我总会去那里。有一次诺伯顿差点犯在你的手里。"

"什么情况？"

"有科鲁街的有名放债人，名叫萨姆·布鲁尔。有一次诺伯顿在纽马克特赛马场用马鞭抽打那个人，差点把人家打死。"

"咦，感觉是件很让人感兴趣的事！这是他的爱好吗？"

"没错，他可是众所周知的危险人物。他可以说是英国最大胆的骑手了，就在几年前还获得过全国赛马的第二名。他是一个跟这个时代完全不合拍的人。如果在摄政时期，他称得上是一个十足的花花公子——玩命的骑手、美妇的情人、拳师、运动员，还有，大家都在议论，一旦诺伯顿破了产，就再也无法翻身了。"

"华生，非常好！你的介绍简明扼要，我应该对这个人有所了解了。现在，可以给我讲述一下肖斯科姆别墅的情况吗？"

"我知道的并不多，我知道它位于肖斯科姆园林的中央，非常出名的肖斯科姆种马培育场以及训练场都在那里。"

"约翰·梅森就是主训师，"福尔摩斯说，"华生，你是不是觉得奇怪，我为什么会知道这些？这封信就是他寄来的，我正要拆开看呢。现在我们来谈谈肖斯科姆吧。"

"那里有肖斯科姆长毛垂耳狗，"我说，"它们的大名在所有的狗市上你都会听得到。在英格兰那可是最名贵的犬种。肖斯科姆的女主人都把它们视为珍宝。"

"你指的是罗伯特·诺伯顿爵士的妻子吗？"我问道。

"罗伯特爵士未曾结过婚，就他而言，这也不是什么坏事。他和他守寡的姐姐比特丽斯·福尔德夫人生活在一起。"

"你说他的姐姐也住在他家里吗？"

"不是的。他们住的那个宅子是他去世的姐夫詹姆斯爵士留下的，诺伯顿一点所有权都没有。他的姐姐在世时，产业的利钱属于她，她过世后房产就要还给她丈夫的弟弟。她只是按年收取租金。"

"我觉得这些租钱一定是她的弟弟罗伯特花了吧？"

"可以这样说，无非是花多少的问题。那个家伙特别的讨厌，夫人的日子一定也很不好过。不过我听说她还是对他很好的。既然这样，肖斯科姆出了什么事呢？"

"这个问题，也是我没有弄明白的。看来能告诉我们此事的人出现了。"福尔摩斯说道。

门被打开了，男仆带进来一个人，这个人身材高大、脸刮得非常干净，脸上一副严厉又坚毅的表情。他很有礼貌地鞠了一躬。福尔摩斯指着一把椅子示意他坐下。

"福尔摩斯先生，看来你收到了我的信？"

"没错，但是你的信中并没有做任何解释。"

"这是件非常微妙的事情，在纸上不好体现，并且事情非常复杂，想讲清楚此事只有面对面说。"

"那好，你现在就可以和我们讲述一下了。"

"福尔摩斯先生，我认为我的主人罗伯特伯爵似乎疯了。"

听后福尔摩斯眉毛竖了起来。"这里不是哈利街，而是贝克街。"他说。随后他又问道："何以见得呢？"

"先生，一个人做了一件或者几件非常奇怪的事情时，肯定是有原因的，更何况他做的所有事情都特别的奇怪，那肯定事出有因。我认为肖斯科姆王子和赛马大会让他的精神产生了极大变化。"

"肖斯科姆王子就是你驯的一匹小雄马，是这样吗？"

"那可是全英国最好的马，福尔摩斯先生，这一点我非常清楚。我之所以可以非常坦率地跟你说，是因为我知道你是一位很高尚的绅士，肯定不会把秘密泄露出去的。这场马赛罗伯特爵士肯定能赢。他已经深深陷入进去了，还有就是这次是他最后的机会了，他将他所有能筹到的钱都押了上去，并且他投注的赔率非常高，现在的行情是一比四十，可是他下的注马上就接近一比一百了。"

"假如他的马真的是那么好，又怎么至于如此呢？"

"问题是别人并不清楚它有多好。对于防范马探子，罗伯特爵士可是非常警惕的。他把王子的同父异母的兄弟拉出去四处转，所有人都分不清它们。可是一旦奔跑起来，跑到二百米之后，它们之间便会拉开大约两匹马身长的距离。他的心里想的全部都是他的马和赛马的事，他把整个生命都耗在这上面了。到现在为止他还可以应付那些债主，可是王子一旦输了，他可就彻底地完了。"

"这果然是一场孤注一掷的赌博，但是你为什么说他疯了呢？"

"如果你看他一眼就知道了。我觉得他晚上根本没有睡过觉，他整天都在训练场待着。两只眼睛显现出疯狂，精神已经出现了很大问题。他对比特丽斯夫人的行为也极为反常！"

"是吗？原因到底是什么？"

"他们一直以来都是最要好的朋友，他们志同道合，他们都非常爱马。她每天都准时驱车来看马，还有就是，王子是她最宠爱的马。每当听到石子路上的车轮声，王子都会耸起耳朵，每天的早晨它都会跑着去马车前吃它的那块糖，可是现在这一切都和从前完全不同了。"

"从何说起呢？"

"她似乎完全失去了对马的兴趣。这些天她每天清晨驱车路过马场的时候，连个招呼都不打就过去了！"

"你觉得他们吵架了吗？"

"不容置疑，还是一场非常粗鲁、激烈、富有恶意的争吵。如果不是这个原因，他怎么会把她的长毛狗送给别人呢？那可是她疼爱的宠物啊！就在几天前他把狗送给了老巴恩斯，这个老头现在正经营着一家旅店，店的名字叫青龙，就在离这里三英里外的克伦达尔。"

"感觉确实很奇怪。"

"她的心脏不好，全身还浮肿，肯定不能经常同他一起去外面跑，一直以来，他每天晚上都会在她的屋里待两个小时，因为她是他最好的朋友。可是现在这一切都发生了变化，他再也不到她那儿去了。她非常伤心，变得寡言沉闷、抑郁不快，并且还喝起了酒，福尔摩斯先生，那是滥饮啊！"

"在他们的关系没有发生变化的时候，她喝酒吗？"

"偶尔也会喝，但不贪杯，现在她每天晚上要喝下去一整瓶酒。这些是管家斯蒂芬斯跟我说的。一切都不同以往了，福尔摩斯先生，简直是不可思议。还有一个问题，主人在夜里去旧教堂的地窖做什么去呢？又是什么人在那里等他呢？"

福尔摩斯两手放在了一起搓了搓。"继续说下去，梅森先生，感觉更加精彩了。"

"管家看见他去的，那是夜里十二点左右，天还下着大雨。第二天晚上我就到别墅来看，真的如管家所言，在那个时候他又出去了。我和斯蒂芬斯跟在他后面，当时我们真的非常害怕，假如被他察觉那可就麻烦了。如果他受到了惊吓，他肯定不会放过对方的，无论对方是谁，所以我们不敢距离太近，我们摸清了他的一切行踪。他要去的正是那个经常闹鬼的地窖，在那里还有人在等他。"

"那个地窖是怎么回事？"

"是这样的，先生，园子里面有一个非常破旧的教堂，旧得已经没有人知道它是什么年代的了。在它的下面还有一个名声不好的地窖。白天那里黑暗潮湿，很让人害怕，晚上更是没有人敢去那里，可是我们的主人不怕。他一生从未怕过任何事情。"

"先停一下！"福尔摩斯说，"你是说那里还有一个人。他可能是你们马场的人，也可能是他家里什么人！你只要认出了他，问问应该就知道答案了吧？！"

"那个人我也从未见过。"

"为什么这么讲，你看见他了？"

"我看见他了，福尔摩斯先生。他们见面后，罗伯特爵士转了个弯，就从斯蒂芬斯和我的身边走过去了，当时我们吓得就像两只兔子似的躲在灌木丛中，那是一个有月光的夜晚，当我们看见还有一个人从后面走了过来时，我们并不感到害怕，所以我们便站起身来，假装是在月光下散步碰巧遇见对方。'你好，老兄！请问你是哪位？'我问道。他应该没有听到我们走近的脚步声，所以当他回过头看到我们的时候，就好像是见到了刚从地狱里面出来的两个魔鬼。他吓得大喊一声，然后撒腿就跑。他跑得可真快，要叫我形容的话，不到一分钟的时间就完全消失不见了。他是干什么的，又是谁呢？我们就无法知道了。"

"那么，在月光下你看清他的样子了吗？"

"看清了，我能确定他有一张黄色的脸，感觉是个卑贱的下等人。不过他为什么和罗伯特爵士在一起，我就不知道了，"

福尔摩斯静坐了好长时间，陷入沉思中。"是谁在陪伴比特丽斯·福尔德夫人？"他终于说话了。

"是她的侍女卡丽·埃文斯。这五年来一直是她跟着夫人的。"

"那她一定很忠心吧？"福尔摩斯问道。

"她的确很忠心的，"他终于说，"但是我却不能说她的忠心是针对谁。"

"什么意思？"福尔摩斯问道。

"在这里我是不能搬弄主人是非的。"

"我非常理解，梅森先生。现在情况已经非常清晰了。从华生医生对罗伯特爵士的描述来看，我已经认识到无论是哪个女人在他面前都会惹上麻烦的，他对任何女人都会造成威胁。你察觉到他们兄妹为此发生过争吵吗？"

"这样的风流韵事很早就已经众所周知了。"梅森先生说道。

"也许她过去没有看出来。如果我们假设她一旦发觉了此事，曾试图要赶走这个女人，但是她的弟弟不允许。由于这个患者心脏不好，还不能走动，因此她的心愿没有办法实现。她憎恨的侍女依然还在她的身边，这样她就谁也不理会，独自一人喝酒、生闷气。罗伯特爵士愤怒之下把她宠爱的小狗夺走。这些设想是不是都能连接起来呢？"福尔摩斯问道。

"没错，就现有的状况来看，似乎是这样。"

"到目前为止是这样。可是这些和深夜里去古窖有什么关联呢？这些和我们谈过的事不能对上号。"

"的确对不上，先生，而且还有很大差异。为什么罗伯特爵士会去挖一具尸体呢？"

福尔摩斯猛然坐直了身子。

"这样的事我们也是昨天才发现的，就是在我给你写完信之后。昨天罗伯特爵士到伦敦去了，所以我和斯蒂芬斯趁机去了地窖。那里的一切都很有序，只是在一个角落里我们发现了一些人的尸骸。"

"那么我猜你可能报警了？"福尔摩斯问道。

这时我们的来访者笑了笑，没有回答，却说道："先生，我认为这些不能引起他们的兴趣，那只是一些骨头和一具干尸上的头颅。古尸大概都上千年了。我可以保证，它以前并不在那里，斯蒂芬斯也能确定。尸骨被搬到一个角落，而且上面还盖了一块木板，那个角落以前一直都是没有任何东西的。"

"你们是怎么处理的呢？"福尔摩斯问道。

"我们没有做任何处理。"

"这样做是很正确的。你说昨天罗伯特爵士出去了，他什么时候回来呢？"

"我觉得他今天会回来。"

"罗伯特爵士是在什么时候把他姐姐的狗处理掉的？"

"到今天为止刚好一周。当时那只小狗趴在老井楼的外面嚎叫，那天早晨爵士怒气冲冲，他上去把小狗抓起来，看样子像要把它杀掉。出乎我意料的是，他把狗交给了骑师桑迪·贝恩，还告诉他将其送到老巴恩斯那里，说他再也不想见到那条狗了。"

福尔摩斯点燃了他满是油渍、破旧不堪的烟斗，一言不发地坐了好长时间。"我还不知道，你需要我为这件事做些什么，梅森先生？"他总算是说话了，"你能说得更明白一些吗？"

"可能有个东西会使事情更清楚一些，福尔摩斯先生。"我们的客人说，然后他从口袋里掏出来一个纸包，并将其非常小心地展开，里面是一节已经烧焦的骨头。

可以看出福尔摩斯对此非常有兴趣。"这是从哪儿弄到的？"他问道。

"比特丽斯夫人房间下面有个地下室，里面有一个暖气炉，已经很长时间没用过了，罗伯特爵士抱怨说很冷，就让人将它烧了起来。哈维负责烧锅炉，他曾是我的一个伙计。就在今天早上时，他拿着这个骨头来见我，这是他在清理煤渣的时候发现的。他对那骨头很反感。"

"我对此也很反感，"福尔摩斯说。"这是哪个部位的骨头，华生？"

骨头虽然已经被烧成了黑色的焦块，不过可以从它的结构特点上看出它来自哪里。

"这是人腿骨的上半截。"我说道。

"没错！"福尔摩斯的神色变得更加凝重。"这个伙计是在什么时候去烧的炉子呢？"他问道。

"他每天晚上都会将炉火点燃，之后离开。"

"意思是，晚上谁都可能到那里去？"

"没错，先生。"

"那么，可以从外面进去吗？"

"外面的确有一个可以进入的门，里边还有一个门，从那个门进去，走一段楼梯，就能走到比特丽斯夫人卧室旁边的过道。"

"这儿的水非常的深啊，梅森先生，不但深，而且还非常的浑浊。你说罗伯特爵士昨天晚上没在家？"

"是的，他不在家，先生。"

"也就是说，骨头肯定不会是他烧的啦？"

"是这样的，先生。"

"你之前说的那个小旅店叫什么名字？"

"青龙旅店。"

"那么在旅店的附近有没有比较好的钓鱼处呢？"福尔摩斯问道。

这句话让眼前这位忠厚老实的驯马师感觉，在他的生活里又出现了一位疯子。这一点通过他脸上的表情很明显地可以看出来。

"先生，我曾经听说在磨坊溪里面有鳟鱼，霍尔湖里面有狗鱼。"

"简直太好了。我和华生都是很优秀的垂钓者，我说的没错吧，华生？如果你有信可以送到青龙旅店。今晚我们就出发去那里。记得我们不要直接见面，有什么事通过信来沟通，但是要保证如果有事，我可以找到你。随着我们对此事越来越深的理解，我会给你一个非常好的意见。"

五月的一个傍晚，天气十分清爽，福尔摩斯和我坐在头等车厢里面，去往肖斯科姆的一个叫做"招手停"的小车站。在我们头上的行李架上，很明显，摆放的全部都是我们的钓鱼竿、鱼线和鱼筐之类的垂钓用品。车到站后，我们又搭乘了一小段的马车，来到一个很旧、又非常老式的小旅店。具有运动员气质的店主乔赛亚·巴恩斯兴高采烈地同我们一起策划怎样才能捞尽周边的鱼。

"你说，在霍尔湖是不是可以钓到狗鱼呢？"福尔摩斯说。

只见店主的脸色一下子变了样。"一定不要打那个主意，先生，怕是还没等你钓到鱼，自己就先掉进水里了。"

"这是为什么呢？"

"那是因为罗伯特爵士，先生，他提防别人打他赛马的主意，如果像你们两位这样的陌生人一旦走近他的训练场，他必定会想方设法跟踪你们，他是不会善罢甘休的，一定不会放过你们的！"

"这样啊，我听说他有一匹马参加比赛，对吧？"

"没错，那是特别好的马。爵士将他自己的所有积蓄和我们大家的钱全部都赌在它身上了。哦，还有，"他看着我们，目光若有所思，"你们该不会是马探子吧？"

"不会，怎么可能呢！我们两个只不过是向往伯克郡新鲜空气的疲倦的伦敦人。"

"那你们来这里算是来对了，这儿的空气特别新鲜，但你们一定记住我说过的有关罗伯特爵士的那些话。一定要离那园子远点，他是很残酷的人。"

"我们一定会小心的，巴恩斯先生！我们会牢记你的话。另外，大厅里那只呜呜叫的狗可真招人喜欢。"

"哦，那是只纯种的肖斯科姆犬，在整个英格兰找不到第二只。"

"是吗？我本人也是个狗迷。"福尔摩斯说，"能不能告诉我，像这样的一条名犬大约能值多少钱呢？"

"这个我可买不起，先生。那是罗伯特爵士送给我的狗，我一直都是用皮带把它拴住。假如把皮带解开的话，它会在一眨眼的工夫冲回家的。"

"华生，现在咱们手里有几张牌了。"就在店主离开后，福尔摩斯说道，"这个牌不怎么好打，也许我们会在近一两天内就将谜团解开。再者，我听说罗伯特爵士现在还在伦敦，我想今天晚上我们应该去一趟那个禁地，这样就不用担心会遭皮肉之苦。我们有一两个疑点需要证实。"

"说说你的想法，我的朋友。"

"我了解到一点，华生，那是在一个星期前发生的一件事，它对肖斯科姆的家庭生活造成了很大的影响。是什么事呢？现在我们只能从它的效果来猜测。在我看来，这些效果属于那种既混杂又很稀奇古怪的类型，但是这种混杂对我们侦破谜团是非常有利的，那种平淡无奇而又毫无特色的案子才不好破。

"现在让我们来理一下我们所掌握的情况：那位弟弟再也不去看他那体弱的可爱姐姐了；还将她宠爱的小狗送给了别人。把她的狗送给别人，华生！这一点对你什么启示吗？"

"我只感觉那个弟弟没有善意。"

"没错，可能是这样。另外我觉得还有一种可能，我们从他们开始争吵的时候来回顾一下以后发生的情况，假如真有过一场争吵的话，夫人把自己关了起来，她的生活习惯也发生了变化，除了会和女仆乘车出去之外，就从来不露面，也不把车停在驯马场去看她喜爱的马了，还喝起酒来。这些情况全都被列进此案了，对不对？"

"还有地窖里的事没有提及。"

"我认为那是另外一条线索。这有两条线索，我认为不应该把它们混为一谈。第一条线索是和比特丽斯夫人有关的，有一点犯罪的感觉，是这样吧？"

"我并没有看出来。"

"那么，让我们先从第二条线索入手，这和罗伯特爵士有关。他如同发了疯似的要赢。他落到了放高利贷人的手里，稍有不慎就会破产，到那个时候，他的全部家产都会被迫拍卖用来抵债，这样一来，他的赛马肯定会落到债主手里。他真是一个胆大妄为、孤注一掷的人。他的收入全都是靠他的姐姐。他姐姐的女仆就是他最好的工具。现在看来，咱们的证据很充分，对不对？"

"但是那个地窖怎么解释呢？"

"没错，还有地窖！华生，我们来假设一下，当然，这是个具有诽谤的推测，一个提出来仅供辩论的假设，罗伯特爵士将他的姐姐杀害了。"

"我亲爱的福尔摩斯先生，这怎么可能呢？"我禁不住高声说道。

"没有什么不可能，华生。罗伯特爵士的确出身高贵，但是我们也偶尔会在鹰群里看见一只非常脏的乌鸦，不是吗？我们现在来打个比方讨论一会儿。如果不能挣到足够的钱，他肯定不会从这里离开的，想要挣到大钱只能靠肖斯科姆王子取得这次比赛的胜利，所以，他现在必须得坚守阵地。他要实现这个目标，首先必须要处理掉受害者的尸体，而且还得找一个人冒充她。如果他的心腹就是那个女仆，这个假设是非常有可能的，那么这具女尸应该是被运到了地窖，因为那里很少有人出入。还有，可以在深夜偷偷地在炉里将其销毁，留下的证据我们之前已经看到了。你怎么看呢，华生？"

"从你开始所说的那让人惊恐的假设来看，所有的这一切真有可能。"

"华生，要想把此事搞清楚，我认为明天我们应该作一个小小的试探。还有，为了避免咱们的身份暴露，我觉得应该把店主请来，用他自己的酒来招待他一下，我们跟他多谈鳗鱼和鲤鱼，这好像正合他的意。我们也许可以通过跟他的谈话了解到一些有用的本地新闻。"

第二天上午，福尔摩斯发现我们没有带用来钓狗鱼的诱饵，这样就没有办法去钓鱼了。大约在十一点钟的时候我们要去外面透透风，他还获准了带着小黑狗一道前往。

"我们到了目的地，"当我们来到竖着狮身鹫首徽章、非常高的园林双门前的时候，福尔摩斯说道，"我听巴恩斯先生说在中午的时候老夫人要乘车出来透透气，开门出来的时候马车的速度需要放慢些。华生，车进大门后，你把车夫叫住问他一些问题。不要理会我，我会站在这个冬青树丛后面进行观察。"

我们并没有守候多长的时间，也就十几分钟后，一辆高大的黄色敞篷四轮马车从远处的路上驶来，马车是由两匹漂亮、矫捷的灰色马驾驶着。福尔摩斯带着狗藏到了树丛的后面，我站在路的中间若无其事地挥动着手里的手杖。跑出来一个看门的人把大门打开了。

马车的速度慢了下来，这时我很容易就能看清楚乘车的人。有一个妆容浓厚的年轻女人在车厢左边座椅坐着，她有亚麻色的头发，脸和双肩用几条围巾裹住了，看上去感觉体弱多病。一位老者坐在她的右边。在马车驶上大道的时候我举手示意停下，于是车夫将马勒住，我便上前去打听罗伯特爵士在不在别墅里面。

这时候福尔摩斯从灌木丛里面走出来，同时将狗放开了。狗高兴地呜咽着向马车跑去，并跳到了踏板上。可是转眼间那热切的欢呼竟变成了狂怒，它朝着上面的黑衣裙连吠带咬。

"赶紧走！赶紧走！"一个粗嗓门的人大声叫着，车夫扬鞭，马车急驶而去，只剩下我们和那条狗站在大路上。

"华生，事情已经得到证实了，"福尔摩斯一边将链子套在狗脖子上，一边高兴地说，"狗觉得那是她的女主人，却发现是个陌生人。在这方面，狗是不可能弄错的。"

"那是一个男人的声音！"我叫道。

"太对了！这下咱们又多了一张牌，华生，不过我们还要认真地打。"

我的朋友那天好像也没有什么其他的计划了，于是我们就老老实实地在磨坊溪使用带来的鱼具去钓鱼，晚上我们的饭桌上多了一道鳟鱼。吃过饭后福尔摩斯又一次表示还要作进一步的探索，于是我们再次踏上了早上所走的那条路。在园子门口，有一个高大的身影正在等着我们的到来。他便是我们在伦敦的那个老相识——驯马师约翰·梅森先生。

"先生们，晚上好。"他说，"你的便条我收到了，福尔摩斯先生。现在罗伯特爵士并未回来，但是我打听到他今晚就会回来。"

"那个地窖距离寓所大约有多远？"福尔摩斯问。

"整整四分之一英里。"

"那我们就完全不用理会他。"

"我恐怕不能跟你们一起去，福尔摩斯先生。伯爵一回来肯定会让我叫去打听肖斯科姆王子的相关消息。"

"我知道了！我们只能各忙各的，梅森先生。我想你应该把我们带到地窖后再回来。"

夜里，伸手不见五指，一丝月光都没有。梅森带着我们从牧场穿过，很快就有一堆黑糊糊的影子出现在我们眼前，靠近一看，正是那个古教堂。我们从旧门廊的缺口进入，在一堆废墟里磕磕绊绊最后来到了教堂的一个角落，在那里有一段非常陡的楼梯通往地窖。梅森将火柴点燃照亮了这阴森恐怖的地方，我感觉这古旧的粗凿石墙快要坍塌了，一叠叠的棺材散发出很浓的霉味，棺材有一些是铅制的，有一些是石制的，靠着一边的墙叠放得很高，直达隐没在上面阴影中的屋顶。福尔摩斯提着灯笼，灯笼发散的一缕缕光映出眼前凄凉阴森的景象。棺材上的铜牌反射着灯光，很多铜牌被古老家族的鹫首狮身的徽章及小冠冕装饰着，在死亡后他们仍然保持着尊严。

"听你提到过这儿有一些骨头，梅森先生，离开这里之前能给我们指一下吗？"

驯马师很快迈着大步走向一个角落，"就在这个角落里。"可当我们用灯光照过去的时候，他却惊呆了。"怎么不见了？"他十分诧异。

"看来我没猜错。"福尔摩斯说，然后轻轻笑了笑，"我觉得我们现在还能从炉子里掏出骨灰和没有烧尽的骨头。"

"但是怎么会有人去去烧一个已经死了上千年的人的尸骨呢？"约翰·梅森有些纳闷。

"我们来这里的目的就在此。"福尔摩斯说，"这也许会浪费一些时间，我们就不耽搁你了。我认为在天亮前我们就能找到答案。"

约翰·梅森走后，福尔摩斯非常仔细地查看了一遍墓碑，从中间的一个看来应该是撒克森时代的墓碑开始检查，直到我们发现了十八世纪威廉爵士和丹尼斯·费勒的墓碑。一个小时过后，福尔摩斯来到了拱顶入口旁边的一具铅制棺材前。他轻轻地发出了一声非常惊喜的叫声，从他毫不犹豫而敏捷的动作中，能够看得出来他已经发现了目标。他急切地拿起放大镜查看着那又厚又重的棺盖的边缘，接着从口袋里掏出一个开箱子用的撬棍，他把撬棍插进棺材盖的缝里，把看上去仅用两个夹子固定着的整个棺盖的前半部分撬了起来。撬开棺盖时发出刺耳的声音，就在它还没完全撬开，里面的一部分东西刚刚露出时，一件很出乎意料的事将我们的行动打断了。

上面的教堂里有人走动，能够听得出来这是一个对自己行走的地方很熟悉的人的坚定、急促的脚步声，随后，沿着地窖台阶洒下来一束灯光，接着持灯人便出现在哥特式的拱门里。来人是一个身材高大的人物，他手里提着一个非常大的马灯，灯光照映出他那一双狂怒的眼睛和一张胡须浓密的脸，这双眼睛扫视着地窖里的所有角落，最后他的目光便死死地盯在了我和我同伴这里。

"真该死，你们到底是什么人？"他发出大吼，"你们为什么来到我的地盘？"看福尔摩斯不吭声，他随后又向前走了两步，还举起一根非常沉重的手杖。"听到了没有？"他大声喊道，"你们是什么人？到这里来要做什么？"

福尔摩斯不但没有退缩，而且还迎上前去。

"罗伯特爵士，我也有一个问题要问你，"他异常严厉地说，"那是谁？在这里到底发生过什么事情？"

随后他转过身去，将身后的棺盖揭开。借着马灯的光亮，我看见了一具从上到下都裹在布里面的尸体。这是一具非常可怕的女尸，凸出的下巴和鼻子已经扭向一边，脸部苍白、变形，一双凝滞、昏暗的眼睛更让人害怕。

男爵大吼了一声慌慌张张地向后退去，最后靠在一具石棺上。

"你是如何知道的？"他大声问道，但瞬间又恢复了他桀骜不驯的神态，"你究竟想要做什么？"

"我叫夏洛克·福尔摩斯。"我的伙伴说道，"可能你并不陌生吧？不论怎样说，我的职责和那些正直的公民是一样的，我们一定要维护法律。我觉得很多事情你一定要做出解释。"

罗伯特爵士充满敌意地看了一会儿，但是，福尔摩斯镇定、自信的态度和平静的声音产生了作用。

"福尔摩斯先生，我向上帝发誓，我从未做过任何坏事。"他说，"我承认这件事情从表面上来看的确对我不利，可是我也是不得已才这样做的。"

"我也非常愿意这样想，不过我觉得你现在必须得去警察局做一下解释。"

罗伯特爵士把他那宽阔的肩膀抖了抖。"行，那就暂时这样吧。你应该去庄园里看看究竟是怎么一回事。"

大约二十分钟左右，我们来到一个房间，从玻璃罩后面陈列的一排排特别亮的枪管能够看得出，这里是老宅子里一间专门用来存放武器的地方。屋子里装饰得不错，在这里，罗伯特爵士离开了我们一会儿，随后他带来了两个人，一个是我们之前在马车里看到的那个脸色有些红润的年轻女人；另一个是看上去贼眉鼠眼、鬼鬼祟祟、个头矮小的家伙。这两人表情非常迷茫，能够看出男爵还未来得及把发生的事情跟他们说。

"我给你们介绍一下，"罗伯特爵士用手指了指那两个人，"这便是诺莱特夫妇。诺莱特太太的娘家姓埃文斯，她是我姐姐这些年的心腹女仆。我把他们带来，是因为我认为最好的办法，就是应该把真实的情况告诉你，在这个世上，他们是仅有的能够为我作证的两个人。"

"罗伯特爵士，没有这个必要吧！你想过你到底是在做什么吗？"那个女人大声喊道。

"在这里我声明，我拒绝负任何的责任。"她丈夫说。

罗伯特爵士轻蔑地瞥了他一眼。"所有的责任都由我来负。"他说，"福尔摩斯先生，请先听听事实的简单经过吧。"

"我看出你对我的事情已经了解得很清楚了，不然我是不会在那儿见到你的，所以我想你应该已经知道，我为了参加赛马大会而特意驯养了一匹黑马，我所有的希望最后都取决于我是否可以赢得那场比赛。假如我赢了，那么一切顺利；如果我输了，后果我真不敢想象。"

"我了解你现在的处境。"福尔摩斯说。

"我的一切全部都依靠我的姐姐比特丽斯夫人。可是大家都知道，她的地产收入只能够她自己的生活所用，我却有那么多的债务。我一直以来都很清楚，要是我的姐姐死了，我的债权人一定会像一群秃鹰一样涌到我的地盘上，他们将会把所有的东西都抢掠一空，我的马厩、我的马都将不会属于我。福尔摩斯先生，就在七天前，我的姐姐去世了。"

"可是你没有让任何人知道！"

"我不知道该怎么办，我面临着会失去一切的风险。如果我可以把姐姐的死讯推迟到二十天后公布于世的话，那么，所有的一切就都好办了。她女仆的丈夫，就是这个男人，是一个演员，于是我们就想到了他似乎能够假扮一段时间我的姐姐，除了每天都坐着马车露露面之外，他不需要再做其他的事情。因为除了她的女仆，再没有别人会到她的房间里去。这很容易做得到。我姐姐死于长期以来折磨她的水肿。"

"至于这个可以让验尸官来验证。"

"她的医生也可以证实，在几个月以前她的病症就已经有所预示结果会是这样的了。"

"那么之后你都做了什么事情呢？"

"不能把尸体留在这里。就在她死后的第一个晚上，我和诺莱特将她抬到老井楼去了，那个地方很久以前就没有人使用了，但是她的小狗总是跟着我们，它不停地在门口狂吠，所以我要找个更安全的地方。随后我把狗送走了，之后又将尸体转移到教堂的地窖里面。福尔摩斯先生，一点都没有侮辱和不恭的意思，我并没有觉得对不起逝者。"

"但是我觉得你的行动是非常可耻的，罗伯特爵士。"福尔摩斯说道。

男爵很烦躁地摇了摇头。"不是这样的，"他说，"如果你能够换位思考的话，你可能就不这么认为了。每个人都不可能眼看着他的全部希望和他所有的计划，在关键时刻要被毁灭而不去挽救。我个人觉得，暂时将她放在她的丈夫祖先的棺材里作为她的安息之处，是个很好的选择，而且那个棺材放的地方现在仍然是庄严神圣的。我们将一口棺材打开，将里面的尸骨移出来，就如同你看到的那样把她安置了。对里面被移出的遗骸，我们不能让其丢在地窖里，所以我就和诺莱特将它们搬走了，他又在夜晚的时候去锅炉房里把它们烧了。福尔摩斯先生，这就是我的叙述，虽然我不得不把所有的实情都说出来，但我却想不通你到底用什么办法迫使我这样做的。"

福尔摩斯思考了一会儿。"在你的叙述里有一点纰漏，罗伯特爵士。"他最后开口说道，"既然你已经将赌注放在赛马上面了，那么即使你的债权人会将你的财产夺走，也影响不了你的前途。"

"财产也包括这匹马。他们为什么会这么在意我的赌注呢？我想他们可能根本不想让马参加比赛。非常遗憾的是，我的主要债权人，也就是我最讨厌的敌人——萨姆·布鲁尔非常无耻，在纽马克特我曾经不得已抽过他一回。你觉得他这次能放过我吗？"

"先这样吧，罗伯特爵士，"福尔摩斯一边说着一边站起身来，"这件事一定要交给警察来处理，我的职责只是找出真相，而且也就此为止了。有关你的行为的道德或尊严问题，我不会给什么意见，我也没有发言权。马上到午夜了，华生，我们该回到咱们那个简陋的住所去了。"

现在大家都已经很清楚，这个离奇案子的结局，比罗伯特爵士的行为所应得的结果已经好很多了。肖斯科姆王子真的赢了这场比赛，马的主人赢得了八万英镑；就在比赛结束前债权人也没有提出讨债的要求。罗伯特爵士付清了债务以后，仍然剩下很多钱。警察和验尸官对这件事的处理，全部都选择了宽容的态度，只有在拖延死亡注册这个问题上遭到了一些轻微的责难外，马的主人非常幸运地在这件奇怪事件中没有受到任何的牵连，在这之后他经营起了一个正经的行当。至今为此这件事已被人们所遗忘，他也过上了非常体面的晚年生活。

九　吝啬鬼妻子"私奔"案

一天早晨，福尔摩斯显得很不开心，似乎有什么心事。这是他这些年办案所养成的机警性格所致。

"你有没有看见他？"他问道。

"你指的是刚才走的那个老头？"我问道。

"没错。"

"我是在门口碰到他的。"

"你认为他是一个怎样的人？"

"他是一个既可怜又没有出息的很糟糕的家伙。"

"太对了，华生，既可怜又没有出息，人生不就是如此吗？他的故事正是我们人生的一个缩影。我们每天努力奋斗，辛苦地追求美好的生活，可是到最后我们抓住了什么呢？实际上只是一个影子，也许还会比影子更可怜、更痛苦。"

"那个人是你的客户吗？"

"没错，我认为可以这样称呼他。他是警方转过来的，就如同医生将他们治不了的病人转给江湖的游医一样。他们都说已经没有任何办法，病人现在已经病入膏肓，永无回天之力了。"

"究竟是什么样的一个案子呢？"

福尔摩斯从桌上将一张沾满油污的名片拿起来。"他叫乔赛亚·安伯利，他跟我说他是布里克福尔和安伯利公司的合伙人。布里克福尔和安伯利都是颜料商，你会在颜料盒的上面看到他们的名字。他有一些存款，在六十一岁退休以后，他在圣路易买了一幢房子，他辛苦忙碌了一辈子，终于可以过轻松的晚年生活了。大家都认为，他以后的日子一定会过得特别的舒坦。"

"确实可以给人这样的感觉。"

福尔摩斯瞅了一下他无意间在一只信封的背面做的记录。

"华生，安伯利是在1896年退休的，第二年便和一个比自己小二十岁的女人结了婚，假如真的像照片上那样，还能称得上是个美人。拥有不算少的金钱，充足的休闲时间，还有如此漂亮的妻子陪伴，他完全可以过上很美好的生活了。可是，正如同你所见到的，短短的两年时间他已经变为世界上最可怜、最落魄的家伙。"

"究竟发生了什么事情呢？"

"实际上也不是什么新鲜事儿了，华生，不过是一个不靠谱的朋友跟一个风骚妻子的故事。安伯利喜欢玩象棋；就在圣路易离他很近的地方，住着一个名字叫雷·欧内斯特的年轻医生，也喜欢下棋。他经常会去安伯利的家里，安伯利太太和他很快就非常熟悉起来，我们那位可怜的客户长得的确非常的普通，尽管可能他的心灵非常美。就在上个星期那对狗男女就一起私奔了，没有人知道他们去了哪里。更可气的是，他那可恨的妻子将他的保险箱视为自己的财产也带走了，里面是他大半辈子的积蓄。我们可能找到那位女人吗？能够将他的财产追回吗？实际上这只不过是一个很寻常的案子，但是很显然对安伯利来说却非常重要。"

"你打算如何处理呢？"

"这要看你准备如何去做，华生。假如你了解我的话，你应该知道我现在正在办理两位科普特主教的案子，今天正是该案的重要时刻。我的确没有时间去圣路易，而现场的证据又非常的重要。老头再三表明让我去，我跟他说了我的难处，他才答应和我的代理人见个面。"

"那只好这样了。"我说，"我不能保证顺利完成任务，但是我肯定会付出我的所有努力。"

就这样，在一个夏日的午后我便出发去了圣路易。实在没能预料到，我正在办理的这个案件，在一周内成为了全国人民纷纷议论的话题。

一天，我回到贝克街汇报案情的时候，夜色已经很晚了。福尔摩斯将身体舒展开躺在了舒服柔软的沙发上，他叼着的烟斗里缓缓飘出烟圈，他似乎闭上了眼睛，如果不是在我停下来想跟他说话，他露出那双灰色、明亮的眼睛，用犀利的目光盯着我的话，我还以为他已经睡着了呢。

"乔赛亚·安伯利先生的寓所名叫'港湾'。"我对他说道，"我认为你对此会非常感兴趣的，福尔摩斯，它如同一个沦落到社会最基层的落魄贵族。那种地方你是知道的，清一色的砖路和让人厌倦的乡下公路。它们中间有一个古香古色的、舒适的孤岛，那便是他的家。苔藓、地衣的高墙环绕在四周，那种墙……"

"你是在作诗吗？华生。"福尔摩斯语气平稳地说，"我看那是一座非常高的砖墙。"

"是这样的。假如没有向一个抽着烟在街头上闲逛的人打听，我绝对找不到'港湾'。我想应该提一下这个人，那是一个高个子、黑皮肤、大胡子、具有军人模样的人。我向他问话时，他只是微微地点了点头，之后便投来一丝怪异的、有些怀疑的目光，这样的目光我一直都还记得很清楚。

"还未进门我便看见了安伯利先生走下行车道。实际上在今天早上只是看了他一眼，就觉得他是一个怪人，在日光的照映下他的面容看起来就更加怪异了。"

"这些我已经研究过了，不过我还是有必要听一听你的看法。"福尔摩斯说道。

"我认为他弯着的腰是被生活压弯的。他并不像我最初想象的那么单薄，尽管他的两条腿看上去很细，可是他的肩膀和胸膛都非常宽大。"

"他左脚的鞋有些折皱，右脚的却很平整。"福尔摩斯说道。

"你说的这一点我还真是没有注意到。"

"你不会注意到的。我确定他是装了假肢。继续讲吧。"

"他的旧草帽底下露出一缕灰白色的头发，布满皱纹的脸和冷酷的表情给我印象很深刻。"

"不错，华生。他说了些什么呢？"

"我们一起穿过了行车道，我还非常仔细地观察了周围的情况。我从来没有见到过那样杂乱、像废墟似的地方。花园里面杂草丛生，看上去里面的草木从来都没有进行过修整，一副自生自灭的样子。我真不能想象一个好的家庭主妇怎么会忍受如此的情景。房屋也是同样的破烂不堪，我想这个不幸的人似乎也意识到了这个问题，他正在试图进行一些改变，门厅正中放着一桶绿油漆，他的左手拿着一把大刷子，正在漆着屋里面的木质建筑结构。

"我被他带到了一间非常昏暗的内室，在那里我们谈了很长的时间。你本人没能过去让他非常失望。'这个我不能奢望，'他说，'像我这样如此卑微的人，尤其是在我破产之后，能够被福尔摩斯先生这样的名人所关注。'

"我跟他说这跟钱没有关系。'的确如此，对于他来说只是单纯为了艺术，'他说，'如果从犯罪艺术的角度来看，这个案子也是值得研究的。

华生医生，从人的本性来论，背叛无非是最恶劣的！我从来都没有拒绝过她的任何一个要求，没有哪个女人能比她更受宠爱了，还有那个小伙子，我几乎都把他当成我的亲儿子一样。不管什么时候，他都可以自由地在我的家出入，结果他们现在又是如何对待我的呢！哎，华生医生，这个世界实在太可怕了，如此可怕的世界啊！'

"这些便是他一个多小时跟我讲的内容。看起来他从来没有怀疑过他们有奸情。除了有一个女仆，每天白天的时候来，到了晚上六点钟再离去以外，他们家再也没有别人。就在出事当天的那个晚上，老安伯利为了取得妻子的欢心，还特意在干草市场剧院的二楼定了两个座位。就在临行前，她找借口说头痛不愿意去，他只好一个人去了。看来事实就是这样，为了证明真实性，他还出示了为妻子买的那张没有用过的票。"

"这个非常重要，要多加注意。"福尔摩斯说道。我的这番话似乎让他对此案产生了浓厚的兴趣。

"华生，请继续说下去，你的叙述非常有意义。你查看过那张票了吗？可能你并没有记住号码吧？"他问道。

"还真记住号码了。"我有些骄傲地回答道，"是三十一号，正好和我的学号一样，所以肯定错不了。"

"真不错，华生！这就说明他本人的位子可能是三十号，也可能是三十二号？"

"是这样吧，"我有些茫然地回答道，"而且还是第二排。"

"真是太好了。他还说过其他的吗？"

"他还带我去了他所谓的保险库的房间，还真的是一个名副其实的保险库，如同银行一样装着铁门窗，他说之所以这样是为了防盗。但是那个女人像是配了一把那个房间的钥匙，他们俩共计拿走了价值七千英镑的现金和有价证券。"

"有价证券！他们会如何来处理它们呢？"

"他说，他已经给警方提供了一张清单，希望可以让这些有价证卷不能出手。就在那天半夜的时候，他从剧院回到家，发现家里被盗了，门窗都是开着的，那对狗男女已经一起私奔了，没有留下任何信件和消息，一点音讯也没有。他立刻报了警。"

福尔摩斯沉思了一会儿。

"你说他正在刷油漆，他会是在漆什么呢？"

"他正在漆过道。我跟你提到过的这间房子的门和其他建筑的木头部分都已经被漆过了。"

"你不认为他在这个时候干这样的活儿有些奇怪吗？"

"'我为了抑制心里的苦，总是要做点什么的。'这是他自己的解释。似乎是不太正常的，但是看起来他的确就是个怪人。他在我的面前，愤怒地撕毁了他妻子的一张照片。'我再也不想看见她那张丑恶的脸了。'他大声吼道。"

"还有没有其他的，华生？"

"还有让我印象最深的一件事。我驱车来到布莱希思车站，坐上了火车，就在火车刚开动的一瞬间，我看见有一个人冲进了我隔壁的车厢，福尔摩斯，你应该知道我识别人脸的能力。他就是那个个子高大、黑色皮肤，还和我在街上交谈过的那个人。在伦敦桥我第二次看见过他，接着他便在人群中消失了。由此我敢保证他一定是在跟踪我。"

"是的！没错！"福尔摩斯说，"个子高大、皮肤黝黑、留有胡子，另外，他是不是还戴着一副灰色的墨镜？"

"你真是料事如神，福尔摩斯。我并没有提到这一点，可是确实他戴着一副灰色的墨镜。"

"是不是还别着共济会的领带别针？"

"你真是太厉害了！福尔摩斯！"

"实际上，这很简单，亲爱的华生。我们还是说一说案情吧。我不得不说，原来我认为简单可笑而没有多大分量的案子，现在展示出它与众不同的一面。虽然在调查时你将所有的重要线索都忽略了，然而那些引起你注意的细节也非常有指导意义。"

"我忽略了哪些？"

"不要愚昧了，我的朋友，你应该清楚我并非是针对你。你比任何人都做得要好，有好多人不如你，不过有些很重要的细节你却明显地忽略了。

邻居对安伯利和他妻子的评价是怎样的？很明显，这十分关键。欧内斯特医生为人如何？人们愿意相信他是那种花花公子吗？华生，借助你的天赋，相信所有的女人都愿意提供帮助。邮局的姑娘或者蔬菜水果贩子的妻子如何？我可以猜想到，你在布卢安克和女士们悠闲地谈着天，而套出一些有用消息的情景。可这一切你都没有很好地把握，而与它们擦肩而过了。"

"实际上这一切是可以做到的。"我说道。

"现在都已经做到了。这要感谢警察的帮助，我大多数都不用从这间屋子走出去，就可以获得一些基本的情报。其实这个人所说的话被我所得到的情报戳穿了。在当地人眼里，他是一个特别吝啬，同时也是特别粗暴又苛刻的丈夫。那个青年医生欧内斯特是一个还没有结婚的年轻男人，他经常来和安伯利下棋，也许还和他的妻子玩一些扮小丑的游戏。这些情况从表面上看很简单，人们会认为这些已经足够了，可是事实却不是如此！"

"问题真正出现在哪里呢？"

"可能是因为我的想象力。先这样吧，我们不去管它，华生，接下来咱们先来听一听音乐让自己放松下来。今天晚上卡琳娜会在艾伯特音乐厅演唱，我们还有一些时间用来换衣服，然后吃饭，去听音乐会。"

早晨我刚起床，就看见一些面包屑和两个空鸡蛋壳，这证明我的搭档起得比我要早。我在桌子上找到了一张便条：

亲爱的华生：

有两件事我要和安伯利谈谈，然后我再决定我们要不要接手此案。你务必在三点钟之前做好准备，到那个时候我会需要你的帮助。

这一天我都没有见到福尔摩斯的踪影，等到了约定的时间他回来了，我发现他神色凝重、满脸严肃，一句话也不说。在这样的时候我还是不要打扰他。

"安伯利来了吗？"

"还没有。"

"我正在等着他。"

没有让他白等，一会儿老头便来了，他冷漠的脸上带着一些焦虑和困惑。

"福尔摩斯先生，我接到了一封电报，我看不明白这里面表达的到底是什么意思。"他递过电报，福尔摩斯便大声地读了起来：

"请马上出发。可提供一些关于你近期丢东西的线索。埃尔曼牧师。"

"下午两点十分从小帕林顿发出，"福尔摩斯说，"小帕林顿在埃塞克斯，我觉得距离弗林顿会很近。你要马上开始行动。很显然，这是一个值得相信的人所发，是当地的牧师。我的名人录在哪里呢？哦，在这里：'J.C.埃尔曼，文学硕士，主持莫斯莫尔以及小帕林顿教区。'看一下火车表，华生。"

"有一趟利物浦街发出的火车，开车时间是五点二十分。"

"太好了，华生，你一定要同他一起去。他需要别人的帮助和建议。可以看出，该案已经到了非常紧要的关头。"

可是我们的客户好像一点儿都不着急出发。

"福尔摩斯先生，这实在是太荒唐了。"他说，"这个人为什么会清楚这些情况呢？此次行动肯定徒劳无功。"

"如果他不知道任何情况，他不可能会发电报给你的。现在回电说你马上就去。"

"我认为还是不要去了。"

福尔摩斯变得非常的严厉。"安伯利先生，假如你不支持去追查一个这么明显的线索，那将会给警方和我本人留下非常不好的印象。我们会觉得，你对调查这个案子并不在意。"他严厉地说道。

听这么一说我们的客户紧张了。"那好吧，既然你这么认为，我必须得去。"他说，"表面看上去，这个人不会知道什么，但如果你认为……"

"我就是这样认为的。"福尔摩斯加重语气说。

接下来我们便出发了。在我们从房间离开前，福尔摩斯还特意把我叫过去叮嘱了一番，可见他十分在乎这次出行。"无论发生什么情况，你必须要想办法把他弄去。"他说，"假如他逃走或者不想再前行，你就找一个电话局给我来个电话，简短地说两个字'跑了'就可以。我将会把这边的事安排妥当，无论如何记得都要给我来个电话。"

小帕林顿位于郊区，交通很不方便。这趟行程不是很顺利，天气非常的热，火车的速度也慢，而且我的同伴还闷闷不乐，一句话也不说，除了偶尔对我们糟糕的行程埋怨几句。最后我们终于来到了小车站，然后又坐了两英里马车才到达牧师的家。牧师是一个身材高大、仪态严肃而又一脸清高的人，他在书房里接待了我们。在他的面前还放着我们发给他的电报。

"先生，你们好。"他招呼道，"请问你们是因为什么事情来找我？"

"我们来这里的目的，"我解释说，"是因为收到了你的电报。"

"收到了我的电报！我并没有发什么电报。"

"我指的是，你发给乔赛亚·安伯利先生有关他的妻子和财物的那封电报。"

"先生，你是在跟我开玩笑吧，这太过分了。"牧师非常生气地说，"我从来就不认识你所提到的那位先生，我也从来没有给任何人发过电报。"

我和我们的客户惊奇地对视着。

"可能是弄错了，"我说道，"难道有可能这里有两个牧师？这儿是电报，这上面标明发自埃尔曼牧师。"

"这个地方只有一个牧师的住所，而且也只有一名牧师，这是一封伪造的电报，它的由来一定要让警察调查明白，还有，我觉得我们没有必要再继续谈了。"

于是我和安伯利先生来到了乡村的小路旁边，这个地方看起来感觉像是英格兰最原始的村落。之后我们来到了电报局，可是电报局已经关门了。还好铁路的警所里有一部电话，这样我才和福尔摩斯联系上了。对于我们这次拜访的结果，也完全出乎他的意料。

"真是太奇怪了！"电话那边的声音说道，"不可思议！亲爱的华生，现在我最担心的是今天夜里已经没有返程车了。真没想到会让你在一个乡下的旅馆过夜。不过，终究还是有大自然，华生，大自然和乔赛亚·安伯利，我想他们能够陪伴你。"电话挂掉的瞬间，我听到了他的笑声。

没多长时间我就发现，我的旅伴真是个不折不扣的小气鬼。他对旅行所花的费用大加报怨，还非要乘坐三等车厢，接下来又因为对旅店的账单感到不满意而再次大发牢骚。第二天一早我们最终到达伦敦的时候，真的不好说我们俩谁的心情更加差了。

"我认为你最好顺便去一下贝克街，"我说，"福尔摩斯先生可能会有新的见解。"

"我认为没有任何意义了。"安伯利非常不耐烦地说。不过最后他还是选择和我一起去了。我之前已经用电报告诉了福尔摩斯我们到达的时间，但是到了那里我们却只看见一张便条，便条上面说他去了圣路易，也希望我们可以过去。这真是出人意料，更让我们感觉惊奇的是，到了圣路易，并不是他自己一个人在客厅里。福尔摩斯的身边还坐着一个神情严肃、看上去很冷漠的男人。这个人黑黑的皮肤、戴着灰色墨镜，领带上还别着一枚非常显眼的共济会大别针。

"这位就是我的朋友巴克先生。"福尔摩斯介绍说，"巴克先生对你的事也非常感兴趣，乔赛亚·安伯利先生，虽然我们都分别在进行调查，但是却有一个共同的问题需要你来回答。"

安伯利先生坐了下来。通过他那迷茫的眼神和抽搐的五官看得出来，他已经感觉到了危险越来越近。

"有什么事情需要我帮助吗，福尔摩斯先生？"

"目前为止，只有一个问题需要你来回答：你是怎样处理尸体的？"

听到这话，安伯利大声地叫着跳了起来，张着大嘴，枯瘦的手伸向空中，在那一瞬间，他的样子如同被抓捕的猛禽。一时间，我们看出了乔赛亚·安伯利的真面目，他的灵魂如同他的外表一样丑陋不堪。他向后面的椅背靠着时，用他枯瘦的手捂住嘴，似乎是在压住咳嗽。福尔摩斯迅速扑过去掐住了他的喉咙，将他的头转向地面。他喘着粗气，从嘴里吐出了一粒白色的药丸。

"我不会让你就这样了结的，乔赛亚·安伯利先生，得按照规矩来办事。巴克，你觉得如何呢？"

"我的马车就停在门口。"很少说话的同伴说。

"这里距离车站仅有几百码，我们可以同路去。华生，你就在这儿等着，我不会超过三十分钟就能回来。"

老颜料商强壮的身体拥有着狮子般的力气，但是在两个老练的擒拿高手面前，丝毫没有一点办法。一会儿，他就被拖进了停在外面的马车里面，我却留在这里一个人看守着这幢可怕的宅子。福尔摩斯提前回来了，还有一个年轻精明的警探同他一起过来了。

"我已经安排巴克去处理那些手续了。"福尔摩斯说，"华生，巴克这个人你不了解，他可是我在萨里海滨最大的对手，所以你说到那个高个子、黑皮肤的人时，我非常轻松地就把你还没说出的细节说出来了。他协助了几桩非常爽的案子，对不对，警官？"

"他的确协助办理过一些案件。"警官含含糊糊地答道。

"是的，他所用的办法和我用的差不多，就是不按规矩办事。你应该明白，不按规矩办事在某些时候还是能发挥很大作用的。就比如你吧，你肯定会警告说不管他说什么都会作为呈堂证供，但是这些并不能让这个混蛋招供。"

"可能是没有办法，但是我们获得了同样的效果，福尔摩斯先生。你不要觉得我们对此案没有自己的认识，如果是那样我们就不插手了。当你运用一种我们无法使用的办法介入，抢了我们立功的机会时，我想你应该能够体会到我们的苦衷。"

"这一点请你放心，麦金农，我绝对不会抢你的功劳。我可以跟你保证在之后的日子我将不会再出面。至于巴克，除了我吩咐他要做的之外，其他的他什么也没有做。"

感觉警官大大松了一口气。"福尔摩斯先生，你真让我佩服。赞扬或者谴责不会对你造成大的影响，可是我们就不一样了，只要报纸上出现质疑，麻烦可就大了。"他说道。

"确实是这样，但是他们肯定会质疑的，所以最好把答案提前准备好。比如说，当机智、能干的记者们问起究竟是哪一点儿让你感到怀疑，后来又是如何确认的，你该怎样来解释呢？"

这位警官看上去有些茫然了。"福尔摩斯先生，我们现在好像没有掌握什么事实。你是说那个罪犯在三个证人的面前想试图自杀，因为他的妻子和他妻子的情人是他所谋害的，你有证据可以证明吗？"

"你准备搜查吗？"

"有三名警察很快就到。"

"那你应该马上就会弄明白事情的真相了。尸体应该就在现场附近，去地窖和花园里面找一找。在这几个可疑的地方检查，相信有很短的时间就会有结果。这所房子要比自来水管都要老旧，这里肯定会有一个非常旧的水井，去那里碰碰运气吧。"

"你是如何知道的？作案经过又是什么样的呢？"

"我先跟你讲这个案子是如何做的，接下来再给你解释，特别是对我那一直在埋头苦干、贡献非常大的老朋友一定要多解释一番。首先我应该让你们清楚这个人的心理。这是一个非常奇怪的人，所以我觉得他的结局与其说是上绞架，不如说是进精神病犯罪拘留所。再进一步来说，他的天性不属于现代英国，而具有意大利中世纪的感觉，他是一个非常可恶的守财奴，因此他的妻子忍受不了他的吝啬，随时都会跟其他什么人走。刚好碰到了这个喜爱下棋的医生。华生，安伯利特别喜爱下棋，这一点可以证明他善于谋略。他跟其他的守财奴没什么区别，是一个极易嫉妒的人，嫉妒使他发疯。无论是真是假，他都一直怀疑妻子与人私通，所以他下定决心要报复，并计划了一个如同恶鬼般的狠毒计策。你们跟我到这里来！"

福尔摩斯带着我们从通道走过，他看上去非常的自信，就好像他曾经在这所房里面住过一样。他在保险库敞开门的前面停了下来。

"这油漆味简直太难闻了！"警官大声说道。

"这便是我们的第一条线索。"福尔摩斯说，"这应该感谢华生的调查，即使他没有就此追究下去，但是却让我们得到了追踪的线索。这个时候为什么此人要让屋子里面散布着这种强烈的气味呢？他肯定是想要借此掩盖住其他的气味，也就是那种另人怀疑的臭味。还有就是这个有着铁门和护栏的房间，彻底被密封的房间。我们把这两个事实联系在一起会得到什么结果呢？现在我只能先来亲自检查一下这所房子。我检查了干草市场剧院票房的售票记录，这个线索也是华生医生提供的，我检查出在那天晚上包厢的第二排三十号和三十二号全部都是空着的时候，我就意识到了此案的严重性。安伯利并没有去剧院看戏，看来他那个不在现场的证据是假的了。

他犯的这个严重的错误就是他让我精明的朋友看清楚了为妻子买的票的座号。

"当时我们所面临的困难是,如何检查这所房子。我让一个助手去我能够想到的和这个案子没有关联的村庄,想办法在他肯定回不来的时间将他叫去。为了更加顺利,我让华生跟着他。至于那个牧师的名字,是我在我的名人录里找到的。我说的这些,你们都听明白了吗?"

"实在太妙了。"警察十分敬佩地说。

"在不用担心会有人来打扰的情况下,我进入到这所房子里面。如果我能选择其他工作的话,我想我要选择当个强盗,并且我还会成为这个行业里的高手。你们想,我发现什么了?这沿着墙上面安装的煤气管,顺着墙角向上走,在角落里有一个开关。这个管子进入了保险库里面,终端是在天花板中央的石膏玫瑰里,全部都藏在装饰里,但是管道口是开着的。无论什么时候,只要把外面的开关拧开,屋子里面都会充满煤气。如果将门窗紧闭、开关开启,那么被关在小屋里的任何人,两分钟之后就会失去知觉的。我不知道他是用怎样卑鄙的手段将他们骗进小屋的,可是如果进了这个门他们就要听他的摆布了。"

警官充满兴趣地将管子认真地进行了检查。"我们这里的一个办事员提到过他闻到了煤气味,"他说,"可是那个时候门和窗子都已经打开了,一部分油漆都已经涂在墙上了。据嫌疑人所说,他在出事那天之前就已经开始刷油漆了。福尔摩斯先生,下面又是怎样的情形呢?"

"一件让我没有想到的事情发生了。清晨就在我要从储藏室里面的窗户爬出来的时候,我感觉一只手抓住了我的领子,一个人说道:'可恶,你为什么会在这里呢?'我挣扎着把头扭过来,发现是我的朋友也是我的对头——巴克先生,他戴着墨镜,盯着我。这次的奇遇把我们俩都逗笑了。他应该是受雷·欧内斯特医生的委托在进行调查,他也得出了谋杀的结论。他对这里已经监视好几天了,华生医生还被他当成来过这里的可疑人员进行了跟踪。他没有办法拘捕华生,但是当他发现一个人从储藏室向外爬的时候,他便忍不住了。我把当时了解到的情况跟他说了,然后我们便一起继续调查这个案子。"

"为什么是跟他，而不是跟我们呢？"警官有些气闷。

"因为那个时候我已经打算进行这个非常圆满的试验了。我担心你们不会允许我这样做，所以——"

警官笑了笑。"没错，应该不会。福尔摩斯先生，给我的感觉，您现在是要放手，想把您对此案掌握的信息转交到我们的手里。"

"是的，这是我一惯的风格。"

"那好，我以警察的名义向您表示感谢。按照您的说法此案已经非常清晰了，现在看来尸体应该会很容易能找到。"

"我再给你看一下非常有力的事实。"福尔摩斯说，"我认为就连安伯利本人都没有察觉。警官，当你在试图下结论的时候，你要设身处地想一想，假如你是客户你应该怎么做。这要具备非常丰富的想象力，效果会很好。我们假设被关在这间小房子里面的人是你，给你的时间不到两分钟了，你要想尽一切办法向门外正在嘲笑你的魔鬼报仇，这个时候你会怎么做呢？"

"尽可能留下信息。"

"是这样的。你要告诉人们你是如何死的。不能写在纸上，因为会被发现的。假如写在墙上，说不准有人会靠上去发现的。现在看这里！就在墙裙的上方发现了被记号铅笔划过的痕迹：'我们是……'只有这几个字。"

"你如何看这几个字？"

"这已经非常清楚了。这是可怜的人临死的时候躺在地板上所写的，还没有写完他就已经失去了知觉。"

"他是在写'我们是被谋杀而死的'。"福尔摩斯说道。

"我也是这样想的。假如你在尸体上找到了记号铅笔——"

"我们一定会仔细搜查的。可是那些有价证券是怎么回事呢？很显然根本没有发生过盗窃，但他的确有这么多的证券，对此我们已经证实过了。"警官说道。

"证券一定是被他藏在一个很安全的地方了。当这个私奔事件的风头过后，这些财产他也会想办法让它出现，可能会对人们宣称罪人良心发现把赃物寄回了，也可能会说被他们掉在地上了。"

"看来所有的疑点都被你解决了。"警官说，"哦，还有，他来找我们是情理之中的事，不过我不明白他为什么要去找你呢？"

"只是为了卖弄！"福尔摩斯答道，"他认为自己很聪明，认为没有谁可以为难他。他可以对任何怀疑他的邻居说：'看看我使用了哪些办法吧，我不仅找了警察，甚至还请教了福尔摩斯呢。'"

听后警官笑了。"对于甚至二字，我们是能够理解的，福尔摩斯先生。"他说，"这是我所知道的侦破最巧妙的一个案子。"

两天之后，福尔摩斯扔给我一本《北萨里观察家》双周刊杂志。在一连串以"凶宅"开头，以"警察局智慧超群的探案"结尾的大标题下，有一栏报道详细记叙了此案的经过。文章结尾的一段很有意思，上面这样写道：

"麦金农警官凭借高明无比的洞察力，意识到油漆的气味可能是为了掩盖另一种气味，比如说煤气，并大胆地推论出保险库就是凶案现场，这一猜想最终得到了嫌疑人的证实。之后尸体在一口被巧妙地用狗窝遮蔽的废井中发现了，案件成功告破。这一案件将作为我们智慧绝伦的典范载入犯罪学史。"

"真是不错，麦金农真棒。"福尔摩斯温和地笑着说，"华生，你可以将它写进你的故事中。总有一天真相会大白的，人们也一定会了解的。"

十　三角墙山庄的故事

在我看来，我和夏洛克·福尔摩斯经历了很多次惊心动魄的事，相对来说，在三角墙山庄发生的故事更加的突然而富有戏剧性。我已经有好长时间没有见到福尔摩斯了，也猜想不到他最近都在忙些什么。不过那天早晨他谈兴颇佳，当有人来访的时候，他把我安排在靠近壁炉边的一张旧沙发上坐下，然后衔着烟斗在我的对面坐下。如果让我来形容当时的来客，我认为来客如同一头疯牛。

突然冲进来的是一个高大的黑人，门是被他撞开的。他身穿一套特别扎眼的灰格子西装，一条橙红色的领带飘在西装的上面。如果不是因为面目狰狞，倒是很像一个喜剧人物。他用力将他那宽平的大脸往前凑，一双怒气冲冲的黑眼睛不停地来回打量着我们两个人。

"你们谁是福尔摩斯先生？"他大声问道。

福尔摩斯慵慵地微笑着，将烟斗举起。

"噢，是你，没错吧？"他问道，同时用一种让人不舒服而又鬼祟的脚步从桌角绕过来，"听着，福尔摩斯先生，你最好不要多管闲事，让他们自行处理。福尔摩斯先生，你听见了吗？"

"你接着说，"福尔摩斯毫不畏惧，"有意思。"

"你觉得有意思，是吧？"这野人大声喊着，"如果我修理你，就没意思了。之前我也修理过和你一样的家伙，他们看上去简直没劲透了。你瞧瞧这个，福尔摩斯先生！"说着，他便将一只硕大硬实的拳头伸出来，在我朋友的鼻子底下晃来晃去。福尔摩斯充满兴趣地仔细审视了一番那只拳头，还问道："你这是练出来的？还是天生的？"

可能是因为我朋友的镇定与冷漠，也可能是因为我捡起拨火棍发出了轻微的响声，这位客人看上去，似乎不是那么嚣张了。

"那好吧，别怪我没有警告过你。"他说，"我有一个朋友对哈罗那点事非常感兴趣，你明白我在说什么是吧？他也不希望你多管闲事儿，你能明白吗？你不是法律，我也不是法律，如果你插手，我就不客气了，你要记住！"

"我一直都想见见你。"福尔摩斯道，"我之所以没有让你坐一会儿，那是因为我对你身上的味道有些反感。你就是那个拳击手，史蒂夫·迪克西？"

"没错，是我，福尔摩斯先生，如果你说话不知道小心，就别怪我不客气了。"

"我想没这个必要。"看着我们这位客人丑陋的嘴巴，福尔摩斯说道，"不过，你是在霍尔本酒吧的外面杀死了小伙子珀金斯的，怎么！你想走？"

黑人往后退了一下，脸变得死灰般。"这些废话我不想听。"他说，"我和这个什么珀金斯没有任何的关系，福尔摩斯先生。这小子一命呜呼的时候，我那时正在伯明翰斗牛场训练呢。"

"史蒂夫，你同法官可以这样说。"福尔摩斯道，"我一直都在关注着你和巴尼·斯托克戴尔。"

"我的上帝啊，帮帮忙！福尔摩斯先生——"

"可以了！你赶紧出去吧，需要的时候我会找你。"

"好吧，福尔摩斯先生，但愿我今天的到访没有影响到您愉快的心情。"

"如果你不告诉我是谁让你来的，我会感到很不愉快的。"

"不是吧？难道这还有什么疑问吗？福尔摩斯先生，正是你刚刚提到过的那个人啊。"

"那指使他的人又是谁呢？"

"您还是饶了我吧，这个我就不清楚了，福尔摩斯先生，他只是跟我说：'史蒂夫，你去找福尔摩斯告诉他，他如果管哈罗的事情，那么请他注意他的安全问题。'事情就是这样的。"还没来得及再问其他的问题，我们的客人就冲出去了，就像他来时的速度一样。福尔摩斯一边敲掉烟斗里的烟灰，一边暗自发笑。

"华生，很庆幸你没去敲他那让人讨厌的脑袋，我了解你拿拨火棍的意图。不用担心，这个家伙其实不会对谁造成威胁的，虽然他是一个肌肉发达的大块头，他只不过是一个只会吹牛的愚蠢小毛孩罢了，就如同你所看见的一样，想镇住他一点都不难。他是斯宾塞·约翰帮的，近期参与了一些不法之事，待我抽出时间，再来处理这些。他的顶头上司巴尼是一个非常狡猾的家伙，他们专门干一些攻击、胁迫的事情。我现在想弄清楚的是，这件事他们背后的主谋是谁？"

"可是，他们为什么要威胁你呢？"

"是因为哈罗威尔德的案子，这么多人为这个案子大动干戈肯定是有些什么隐秘在里面，这倒让我下定决心接手这个案子了。"

"可是，究竟是怎么回事呢？"

"我正要跟你说这事的时候，就发生了这出闹剧。这是麦伯利夫人的信。假如你想和我一起去，我们就给她发一封电报，马上动身。"

这封信中写道：

福尔摩斯先生：

　　近些天我遇到一连串奇怪的事，都是和我这个宅子有关系。殷切地盼望您的建议。如果您明天能来，我们全天都在家恭候。我的这个宅子就在离威尔德车站不远的地方。我的亡夫莫提梅·麦伯利是您很早以前的一个客户。

玛丽·麦伯利敬上

　　她所说的宅子指的是哈罗威尔德三角墙山庄。

　　"那就这样吧。"福尔摩斯说，"假如你现在有时间的话，华生，我们即刻启程吧。"

　　我们坐了一段短途的火车，又坐了一会儿马车，便来到了这栋住宅前。那是一栋由砖木建成的别墅，处于一片自然生成的草地上。房子上层立着三面看上去很有气势的墙，这便是这栋房子得名的原因了。屋的后面有一棵比较高大苍翠的松树。这地方给人的感觉荒僻而让人压抑，不过房子装修还是很不错的。接待我们的女士是一位上了年纪却颇有风韵的妇人，她的言行举止透露着高雅与文明素养。

　　"夫人，对于您的丈夫我还有清晰的记忆。"福尔摩斯说道，"尽管我替他办的那些琐碎事务已经过去这么多年了。"

　　"可能我儿子的名字你更熟悉，他叫道格拉斯。"

　　福尔摩斯感到特别惊奇。

　　"不会吧？！您是道格拉斯·麦伯利的母亲？我对他有所耳闻，在伦敦有谁会不认识他呢。当时他可算是一位美男子啊！他现在在什么地方呢？"

　　"他死了，福尔摩斯先生。他是驻罗马的参赞，上个月的时候因为肺炎死在了罗马。"

　　"我感到很伤心。这样一个男人不应该和死联系在一起的，他是我所认识的最有活力的人。他那么坚强地生活着，非常的坚强！"

　　"就是因为他太过坚强了，福尔摩斯先生，就是这个伤害到了他。您

161

记忆中的是他曾经的样子——温文尔雅、潇洒倜傥，可是您没有见过他喜怒无常、阴郁焦灼、潦倒不堪的样子。他的心碎了，只是在短短一个月时间内，我眼看着自己勇敢、阳光的儿子变成了一个精神不振的愤世嫉俗的人。"

"是为了一段恋情，一个女人？"

"也可以说是个魔鬼，福尔摩斯先生，我请您来的目的并不是为了谈论我那不幸的孩子。"

"我和华生医生愿意为您效劳。"

"近些天发生了一些特别奇怪的事情。我住在这里已经有一年多的时间了，因为我想过些清净的日子，所以很少与邻里来往。就在三天前，一个称自己是房产代理商的男人来访。他说这栋宅子跟他的一位主顾的要求完全相符，假如我同意出手，钱的事好说。我隐约觉察到了事情的奇怪之处，因为市面上还有另外几处不比这差的空房子，不过，他所说的我也很感兴趣，因此我出了个价，这价格比我的预想高出了五百英镑，出乎意料的是，他马上就答应了，还补充说他的客户也希望购买屋子里面的家具，让我也给出个价。这里的一些家具是从我以前的房子搬过来的，你可以看一下，都是不错的，因此我就出了个可观的价格。对此，对方也毫不犹豫地答应了。我一直以来都想出去旅行，而这个价格好得完全可以让我的余生都做个非常富裕的女人。

"就在昨天，那个男人带来了一份拟好的合同。幸运的是，我把合同拿给了我的律师苏特罗先生看了，他也住在哈罗。苏特罗先生告诉我：'这份合同非常奇怪，您知道吗，假如您签署了这份合同，您将不能合法地从屋里带走任何一样东西，甚至包括您的私人物品。'傍晚的时候，那个代理商又来时，我跟他说了这一点，还告诉他，我只是卖掉家具而已。

"'不是的，不是的，所有的一切。'他却说。

"'可是我的衣服呢，我的珠宝呢？'

"'好吧，对于您的私人物品我们可以认真考虑，但是也需要经过检查之后才能够从屋子里带出去。我的客户是一个慷慨的人，可是他也有自己的喜好和做事的方式，对他而言，要么全买，要么不买。'

"'既然这样，那就不卖了。'我说。这件事就这样搁置下来了，可是整件事情想来想去都是非同寻常——"

正在这个时候，一件特别的事打断了麦伯利夫人的叙述。

福尔摩斯抬起手，表示先保持安静，接下来他便大步跨过房间，上去一把拉开了门，抓住一个高大而枯瘦女人的肩膀将她拖进屋子里面。女人拼命地挣扎，如同被拉出鸡笼的小鸡一样拼命地大声乱叫。

"快把我放开！你要干什么？"她大声喊着。

"怎么回事，苏珊，这到底是怎么啦？"主人问道。

"是这样的，夫人，我过来问一下客人是否留下来用午餐，这个男人就跳出来把我抓住。"

"我听到她在这里至少有五分钟了，可是一直不想打断您非常有趣的叙述。苏珊，你有些气喘，是吧？做这样的事，你喘气有些过重了。"

苏珊感到很生气，而又惊讶地转向捉住她的人。"你是什么人？你有什么权力这样拉着我？"她问道。

"我只是想当着你的面提问一个问题。麦伯利夫人，您有没有对什么人提起过写信咨询我的事吗？"

"我没有跟别人说过，福尔摩斯先生，我没有。"

"那么，是谁为您寄的信呢？"

"是苏珊。"

"那就对了。苏珊，你将你的女主人计划要咨询我的事，写信或者报信通知给什么人了？"

"简直是胡说。我没有报信。"

"苏珊，你要明白气喘的人是活不长的，撒谎是邪恶的，你到底告诉谁了？"

"苏珊！"她的女主人吼道，"我看你很像一个狡猾的坏女人。我突然想起来之前看见过你隔着篱笆和一个男人说过话。"

"那是我个人的私事。"这个女人非常愤怒地说道。

"如果我跟你说，同你说话的人是巴尼·斯托克戴尔呢？"福尔摩斯说道。

"没错，既然你都知道，那你要问什么？"

"之前我还不确定，但是现在我知道了。那么，苏珊，假如你能够告诉我巴尼背后的人是谁，我就会给你十英镑。"

"一个经常会用一千英镑抵你十英镑的人。"

"一定是一个很有钱的男人？不，你笑了，是一个很有钱的女人。现在，既然我们已经知道这么多了，不如你就把那人的名字说出来，先挣了这十镑钱。"

"我会先看着你下地狱的。"

"苏珊！你怎么能这样说话呢？"

"我不干了，我实在受不了你们了，明天我就找人来拿我的箱子。"她挣脱开跑了出去。

"再见了，苏珊，不要忘记吃止痛药……"当那个女人气愤地摔门而去，门一关上，福尔摩斯突然间变得很严肃。他接着说："这帮流氓到底想干什么呢？你看他们的时间抓得有多紧。你给我的信邮戳上的时间是晚上十点，而苏珊将这个消息告诉巴尼。巴尼找到他的手下吩咐办事；他或是她——从苏珊认为我犯大错了的笑来推测，我更倾向于后者，制订计划，黑人史蒂夫在第二天的上午十一点便来威胁我，你们看，他们的动作有多快！"

"可是，他们到底要干什么呢？"

"对，这是主要的问题。在您之前这房子是谁的？"

"一个叫弗格森的退伍海军上校。"

"这个人有什么特别之处吗？"

"未曾听说过。"

"我认为，他也许把什么东西埋在了这个宅子里。当然，现在人们放财宝大多都放在邮局或银行里，可是总是有一些疯子般的人不正常行事。不过，如果这些人不存在的话，世界也就没有乐趣了。开始我认为是因为一些被埋的贵重的东西，可是如果是那样，他们要您的家具做什么呢？不会碰巧您有拉斐尔原作或莎士比亚第一本对开本而自己不知道吧？"

"没有啊，除了一套王室德比茶具之外，我没有其他的更值钱的家当了。"

"这解释不了所有的谜团，而且，他们为什么不直接说出来他们需要的东西呢？假如他们想要的是您的茶具，他们大可给个高价而不需要把您的所有东西都买下。在我看来，您可能有一些连您自己都不知道的宝贝，如果这东西您知道的话，您也许就不会卖。"

"那也是我的看法。"我插了一句。

"华生医生也认可，那一定就是了。"

"可是，福尔摩斯先生，会是什么东西呢？"

"我们来理一下，凭逻辑分析看能不能把它缩小一下范围。您是不是在这房子里住了有一年了。"

"都快住两年了。"

"太好了。之前那么长的时间里从来都没有人找您要过什么，现在突然在三四天里，却有人非常着急地想要什么东西。通过这点，你们能得出什么结论？"

"这只能说明，"我接着说道，"这个东西，不管是什么，只是最近才到这宅子里来的。"

"这点也对了，"福尔摩斯又说，"那么，麦伯利夫人，最近有没有什么新到的东西？"

"没有啊，今年我从来没有买过什么新的东西。"

"如果是这样！那就奇怪了。现在，我们只能静观其变了，直到遇到更加清晰的轮廓思路为止。您的律师一定是个非常有能力的人吧？"

"苏特罗先生非常能干。"

"您还有其他的女佣吗？还是只有刚才摔门走的那个女佣苏珊。"

"另外还有一个年龄比较小的女佣。"

"想办法让苏特罗来此住上一两个晚上，您也许应该防范一下。"

"防范谁呢？"

"这个不好说，事态显然很不清楚。假如我不知道他们想要找的是什么，我就必须从另一头入手，想尽办法找出主谋。这个房产经纪人有没有告诉过您他的地址？"

"他只是留下了名片，告诉我他的职业——海恩斯·约翰逊，拍卖商兼估价师。"

"我觉得单纯通过这个方向我们是找不到他的，虚伪的商人会刻意隐瞒他们做生意的地方。就这样吧，如果有新的进展一定要告知我。您的案子我接手了，您就放心，我一定会把它查得明明白白。"

当我们从门厅路过的时候，福尔摩斯那锐利而敏感的眼睛，锁定了堆在角落里的几个箱子和包裹上。上面贴着各种各样的标签。

"米兰'、'卢塞恩'，这些都是从意大利运来的。"福尔摩斯说道。

"这都是不幸的道格拉斯的遗物。"女主人说道。

"这些包您还没打开过吗？到了大约有多长时间了？"

"上个星期到的。"

"但是你说——那么，这个非常有可能就是我们想要找的东西。我们如何知道里面到底有没有什么值钱的东西呢？"

"不会的，福尔摩斯先生。可怜的道格拉斯只有他的薪水和一小笔年终奖金，他不可能有什么值钱的东西。"

福尔摩斯沉默了一会儿。

"不要再迟疑了，麦伯利夫人，"他最后说，"把这些东西都搬进楼上您的卧室里，马上检查一下，看看里面都有些什么。我明天还会过来，到时您告诉我您有没有发现什么。"

可以看出，三角墙山庄已经被严密地监视起来了，我们在街角转过高高的篱笆时，那个获过奖的黑人打手正站在树荫下面。突然，我们走到他的面前，在那个偏僻位置，他显得更加狰狞可怖。福尔摩斯将手伸进了衣袋。

"你是要掏枪吗，福尔摩斯先生？"

"不是，我在拿我的鼻烟壶，史蒂夫。"

"你真的很有趣，福尔摩斯先生，对吧？"

"如果让我抓到你，史蒂夫，对你来说就没意思了。早晨的时候我已经郑重警告过你。"

"不错，福尔摩斯先生，我已经想过你所说的话了，我不想再谈论有关珀金斯那件事情了。福尔摩斯先生，如果我可能帮上你的忙，我一定会尽力的。"

"那好，你告诉我这件事情到底是谁指使你们干的？"

"福尔摩斯先生，事情的真相在之前我就已经告诉过你了，我不清楚，是我的老板巴尼让我做的，我知道的就这些。"

"还有，请你记住，史蒂夫，那房子里的女士和里面的所有东西我都会去关照的，你一定要记清楚了！"

"知道了，福尔摩斯先生，我是不会忘记的。"

"华生，看来他的痛处是完全被我给抓住了。"福尔摩斯一边走一边说着，"我想如果他知道他们的主子是谁，这家伙肯定会出卖他的。值得庆幸是的，我对斯宾塞·约翰逊流氓帮有所了解，而史蒂夫就是其中的一个罪犯。华生，现在看来这案子可以用得上朗戴尔·派克，我想现在就去找他。回来的时候，我对整件事情可能就更加清楚了。"

在一天的时间里，我一直没有见到福尔摩斯，可是我能想象出他那天是怎么度过的，朗戴尔·派克是他推荐用来了解社会传闻的活字典。那是位奇怪而又懒散的人物，只要是他醒着的时候，大多都会在圣詹姆斯俱乐部的凸窗里度过，他在这里可以接收和转发全城所有的小道消息。据统计，他每周给那些垃圾报纸投稿都可以挣到四位数以上的收入，那些报纸也是用来给那些好事之徒打发时间的。在这混浊的伦敦中，如果有什么风吹草动，就会被这"自动记录器"自动而准确地记录起来。福尔摩斯曾认真地协助朗戴尔获取一些消息，也经常会接受他的帮忙。

就在第二天早晨我在他房间看见他的时候，通过他的状态就能看出来事情进展比较好，可是一个非常不好的消息却在等着我们，看下面这封电报就明白了：

请马上前来。客户的住宅夜里被盗。警察在场。

苏特罗

福尔摩斯吹了一声口哨。"看来事情已经到了高潮，比我想象的还要快。这件事情的后面有一股强大的推力，华生，我看了这个之后并没有感觉惊讶。很明显，这个苏特罗正是她的那个律师。遗憾的是，我犯了一个错误，晚上没有把你留在那里守卫。看来苏特罗这个人是个空壳子。这样一来，没有其他的办法了，只能再去一趟哈罗威尔德了。"

我看到三角墙山庄不再像上次来的时候那样井然有序了。在花园的门口聚集着几个看热闹的路人，有几个警察正在检查着窗户和种着天竺葵的花床。在屋子里面我们见到了一个头发灰白的老人，他称自己是律师；还看见了一个慌乱的警官，他如同老朋友般和福尔摩斯打招呼。

"福尔摩斯先生，这个案子恐怕就不用您参与进来了，这只不过是一件很普通的盗窃案而已，办理这类案子我们这些可怜的老警察还是没问题的，不需要像您这样的专家。"

"我相信这个案子遇到了好的警察。"福尔摩斯回答道，"你认为，这只是普通的盗窃案？"

"是的，我们知道作案的都是什么人，并且知道在哪里可以找到他们。是巴尼那帮人干的，那个大块头的黑人也在其中，有人在附近看见他们了。"

"太好了！他们都拿走了哪些东西？"

"他们似乎没有得手。麦伯利太太被麻醉了，房子被——噢，女主人来了。"

昨天我们才见过这位朋友的，今天她的脸色变得苍白而憔悴，一位女佣搀扶着她进来了。

"福尔摩斯先生，您昨天的建议特别切合实际。"她悲伤地微笑了一下说，"可是，我却没有听您的！我没有麻烦苏特罗先生，所以才会有了今天这样的结果。"

"今天早上我才听说这件事。"律师解释道。

"福尔摩斯先生向我提议，希望我请个朋友来住，可是我却忽略了这点，现在我为此付出了代价。"

"您看上去实在虚弱。"福尔摩斯说，"可能您没有体力来跟我讲发生的一切。"

"这事情不是很明显吗？"警官敲了一下一个硕大的笔记本说。

"当然，假如这位女士不是很疲乏的话——"

"真的是没有什么可说的，我可以肯定是那可恶的苏珊给他们带的路。他们一定对这房子并不陌生，当他们把氯仿布按在我嘴上的时候，有那么一会儿我还是有意识的，只是不清楚我失去知觉多长时间。当我醒来的时候发现我的床边有个男人，在我儿子的包裹堆里面又站着另一个男人，他的手里还拿着一捆东西，包裹被打开了，弄得乱七八糟。在他想逃走的时候，我跳起来将他抓住了。"

"您这样做太危险了。"警官说道。

"我紧紧地抓住了他，但还是被他甩开了，另一个人还袭击了我，我现在想不起来了。我的女佣玛丽听到声音，她便对着窗外大喊。警察就来了，可惜让那些恶棍给跑掉了。"

"他们把什么拿走了呢？"

"这个啊，我认为没有丢什么贵重的东西。我保证我儿子的那些箱子里没有什么值钱的东西。"

"那两个男人有没有留下什么痕迹？"

"只有一张纸，是我同那个男人抓扯的时候撕下来的。那张纸就在地板上，都弄皱了。那是我儿子的笔迹。"

"也就是说那没有任何价值，"警官说，"那如果是窃贼的笔迹的话还——"

"是的，"福尔摩斯打断他的话说，"这是常识问题！可是，我依然觉得这张纸有些奇怪。"

警官从他的笔记本里面抽出了一张大页的纸。"我从来不会漏掉任何东西，即便是毫无价值的东西。"警官有些自大地说，"福尔摩斯，这是我送给你的忠告。二十五年的破案经历让我积累了自己的经验。这些东西上非常有可能找到指纹或者其他什么有价值的东西。"

福尔摩斯仔细看了看这张纸。"警官，你看这是什么？"他问道。

"我觉得似乎是某部奇怪的小说的结尾部分。"

"这个肯定是一个古怪故事的结局，"福尔摩斯说道，"你看写在这页纸上方的数字是二四五，那么偶数页二四四，又去了哪里呢？"

"这个，应该是被窃贼拿走了吧。这个对他们有什么用处吗？"

"他们为什么要拿走我儿子的东西呢？"麦伯利夫人问。

"破门而入就是为了偷走这东西，好像是件很奇怪的事！警官，你是如何看的？"

"这个嘛，他们在楼下没有找到什么贵重的东西，所以他们就上楼来碰碰运气，我是这么认为的。福尔摩斯先生，这件事情，你又是如何看的呢？"

"警官，让我仔细想想。华生，到窗户边来。"接下来，当我们都站在一起的时候，他开始读那页纸上的内容。这页纸的内容是从一句话的中间开始，内容如下：

"脸上的刀伤和击打所造成的伤口流淌着鲜血，但这和他看见的可爱脸庞，他可以为之所付出生命的脸庞时心里面所流淌的鲜血是不能比拟的，那脸庞冷眼旁观着他的痛苦和屈辱。她笑了——天啊！当他抬起头看她的时候，她竟然无情地如同恶魔般地笑了。就在那一瞬间，我的爱死了，而恨诞生了。人一定要为什么而生存。假如不是为了你的拥抱，我的女士，那么肯定是为了你的毁灭和我完全的复仇。

"真是很奇怪！"当福尔摩斯把纸递给警官的时候，面带微笑地说，"你有没有发现人称从'他'突然变成了'我'吗？作者太过于沉溺于他的故事，所以在关键时刻把自己当成了书中的主人公。"

"写得真的是不怎么样。"警官把纸放到笔记本上说道，"什么情况，你这是要走了吗，福尔摩斯？"

"这个案子交给你这么能干的警官来处理，我就不必操心了吧！对了，麦伯利夫人，您说过您一直希望可以去旅行？"

"福尔摩斯先生，这个是我一直都想做的事。"

"您想去哪些地方——开罗、马德里，还是里维埃拉？"

"噢，如果我有钱我会游遍世界。"

"游遍世界，真的很好。那么，先这样，晚上等我的信。"当我们从窗户经过时，我瞥见警官面带微笑地摇着头。"这些自以为是的家伙向来都有些疯疯癫癫。"——这是我通过他脸上的微笑看出来的话语。

"华生，如今我们的短途旅行到了最后一站。"当我们又回到了伦敦的闹市之后，福尔摩斯说，"我认为我们要立刻清理完整件事情，如果你能同我一起去那就更好了，同伊莎多拉·克莱因这样的女士沟通的时候，还是有个人在场比较好。"

紧接着，我们便雇了一辆马车，快速地赶往格罗夫纳广场的某个住所。沉浸在思绪中的福尔摩斯，突然把头抬了起来。

"华生，随便问一下，我认为你应该弄清楚整件事情了吧？"

"不知道，我不敢说我清楚了，但是我敢肯定，我们现在要去见的这位女士就是整件事的幕后主使。"

"是的！可是伊莎多拉·克莱因这名字是否能让你想起些什么呢？是的，她是一个很有名的美人。没有任何女人可以比得上她的美貌。她是纯正的西班牙血统，是真正骄傲的征服者的血统，她曾经嫁给那位年老的德国糖业大王克莱因，现在她成了世界上最富有、最可爱的寡妇，然后她就特别疯狂地寻欢作乐。她有几个相好的，道格拉斯·麦伯利这位在伦敦名噪一时的年轻人就是她其中的一个情人。可是，他并不是一个公子哥，坚强而骄傲，付出了一切，同时也希望能够得到回报。可能克莱因便是小说中的'冷淡美女'。她的欲望得到了满足后，所有的一切都将结束；如果另一方不听话，她知道如何让对方认识到自己的错。"

"这么看来，那是他自己的故事——"

"是的！你终于把整件事情都联系起来了。听说她很快就会嫁给年轻的罗蒙公爵了，以他的年龄也许都能当她的儿子了。公爵的母亲也许能够忽视她的年龄，可是她的大丑闻却是另一回事了，所以就需要——啊，我们到了。"

这里是西区最考究的住宅之一。一个行动超级快速的男仆将我们的名片送了进去，可是又拿了出来，称他的女主人不在家。

"那好，我们就在这里等她回来吧。"福尔摩斯愉快地说。

这位仆人不再犹豫了。"不在家，主要是针对你们来说不在家。"他说道。

"非常好。"福尔摩斯回答道，"也就是说我们不用等了。麻烦你将这张字条拿给你的女主人看一下。"

他拿出一页纸，写了几个字，然后随手叠好，交给了仆人。

"福尔摩斯，你在上面写了什么？"我问他。

"我在纸上写了：'那么，叫警察吧？'我认为这次她肯定会让我们进去了。"

真的如此，而且速度还是非常的快，一分钟之后我们就来到了一间梦幻般的客厅，宽敞而且富丽堂皇，在些许的粉色灯光的照耀下半明半暗。我想是因为女主人已经到了某个年龄，这个年龄即使是非常骄傲的美人也会感觉暗淡的灯光更好些。

当我们走进去的时候，她从一张很长的靠椅上站起来：身材修长、气质非凡、面如雕饰，可是从一双秀美的西班牙眼睛里却透露出凶光，像是要把我们二人吞了一样。

"你们为什么私闯民宅——这侮辱人的字条又代表什么？"她问道，同时将那张纸条举起来，之后又让纸条从手间滑落。

"夫人，我不需要解释。我相信以您的智慧不需要我来做任何的解释——即使这些日子您的智慧出了问题。"

"先生，怎么可能呢？"

"你竟然以为雇佣一些流氓就能把我吓得不敢工作了。当然，如果不是被那些冒险所吸引，没有人喜欢干我这工作，是你迫使我接手小麦伯利这个案子的。"

"我不明白你在说什么，我和那些流氓没有任何关系！"

福尔摩斯不耐烦地转向一边。"可能是我低估了您的智商，既然过样，再见！"

"站住！你们这是要去哪里？"

"去苏格兰场。"

我们还没有走到屋门口，她就将我们拦住了，并上前拉住福尔摩斯的胳臂。才一会儿的工夫，她就从坚硬无比的钢铁变成了柔软无比的天鹅绒。

"可爱的绅士们，你们过来坐下吧，让我们一起来处理这件事情。福尔摩斯先生，我相信我会对你坦诚相待的。你具有绅士的气质，凭借女人的直觉，这一点我很快就发现了，我会像对待朋友一样跟你相处。"

"我不能保证不会做对你不好的事情，夫人。虽然我不是法律，可是我会尽力维护它的，我代表着正义。我已经做好听你说的准备了，然后再跟你说我打算怎么做。"

"可以看出，威胁如同像你一样勇敢的人是我的愚蠢。"美丽的女主人说道。

"夫人，你最大的愚蠢就是把自己交给了一群流氓，他们也许会勒索你，也许会背叛你。"

"不是的！我不会那么无知的。既然我说过会坦诚对你，我就告诉你吧，除了巴尼和他的老婆苏珊，没有其他人知道他们的主顾是谁，而他们两人已经不是第一次——"她微笑着，同时风情又亲昵地点了点头。

"我知道了，他们以前也接受过你的考验。"

"他们是能严守秘密的狗。"

"这样的狗总有一天会咬伤喂养它们的那只手。这次盗窃他们一定会被逮捕的，现在警察已经在追捕他们了。"

"他们会承当这一切，这些都是他们收了钱就应该做的。我与这件事不会有如何关系的。"

"除非，我让你参与进来。"

"不会，不会，你不可能那样做的，你是位绅士，这只是一个女人的秘密。"

"首先，你一定要将手稿还回去。"福尔摩斯说道。

她大声笑了起来，然后走近壁炉那里，拿起拨火棍拨开了一堆烧焦的东西。"我能还这个吗？"她说道。她带着有些挑衅的微笑站在我们的前面，看上去感觉有些无赖而又乖巧狡猾，这使我认为她算得上是福尔摩斯嫌犯中最不好对付的一位。然而，对此福尔摩斯却无动于衷。

"这决定了你的命运。"他冷漠无情地说，"夫人，这次你的动作惊人的快，可是你做得实在有些过分了。"

"你真的是很冷酷啊！"她大声喊道，"我可以把整件事情都跟你讲吗？"

"我觉得，你应该把全部的情况都告诉我。"

"但是福尔摩斯先生，你得站在我的立场来看这件事，你一定要从一个眼睁睁地看着她一生的抱负将会在最后一刻被毁灭的女人的立场来分析整件事情。这样的女人完全是为了保护自己，难道还要受到责备吗？"

"你不得不承认，原罪是你的。"

"没错，没错，我承认。道格拉斯是一个不错的小伙子，但是刚好他不适合我的计划。他想要结婚——结婚啊，福尔摩斯先生——和一个一无所有的普通人结婚。找不到其他可以让他停下来的解决办法。他还那样的顽固不化。我已经付出了很多，可是他似乎觉得我必须要再付出，而且必须只对他一人付出。这点实在让我没有办法忍受。最后，我必须要让他明白这一点。"

"所以你雇佣一些恶棍在你楼下折磨他。"

"看来你确实知道所有的事情。那么，我告诉你这是真的。巴尼和其他人将他赶走了，我承认，我做得确实有些粗暴。可是他接下来又做了些什么呢？我怎么可能容忍一位绅士会有这样的行为！他居然把自己的这些故事写成了一本书。当然在他的书里我是狼他是羊。书的里面全都是写的我，当然他使用了不同的名字。可是在伦敦，谁都能够想到那写的就是我。福尔摩斯先生，对此你有什么见解吗？"

"这个嘛，其实他并没有越出他的权力。"

"好像意大利的气候侵入了他的血液，他也沾染了古老意大利的残忍精神。他寄给我一封信，还把一本手稿寄给我，想让我承受折磨。他告诉我这本书一共有两本手稿，其中一本给我，另外一本会给出版商。"

"那你怎么知道出版商还没有收到这本手稿呢？"

"因为我知道谁是他的出版商。你应该知道，他的小说不止这一本。我发现出版商并没有收到从意大利寄来的信件。紧接着道格拉斯猝死的消息就传来了。如果另一本手稿还存在世上，我就永无安宁之日。当然，我肯定这本手稿会在他所留下的遗物里，我还知道它们全部都送去了他的母亲那里，所以我就安排了那群流氓去做这件事。其中，一个去了她母亲那里当女佣。我非常着急地想把这件事办成，我的确也去做了。我想把那栋房子和房子里的一切都买下，因此我答应她所提出的任何价钱。当这一切都没有成功之后，我只好选择走另一条路。福尔摩斯先生，即使是我对道格拉斯太狠心了——对此我也感觉非常抱歉！——不过，在我的一生命运就此一搏的时候，我又能如何做呢？"

夏洛克·福尔摩斯坐直了身体，耸了耸肩膀。

"这样一来，"他说，"我觉得我还要如同往常一样调和一桩重罪了。如果以上流人的方式去周游世界的话得多少钱呢？"

眼前这位女士奇怪地看着福尔摩斯。

"五千英镑可以了吗？"福尔摩斯问道。

"哦，我想应该可以了。"

"那好，你给我开张支票，我去给麦伯利夫人。你有义务给她换一下环境。还有，美丽的女士——"他举起手晃动着一只手指警告道，"要当心！要当心！你不可能一直玩刀而不会割伤你那优美的手。"

十一　苏塞克斯吸血鬼

福尔摩斯认真地读完了刚收到的一封来信，读完信他便哑然失笑，这是他开怀大笑的前奏，之后随手就把信递给了我。

"你读一下，华生，作为现代与中古、现实与虚幻的汇聚，这封信算是写到家了。"他说，"华生，你认为如何？"

我念道：

旧裘瑞路 46 号 11 月 19 日关于吸血鬼的一事

敬启者：

我店顾客——敏兴大街弗格森－米尔黑德茶叶经销公司的罗伯特·弗格森先生，今天来信询问关于吸血鬼的事情。因本店专门经营机械估价业务，这件事不在本店的经营范围内，因此特介绍弗格森先生造访并求教于阁下。阁下曾经承办的马蒂尔达·布里格斯案件大获成功，特予以介绍。

莫里森，莫里森－道得公司谨启

经手人 E.J.C.

"马蒂尔达·布里格斯并不是一位少女的名字，"福尔摩斯追怀道，"那是一艘船的名字，它和苏门答腊的巨鼠有关联，那桩事儿众所周知，可是咱们对吸血鬼又知道多少呢？那是咱们的业务范围吗？理所当然了，无论接手什么案子，都要比闲着没事可干强。可这次咱们好像是真的进入格林童话一样。华生，麻烦查一查字母 V，看看都有什么说法。"

我转过身将他想要的那本大索引拿了起来，递给他翻阅。福尔摩斯将书搁在膝头，认真而又非常兴奋地翻阅着那些陈案卷宗，那里面记录着他这些年以来的一些办案情报。

"'格洛里亚斯科特号'的航程，"他读道，"这个案子一塌糊涂。华生，我印象中你作了一些记录，尽管结果非常糟糕。制造伪钞的维克多·林奇，这是一个非常了不起的案子；漂亮的马戏团女演员维特利亚；范德比尔特与窃贼；毒蛇；奇异锻工维格尔……嚯！真是本非常好的旧案索引！你真可以，无所不有。华生，你听这个：匈牙利吸血鬼妖术，还有，特兰西瓦尼亚的吸血鬼案。"他迅速地进行了翻阅，看了好长时间，最后还是失望地哼了一声，将那个大本子扔在了桌上。

"胡说八道，华生，简直是胡说八道！那种必须要用长竿穿过心脏钉在棺材里才不会出来的僵尸，和我们有什么关系？完全是精神不正常。"

"但是，"我说，"吸血鬼可能不一定必须是死人，活人也可能会有吸血的怪癖，比如我曾经就在书上看到过，有的老年人吸一些年轻人的血用来保养身体。"

"没错，你说得太对了，这种传说在这本索引里就提到了。可是咱们能相信这种荒诞离奇的事情吗？这位经纪人是两脚站在地球上的，那就不可能离开地球。对咱们来说这个世界已经足够大的了，我们用不着再介入幽冥之中。在我看来，不能太过于相信罗伯特·弗格森先生的话。接下来这封信应该是出自他之手，这可能会帮我们找到一点线索，以便于弄清楚到底是什么事儿让他苦恼。"

　　说话间，福尔摩斯从桌上拿起了另一封信，在他一心一意地研究着之前那封信的时候，并没有关注到这封信。刚开始他神情轻松、面带笑容地读着这封信，读着读着笑容就渐渐消失不见了，表情变得专注而又紧张起来。看完这封信后他便靠在了椅子上，陷入了沉思，手上还拿着那封信。过了一会儿他猛地一愣，从沉思中清醒过来。

　　"兰伯利，奇斯曼庄园。华生，兰伯利是在哪里呢？"

　　"在苏塞克斯郡，就是在霍尔舍姆的南边。"

　　"应该很近吧？还有奇斯曼庄园呢？"

　　"福尔摩斯先生，那一带乡间我不陌生，那里有特别多的老宅子，这些宅子都是以几个世纪前的原房主的姓氏来命名的，例如：奥德利庄园、哈维庄园、凯立顿庄园等等。那些家族很早就被人遗忘了，可是他们的姓氏依然通过那些老宅子的名字保留了下来。"

　　"是的。"福尔摩斯冷静地说道。他那骄傲而又善于克制的气质有一个特点，就是即使他经常一句话都不说、一个字都不落地把全部新的线索都记在了他的头脑里，他也几乎很少对线索的提供者表示感谢。"我认为用不了多久，我们一定会对奇斯曼庄园有更详细的了解。这封信，如我所料，正是弗格森本人写来的。还有，他还说认识你呢。"

　　"啊！他说认识我？"

　　"我想你还是亲自看看信吧。"

　　说话间，他就把信递了过来。信的开始写的就是刚才他念的那个地址，信的内容是这样的：

福尔摩斯先生敬启：

　　我的律师推荐让我和您联系，可是因为这个问题实在过于敏感，不知道该从何谈起。这关系到我的一位朋友，我是代表我的朋友来谈他自己事儿的。这位绅士大约在五年前和一位秘鲁富商的女儿结成连理，我的朋友是在经营硝酸盐生意的时候认识她的。她非常的让人着迷，可是由于国籍的不同和宗教的迥异不断地在夫妻间造成观念及兴趣上的分歧。后来，过了一段时间之后，也许是他对她的感情变得淡了下来，他认为他们两个人

177

的结合也许是一个错误。他认为她性格中的一些东西让人永远都不能理解。这是特别让人感到痛苦的事情，因为她真是一个少有的、温存可爱的妻子，不管是从哪方面看她都是死心塌地地爱着她的丈夫。

现在我们进入主题，详细的情况还是需要与您当面谈。这封信主要先介绍一下大致的情况，以便请您确定是否接手这个案件。在不久前，这位女士开始出现一些与她的温柔本性极其不相符的怪毛病。这位绅士结过两次婚，他和他的前妻生有一个儿子。这孩子现在已经有十五岁了，特别讨人喜欢还很重感情，遗憾的是小时候意外受过伤。有两次，有人看见继母无缘无故就把这个可怜的孩子打了一顿，其中有一次是用手杖打，他的胳膊上留下了一块很大的瘀青。

可是，这些和她对自己还不到一岁的亲生小儿子所做的相比，是不值一提的。大约在一个月以前，有一次，保姆有一小会儿没有在婴儿身边的时候，突然听到婴儿嚎啕大哭。保姆马上就跑了回来，一进屋子就看见女主人趴在婴儿身上，正在咬婴儿的脖子。婴儿脖子上出现了一个小伤口，鲜血不停地往外流。保姆吓坏了，想马上去叫男主人，可是女主人苦苦哀求她不要告诉男主人，而且还给了保姆五英镑。女主人并没有解释什么，这件事情就暂时这样搁下了。

可能这件事情给保姆的心里留下了可怕的印象。这件事发生以后，她平时特别注意女主人的所有举动，并且把这个婴儿看护得更紧了，因为她非常疼爱这个孩子。但是她也感觉，就像她监视孩子的母亲一样，孩子的母亲同时也在监视着她，一旦她稍离开婴儿一会儿，母亲就会凶神恶煞地跑到婴儿的面前去，保姆便通宵达旦、一刻不离地看护着婴儿，而母亲也整日整夜、沉默不语如同恶狼窥伺着羔羊一样盯着婴儿。在您看来这件事情肯定是难以置信，但是我恳求您严肃地看待这件事，因为这个事情关系着一个婴儿的性命，也许还会让一个男人精神崩溃。

终于有一天，男主人知道了所有的事情。保姆已经支撑不住了，她将一切情况都向男主人坦白了。这些事情对他来说简直是无稽之谈，就如同您这时的感觉是一样的。他知道他的妻子还是很爱他的，还有，除了那次毒打继子之外，她一向都是比较疼爱继子的。可是，她为什么会伤害自己的亲生儿子呢？所以他跟保姆说，这一定是她的幻觉，这种多疑绝对是精神恍惚所造成的，她对女主人的诽谤也是让人无法容忍的。正在他们谈话的时候，突然传来了婴儿痛得大声哭嚎的声音。保姆和男主人一起向婴儿室跑去。请您想象一下他的心情吧，福尔摩斯先生。他看见他妻子蹲在摇篮边，正要起身，婴儿的脖子上鲜血直流，床单上全都是血渍。当他把妻子的脸转向光亮处，看见妻子的嘴唇上全都是鲜血的时候，惊恐之下他大声地叫了出来。原来是她，没错，是她在吸那可怜孩子的血。

实际情况就是这样。她现在将自己关在屋里，任何人都不见，也从未作过任何的解释。丈夫也几乎快要疯掉。他本人和我除了只听说过吸血鬼这个名称外，对这类事情毫不知情。我们本来认为那是国外的一种奇闻，谁会想到到这事居然会发生在英国的中心苏塞克斯。先这样吧，还是明天早上和您见面再细谈吧。您可以答应见我吗？您能不吝帮助一个濒于失常的人吗？如果可以，敬请致电兰伯利奇斯曼庄园的弗格森。我会在上午十点准时到达您的府上。

罗伯特·弗格森

再有：如果我没记错的话，您的朋友华生曾经是布莱克希斯橄榄球队的队员，那时我刚好是利奇蒙德队的中卫。在私人关系这一层面，这是我唯一能够提供的自我介绍。

"是的，我可以想起这个人。"我将信放下，说道，"他是大个子鲍勃·弗格森，他可以称得上是利奇蒙德队组队以来最厉害的中卫了。他是一个好心人，现在他对朋友的事情又是这样的热心，他这个人就是这样善良。"

福尔摩斯迟疑地看着我，摇了摇头。"华生，"他说，"你向来都会有一些让人意想不到的想法。这样吧，你给他拍一封电报，内容是这样：'同意承办你的案子'。"

"你的案子！"

"不能让他认为我们能力平庸。这个案子当然是他本人的。给他发电报，就说案子明天一早就会有进展。"

　　第二天上午十点钟的时候，弗格森非常准时而迅速地迈着大步走进了我们的房间。在我的记忆里，他是一个身材细长、四肢灵活的人，他的行动敏捷，能够很容易摆脱对方后卫的拦截。我想在人的这一生中，再也没有比这更让人伤心的事情了，那就是一位在他年轻的时候你曾认识的身强体健的运动员，当你和他再次相见时，他却已变成了一把面容枯槁的老骨头。弗格森的大骨骼都坍陷了，两肩低垂，淡黄的头发也所剩无几了。可能我给他的印象大概也是如此吧。

　　"你好，华生！"他说道。他的声音还是那样的低沉而又诚恳。"我说，你如今这身体可不是当初我把你隔着绳子抛到人群里时的体格啦。我似乎觉得自己也有些变了样，最近这些天我才发现自己变老的。福尔摩斯先生，从您的电报中我能够看得出来，即便是我再把自己伪装说成是别人的代理人已经是毫无用处了。"

　　"我们坦白来说对办案会更好些。"福尔摩斯说道。

　　"没错，希望请您想一想，谈论一个你既要防护还要帮助的一个女人的事是非常难为情的，我该如何处理呢？我可以找警察说这事儿吗？我必须得考虑到两个孩子的安全问题。福尔摩斯先生，您能告诉我，这是不是精神病？是血统中遗传的吗？您有调查过这样案子的经历吗？求您看在上帝的份上，帮帮我吧，我是一点办法都没有了。"

　　"我完全可以理解你，弗格森先生。请你坐下，稳定一下情绪，认认真真地回答我几个问题。我能向你保证，对你的案子我还不至于一点办法都没有，我相信我们一定能够找到解决问题的办法。请你先告诉我，你怎么应对了此事，你的孩子和你的妻子在一起吗？"

　　"我跟她大吵了一顿。福尔摩斯先生，她是那种温柔而且深情的女子，比如说，这个世界上如果真的会有女子一心一意地爱着一个男子，那么，我妻子就是如此的爱着我。她知道这个可怕的、让人难以置信的秘密被我发现后，她感到极度的伤心，她一句话都不肯说了，面对我的指责，她只是用那种特别惊恐绝望的眼神望着我，接下来就转身跑回了自己的房间，将自己锁在里面。从那天起，她再也不肯见我。她有一个陪嫁的侍女，叫多罗雷思，就如同朋友一样的仆人。从那以后，一直都是她给我妻子送饭。"

"这样看来，孩子暂时不会有什么危险吧？"

"保姆梅森太太向我保证，她会寸步不离地守在婴儿的身边。对于梅森太太我是绝对信任。我现在最担心的是可怜的小杰克，因为他曾两次遭到毒打，就像我在信函中跟您说的那样。"

"但是从来没受过伤？"

"没有。可是她狠狠地打过他。让人生气的是，他是一个非常可怜的孩子，特别的懂事，腿脚又不大好。"当弗格森谈论到他儿子的时候，憔悴的脸上表情显得温柔了一些。

"福尔摩斯先生，这个孩子的情况每个人知道了都会感到心疼的。他小的时候脊椎摔坏了，但是他的心地是最善良的，他最会疼人。"

福尔摩斯又伸手将昨天那封信从桌子上拿起来，反复地读了几遍。"弗格森先生，你的宅子里面还有什么人？"他问道。

"还有两个仆人，刚来没多久。另外还有一个马夫，叫迈克尔，也在宅子里面住着。再就是我妻子，我本人，我的儿子杰克，宝贝婴儿，多罗雷思，梅森太太。一共就这么多。"

"我认为你在结婚的时候，对你妻子并不是很熟悉吧？"

"那个时候我们认识还不到一个月时间。"

"侍女多罗雷思跟随她有多少年了？"

"有一些年头了。"

"如此说来，她对你妻子的性格应该比你更熟悉啊？"

"没错，可以这样说吧。"

福尔摩斯记录了下来。"我认为，"他说道，"我在兰伯利要比在这里更有价值。这个案子必须得亲自到现场去调查。既然女主人不会离开卧室，那我们到庄园应该不会打扰到她，也不会给她带来不便。当然，我们会去旅馆里面住宿。"

这时，弗格森终于松了一口气。"福尔摩斯先生，这正是我所希望的。假如您愿意来，正好在两点钟有一趟比较舒适的列车从维多利亚车站出发。"

"一定会的，现在我刚好有空闲时间。我也可以全力以赴地来办理你的案子。华生当然也会和我一起去的。但是，我们在出发之前，有两个问题必须得弄明白。按照我的理解，这位不幸的女主人似乎是对两个孩子都造成了威胁，包括她亲生的孩子和你的大儿子，是这样吗？"

"是的。"

"可是造成威胁的方式不同，对吗？她曾打过你的小儿子。"

"不错，一次是拿手杖打他的，还有一次是用手狠狠地打。"

"那么，她没有解释为什么要打他吗？"

"没有解释什么，只是说恨他。她一直都这么说。"

"这些情况在继母中也是很常见的。可能是对死者的妒忌吧。你妻子的天性喜欢妒忌吗？"

"没错，她是一个很爱妒忌的人，而且还是以她那与生俱来的热带深情来妒忌的。"

"但是你的儿子——他都已经十五岁了，他的身体活动虽然受到了限制，可是他的智力应该是从未受到过影响吧，他也没有和你说明一下为什么会遭到毒打吗？"

"没有，他只是说他是无缘无故遭到毒打的。"

"那么之前他与继母的关系融洽吗？"

"不能说是融洽，他们之间一直都没有怜爱之情。"

"但是你为什么称他是一个会疼人的孩子呢？"

"世界上再也找不到比他还孝顺的儿子了。我就是他的生命的全部。我的一言一行他都是特别关切的。"

福尔摩斯再次进行了记录，之后他便陷入沉思。

"你没有再婚之前，你和你儿子的感情肯定非常的深厚。你们经常会在一起，是吗？"福尔摩斯突然问道。

"是的。"

"那么，这孩子如此的注重感情，他一定对已故的母亲特别怀念了？"

"是的。"

"这样看来他肯定是个特别有意思的孩子。另外一个我想问的是有关殴打的问题。她毒打继子和她费尽心思地去伤害自己的孩子，两件事情是不是同时发生的呢？"

"第一次是同时发生的。那个时候她似乎突然间中了魔似的，拿两个孩子来出气。第二次只是打了杰克，保姆梅森并没有告诉我婴儿出了什么事。"

"这让我觉得案子没有那么简单了。"

"您的意思我没明白，福尔摩斯先生。"

"我进行了一些假设，需要时间或者新的证据去证明它们。这不是一个好习惯，弗格森先生，可是人性中总是会找到弱点的。也许你的老朋友华生将我的办案方式讲得有些夸张了。无论怎么说，现在我只能跟你说，我觉得你的案子并不是多有难度，今天两点钟我们准时在维多利亚车站见。"

十一月的一个黄昏，雾色朦胧，天气阴沉，我们将随身行李安置在兰伯利的切克斯旅馆里，之后就驱车从一条弯曲而又泥泞的苏塞克斯乡间小路穿过，到达了弗格森那座古老而又偏僻的庄园。那是一座庞大连绵的建筑，中心部分年代比较远，而两翼部分看上去又很新，有都铎式的高耸烟囱和满是苔藓的高坡度的霍尔舍姆石板瓦。门阶已经凹下陷了，门廊的墙壁古瓦上还留有圆形的原房主的图像。屋里面的天花板用非常沉重的橡木柱子支撑着，地板非常的不平整，已经露出了深深的凹线。这座陈旧的房子看上去没有一点生机，到处都弥漫着一股陈年腐气。

弗格森把我们领进一间非常宽敞的中央大厅。大厅里面有一座很大的、罩着铁皮的老式壁炉，上面刻有"1670"年的字样，炉内有上等木块在燃烧着。

我向四处望了望，发现这个屋子是每个不同时代和不同地域建筑的一个大杂烩。半截镶木墙可能出自17世纪的原农庄主之手，在墙的下面挂着一排情趣十足的现代水彩画；画的上面挂着一排南美的武器和器皿，这个一定是楼上她那位秘鲁太太带来的。福尔摩斯站起身来，带着他的敏捷思维和好奇心，认真地对这些东西进行研究，接着，他又坐了下来，眼神闪烁，似乎在思考什么。

"咦！"他突然大声喊了起来，"快来看！"

有一只狮子狗本来是在屋角的箩筐里蜷缩着，这时慢慢地朝主人那里爬过去，看上去行动非常吃力，它后腿拖拉着，尾巴在地上拽着，走路一瘸一拐的。它过去舔了舔主人的手。

"到底是怎么回事，福尔摩斯先生？"

"它有什么毛病吗？这只狗。"

"兽医也弄不明白。也许是一种麻痹症，也可能是脑脊髓膜炎。不过病症现在逐渐在消退。用不了多久就会好起来的——对不对，我的卡尔罗？"

这只狗的尾巴轻轻颤了一下以示认可。它那凄伤的眼睛不停地打量着我们在场的所有人。它也知道我们现在正谈论着它的病情。

"它这病是突然发生的吗？"

"好像是一夜之间。"

"大约是什么时候突发的？"

"大约在四个月前吧。"

"透着古怪。也许能对案子有启发作用。"

"您认为这病能证明什么问题吗，福尔摩斯先生？"

"它可以证实我的一种设想。"

"不会吧，您究竟在说什么呀？发生的这些事对您来讲可能只是一个猜谜游戏，可是对我而言却是一件大事！我妻子也许会是一个杀人犯，我儿子也危在旦夕！您一定要认真对待，福尔摩斯先生，这一切实在是太可怕了。"说这话的时候，眼前这个大个子中卫浑身上下居然抖了起来。

福尔摩斯拍了拍的肩膀，安慰道："弗格森先生，无论结果如何，你的痛苦恐怕是不可避免的。请放心，我一定会尽力帮助你减轻痛苦。现在我还不能做太多说明，但是我在离开你家之前，我想我可以给你一个明确的答复。"

"希望一切都能弄明白！二位见谅，我去楼上我妻子那里看看情况是否有什么变化。"

他去了楼上几分钟，福尔摩斯又一次琢磨起了墙上挂的那些特别的器物。主人回来了，通过他那阴郁的神情可以看得出，事情并没有发生什么变化。他带来了一位侍女，身材很瘦弱，看上去也很憔悴。

"多罗雷思，"弗格森说，"把太太照顾好，她想要吃些什么东西，都要给她送过去。"

"她病得非常重，"侍女高声喊道，同时很愤怒地看着主人，"她什么东西都不吃。她病得非常重，她需要医生。如果没有医生，同她在一起我很害怕。"

弗格森忧心忡忡地看着我。

"如果有什么需要帮助的，我一定会竭尽全力。"我说道。

"可以让女主人见一下华生医生吗？"福尔摩斯问道。

"我带他过去。不用非要得到她的允许。她现在非常需要医生。"女仆说道。

"那现在我立刻和你一起去吧。"我说道。

侍女的情绪非常激动，身体稍微有些颤栗，我跟着她走上楼梯，经过了一条古老的走廊。来到了一座看上去非常厚实的铁骨门前。我看着这扇门，心里想，如果弗格森想硬闯进妻子的房间，是一件很难的事情。侍女从她的口袋里将钥匙拿出来打开门，那沉重的橡木门板在折叶上发出吱吱嘎嘎的响声。我刚走进去，她便立即跟了进来，回手又将门锁上了。

一个女子躺在床上，一下子就可以看得出来她正在发高烧。她神志不是很清醒，可是她见我进层，头立刻抬了起头，一双温柔而美丽的眼睛惊恐地望着我。发现我是陌生人，她倒是放心地长舒一口气，又歪倒在枕头上了。我走到她的跟前安慰了两句，她便老实地躺在那里让我为她量体温、号脉。体温很高，脉搏跳得很快，但是临床诊断给我的感觉似乎是因为神经紧张所造成，并不是突发的热病。

"她就是一直每天都这样躺着，我担心她会撑不住的。"侍女说。

女主人将她那发烫而又俊俏的脸庞向我转过来。"我丈夫在什么地方？"她问道。

"他就在楼下，他希望能见到你。"

"不要让他见我，不要让他见我。"接下来她好像有些神志不清了，"冤孽啊，魔鬼啊！我该拿你这个魔鬼怎么办啊！"

"我如何才能帮到你呢？"我问道。

"没有用的，没有人可以帮得了我。完了，一切都完了。无论我如何去做，一切都完了。"

女主人说的一定是胡话。我怎么也看不出来，如此老实的鲍勃·弗格森，怎么可能是魔鬼或者有着魔鬼般的性格。

"弗格森太太，"我说道，"你的丈夫是非常爱你的。这件事让他也感到特别的痛苦。"她那美丽的眼睛又一次朝我转来。"没错，他的确爱我。可是我不爱他吗？我也是爱他到了宁可牺牲自己，也不愿意看见他伤心难过的程度。我是如此地爱着他啊，但是他竟然还会如此猜疑我——竟然还会这样说我。"

"他特别的痛苦，可他却百思不得其解。"

"没错，他的确不能理解，可是他应该选择相信我呀。"

"你愿意见一见他吗？"我试探着问道。

"不愿意，我不愿意见他，他那让人心寒的话我不会忘，也无法忘记他对我满脸怀疑的神情。我不想见他，请你离开吧，你是帮不了我的。有一句话请替我转告他，我要我的孩子，我也有权利要自己的孩子。这句话是我唯一要对他说的。"说完，她又把脸朝墙转了过去，一句话也不再说。

接下来，我又回到了楼下，弗格森和福尔摩斯还在壁炉边坐着。我跟他们讲述了刚才的情形，弗格森听我讲完，神情忧郁。

"我怎么会把孩子交到她手里呢？"他说道，"谁知道她会不会又做出让人意想不到的事情呢？我怎么可能忘记，那一次她从孩子身旁站起来的时候，我看见她的嘴唇上沾满了孩子鲜血的情形呢？"这一个接一个的回忆，让他不禁打了个冷战。"孩子让保姆梅森太太来照顾是可能保证安全的，他一定得待在保姆那里。"

正在这个时候，只看一个穿着很俏皮的女仆端着茶点进来，她是这座庄园里面唯一一个时髦的人。她正在摆放茶点的时候，门开了，一个少年走进屋来。他是一个特别引人注目的孩子，头发浅黄，肤色白皙，淡蓝色的眸子中流露出容易激动的神情。他看见了父亲，便绽放出一种欣喜若狂的表情，高兴地朝父亲那里跑去，并用手紧紧地搂着父亲的脖子，如同正在热恋的女子撒娇一样。

"哇，爸爸，"他叫道，"你回来了，我不知道，不然我早就在这里等着你了。哇，我真的很想你！"

弗格森慢慢地拉开了儿子的手，看上去有些不好意思。

"我的乖孩子，"他一边抚摸着儿子浅黄色的头发，一边说道，"我回来得早，是因为我的朋友福尔摩斯和华生先生，他们愿意接受我的邀请，在咱们这里待一个晚上。"

"福尔摩斯先生，是那个做侦探的吗？"

"没错，是他。"

这个孩子用一种很敏锐，在我看来不太友好的眼光看向我们。

"弗格森先生，你的小儿子在哪里呢？"福尔摩斯问道，"可以让我们见见他吗？"

"让梅森太太把小孩抱过来。"弗格森说道。这个孩子站起来离开了，他步履蹒跚，姿势怪异，我以一个医生的角度来看，他患的是脊椎软骨病。一会儿工夫他就回来了，后面跟着一位又高又瘦的妇人，妇人的怀里抱着一个特别可爱的婴儿，黑眼珠，黄头发，是一个非常漂亮的撒克森与拉丁血统的混血儿。弗格森看上去非常疼爱他，一见面就将这个婴儿抱到了怀里，温柔地抚摸着。

"真是想不通竟然有人会那么狠心地伤害他。"他一边小声嘀咕着，一边低下头去看那白嫩的脖子上出现的红肿伤痕。

一瞬间，我的目光不经意间地落在福尔摩斯的身上，他这时候的表情特别的专注，脸庞如牙雕一样的冷峻，表情专注，他看了看父亲，又瞅了瞅婴儿，接下来便好奇地注视着对面的什么东西。顺着他的目光望去，我觉得他是在看窗外那阴森森、湿漉漉的园子。其实百叶窗是半关着的，什么都看不见，可是他依然紧盯着窗子看了半天，突然他微微一笑，接着目光又转移到了婴儿的身上。只见婴儿的脖子上有一块小伤痕。福尔摩斯沉默不语，他认真地看着伤口，最后他上去和婴儿那只在他面前不停晃动的小拳头握了握。

"可爱的小乖乖，再见。你的人生起点实在是非同寻常啊。保姆，我能单独和你聊聊吗？"我的朋友问道。

保姆跟着福尔摩斯走到了一边，他们认真地谈了几分钟。我只听见了最后一句："你的顾虑很快就会打消的。"

我觉得保姆的脾气有些倔、不怎么爱说话，谈完话之后她将婴儿抱起离开了。

"梅森太太是一个怎样的人呢？"福尔摩斯问道。

"虽然她表面上看上去不会让人产生好感，但是心地还是很善良的，更重要的是她对这个婴儿非常的疼爱。"

"杰克，这个保姆你喜欢吗？"福尔摩斯突然向杰克问道。杰克那表情丰富、喜怒易变的脸立刻变得阴郁，他摇了摇头。

"杰克是一个爱憎分明的孩子。"弗格森用手把孩子搂过来，说道，"很幸运我是他喜欢的人。"

杰克把头埋到爸爸怀里，低声嘟哝着。弗格森慢慢将他拉开。

"杰克，去玩吧，乖。"弗格森说着，用慈爱的目光一直注视着儿子出去。他接着对福尔摩斯说："福尔摩斯先生，我认为真的是让您白跑了一趟，除了表示同情以外，您还能做些什么呢？站在您的立场来看，这个案子肯定是一个特别复杂而又异常敏感的案子。"

"敏感嘛，确实是比较敏感；"福尔摩斯笑着说，"至于复杂嘛，我倒没觉得有多么的复杂。本来只是一个推理，可是当原有的推理一点一滴地被很多不为人左右的事实给证实之后，主观就会成为客观了，我们就能够非常自信地说目的达到了。实际上，在离开贝克街的时候我就已经得出结论了，接下来要做的事只是证实和观察而已。"

弗格森用他那双粗大的手摸着皱纹密布的额头——似乎感觉有些糊涂了。

"福尔摩斯先生，请您看在上帝的份上，"他急得嗓子都哑了，"如果您看出了这件事情的真实情况，就请快点告诉我吧。我的处境到底怎样？我该怎么办呢？无论您是如何获知真相的我都不在乎，只要是真相就可以。"

"我一定会向你解释的，而且你很快就会得知事情真相的。可是你应该允许我用自己的方式来处理问题吧？华生，女主人可以见我们吗？她的健康状况如何？"

"虽然她病得很严重，但是头脑还是相当清醒的。"

"太好了。只有在她的面前我们才能把事实澄清。我们一起上楼见见她吧。"

"但是她不愿意见我。"弗格森大声说道。

"不会的，她一定会见你的。"福尔摩斯说着，然后他匆匆地在纸上写了几行字，"华生，至少你能够进入她的房间，就麻烦你把这个纸条交给女主人吧。"

之后我便走到楼上去，多罗雷思非常警惕地将门打开了，我将纸条递给了她。一分钟以后我听到屋内一声高呼，声音听上去又惊又喜。多罗雷思将头探出来。

"她愿意见你们，愿意听你们讲。"她说。

我随后就将弗格森和福尔摩斯叫到了楼上。一进门，弗格森大步直奔妻子床头，可是他的妻子半坐起来举手示停。弗格森非常沮丧地坐在扶手椅上。福尔摩斯对着女主人鞠了一躬，便坐在弗格森的旁边。女主人睁大了眼睛，用非常惊奇的眼神望着福尔摩斯。

"我认为，多罗雷思在这里也起不到什么作用吧。"福尔摩斯说，"哦，太太，如果你愿意让她留下来，那也没什么意见。好，弗格森先生，我是一个事务缠身的忙人，我处理问题的方式是长话短说。往往手术越快，伤痛就越少。我先说让你放心的事情，你的妻子非常的温柔、非常的善良，但是却受到了很大的冤屈。"

弗格森一声欢呼，突然站了起来。

"福尔摩斯先生，假如真像您所说的这样，一辈子我都会感激您的。"他说道。

"我会证实这个，可是如果这么做，不能避免在别的方面会伤你的心。"

"您只要能洗清我妻子的冤屈，其他的我都不在乎。和这个相比，所有的一切都不再重要。"

"那我就先把出发之前我在家里所做的推理告诉你。在我看来，吸血鬼的说法是非常荒诞的，这种事情在英国的犯罪案例中还从来未曾有过。你的观察也是没错的，女主人从孩子床边站起来，嘴唇上沾满了血，这是你亲眼看见的。

"确实是亲眼所见。"

"可是你是否想过，吸吮淌血的伤口，除了吸食血液以外还会有其他的用处吗？在英国的历史上，不是曾经有一位女王用嘴往外吸伤口里面的毒吗？"

"什么？毒？！"

"当我见到你家墙上挂的这些武器——出于我的本能，我已料定你的家里会摆放有这些物件——我开始想到的就是南美毒箭，尽管也可能会是其他的毒。当我看到那架小鸟弓旁边的空箭匣时，我知道我的猜想落到了实处，这就是我想要找的东西。假如孩子被这种蘸了马钱子或者是别的毒液的箭扎伤，如果不马上将毒液吸出来，就会没命的。

"还有那条狗！假如一个人决定要使用毒药，他一定会先试一试，试试看药效究竟如何？本来我没有想到这条狗，可是在见到后我就全都明白了，而受了伤的狗的病情完全和我的推理相符。

"现在你应该明白了吧？你妻子担心这种伤害，而且她亲眼目睹它发生了，是她救了孩子的性命，可是她不敢告诉你事情的真相，因为她知道你是多么爱你另一个儿子，她害怕伤你的心。"

"难道这一切，都是杰克所为！"

"刚才你在亲近婴儿的时候，我特意观察了杰克。他脸的表情非常清晰地映在了窗子的玻璃上，因为窗子外面有百叶窗做底衬。从他的脸上我看到了极其强烈的妒忌和冷酷的仇恨，这在常人中是不多见的。"

"啊，我的杰克！"

"弗格森先生，我知道这是极其痛苦的事情，可是你必须面对事实。正因为它是出于扭曲了的爱，一种对你这个父亲过度的爱，还有就是对他离去母亲的爱，正是这种爱造成了他的扭曲行为。他的整个心灵都充满了对这个可爱而又健全的婴儿的恨，婴儿的健康和可爱，正好衬托出了他残疾的身体和缺陷。"

"我的天哪！这怎么可能？！"

"太太，我说的是事情的原貌吧？"

女主人的头埋在了枕头里，一直在啜泣，听完，她将头抬起来望着丈夫。

"鲍勃，当时我怎么可以跟你讲呢！我认为你会受到巨大的精神打击。不如我等等看，这件事情最好能让别人对你讲。当我看到这位先生的纸条上写着这一切他都很清楚的时候，我真的特别的高兴，他仿佛有神奇的力量！"

"我看远航一年对小杰克来说应该有所益处，这是我的办法。"福尔摩斯说，随后他站了起来，"另外有一件事我不太明白，太太，你为什么会打杰克，我们完全可以理解。母亲的容忍也是有限度的，可是为什么这两天你怎么敢离开婴儿了呢？"

"真实的情况我已经和梅森太太讲了，她全明白。"

"果然如此，和我猜的一样。"

这个时候弗格森站到了床前，伸出他那颤抖的双手，已经泣不成声。

"华生，我认为，现在到了咱们该退场的时候了。"福尔摩斯在我耳旁小声说道，"你搀着忠实的多罗雷思的那只手，我搀这只手，好了，走吧！"把门关上之后他又说，"剩下的问题就让他们俩自己解决吧。"

关于这个案子，有一点我是要做补充记录的，那就是福尔摩斯给本篇开头的那封来信的回信，内容如下：

贝克街　11 月 21 日

关于吸血鬼一事

敬启者：

接到 19 日来信后我已调查了贵店的顾客——敏兴大街，弗格森－米尔黑德茶业经销公司的罗伯特·弗格森所说的案件，调查结果令人满意。多谢贵店介绍，特此致谢。

夏洛克·福尔摩斯谨启

十二　三个同姓人

也许下面这个故事是一个喜剧，可能也是一个悲剧。它让一个人精神出了问题，让我受了伤，还让另一个人得到了法律的制裁。无论怎么说，这里面还是有喜剧的味道。就这样，让读者自己判断吧。

我对这个日期记忆犹新，它和福尔摩斯拒绝爵士封号都发生在同一个月里，因为他立了功要被封爵，这功劳在将来有一天我可能还会写出来。我现在只是顺便提到了封爵的事，作为合作者我应该谨慎从事，避免冒失的行为。然而这件事却让我记住了上述的日期，那是在 1902 年的 6 月底，也就是南非战争结束后不久。福尔摩斯在床上连续躺了好几天，这也是他有时会表现出的行为，可是一天早晨他却从床上起来了，手里面还拿着一份大页书写纸的文件，严峻的灰眼睛里露出一股讽刺的笑意。

"华生，现在有一个能让你发财的好机会，"他说道，"你有没有听说过加里德布这个姓？"

我告诉他我从未听说过。

"如果你可以抓住一个加里德布，就可以赚一笔钱。"

"从何说起？"我问道。

"这事说来话长——还有些异想天开。我觉得在咱们所研究过的比较复杂的人类问题里，还从未有过如此新鲜的事呢。这个家伙很快会来接受咱们的提问了，所以在见到他之前我暂时不会谈太多，但是这个姓氏是我们目前要查一查的。"

在我旁边的桌子上就放着电话簿。我没有抱任何希望地打开簿子翻阅着。让我感到诧异的是在应该排列它的位置上还真发现了这个奇怪的姓氏。我非常欣喜地喊了一声："我找到了！福尔摩斯，就在这里！"

福尔摩斯把簿子接了过去。

"N．加里德布，"他念道，"西区小赖德街 136 号。对不起，华生，这可能让你失望了，这个是写信者本人。咱们需要另外找到一个加里德布来跟他匹配。"

话还没说完，只见赫德森太太拿着托盘走了进来，上面放着一张名片。我把名片接过来看了一眼。

"有办法了，在这里！"我高兴地喊道，"这是一个不同名字的开头字母，约翰·加里德布，律师，美国堪萨斯州穆尔维尔。"

福尔摩斯看见名片便笑了。"我认为你还要另外再找出来一个才行，华生，"他说道，"计划之内也有这位，不过我没有想到今天早上他会来。无论怎么说，他可以跟咱们说许多我需要知道的东西。"

没多久，他便进来了。律师约翰·加里德布先生看上去身材不高、强壮有力，有一张圆圆的、气色红润、干净整洁的脸，就如同一些美国事务家所具有的特征一样。他总体的形象是丰满和很富有孩子气的，是一个笑容可掬的青年。他的眼睛非常引人注意，我极少见到过一双如此反映内心活动的眼睛，非常的亮，特别的机警，而且可以迅速地反映出每一点思想变化。他的口音是美国腔调，听上去很舒服。

"福尔摩斯先生是哪位？"他的眼睛在我们俩之间不停地打量着，"不错，你和照片很象，福尔摩斯先生，恕我冒昧，据我所知，我的同姓者给你写了一封信，是不是？"

"我们坐下谈，"福尔摩斯说，"我想我有很多需要跟你讨论的问题。"他将那叠书写纸拿起来。"看来你就是这份文件中所提到的约翰·加里德布先生。你到英国已有很长时间了吧？"

"福尔摩斯先生，你这是什么意思呢？"

我在他那富于表情的眼中看到了狐疑。

"你的服装都是出自英国的。"

加里德布勉强地笑了笑。"我曾经在书上看到过你的技巧，福尔摩斯先生，但是我没有料到我会成为你研究的对象。能告诉我你是如何看出来的吗？"

"看你的上衣肩式，你的靴子足尖部——谁会看不出来呢？"

"是这样啊，我倒没想到我具备如此明显的英国人的特征。我是在前些天因为有事才来到英国的，所以，像你所说的，连装扮都非常的伦敦化了。但是，我认为你的时间是非常宝贵的，我们并不是为了谈袜子式样才见面的，因此我们可以来谈谈你手里拿的文件吗？"

看样子，福尔摩斯是在某一方面惹怒了来访者，他的孩子气的脸孔突然变得不是很随和了。

"别着急，加里德布先生！"我的朋友对他说，"可以让华生医生来告诉你，我的这些小插曲在很多时候都是解决问题的好帮手。可是，内森·加里德布先生为什么没和你一起来呢？"

"我就搞不清楚他为什么要拉你进来！"客人突然非常的生气，"这件事情和你有什么关系？本来是两个绅士之间的一点事务，可是其中一个人突然将一个侦探找来！今天早上我看见他，他便告诉我，他干了这样一件非常愚蠢的事，所以我才会来到这里的。我真觉得倒霉！"

"对你而言，这并不算什么丢脸的事，加里德布先生。这完全是他过于热心地想让你达到目的——按照我的理解，这个目的对你们两人一样意义非凡。他非常清楚我有获得情报的方法，所以，他自然会找到我。"

说到这里，客人脸上的怒气这才一点一点消失了。

"哦，既然是这样，倒是没什么关系，"他说，"今天早上我一看见他，他便告诉我他找了侦探，我便马上向他要了你的住址，急忙赶过来。我想私人的事务不用警察乱插手，但是假如你只是为了帮我们找出这个需要的人，那应该是没有什么坏处的。"

"事情就是这样的，"福尔摩斯说，"先生，你既然已经来了，最好跟我们亲口说一说情况。详细情况我的这位朋友还不知道。"

加里德布先生用一种并不是特别友好的眼光，将我上下地打量了一番。

"一定要他了解吗？"他问道。

"我跟他经常合作。"

"那好，保守秘密也是没有什么必要的，我尽量简短地把事情的基本情况告诉你。假如你是堪萨斯人，你一定会知道亚历山大·汉密尔顿·加里德布是什么人。他是真正靠庄园发家的，之后又到芝加哥做小麦仓库发了财，可是他将所有财产都买了一大片土地，在道奇堡以西的堪萨斯河流域，那片儿的土地足有你们一个县那么大，牧场、森林、耕地、矿区，无所不包，全部都是帮他挣钱的地产。

"他并没有亲属后代——至少我不知道他有，可是他对自己的稀有的姓氏感觉十分自豪。这就是能够让我和他相识的主要原因。我在托皮卡从事有关法律方面的业务，突然有一天，这个老头找上门来。由于又认识了一个姓加里德布的人，他显得特别的开心。他有一种怪癖，他希望可以认真地找一找，世界上还有没有其他的加里德布了。"再给我找一个姓加里德布的！"他说。我是一个特别忙的人，没有时间整天到处乱跑去找加里德布们。'无论怎么说，'他说道，'如果情况按照我的布置发展下去，你不想找也一定要去找。我认为他是在跟我说笑，谁料到，没过多久我就发现，他的话特别有分量。

"因为他说完这话还不到一年的时间，他便死了，留下一个遗嘱。这可以算得上是堪萨斯州有史以来最稀奇的一份遗嘱了。他表示要将财产分成三份，我可以得到其中的一份，条件是我需要再找到两个姓加里德布的人来分享剩下的那两份遗产。每份遗产都是不多不少五百万美元，但是一定是要有我们三个人一起来，否则一分钱都动用不了。

"这是一个重大的机会，我干脆就将法律的业务放在一边，出发去找加里德布们。在美国一个也没有找到。我走遍了整个美国，先生，用细梳子将美国刮了一遍，可是一个加里德布也没有找到，然后我便来到英国碰碰运气。在伦敦电话簿上真的有他的姓氏。两天之前我找到了那个人，跟他说明了实际情况。可是他也一样是一个孤独的人，如同我一样，有几个女亲属，却没有一个男子。可是遗嘱里规定是三个成年男子，所以，你看，还差一个人，如果你能够帮我们再找出一个来，我们马上给你报酬。"

"你瞧，华生，"福尔摩斯笑着说，"我说什么来着，这不是有些匪夷所思吗？不过，先生，我认为最直接的方法就是在报纸上登启事。"

"我很早以前就已经登过了，可是没有人应征。"

"啊！这一个小问题可真很古怪呀。那好，我会在业余时间多留心。还有，很巧的是你是托皮卡人，我之前有一个通讯朋友，就是已故的莱桑德·斯塔尔博士，他在1890年的时候，是托皮卡市长。"

"老斯塔尔博士吗！"客人问道，"到今天为止，他的名字还非常让人们敬重。好吧，福尔摩斯先生，我觉得我们能做的只有向你报告事情的进展情况。最近一两天你听我的信儿吧。"说完，这位美国人鞠了一躬就走了。

这时，福尔摩斯点燃了烟斗，他脸上带着奇怪的笑容坐了半天。

"你觉得怎么样？"我终于问他了。

"我觉得非常奇怪，华生，非常的奇怪！"

"有什么奇怪的呢？"

"我一直觉得很奇怪，这个人跟咱们讲了这么多的谎话究竟是什么目的呢？我差一点就这样直接问他——因为在某些时候单刀直入是最有效的——可是我还是采取了另一个策略，让他自以为欺瞒过了咱们。一个人跑过来，身上穿着超过一年以上的磨掉边儿的英国上衣和弯了膝的英国裤子，可是在信上和他本人口述都说自己是一个刚到英国的美国人。寻人栏从来没有登过他的启事，我从来都不放过那上面的任何东西，这一点你是知道的。那个地方是我喜欢的受惊之人的隐蔽处，我会把这样的一只野鸡给忽略吗？我从来都不知道托皮卡有一个什么斯塔尔博士，破绽随处可见。我认为他倒真是一个美国人，只不过是多年生活在伦敦而从来没有改变过口音而已，那么他到底搞的什么名堂呢，为什么会假装找加里德布呢？这是值得咱们注意的，假如他是一个恶棍，那也一定是一个心理复杂、诡计多端的家伙。现在咱们要弄清楚，另一位也是假的吗？给他打一个电话，华生。"

我便给那个人打了电话，电话的另一端传来了一个细弱发颤的声音：

"是的，是的，我是内森·加里德布先生。福尔摩斯先生在吗？我非常想跟他谈一谈。"

我的朋友接过去电话，而我如同往常一样听着他那断断续续的对话。

"没错，他已经来过。我很清楚你不认识他……多长时间了……才两天啊！……当然，这件事确实是非常的吸引人。你今天晚上在家吗？今天晚上你的同姓人不会出现在你家吧……那我们就来，我不建议当着他的面谈……华生医生同我一起来……听说你是深居简出的……那好，我们会在六点左右到你家。不用同美国律师讲……好，再见。"

这是一个非常令人欣喜的暮春的黄昏，在晚霞斜照之中就连狭小的赖德街也呈现出金黄动人的颜色。这条街只是艾奇沃路的一个小路口，离那个我们记忆中的不祥的泰伯恩也就一箭之遥。我们走访的这座宽敞旧式房子，属于早期乔治朝建筑，房子的正面是青砖墙，只有在一层楼有两座凸窗。我们的主顾就在一层住着，这两个窗子就在他日常活动的那间大屋的正面。福尔摩斯指着刻有那个怪姓氏的小铜牌。

"看来这牌子钉上有很多年了，"他指着那个褪了色的牌面说道，"至少能肯定的是这是他的真姓氏，这一点是值得我们注意的。"

这座房子里面有一个公用的楼梯，门厅内标记着一些住户的姓名，有的是办公室，有的是私人住室。这并不是一座成套的居民楼，而是一些生活不规律的单身汉居住的地方。出来开门的是我们的主顾，他很抱歉地说女工役四点下班走了。内森·加里德布先生是一个身材颇高、肌肉松弛、肩背有些弯的人，他瘦削而秃顶，看上去六十多岁。他脸色苍白如尸，皮肤暗无血色，就像一个从来都不运动的人一般。他戴着大圆眼镜，留着山羊胡子，加上他那有些弯的肩背，给人一种怪怪的感觉，不过总体还是显得很和蔼。

同样，屋子也是非常的古怪，像一个小博物馆。房间又深又广，各式各样的柜橱摆满了四周，其中堆满了解剖学和地质学的标本。屋门的两边排着装蝴蝶和蛾子的箱匣。一些七零八碎的各种物件摆放在屋子中间一张大桌上，一台铜制的大型显微镜高高地立在中央。四周张望一番，这个人的兴趣之广泛把我给惊住了：这里是一箱古钱币；那里是一橱古石器，房子中间的那张桌子后边是一大架的古化石，上面陈列着一排石膏头骨，刻有"尼安德特人"、"海德堡人"、"克罗玛宁人"等字样。很显然这个人是多种学科的爱好者。这个时候他就站在我们面前，正在擦着一枚古钱。

"它属于最盛时期的——锡拉丘兹古币，"他将古钱举起解释道，"我觉得它们是其全盛时期最好的古币，即使有一些人会更推崇亚历山大钱。这里有一把椅子，福尔摩斯先生。请让我将骨头挪开。这位先生——对，华生医生——请你挪开那个日本花瓶。你们看，这些全部是我的小嗜好。

我的医生一直建议我经常出去活动，可是这里有如此多吸引我的东西，我为什么要出去呢？我觉得，如果把一个柜橱的内容做一个好些的目录就得花费我整整三个月的时间。"

福尔摩斯非常惊讶地四周看着。

"你说你从来都不出去，是这样吧？"他问道。

"有的时候我会乘车去撒斯比商店或者克利斯蒂商店，除此以外我很少出门。我的身体状况不太好，还有我的研究非常占用时间，但是福尔摩斯先生，你可以想象，当我得知了这个难得的好运气的时候，对我来说是多么惊人——让人兴奋但是骇人听闻，只要再找到一个加里德布就可以了，我们一定可以找到一个的。我有过一个兄弟，但是已经去世了，而女性亲属不符合条件，但是世界上肯定会有别的姓加里德布的人。我听说你专门处理一些奇异案件，所以我就请你来帮助我。当然，那位美国先生说得也没错，我应该先征得他的同意，其实我是出于好意。"

"我也觉得你这样做是非常明智的选择，"福尔摩斯说，"但是，你真的要继承美国庄园吗？"

"肯定不会，任何东西都不会让我放弃我的收藏。可是那位美国先生担保说，等事情办成他就会买下我的地产，他出的价钱是五百万美元。现在市场上有十几种标本是我的收藏中所没有的，可是我手里没有几百镑就买不了。你可以想象如果我有几百万美元该有多大的潜力呀，说实在话，我有一个成为国家博物馆的基础，我能够成为当代的汉斯·斯隆。"

透过他的大眼镜我看他的眼睛在闪闪发亮，看样子他会不顾一切地去寻找同姓人的。

"我们的来访没有必要打扰你的研究，只是见见面而已，"福尔摩斯说，"我习惯于和我的委托人直接接触。我基本没有什么要问你的了，因为你已经把情况很清楚地写在我口袋里这封信上了，那位美国先生的来访又补充了一些情况。据我所知，这个星期以前你根本不知道会有这么一个人。"

"没错。他是在上个星期二过来找的我。"

"他将他见到我的情况跟你说过了吗？"福尔摩斯问道。

"跟我说了，见你之前他来了我这里，他看样子很生气。"

"为什么会生气呢？"

"他好像觉得那有损他的人格，可是他从你那里回来以后又很高兴了。"

"他有没有提出什么行动计划？"

"没有。"

"他跟你要过或者得到过金钱吗？"

"从来都没有！"

"你有没有察觉他可能有什么目的？"

"除了他说的那件事以外，没有任何发现。"

"你跟他说过我们的电话约会了吗？"

"我跟他说过了。"

福尔摩斯陷入了深思。我能看得出他的困惑。

"在你的收藏里面，有没有什么特别值钱的东西呢？"

"没有什么值钱的东西，我并不是一个有钱的人。我的收藏品虽然很好，可是并不值钱。"

"那你不怕被盗吗？"

"一点都不怕。"

"你在这屋子里住了有多长时间了？"

"将近有五年了。"

突然，一阵很响的敲门声把福尔摩斯的问话给打断了。主人刚一拉开门闩，美国人就高兴地蹦了进来。

"来了！"他手里摇着一张报纸大声叫道，"我认为我应该第一时间过来找你，内森·加里德布先生，祝贺你！你发财了。咱们的事务一切顺利，马上就圆满结束了。至于福尔摩斯先生，麻烦你白跑了一趟，非常对不起。"

说话间，他将报纸递给了这里的主人。主人站在那里瞪大眼睛看着报纸上的大字广告。福尔摩斯和我也伸长脖子站在他的身后看，报纸上登的是：

霍华德·加里德布：农机制造商

经营收割机、捆扎机、蒸汽犁及手犁、松土机、农用大车、播种机、四轮弹簧座马车以及各种设备，包揽自流井工程

地址：阿斯顿，格罗斯温纳建筑地

"太好了！"主人非常高兴地说，"这下子三个人都找齐了。"

"我之前在伯明翰进行过调查，"美国人说，"我的代理人把一份地方报纸上的这个广告给我寄了过来。我认为咱们得马上行动起来把这件事情给办了。我已经给这个人写信，告诉他你会在明天下午四点钟去他的办公室洽谈。"

"你打算让我去看他？"

"你觉得如何，福尔摩斯先生？你不认为这样安排很明智吗？我是一个旅行的美国人，我说了一个非常动人的故事，人家为什么会相信我所讲的呢？可是你不一样，你是一个有着扎实社会关系的英国人，他肯定会对你的话感到重视。假如你愿意，本来我是可以和你一起去的，可是明天我却特别的忙，如果你在那边有什么困难，我随时都会听你召唤的。"

"但是，我已经有很多年没有经历过这么远的旅行了。"

"这并不算什么，加里德布先生，我已经替你计划好了，你十二点出发，下午两点可以到达，当天晚上就能够回来。你需要做的只不过是见一见这个人，把情况说清楚，弄一张法律宣誓书来证明有他这样一个人。天啊！"他特别激动地说，"我不远千里从美国中部来到这里，你只需要走这么一点的路，去把事办完又会如何呢！"

"是的，"福尔摩斯说，"这位先生说的没错。"

内森·加里德布先生无奈地耸耸肩膀说："那好，如果你非让我去的话，我就去。既然你给我的生活带来如此大的希望，我绝对不会拒绝你的要求。"

"那就这么定了，"福尔摩斯说，"你一定要尽快把实际情况报告给我。"

"我们会报告给你的，"美国人说，"我得走了，内森先生，明天上午我会过来，把你送上去伯明翰的火车。福尔摩斯先生，你要同我一起走吗？好吧，再见，明天晚上等着我们的好消息吧。"

美国人走后，我发现福尔摩斯脸上的困惑已经不见，神色明朗了。

"加里德布先生，我可以参观一下你的收藏品吗？"他问道，"对我的职业而言，各种知识对我来说都是有用处的，你的这间屋子里真的是知识的宝库。"

我们的主人很高兴，大眼镜后面的两只眼睛闪闪发光。

"据我所知，你是一个有才智的人，"主人说，"假如你想参观又有时间的话，我现在就可以带你观看一遍。"

"不巧我现在抽不出来时间，但是这些标本都有了标签，也做了分类，你不用亲自讲解也可以的。如果我明天可以抽出来时间，我想把它们看上一遍没有什么关系吧？"

"没有关系，非常欢迎，当然明天门是关了，但是在四点之前桑德尔太太会在地下室，她可以让你进来。"

"这样也好，我正好在明天下午有时间，假如你可以给桑德尔太太留个话，那就不成问题了。还有，谁是你的房产经纪人呢？"

主人对这个突如其来的问题感到奇怪。

"霍洛韦－斯蒂尔经纪商，在艾奇沃路住，但是你为什么会问这个问题呢？"

"有关房屋建筑我也感兴趣，"福尔摩斯笑着说，"我之前还想这座建筑会是安妮女王朝时期的还是乔治朝时期的。"

"是乔治朝时期的。"

"没错。可是我认为年代还要更早一些，这个没关系，很容易问明白的。好吧，再见，加里德布先生，祝你伯明翰之行成功。"

房产经纪商就在离这不远的地方，但是已经下班，我们就回贝克街了。吃过晚饭，福尔摩斯又提起了这个话题。

"这个小问题已经结束了，"他说，"我想你的脑中应该已经形成解决方案啦。"

"我还没有摸清楚。"我如实地说。

"大部分事情已经比较明白了，还有些小事要等到明天再看。你有没有注意到广告的特别之处吗？"

"我看到了'犁'这个字的拼法有错误。"我说道。

"你也看到啦？华生，你还是有进步的。那个拼法在美国是对的，但是在英国却是错的。排字工人是照排的。另外'四轮弹簧座马车'，那也是在美国才会有的。自流井在美国要比在英国普遍得多。总之，这是一个非常典型的美国广告，却自称是英国公司，你认为是什么原因？"

"我得出的结论是：广告是那个美国人自己登的。他的目的究竟是什么，我还不太清楚。"

"其实可以有不同见解的。无论怎么说，他首先是要想办法让这位老古董到伯明翰去，这一点是可以肯定的。我本来是想阻止老头，让他还是不要白跑这一趟了，可是又一想，觉得还是让他去比较好，好把地方腾出来。明天，华生，咱们明天见分晓。"

福尔摩斯早晨便出去了，中午的时候，他便回来了，我看见他的脸色特别的阴沉。

"这个案子要远比我想象中严重，华生，"他说道，"我想我应该把实话告诉你，即使我很清楚把事实告诉你之后你会去冒险。我和你相处这么多年，你的脾气我当然了解，可是必须得告诉你，此行会很危险。"

"这已经不是我们第一次共同经历危险了，福尔摩斯，但愿这次不是最后一次，请把事实告诉我，这次会有什么样的危险？"

"一个很棘手的案子让咱们给遇到了。约翰·加里德布律师先生真实的身份我已经验明了，原来他就是'杀人能手'伊万斯，具有阴险凶恶的名声。"

"我还是没有弄清楚到底是怎么回事。"

"另外，你也不用每天都去背诵新门监狱的大事记了，刚才我去见了警察厅的老朋友雷斯垂德了。即使那里有的时候想象力不够丰富，但是在严格的技术方面他们还是领先的。我认为可能会在他们的档案记录里找到咱们这位美国朋友的一些线索。如我所料，我在罪犯照片馆里找到了他那张很天真的胖笑脸。'詹姆斯·温特，又名莫尔克罗夫特，外号杀人能手伊万斯'，这是照片上的姓名。"福尔摩斯手伸进口袋掏出了一个信封，又接着说："我在他的档案里抄了一些重要信息：年龄四十四岁，原籍芝加哥。据悉曾经在美国枪杀三个人，后通过有权势的人物越狱潜逃。1893

年前往伦敦。1895 年 1 月在滑铁卢路的一家夜总会因为赌牌枪杀一人。目击者证明伊万斯是争吵中先动手者。死者验明为罗杰·普莱斯考特，原为芝加哥很有名的伪币制造者。1901 年伊万斯获释，从那时起一直受警方监视，但是警方并没有发现其越轨行为。这个危险人物，经常携带着武器而且非常容易动武。你瞧，华生，这个人就是咱们要面临的对手——一个非常活跃的对手，这是不能否认的。"

"但是他到底想要做什么呢？"

"事情逐步就明确了。我刚才去了房产经纪人那里。他们说，咱们这个主顾在那里住了已经有五年了。在此之前那间房曾经有一年没有出租。再往前，房客是一个先生，没有什么职业，叫沃尔德伦，房产商还很清楚记得他的容貌。他是突然消失的，再也没有听到他的任何消息。他身材高大、蓄胡须、面色黝黑。而普莱斯考特，就是被伊万斯枪杀的那个人，据警察局讲述他也是一个身材高大、有胡须、面色黝黑的人。我们可以来假设一下，美国罪犯普莱斯考特之前就住在我们这位天真的朋友现在作为博物馆的这间屋子里。你看，我们总算是有了一点线索。"

"接下来呢？"

"接下来我们就要去把它弄清楚。"

他打开抽屉将一把手枪拿出来递给了我。

"我身上带着一把我经常用的旧枪，如果咱们这位西部朋友按照他的一贯作风行动，咱们就得对他有所防备。我给你一小时的时间用来休息，然后咱们就去往赖德街办事。"

四点钟的时候，我们到达了内森·加里德布的奇怪住处。看屋人桑德尔太太正要准备回家，但是她马上开门就把我们放进去了，门上装的是弹簧锁，福尔摩斯答应离开的时候会把门锁好。然后，大门关上了，她戴着帽子从窗外走过去，我们知道现在这楼下只有我们两个人了。福尔摩斯快迅将现场进行了检查。屋角有一个柜橱距离墙之间有一点空隙。我们便躲在背面，福尔摩斯小声地对我说出了他的意图："那个罪犯是设想将这位老实的朋友诱出屋去，可是因为对方深居简出，所以才费了这么大心思，编出寻找加里德布姓氏的谎言就是为了这个目的。我不得不承认，这其中是有一些鬼聪明，尽管房客奇怪的姓氏确实给了他一个没有想到的开始。"

"可是他要达到什么目的呢？"

"这便是咱们要确定的。根据我的观察，跟咱们的主顾毫无关系，可能和他枪杀的那个人有关系，那个人也许曾经是他的同谋犯，总之，这间屋里藏着什么罪恶的秘密，这是我的看法，开始我觉得可能是咱们的主顾在他的收藏中有他并不知道的值钱东西，可是罪犯普莱斯考特住过的这个房间，好像就不是那么简单了。好吧，华生，现在咱们只能静静地等待了。"

时间快速地向前奔跑，当我们听见大门开阖的声响时，就往柜后躲得更深了一点。随着金属钥匙转动的声音，美国人进来了。他轻轻地将门关上，然后将大衣甩掉，直接奔中间的大桌子走去，行动迅速而准确，而且非常的胸有成竹。他将桌子向一旁推了推，扯起桌下的一方地毯，卷起来，又在口袋里掏出了一个小撬棍，使劲地撬地板。木板向一边滑开后，地板下出现了一个方洞。美国人将一根火柴擦燃，点亮了一个蜡烛头，之后就消失在这个方洞里了。

到了我们行动的时候了，福尔摩斯碰了一下我的手腕，我们从柜子后面出来准备也进入那个洞口。即使我们的动作很轻，可是我们脚下的老地板还是发出了响声，美国人的脑袋突然从洞口里面伸出来担心地张望着。他发现了我们，刚开始一脸的怒气，可是却慢慢地转为一种惭笑，因为他看见两支手枪正在指向他的脑袋。

"好，好，"他一边冷静地爬上来一边说，"你们比我多一个人啊，福尔摩斯先生。我想，我的把戏在一开始就被你看穿了，把我当成傻子耍了。好，算我服了，你赢了我——"

说着说着，他猛然抽出一支手枪放了两枪。我感到大腿上一热，就如同烧红了的烙铁贴在肉上一样。之后听见咔嚓一声响，福尔摩斯用手枪将他的脑袋砸中，只见他脸上流着血趴在地上，福尔摩斯搜去他随身携带的武器，接着用结实的胳臂伸过来将我搂住，把我扶到椅子上坐下来。

"你没受伤吧，华生？我的上帝，没伤着你吧？"

当我感受到表面冰冷的脸后面深厚友爱的那一刻，我觉得受一次伤，甚至受多次伤都值得。只见他那明亮而又坚强的眼睛有些湿润了，那坚定的嘴唇有些颤抖。这是非常难得的一次机会，让我看见他不只是有伟大的头脑，而且还有伟大的心灵。对于我来说，跟随他这些年来，有这一点感受我就很知足了。

"没关系的，老朋友，擦了一点皮而已。"

他拿起小刀将我的裤子割开。

"你说得没错，"他放心地喊了一声，"是表皮受伤。"说完，他把有铁石般坚毅表情的脸转向俘虏，那个犯人正在茫然地坐起来。"今天算你走运，如果你伤害了华生，我不会让你活着离开这间屋子的。你还有什么要说的？"

他什么话都没有说。福尔摩斯扶着我，一起向那个已经揭去了暗盖的小地窖里望去。美国人伊万斯点燃的蜡烛还在洞内。我们看见一堆生了锈的机器，一排瓶子，大捆的纸张，另外还有整整齐齐地摆放在小桌上的许多小包儿。

"印刷机——造假钞者的全部装备。"福尔摩斯说道。

"没错，先生，"我们的俘虏说着，挣扎起来坐在了椅子上，"普莱斯考特是伦敦最大的伪钞制造者，这就是他的机器，桌子上的小包是两千张百镑的伪钞，全国各地流通，找不到什么破绽。先生们，你们可以取用，条件是放我走吧，咱们公平交易。"

福尔摩斯大声笑了起来。

"伊万斯先生，我们办事的方式可不是这样的。这个国家已经没有你的藏身之处了，是你杀死普莱斯考特，没错吧？"

"没错，先生，而且还判了五年，虽然是他先抽的枪。判了五年，可是我应该得到的是盘子一样大的奖章。没有人能够看出普莱斯考特的伪钞与英国银行发行的钞票有什么区别，如果不是我将他除去，他的伪钞会充斥市场。我是唯一了解他在什么地方制造伪钞的人。我来到这儿有什么可奇怪的呢？这个收藏破烂儿的怪姓氏的人整日整夜在这里不出去，我只有想办法叫他挪开，这有什么可怪的呢？可能我除掉他是更明智的选择，那非常容易，但我是一个软心肠的人，除非对方有枪，否则我决不开枪打人。你说吧，福尔摩斯先生，我有什么做得不对吗？我并没有动这个机器，我也没伤害这个老古董，你能抓到我什么错儿？"

"可能只是蓄意杀人而已，"福尔摩斯说，"可是这并不是我们的业务，下一步会有人办理。我们想要的是你这个善辩的人。华生，给警察局打电话，他们应该有所准备。"

以上这些就是"杀人能手"伊万斯和他编造的三人同姓的事情梗概。之后我们听说我们那个委托人因为承受不住梦想破灭的刺激，精神出现了问题，最后进了布利斯克顿的疗养院。普莱斯考特印钞设备被查出，这对于警察局来说是非常值得庆祝的事情，因为尽管他们知道有这套设备，可是在他死后却依然没有办法发现它。伊万斯的确立了功，这让好几个情报人员都能够安心地睡觉了。他们几位也非常愿意替伊万斯去申请那个盘子大的奖章，可惜的是法庭并不是很欣赏他，结果这位杀人者又回到了他当初被放出来的那个地方。

最后致意

The Adventures of Sherlock Holmes

夏洛克·福尔摩斯先生的朋友们很高兴地了解到，福尔摩斯还活蹦乱跳，虽然有时因风湿病发作而显得有点跛。他多年以来一直生活在距伊斯特本五英里处的丘陵草原农场里进行哲学和农学的研究。在这段时期里，他对各种酬金极为优厚的案件视若罔闻，决心不再参与这些案件的调查侦破。不过，在处理德国战争问题上，他还是遵照政府的指示，运用他卓绝的智慧和实践积极调查，并最终取得了历史性成果，这一成果载入《他的最后致意》中。以前参与的案件材料长期搁置在我的文件夹里，也一起收入《他的最后致意》中，并合并成集。

医学博士　约翰·H·华生

一　威斯特里亚寓所历险记

死亡追踪

在我的笔记本中记录，1892 年下月下旬凄凉、寒风猛吹的一天，我们正在享用午餐，一封写给我朋友福尔摩斯的电报被送来了，福尔摩斯看过后匆匆写了回复。虽然他没有说什么，不过一直在思考。他一直在火炉前站立着，吸着烟斗，心事重重，时不时看一看那封电报。突然，他将头转向我，眼睛中闪烁着狡黠的目光。

"华生，我一直将你看作一名学者，"他说，"现在我想问你一下，你是如何解释'怪诞'这个词的？"

"奇怪的、与众不同的。"我随即回答道。

他闻言摇摇头，显然我的解释没有让他满意。

"它的意思绝不仅仅止于此。"他说，"我认为它更深层的意思就是悲剧、恐怖。假如你回想一下那些给公众带来痛苦不堪的文章，你就会意识到并同意，'怪诞'这个词的深层意思就是犯罪。想想'红发会'的事，刚开始的时候十分怪诞，结果却是孤注一掷的抢劫犯罪。此外，还有比它更怪诞的事，比如'五个橘核'那件事，结果直接引出谋杀阴谋。因此，这个词让我不得不提高注意。"

"你的是意思是电报里有那个词？"我问道。

他高声读起电报。

我遭遇最难以置信的怪诞之事，是否能够得到您的请教？

司格特·艾克尔斯

查令十字街邮局

"发电报的人是男人还是女人？"我问道。

"哦，当然是男的。拍这种先付回电费的电报，女人通常是不会做的，她会自己来。"

"你准备见他吗？"

"华生，亲爱的朋友，自从我们将卡鲁塞斯上校关押以后，我内心感到十分的空虚，这你是知道的！我的大脑如同一部空转的引擎，由于没有和它相匹配的工作接轨，它都快被打成碎片了。生活平平淡淡，报纸都是一些陈词滥调的东西，胆大妄为和风流韵事好像已经彻底消失在这个犯罪世界中了。这样的话，无论新的问题有多么的微小，你还会问我是否打算研究它吗？哦，不过现在，如果我没有弄错的话，我们的当事人已经找上门来了。"

话音未落，楼梯上就传来一阵有节奏的脚步声，很快，一位身体高大魁梧、满脸花白络腮胡、神情庄重的人被引进我们的房间。从他那不拘言笑的脸和自负的态度我们猜测到了他的身世。他的鞋罩以及金边眼镜，告诉我们他应该是一个保守党人、教士、好人、正统守旧的人。同时我们也发现，某种奇特的经历扰乱了他应有的沉着，比如他蓬乱的头发、生气且通红的脸、慌张而激动的神色都告诉了我们他的这种遭遇。他直接告诉了我们他遭遇到的事情。

"福尔摩斯先生，我遭遇的事情是世界上最怪诞且令人不悦的。"他说，

"我从来没有遇到过这样的事，这是最卑鄙、最骇人听闻的事，我坚决要求做出解释。"他充满着怒气地说。

"稍安勿躁，司格特·艾克尔斯先生，请坐下说。"福尔摩斯用安慰的语气说，"你能告诉你到底是因为什么要来找我的吗？"

"没问题，先生。这事与警察关系不大，而且，当你了解清楚之后，你一定会认为，我不能扔下这件事不管。虽然我对私人侦探没有什么好印象，但是，对于您还是十分……"

"好了，那么接下来告诉我你又因为什么没有马上过来呢？"

"您这样问是什么意思呢？"

福尔摩斯看了看表。

"现在是两点一刻，"他说，"你一点左右的时候发的电报。可是，那件麻烦是你一醒来就遭遇到了，要不然，没人会看到你这副尊荣。"

我们的客人将没有梳理的乱发用手理了理，又摸了摸没刮的下巴。

"你猜测得没错，福尔摩斯先生。我根本没有想到出门要打扮一下。我庆幸的是我从那样一所房子离开了。我多方询问才找到这里的。你知道，我先去找公寓管理员，他们告诉我加西亚先生的房租已经清算完毕，还告诉我威斯特里亚寓所一切正常。"

"稍等一下，稍等一下，先生，"福尔摩斯笑着说道，"你的这个习惯与我的朋友华生医生很像，他就有这样一个坏习惯，一开始就先告诉你故事的结局。请梳理清楚你的思路，按顺序告诉我到底发生了什么事，而让你头不梳脸不刮，也无心扣好礼靴和背心的纽扣，就急匆匆跑出来寻求指导和帮助。"

我们的当事人露出惆怅之色，他低头看了看自己有失礼仪的仪容仪表。

"我清楚，我现在的仪表很难让人接受，福尔摩斯先生，可我真没想到这样的事会让我遭遇到，还是让我把这件怪事的全部经过告诉你吧。等我讲述完之后，你一定会觉得我这个样子是可以得到原谅的。"

可是，他还没来得及将他那糟糕的事讲出来，外面忽然传来闹哄哄的声音，赫德森太太打开门，引进来两个身材魁梧的警察模样的人。其中之一就是我们很熟悉的苏格兰场的葛莱森警长。他看上去精气神十足，衣着考究，据我所知，他是个很称职的人。他同福尔摩斯握了握手，随后将他的同事介绍给福尔摩斯，那个人是萨里警察厅的贝尼斯警长。

"我们俩搭档，一块儿追踪，福尔摩斯先生，结果就追到您这儿了。"说完他那双大眼睛转向我们的客人。"里街波汉公馆的约翰·司格特·艾克尔斯先生是你吧？"他问道。

"不错。"我们的当事人说道。

"一个上午我们都在跟踪你。"

"我猜测，你们肯定是通过电报追踪到此的。"我的朋友说道。

"一点不差，福尔摩斯先生。我们在查令十字街邮局找到了线索，从而追踪到此的。"

"不过你们因为什么事要跟踪我？你们有什么目的吗？"

"司格特·艾克尔斯先生，我们追踪你的目的是为了一份供词，昨晚厄榭附近，威斯特里亚寓所的阿洛依苏斯·加西亚先生离奇死亡，我们需要一份供词来了解情况。"

我们的来访者站了起来，两眼茫然之色外溢，一脸的惊慌，没有一点血色。

"什么，死了？你说他死了？"

"不错，先生，他死了。"

"啊，怎么死的？发生了什么意外？"

"是被人害死的，假如世界上有过谋杀的话。"

"上帝啊！太可怕了！难道你……你认为我是嫌疑犯？"

"我们从死者的口袋里发现了一封你的来信，通过信件我们知道，你原先准备昨晚在他的房子里过夜。"

"是有这个计划。"

"那你昨晚在他家过夜了，是这样吗？"他们拿出了公事记录本。

"稍等一下，葛莱森，"夏洛克·福尔摩斯说，"你们要找的东西就是一份清楚的供词，是这样吗？

"我有必要告诉司格特·艾克尔斯先生一声，这份供词会被用做呈堂证供。"

"你们来的时候，艾克尔斯先生正要给我们讲述这件事。华生，一杯苏打白兰地对他没什么坏处吧？好了，先生，你不用介意这里多了两位听众，将你那讲述进行下去，就像没有人打断过你那样。"我们的当事人将白兰地一饮而尽，脸上的血色很快恢复了。他疑惑地看了看警长的记录本，不过随后还是开始讲述了他那段给他带来极大困扰的经历。

"我还没有结婚，是个单身汉。"他说，"因为喜欢与人打交道，所以结识了许多朋友。其中有一个叫麦尔维尔的退休酿酒商，他的家位于肯辛顿的阿伯玛尔大楼。大约几周前，我在他们家吃饭时结识了一个名叫加西亚的年轻人。他拥有西班牙血统，同大使馆来往比我们密切。他讲一口流利的英语，有十分得体的言谈举止，还有堂堂的仪表，可以说，他是我一生中从未见过的美男子。

"我们很快就成为了朋友。他好像一开始就很喜欢我，我们结识还不到两天，他就到里街去看我。最后他邀请我到他家去住几天，他的家就在厄榭和奥克斯肖特之间的威斯特里亚寓所，昨晚，我按照约定前往赴约了。

"在我赴约之前，他就跟我讲述过他家的情况。他说他和一个对他忠诚的仆人生活在一起，那个仆人是他的同乡，照料他家里的一切。那个人也会说英语。此外，还有一个手艺精湛的厨师，是个混血儿，那是他在旅行途中结识的。他曾跟我说过，在萨里的中心找到这么一户人是让人感觉很怪的。他的这个看法获得了我的认可，虽然事实已经证明，它要远比我想象的更奇怪。

"我驾着车来到那个距厄榭南面约两英里的地方。他的居所是个中等大小的房子，它背靠大路，前面有一条绵延曲折的车道，车道两边生长着高高的常青灌木丛。那是一所摇摇欲坠的旧房，旧到没有办法修葺一新了。当马车停到那斑斑驳驳、久经风雨侵蚀的大门前，望着杂草丛生的车道上，我开始怀疑，冒然拜访这样一个我了解得很少的人是否有欠考虑。他亲自开门出来热情地迎接我。他让一个皮肤黝黑、沉默寡言的男仆替我拿着皮包，将我引进一间为我准备的卧室。我发觉整个屋子都使人感到压抑。进餐的时候，我们面对面坐着。尽管主人表现出热情全力款待，但是他的神情似乎一直恍惚不定，说话也闪烁其词，表达不清，毫无主题，使我感到很费解。他不停地用手指敲着桌子，还咬指甲，还有其他一些迹象都体现出内心的忐忑不安。至于那顿饭，服务既不周到，菜做得也不好，再加上那个不说话、一脸严肃的仆人，实在很难让气氛活跃起来。我跟你们讲，那天晚上，我不止一次动过找个借口返回里街的念头。

"我记起了一件事，可能关系到你们两位正在调查的问题。不过当时，我并没有多想。那是快吃完晚饭的时候，仆人送来一张便条。我发现，我的朋友看过便条后，心绪似乎变得更加让人捉摸不定了、更古怪了。他不再像之前那样与我心不在焉地交谈，而是坐在那里不停地抽烟，一副心事重重的样子，他也没说便条上写的是什么。十一点左右，睡觉时间到了，我很庆幸终于熬到这个时候了。过了一会儿，加西亚站在门口往我屋里探望，问我是不是按过铃。当时房间一片漆黑，我说我没有按过铃。他对我表示这么晚了还来打扰我，十分内疚，并说已经快到一点钟了。再后来，我就沉睡过去了，并且再睁眼时天已经亮了。

"就在那之后，我经历了整个事件中最匪夷所思的部分。我一睁眼，天色已经大亮。我看了一下表，都快九点了。我特意吩咐他们，八点的时候叫醒我，可是他们竟如此健忘，这不免让我十分惊讶。我起了床，按铃叫仆人，可是没有人回应。我按了多次的铃，还是没有人回应。我以为肯定是铃子出问题了。当时，我十分生气，匆忙穿上衣服冲下楼，想让他们给我弄些热水来。可是我却惊讶地发现，房子已经空无一人，你们可以想象得出我当时该有多么惊讶。我站在客厅大声叫喊，还是没有人回应我。每个房间我都看了个遍，都空荡荡的。头天晚上，主人曾将他的卧室指给我看过，于是我也去了他的卧室，可是我敲他的房门，却没有应答。我扭动把手打开了房门，可是里面也没有人，床根本就没睡过。他同其余的人都走了。外国客人、外国仆人、外国厨师，一夜之间都人间蒸发了！我到威斯特里亚寓所的这次拜访就样离奇地结束了。"

夏洛克·福尔摩斯将我们的当事人讲述的这件离奇的事写入他那本专门记载奇闻轶事的手册，然后搓着手，咯咯地笑起来。

"在我所知的范围里，你的经历还真是让人感到怪异。"他说，"那么，先生，之后你做了些什么？"

"当时我非常恼火。我首先认为我成了某种荒唐恶作剧的受害者，于是我将我的东西收拾好，拿上它们，关上大门，提着皮包返回厄榭去了。我去了镇上的主要地产经纪商艾伦兄弟商号，我了解到别墅是这家商号租出去的。这使我猛然产生一个想法，这件事不可能是为了愚弄我，最大的可能是为了逃避租金。现在正是三月末，马上就到了季度结账的时间了。不过，我的这种猜想没有落到实处，管理人对我的提醒表示感谢，他对我讲，该别墅的房租已提前付清了。之后，我进城去了一趟西班牙大使馆，而大使馆却不知道这个人。再接着，我又去找麦尔维尔，因为我是在他的家里与加西亚相识的。可我惊异地发现，他对加西亚的了解程度还不如我。最后，我收到您的回电，就过来找您帮忙了。之前我听说，您可以给陷入困境的人以最大的指导和帮助。不过，警长先生，从你进屋时说的话来看，我发现这件事还远没有结束，其中还有惨剧发生。后面的事由你接着往下说了。我可以郑重承诺我说的每一个字都是真的，而且除了我刚才讲述的以外，关于这个人的死，我是毫不知情的。现在我唯一的愿望就是尽我所能配合你们的调查。"

"我相信您所说的一切，司格特·艾克尔斯先生——您的话我相信。"葛莱森警长以友好的口气说道，"我跟您讲，您刚才说的各种情况，同我们所调查了解到的事实完全吻合。比如说，吃饭的时候送来一张便条。后来他将那张便条如何处理了，你关注到没有？"

"我关注到了。加西亚看完后，将它揉成一团扔到火里了。"

"对于这件事，你有什么需要补充的吗，贝尼斯先生？"福尔摩斯问葛莱森警长的同伴。

这位乡村侦探十分健壮，他的红脸盘上有两只炯炯有神的眼睛，这让他看起来很精明。听了福尔摩斯的话后，他微笑了一下，然后从口袋里取出一张折叠过的且已经变了颜色的纸片。

"福尔摩斯先生，由于有炉栅挡在炉子外面，所以，他没有将纸条完全扔进炉子里。我在炉子后面发现了这片没被烧焦的纸团。"

福尔摩斯微笑着表示了自己对这位乡村侦探的认可。

"你肯定很认真仔细地对那房子检查过，要不然不会找到这么一个小小纸团的。"

"嗯，是这样的，福尔摩斯先生。这是我做事的方式。我可以将上面的内容读出来吗，葛莱森先生？"

这位伦敦警官点点头。

这是一张普通的米色直纹纸，没有水印。纸条大约是一页纸的四分之一，是用短刃剪刀分两次剪开的，还能看出来被折过三次以上，然后用紫色蜡封好，蜡被匆忙抹上并用扁平的椭圆形东西压过。纸条的接收人是威斯特里亚公寓的加西亚先生。上面写着：

我们的颜色是白色和绿色。白色表示关，绿色表示开。主楼梯，第一过道，右边第七，绿色粗呢。希望如愿。D.

"可以看出来笔迹属于女人的字体，是用尖头钢笔写的。不过地址或者是用另外一支钢笔写的，或者就是另外一个人写的。你们看，地址的字体多么粗大。"

"真是让人费解的便条啊。"福尔摩斯快速浏览了一眼，"我一定得给你赞扬，贝尼斯先生，你的检查可真是细致啊，也许我可以再补充一点小小的细节，椭圆形的封印，可以肯定是一颗平面的袖扣——除了这种东西没有什么是这种形状的，另外，剪刀是折叠式指甲刀。所剪的两刀距离虽然很短，不过我还是可以很清楚地看见，两边都有相同的小弧度。"

这位乡村侦探又微微一笑。"我本以为我已经将这个便条研究得很透彻了呢，但现在看来，还是有些遗漏。"他说，"我承认，除了知道肯定有事，而且和往常一样，最终也一定会有女人牵扯其中外，我什么也不清楚。"

当这番讨论进行当中，司格特·艾克尔斯先生表现出心绪不宁的样子。"你能找到这张便条，我非常高兴，因为它验证了我所讲的事情。"他说，"不过，我求你们告诉我加西亚先生到底出了什么事了，他的住所又究竟是怎么回事，这些你们还没有讲呢。"

"加西亚嘛，"葛莱森说，"下场很清晰。今天早晨，他被发现在离他家大约一英里的奥克斯肖特空地上，不过人们发现的是他的尸体。他的头被沙袋或类似的东西袭击，被击打个稀巴烂，记住，不是刀伤，而是被重击碎了。那地方人烟稀少，四分之一英里方圆之内都没有人家。显而易见，肯定是有人从背后将他击倒的，而且行凶者将他打死之后还打了很久，可见其有多么残忍。整个过程罪犯没有留下任何足印以及其他线索。"

"是遭到抢劫了吗？"

"不是，没有被劫的迹象。"

"这太让人难受了……让人痛苦、让人恐惧。"司格特·艾克尔斯先生十分气愤地说，"不过让我大感不解的是，我的朋友深夜外出，竟遭到如此悲惨下场，可是与我一点关系也没有，我是如何被卷入到这个悲剧中的呢？"

"这不难解释，先生，"贝尼斯警长回答说，"你的来信是从死者身上找到的唯一的资料，信上说你会在死者遇害的那天晚上和他在一起。就是从这封来信上，我们才了解到死者的姓名和地址。今天早上九点之后，我们来到死者的居所时，房子已经空无一人，你也离开了。我一面发电报通知葛莱森先生在伦敦跟踪你，一面对威斯特里亚寓所进行了检查。后来我进了城，和葛莱森先生会合后，就一起到这儿来了。"

"我认为，目前应该公事公办，"葛莱森先生说着站了起来，"司格特·艾克尔斯先生，你要随我到警局走一趟，将你的证词写出来。"

"这自然没问题，我立刻就去。不过，福尔摩斯先生，我仍然需要您的帮助，我恳求您发挥全力弄清楚这件离奇的事情。"

福尔摩斯转过身，望向那位乡村侦探。

"同你合作，您不会拒绝我这个要求吧，贝尼斯先生？"

"怎么会呢，先生，我倍感荣幸啊！"

"从你的所作所为来看，你做事果断缜密，有条有理。我想问一下，有没有线索证明死者遇害的具体时间？"

"一点钟以后他一直在那里，当时天飘着雨，因此我认定他是在下雨之前死的。"

"不对，贝尼斯先生，这怎么可能呢？"我们的当事人惊叫了起来，"我可以证明，就在那个时候，他在我的卧室门口正和我说话呢，而我不会听错他的声音。”

“是很奇怪，不过绝不是没这个可能。”福尔摩斯微笑着说。

“你有不同的意见？”葛莱森问道。

“虽然这个案件表现出了某些与众不同的特点，可是从表面来看，它并不算多复杂。在我将我最后的观点抖落出来之前，我需要了解更多的事实。贝尼斯先生，你对房子进行检查的时候，除了发现那张便条，有没有发现另外的让你感到蹊跷的东西呢？”

这位侦探将惊讶的眼神投向福尔摩斯。“有的，”他说，“还真有那么一两样让我感到蹊跷的东西。等我在警察局将事情办好后，麻烦您出来一下，看看那些让人感到奇怪的东西，并说说对它们的看法。”

“很愿意听您的吩咐。”夏洛克·福尔摩斯按了按铃叫来了赫德森太太，“赫德森太太，替我送先生们出去，麻烦你吩咐那个男孩去发这封电报，让他先付五先令的回电费。”

在我们的来访者们离去后，我和福尔摩斯沉默无语地呆坐着。福尔摩斯用力地抽着烟，锐利的眼睛上方双眉紧锁。他看向前方，脸上显示出他那特有的专注想事情的神情。

“哎，华生，”他突然转身问我，“你怎么看这件事？”

“我无法解释司格特·艾克尔斯先生的离奇经历。”

“对于这桩罪行呢？”

“哦，那位男子的同伴们失踪了，联想到此，我认为他们和这起谋杀有关系，或许畏罪潜逃了。”

“我不否认有这个可能，不过，你得承认，从表面看，他的两个仆人合伙谋害他，而且是在他有客人到访的那个晚上进行，这很难让人理解。那个星期，除了当天以外，其余几天，他一直都是自己一人，他们可以想怎么做就怎么做啊。”

“可是他们为什么要逃跑呢？”

“这正是问题的关键，是啊，他们为什么要逃跑呢？其中一定有重大情况。另一个重要情况就是我们的当事人司格特·艾克尔斯的那段不被人理解的经历。现在，亲爱的华生，要合理解释这两种奇特的情况，是不是超出了一般人的智力呢？假如能做出一种解释，也能说明那张内容让人费解的神秘便条，那么，把这种解释作为一种暂时的假设也有其积极意义的。假如我们了解到的新情况与这场阴谋完全相吻合，那么，慢慢地，我们的假设就可以被证实了。"

"能告诉我，这个假设是什么吗？"

福尔摩斯将身体后靠在椅背上，眼睛似开似闭。

"你不得不承认，华生，我亲爱的朋友，恶作剧的想法是解释不通的。从这件事的后果看得出来这件事问题很严重，而且很让人生疑。把司格特·艾克尔斯骗到威斯特里亚寓所去肯定与这件事有一定的关系。"

"哦，是什么关系呢？"

"我们可以慢慢来推敲。从表面上看，这个年轻的西班牙人与司格特·艾克尔斯之间的结识和交往有些让人奇怪。前者明显加快了步伐，这可以从他初次见到艾克尔斯的当天，就到伦敦的另一头去拜访艾克尔斯看得出来，而且还同对方保持着密切往来，甚至后来还把他邀请到厄榭去。这就不由得让我猜疑，他这样对待艾克尔斯是为了什么呢？艾克尔斯又能给他提供什么帮助呢？我从艾克尔斯身上看不出他有什么过人之处。他并不是特别聪明——不太可能同一个聪明的拉丁人谈得来。既然这样，加西亚又为什么在众多熟悉的人中选中了他呢，而他又有哪些条件特别符合加西亚的要求呢？他有什么与众不同的品质吗？我认为他还真的有。他是一个传统的、受人尊敬的英国人，是一个可以给另外一个英国人留下深刻印象的人。你当时也在，虽然他的供述不是那么无懈可击，不过两位警长谁也没对他的供词提出质疑。"

"可是，他能够证明什么呢？"

"就现在了解的情况来说，什么也证明不了。不过，假如是另外一种情况，他就能够证明一切。我对此事就持这个观点。"

"我知道了，能够证明当时他不在犯罪现场。"

"确实如此，亲爱的华生，他或许就是需要有人证明他当时不在现场。为了便于讨论，我们先认为威斯特里亚寓所的主仆几人是某种阴谋的共同策划者。无论是出于什么目的，我们都可以假设他们准备在一点钟以前做某种勾当。他们在时间上做了手脚，情形极有可能是这样：他们让艾克尔斯去休息的时候，要比艾克尔斯认为的时间早些。再具体点说，当加西亚去告诉艾克尔斯已经一点钟的时候，或许实际上还没有到十二点钟。假设加西亚可以在这"多出"的时间内搞定那个勾当，并回到自己的房子，那么，显而易见，他能够对任何控告都做出强有力的回应。就因为我们这位值得人信赖的英国人，他可以在任何法庭上宣誓说被告在那个时间里始终没有离开。这是能够摆脱最糟情况的最好法宝之一。"

"哦，我明白了。可使其他的人都消失了，这又是怎么回事呢？"

"到目前为止，我还有一些情况没有掌握，不过我想没有不可战胜的困难。我在想，凭眼前这些材料来看，我们的推断可能是错误的。你会发现我们在不自觉的情况下错误地利用了这些材料，使其符合自己的理论。"

"纸条内容又该怎么看呢？"

"如何解释这个呢？'我们的颜色是白色和绿色。'听起来就像赛马。'绿色代表开，白色代表关。'可猜出这是信号。'主楼梯，第一过道，右边第七，绿色粗呢。'可猜出这代表了地点。可能我们最终会发现一个有着强烈猜疑心的丈夫。显而易见，这是一次危险的寻找，要不然的话，她就不会说'往如愿'了。'D'——这应当是领路人。"

"由于这名男子是西班牙人，所以我认为'D'代表 Dolores，这是西班牙一个十分常见的女性名字。"我推测道。

"不错，华生，不错——可是这个假设不成立。西班牙人之间写信，理所应当用西班牙语啊。我猜写这个便条的一定是英国人。就这样吧，我们还是耐心等那位很牛气的警长回来吧。我们要感谢我们的好运气，由于这个便条，我们乏味的几个钟头在充满趣味中过去了。"

萨里警官还没有返回来，福尔摩斯就已经收到回电。福尔摩斯看了回电后，正要用笔记本夹好它，忽然看见我期盼的神情，于是笑着将回电扔给我。

"与我们打交道的都是一些社会名流啊！"他说。

电报上面列了一些人名和住址：

哈林比爵士，居住地址丁格尔；乔治·弗利奥特先生，居住地址奥克斯肖特塔楼；治安官海尼斯·海尼斯爵士，居住地址帕地普雷斯；杰姆斯·巴克·威廉斯先生，居住地址顿赫尔；亨德森先生，居住地址海盖布尔；约舒亚·斯通牧师，居住地址内特瓦尔斯林。

　　"可以看得出来，我们的活动范围被圈定了，"福尔摩斯说，"可以猜得出来，聪明的贝尼斯已经采用了某种类似的计划。"

　　"我有些糊涂。"

　　"上帝呀，我亲爱的朋友，事情已经较为清晰了——加西亚吃饭时收到的便条应该指示的是一次约会或指定的地点。再假设一下，要是便条表面的意思正确无误，那么，为了赴约，那人需要爬上主楼梯，在走廊寻找第七个房门，可以推想，房子肯定很大。另外，我们还可以推测出，这所房子到奥克斯肖特不应该超过一两英里，因为加西亚是朝那个方向去的。而且，再根据之前那些事实，加亚西本希望及时返回到威斯特里亚寓所，以便给人留下他不在犯罪现场的印象，而这个时间结点是一点钟以前。奥克斯肖特附近的大房子为数不多，我决定简单处理，把电报发给司格特·艾克尔斯给我们讲的那几个代理商。他们的姓名都在这封回电里，而我们要找的目标就在这些繁多的名单中。"

　　我们和贝尼斯警长一同来到厄榭美丽的萨里村，到达的时间接近六点钟了。

　　在那里，我和福尔摩斯享用了晚餐，并且在布尔寻找到一个舒服的住所。最后，我们又和这位侦探一起前去访问威斯特里亚寓所。那是一个天色灰暗、冷风吹脸的三月的夜里，寒风刮过，细雨飘来……当我们在这片荒凉的空地上疾步而行，走向那个让人悲戚之地时，这种天气和这种情景很是合拍。

圣佩德罗之虎

　　我们穿过几英里阴冷且凄凉的路之后，终于来到一个很高大的木门前，木门后是一条黑黝黝的栗树林荫道。这条黑漆且弯曲的道路的一端是一栋低矮黑暗的房子，在青石板色夜空的映衬下，显得幽暗漆黑，只有大门左边的窗口有那么一丝微弱的光透出来。

"有值班警察在里面。"贝尼斯说，"我敲窗子让他开门。"说着他走过草坪来到窗前，用手轻敲窗玻璃。我隐隐约约发现玻璃后面一个人从火旁的椅子上惊吓似的跳了起来，同时听见屋里传来一声尖叫。工夫不大，一个脸色苍白、气喘吁吁的警察将门打开了，我发现他手里的蜡烛随着他发抖的手不停地摇晃。

"发生了什么事，瓦尔特斯？"贝尼斯高声问道。

这个警察掏出手绢擦了擦前额，同时长长呼一口气。"是您啊，我真高兴，先生。在这漫长的黑夜，我想我的胆量真是不如原来了。"

"说什么你的胆量，瓦尔特斯？我没想到你还有胆量。"

"不是呀，先生，在这个死气沉沉的屋子里，厨房有那么一个奇怪的东西，您刚才敲窗子，我还以为那个奇怪的东西又来了。"

"奇怪的东西，什么奇怪的东西？"

"在我的认知里面，我感觉那是一个鬼，先生。刚才还在窗户上。"

"在窗户上，什么东西，什么时候？"

"有两小时了吧，那时光线逐渐灰暗了，我正坐在椅子上看书。我不知因为什么抬起头就发现了那个不知道是什么的东西，我看见外面一张脸透过下面的窗玻璃看着我。上帝啊，那是多让人恐惧的一张脸啊！那只会在我的梦魇里出现。"

"呸！呸！瓦尔特斯，你要知道你是名警察，这话可不该你说，你是警察啊！"

"我明白，先生，我是警察我自然知道，可是确实是把我吓坏了，不承认是没用的。先生，那张脸不是黑色也不是白色，我也说不清到底是什么颜色，反正是一种非常奇怪的颜色，就好像泥土里溅上了牛奶。那个脸很大，差不多有您的两个脸那么大，先生。还有啊，那两只瞪得大大的眼睛，像要冒出来似的；龇着一口大白牙，那模样像极了一只饥饿的野兽。我对您说吧，先生，当时我吓得手指头都无法动弹了，也呼吸不了了，一直到它突然消失。我跑出去，并穿过灌木林查看，感谢上帝，我什么也没有发现。"

"要是我不了解你，知道你是个好人，瓦尔特斯，仅仅就这件事，我都要给你记上不光彩的一笔。即使世上真的有鬼，那么，一个值勤警官也绝对应当感谢上帝，因为鬼没有碰他。在我看来，那只是你的一种视觉和神经错觉，是吧？"

"弄明白它其实很简单。"福尔摩斯说着，同时将他的袖珍小灯点燃。"是的，"他在对草地迅速检查过后，说道，"这个东西穿的是十二号鞋。根据他脚的大小来看，他应该个子很高才对。"

"他去了哪里？"

"好像是穿过灌木丛，朝大路方向跑去了。"

"就这样吧，"那位警长神情郑重地说，"先不要想他了，也不管他想干什么，既然他已经离开了，我们还有更急的事情要办。福尔摩斯先生，要是您没意见，我带您看看这所房子。"

我们对每个卧室和起居室进行了仔细的检查，结果没有什么收获。显然，房客们随身携带的东西很少，也许可以说没带什么东西。所有家具甚至小的东西，都应该是原先留下的。很多衣服上都有马克斯和高霍尔本公司的标记。我们曾发电报就此事问过马克斯，结果表明他除了知道他的顾客付账爽快外，对其他的事情一概不知。遗落下来的个人物品只是一些零碎东西，有：几个烟斗，几本小说，其中有两本是西班牙文的，还有一支老式左轮手枪及一把吉他。

"这里没什么好检查的。"贝尼斯说，随后手拿蜡烛大步从一个房间进入另一个房间。"不过厨房是有看头的，福尔摩斯先生，我现在带您去看看厨房。"

这所房子的后面就是厨房，里面昏暗，天花板很高，靠着一个角落里有一个草铺，很显然那应该是厨师的床铺。一张餐桌上堆满了未洗的盘子和碟子，还有昨天晚餐留下的残汤剩饭。

"来瞧瞧这个，"贝尼斯说，"能告诉我这是个什么东西吗？"

他将手中的蜡烛举了起来，照在碗柜后面一件奇怪的东西上。那件东西表面满是褶皱，而且干瘪枯萎，不知道具体是做什么用的。只能说它是黑色的，材质为某种皮，有点像侏儒人的形状。我刚看它的时候，还以为是干瘪了的黑种小孩；不过仔细再看，又像扭曲变形的老猴。看到后来，我还是没有弄明白那是个什么东西，不知是动物还是人。这个物件中间挂着两串白色贝壳。

"有点意思——有意思，真是有意思！"福尔摩斯说，眼睛一直注视着这件令人费解的遗骸，"还有其他的东西吗？"

贝尼斯没有吱声却把我们引到洗涤槽前面，他将蜡烛朝前照。只见洗涤槽里面有一种白色大鸟的鸟翼和已经被撕成碎片的躯体，上面还残留着羽毛，可以想象出当时的情景很残忍。乱七八糟的东西堆满了一槽子，真是残忍啊！

福尔摩斯指了指已被切断的鸟头上的肉垂。"这是一只白公鸡，"他说，"很有些意思！真是一桩奇案。"

没有受我们的影响，贝尼斯先生还是把那不祥的展示坚持到最后。他从洗涤槽下面拉出来一个装满血的铝桶，然后又从桌上取来一个大浅盘，浅盘中放着一些被烧焦的碎骨头。

"应该是将什么杀死了，然后又烧了。我们把所有的东西从火里扒出来。今天早上我将一名医生请来检验，他检查后告诉我那不是人骨头。"

福尔摩斯微微一笑，同时搓了搓手。"恭贺你，警长，你处理了一件与众不同且非常有启发性的案件。说句可能惹你不高兴的话，就你的能力，你还没有得到让它大放光彩的机会。"

一听这话，贝尼斯警长的两只小眼睛顿时闪出喜悦的光芒。"正如您所说，福尔摩斯先生。现在，我的事业没有什么起色。我认为这样的案件可以给我带来机会。我希望我能抓住这次机会。哦，回归正题，这些骨头您如何看？"

"我认为这是一只羔羊，或者是小山羊。"

"那么，白公鸡呢？"

"很让人费解，贝尼斯先生，实话实说，很令人奇怪，可以说这是极为罕见的。"

"不错，先生。这里住的都是一些奇怪的人，做事方式也不同寻常。其中一个死了，难道是他的同伴跟在后面谋害了他？假如真是他们干的，他们肯定是逃不了的，因为我们监控了每个港口。就案件本身，我本人看法与您有些差异。是的，先生，我本人的看法与您相差很大。"

"哦，你有想法了？"

"我要单独行动，福尔摩斯先生。我这样做的目的是挣得独属于我自己的荣誉。您已经成名了，我也要努力使自己成名。以后，我就会自豪地对别人讲，没有福尔摩斯的帮助，我也成功侦破了案件。"

福尔摩斯会心地笑了。"没问题的，警长，"他说，"你放开你的想法大胆地走你的阳关道，而我继续走我的独木桥。假如你想分享我的调查成果的话，我随时给你。我想，这房子里，该看的都已经看过了。我想去其他的地方转转，或许会有新发现，再见，祝你好运！"

根据对许多细微迹象的察觉，我感到福尔摩斯已经发现了线索，而其他人则还处于茫然之中。对一个不细心的观察者来说，福尔摩斯和之前一样表情淡漠，可是，我通过他那炯炯有神的眼睛和轻快的举止，发现他那正在抑制着的热情和紧张的情绪，我断定他肯定发现了新线索。按他的习惯，他什么也不说；照我的习惯，我也什么也不问，只是和他一起参与其中，为抓捕罪犯尽我的一点儿力量。我不要插话打扰他思考，分散他的注意力，对于能够这样我已是心满意足了。到时候，我自然会知道我所要知道的一切。

因此，我选择沉默等待……可是，现实让我感到了失望，我白白等待了，一天天过去了，福尔摩斯的调查毫无进展。他在城里度过了一个上午，我不经意获知，他去过大英博物馆了。除这次外出之外，他整天自己一人散步，或者就和村里爱讲闲话的人聊天，是他主动和这些人开始说闲话的。

"华生，在我看来，在乡间住一个星期，对你来说是很有好处的，你应该珍惜这种机会。"他说道，"又一次看见树篱上的嫩芽和榛树上的花序，真是让人心里舒服。带把小锄、一只铁盒子，哦，别忘了再带上一本植物学初级读本，就可以度过这段美好的时光了。"他自己带着这套装备出去了，可是带回来的植物则不值得一提，而这些东西是在晚上带回来的。

有几次在我们散步聊天的时候，碰见了贝尼斯警长。笑容在他那张又胖又红的脸上绽放，他跟福尔摩斯招呼时，一对小眼睛发射出亮晶晶的神采。他很少谈起案子，不过从他谈的那点情况来看，我们察觉到他对调查的进展比较满意。可是，我不得不承认，案发五天后，当我打开晨报看见下面的大字标题时，我不免还是被吓了一大跳：

成功告破奥克斯肖特谜案，疑犯已被捕

我读出这个标题时，福尔摩斯一下子从椅子上跳了起来，就好像被什么刺了一下。"上帝啊！"他喊道，"你该不是说贝尼斯已经抓住那个罪犯了吧？"

"意思很清晰。"我说后，接着念了以下的报道：

"昨晚夜里，在知道奥克斯肖特谋杀案有关凶犯已经被抓捕后，厄榭及其邻近地区的人们反应强烈。大家不会忘记威斯特里亚寓所的加西亚先生尸陈奥克斯肖特空地，身上留有残暴袭击的痕迹，就在案发当晚，他的仆人和厨师不知所踪，这预示着他们与这一犯罪案件关系密切。有人提出——不过尚没有证实——死者或许在他的住所放有贵重财物，谋财是他们谋杀主人的主要目的。本案负责人——贝尼斯警长仔细勘察，最终确定了逃犯的藏匿之地。警长有充分的理由证明逃犯并没有藏匿多远，只是藏在事先准备好的藏身地。不过，狡兔三窟，总归逃不脱，他们最终将被捕获。据曾经透过窗户见过厨师的一两个商人证明说，厨师的模样很让人难忘，那是个身材高大、相貌其丑无比的混血儿，具有显著的黑种人的土黄色的面目。在犯下罪行后，有人还见到这个人，原来当晚这人胆大包天，居然又返回威斯特里亚寓所，被警官瓦尔特斯发现并追踪。在贝尼斯警长看来，此人重新返回来一定是有原因的，从而断定他可能还会重新光顾的，于是他们离开房子，在灌木林中埋伏下来。果然此人中了圈套，在经过一场搏斗后，这个混血厨师终于被抓获，唐宁警官被暴徒咬伤，而且伤势很重。我们知道，在罪犯被带到地方法官面前时，警方将要求押回重审。希望这个嫌疑犯的被捕会有助于这个案件尽快取得重大突破。"

"现在我们必须立刻去见贝尼斯。"福尔摩斯喊道,同时快速拿起帽子,"在他出发前,我们要将他拦下。"我们急急忙忙赶到乡村小路上,没有出我们所想,贝尼斯警长刚要离开他的住所。

"报道您看了吧,福尔摩斯先生?"他问道,然后将一份报纸递给我们。

"不错,贝尼斯先生,我确实已经看过了。可是我要好心给你提出告诫,希望你不要有什么想法。"

"您要告诫我什么,福尔摩斯先生?"

"我认真对这个案件进行了研究,我敢确定你采取的路线不对。我不想让你继续沿着错误的道路走下去,除非你确保万无一失。"

"对于您的好意我心领了,福尔摩斯先生。"

"我向你保证,我这样做是为了你。"

我察觉到贝尼斯先生的一只小眼睛快速眨动了一下。

"我们不是已经说好了吗,各走各的路,福尔摩斯先生,我正在按照我的想法进行调查。"

"啊,不错,"福尔摩斯说,"不要多想。"

"不会的,先生,我认为您肯定是为了我着想的,不过,我们都有自己的方法,福尔摩斯先生,您有您的调查办法,而我呢也将坚持我自己的想法。"

"好了,我们不去说这事了。"

"欢迎您分享我给您带来的消息。这家伙是个慢性十足,壮实得如同匹拖车的马,凶残得像个恶魔。在搏斗中,他差点儿咬断了唐宁警察的大拇指。他一句英文也不会说,除了嘟哝声之外,他无法给我们提供任何线索。"

"在你看来,是他谋杀了他主人吗,你有什么证据?"

"我并没有如此断言,福尔摩斯先生,我没有下这个断言;我们都有自己的方法,您按照您的方法来,我照我的方法来,这是协议。"

福尔摩斯耸了耸肩,然后我们就离开了。

"我真不理解这个人,好像他骑马就是为了摔下来。既然这样,就按照他认定的吧,试试自己的方法,看结果怎么样。贝尼斯警长身上有些东西还真让人不可理喻。"我说道。

"来，华生，坐在椅子上。"当我们返回到布尔的寓所时，夏洛克·福尔摩斯说，"我给你讲讲我的推理情况，因为今晚我或许需要你出手帮助我。据我了解的情况，我把案件的缘由给你讲讲。虽然案情本身并不复杂，不过如何实施抓捕仍是有很大的难度。这条线索还有一些漏洞，需要我们去完善它。

"让我们从加西亚遇害当晚收到的那个便条开始，至于贝尼斯认定加西亚的仆人与此案有关的这一想法，我们先不去理它。这样做的理由是：是加西亚邀请司格特·艾克尔斯到那里的，这就告诉我们加西亚此举的目的是为了让司格特证明他不在犯罪现场。显而易见，是加西亚有预谋，而且是犯罪的预谋，可是他万万没有想到的是，犯罪没有完成，自己却送了命。我说'犯罪'，那是因为，只有当一个人预谋犯罪时，他内心才会产生制造不在犯罪现场的念头。那么，谁杀了他呢？可以想到应该是他要杀的那个人。到现在为止，我觉得我的推理是站得住脚的。

"这样，我们可以找到加西亚的仆人不知所踪的原因了。在这起奇怪案件中，他们是一丘之貉。假如加西亚作案成功，顺利返回，那么，有那个英国人的作证，警方就会排除对他的怀疑和指正，一切都会像他们想象的那样。但是，这一尝试是危险的。要是加西亚到了一定的时间还回不来，那就代表着行动失败，凶多吉少了。因此，事情是这样安排的：假如那样，他的两个同谋就会按照事先的计划躲到安排好的地方，逃避搜查，之后等风波过后再继续行动。这说明了全部的情况，不是这样吗？"

原先那团看似乱麻的事情似乎已被理出了头绪。和以前一样，令我感到不解的是，为什么之前我就看不出来呢？

"可是，一个仆人为什么还要返回来呢？"我问道。

"我们可以推想出来，仆人逃跑的时候肯定匆匆忙忙，他一定是遗漏了某件珍贵的东西，这件东西他无法割舍。这则证明了他的执著，难道不是吗？"

"好，那接下来呢？"

"我们再回头看看加西亚吃晚饭时收到的那张便条，这张便条告诉我们，另一头肯定还有一个同谋。那么，这个另一头是谁呢？之前我已经跟你讲过，他只能在某个大宅里，而这里的大住宅则是很有限的。到村里来的前几天，我一直在散步，进行我的植物研究，趁这个时间，我对所有的大宅进行了查访，同时还调查了住宅主人的家史。最终我的注意力被一家吸引了。这家就是海盖布尔有名的詹姆斯老庄园，它离奥克斯肖特河只有一英里，距案发现场不到半英里。除了它，其他宅第的主人都很普通却让人敬重，与传奇生活没有丝毫的关系。据大家说，海盖布尔的亨德森先生是个很古怪的人，要是他做出什么稀奇古怪的事来，大家都觉得很正常，因此，我就把注意力都集中在他以及他的家人身上。

"他们一家是一群怪人，而他本人则是他们家中最古怪的那个，华生，我想出一个看起来十分合理的理由前去见他。不过，从他那双深陷、沉思着的眼睛里我察觉到，我的真正来意根本没有瞒住他。他的年龄在五十岁左右，身强体壮，富有活力，有一头浅灰色的头发，两道浓眉紧拧，步伐快捷矫健有力，气势逼人，但也看得出来凶残、专横的影子。他那白色的面孔背后，有一种狂热的精神在蛰伏。他或者是外国人，或者就是在热带长期生活过，因为他面色蜡黄，面容枯槁，可是却坚如鞭绳。他的朋友兼秘书是个被称为卢卡斯的人，很明显看出他是个外国人，皮肤呈深棕色，城府很深，做事鬼鬼祟祟，谈吐听起来好像事事在理。你看，华生，我们已经接触到了两伙外国人，一伙在威斯特里亚寓所，另一伙就是生活在海盖布尔的这群怪人，因此，我们的缺口在慢慢合起来。

"有两个人关系十分密切，他们是全家的中心。不过，对于这个案子来说，另一个人却显然比他们更重要。亨德森有两个女儿，小女儿十一岁，大女儿十三岁。伯内特小姐负责她们的家庭教育，她是个四十来岁的英国人。此外，还有一个男仆，那是男主人的心腹。这个家庭就是由这个小群体组成的，他们经常一同旅行。亨德森先生喜好旅行，经常出去旅行。他有一年时间没有生活在这里，前几个星期才旅行归来。这里我要说的是，他很富有，只要是他想要的东西，他都可以毫不费力地得到。其他的情况是，他家里还有很多管事、听差、女仆，以及英国乡村宅第里一群只知道享受生活的人。

"这些情况，有一部分是我从与村民的聊天中获取到的，有一部分则是我自己观察出的结果。最好的人证，应属于那个被他辞退而满怀怨恨的仆人了，而我则幸运地找到他了。说是幸运，不过要不是我出去找，我想好运气也不会主动找上我的。正像贝尼斯所说，我们都有各自的办法。我正是通过我的方法，找到了海盖布尔原先的花匠约翰·瓦纳。他专横的主人在生气之下将他辞退了。然而，他家的仆人有些和他是朋友，他们虽然害怕和憎恨他们的主人，可是他们还是选择与他站在了同一条战线上。正因为如此，我得以发现了打开秘密之门的钥匙。

"他们可真是奇怪得很，华生！我并不是说我弄清了全部情况，不过他们实在透着古怪。他们两边有房的宅邸，仆人住一边，而另一边住着主人。除了亨德森本人的贴身仆人负责给全家开饭之外，这两边平时没有什么联系。每件东西都需要拿到指定的门口，这可能是他们唯一的联系。女教师和两个孩子从来不出门，花园是她们唯一可以玩耍的地方。亨德森从来不独自一人散步。他与他那位皮肤黝黑的秘书寸步不离。仆人中有人说，他们的主人对一种东西十分恐惧。'为了钱，他将自己的灵魂出卖给了魔鬼，'瓦纳说，'就等着债主来要他的命了。'他们是从哪里搬过来的，又是些什么人，没人能说得清。不过他们很凶残。亨德森曾两次用他的打狗鞭抽人，而他那鼓鼓的钱包和高额的赔偿金让他免于被官司烦扰。

"就到这里了，华生，现在让我们根据这一新的情报重新做一些我们的判断。我们可以假设一下：那封信是从这家发出的，要加西亚去执行一项已经订好的任务。信是谁写的呢？是这个家中某个人写的，而且此人为女性。那么，这个人不是女教师伯内特小姐，又会是谁呢？你看我们的全部推理好像都指向这个方面。不管怎么样，我们把它看作是一种设想，看它会将我们引到哪里。补充一下，由伯内特小姐的年纪和性格来看，我最开始认为这件事里面或许夹杂着桃色事件的看法一定有误。

"假如信出自她手，她作为加西亚的朋友和同谋是极有可能的。既然这样，当她听到他的死讯时，她会采取什么应对措施呢？假如他是在进行恶毒的阴谋时遭到迫害的，那么她一定会闭口不言的。不过，她的内心一定会痛恨那些凶手，并会努力找机会为他报仇的。那么，我们可不可以去见她并设法利用她呢？这是我最开始的念头。不过从现在看来，现实很残酷。自从那天晚上这件凶杀案发生了以后，到目前为止还没有人见过伯内特小姐。从那天晚上起，她就好像人间蒸发了。她还活着吗？可能她和她所使唤的朋友一样，是不是在同一天晚上也遭到杀害？再或者，她只不过是个罪犯？这点需要我们想办法确定。

"华生，你会明显地感受到我们的无奈，我们没有充足的理由对那里进行搜查。假如把我们的计划拿给地方法官看，他肯定会耻笑我们的做法。一个女人的失踪能够说明什么？因为在那样一个奇特的家庭，一周之内有可能见不到任何一个人。她此刻可能有生命危险，但我们似乎无能为力，所能做的就是让我的代理人瓦纳去监视这所房子。我们尽可能不让这种情形继续下去。要是法律实在无能为力，我们只好冒些风险采取行动了。"

"你有什么计划？"

"我已经了解到，可以从外屋的屋顶进入她的房间。我的计划是我们今晚采取行动，让我们击中这个古怪案件的要害。"

我不得不说，前景迷茫，不容我们乐观。那座充满杀机的老屋、奇怪可怕的居住者，还有我们即将采取的违法行为，所有这些合在一起，对我的热情是一种严重考验。不过，福尔摩斯的郑重，使我无法不以坚决的态度加入到他的冒险行动中。我们知道，只有这样才能解开我们心中的谜团。我默默地握住他的手。木已成舟，容不得我们后退。

但似乎命中注定我们的调查不用如此冒险。大约五点钟，三月的夜幕开始笼罩大地，一个兴奋的乡下人闯进我们的房间。

"他们离开了，福尔摩斯先生。他们乘最后一趟火车离开那里了。而那位女士逃脱了。我将她安顿在楼下马车里。"

"真是不错，瓦纳！"福尔摩斯叫道，同时跳了起来，"华生，我们的谜团很快就能解开了。"

"福尔摩斯先生，遵照您的嘱托，我一直看着大门。"我们的那位信使，那个被辞退的花匠说，"马车从院子里驶出来后，我就跟到了车站。她如同一个梦游者，可是当他们拉她上火车时，她却醒过来了，她奋力挣扎着。他们不顾她的反抗将她推进车厢，可是她又挣扎着跑了出来。我把她拉在一边，让她上了马车，我们就直奔这里了。当我带她离开时，我不会忘记车厢窗子里的那张脸。如果他追过来，我想我也无法生存多久了——那个黑眼睛、面色蜡黄带着狂怒神情的恶魔。"

我们将她扶上楼，扶着她躺在沙发上，然后给她喝下两杯浓咖啡，这很快使她从迷药的恍惚中清醒过来了。福尔摩斯将贝尼斯叫来。看见眼前的情景他很快明白了一切。

"哎呀，先生，我一直寻找的证据被您抢先一步了。"警长热情地说，并和我的朋友握手，"实际上，我们都依靠同一条线索。"

"什么？你也在找亨德森？"

"这很正常，福尔摩斯先生，当你在海盖布尔的灌木林丛中匍匐时，我正在庄园的一棵大树上俯视着你。事情的关键是谁先获得证据的问题。"

"你说说，你因为什么要抓那个混血儿？"

贝尼斯微微一笑。"我之前已经断定，那个自称为亨德森的人已经察觉到自己被怀疑了，我认为只要他认为自己深陷危险之中，就会选择隐蔽，而不会再采取什么行动。我故意错抓人，就是让他相信我们已经不再关注此事了，从而让他放松警惕。我知道，他极有可能会选择逃之夭夭的，这样就给了我们找到伯内特小姐的机会。"

福尔摩斯将手放在警长的肩上。"你会得到提升的，你很有天赋，对事情很敏锐。"他说。

贝尼斯十分兴奋，以至于看起来红光满面。"事先我已经派便衣守在车站一周了。海盖布尔那一家人无论去哪儿，都在便衣的监视之下。当伯内特小姐挣脱的时候，便衣肯定会及时出手的，不过，你的人先得手了，无论如何一切已经圆满结束。没有她的证词，我们无法抓人，这很清楚。因此，我们需要她的证词，而且越早越好。"

"她的精神逐渐在好转。"福尔摩斯看着女教师，然后转头说："贝尼斯，说说亨德森这个人到底有什么背景？"

"亨德森呀，"警长说，"与唐·默里罗同为一个人，曾被称为圣佩德罗之虎。"

"什么，圣佩德罗之虎！"听到名字，我马上想起了这个人的全部历史。他可以说得上是那些打着文明的幌子统治国家的暴君中最末等的人，为人卑鄙，性情残忍，口碑极差，可以说臭名昭著。他有强壮的身材，胆大包天，有着充沛的精力，而且诡计多端，曾残暴统治一个胆小怕事的民族长达十一二年。他的名字曾响彻整个中美洲，令人畏惧。在他残暴统治的后期，人们不堪忍受奋起反抗。可是，他一贯残忍狡猾，风吹草动之下，他就把他的财产偷偷转移到船上，指挥他忠诚的手下悄悄潜逃了。第二天，起义者攻进他的宫殿时，那里已是空无一人。这个残忍的独裁者，还有他的两个孩子、秘书都已经一起逃走了。从那时起，他就好像从人世间蒸发了。他本人则成了欧洲报纸上经常被提及的人物。

"不错，先生，圣佩德罗之虎就是唐·默里罗。"贝尼斯说，"假如您查一查，你就会发现圣佩德罗的旗帜是绿白相间，这与那封信上说的丝毫不差，福尔摩斯先生。虽然他自称亨德森，可是我追查了他的历史，从巴黎、罗马、马德里一直到巴塞罗那，1886 年他的船到达巴塞罗那。那些想复仇的人一直在寻找他。可是，直到最近人们才找到他。"

"就在一年前，他们发现了他。"伯内特小姐说。她已经坐了起来，正在认真地听着他们的谈话。"曾经有一次，他几乎丢了命，可是一种邪恶的幽灵庇护了他，让他逃过一劫。这次也一样，高尚仗义的加西亚丢了性命，而那个罪人却成功逃过一劫。但是，我们不会罢休，一次不行，再来一次，直到有一天正义得到伸张。这一点是确定无疑的，正如明天的太阳终将要升起一样。"她瘦小的双手紧紧握着，由于内心的仇恨，她那本已憔悴的脸越发显得苍白。

"不过，伯内特小姐，你能否告诉我你是如何参与其中的吗？"福尔摩斯问道，"一位英国女士如何被卷进这起谋杀案中的呢？"

"我之所以加入其中，是因为这个世界上实在没有别的途径让正义得到伸张。多年前，圣佩德罗惨案发生，这个人用船将抢劫来的财物运走，那时候英国的法律在哪里？对于你们来说，这些犯罪如同发生在别的星球上，可是我们却深刻感受到了。我们在悲痛和折磨中感知这一切。对于我们而言，地狱里也没有像朱安·默里罗这样的魔鬼。只要受害者仍然呼喊着要报仇，那他就一定会无法得到一刻的安宁。"

"显而易见，"福尔摩斯说，"他就是你口中的那种人，传闻说他很残忍。不过，你有什么遭遇呢？"

"我将我所知的情况全讲出来。这个魔鬼的办法就是：以这样或那样的借口，把一切有可能成为他危险对手的人都残忍地除掉。对了，维克多·都郎多夫人是我的原名，我的丈夫是驻伦敦的圣佩德罗使节。我们在伦敦结识、相恋。在我看来这个世上人格最高尚的人就是他。不幸的是，默里罗听说他是个十分出色的人物，于是以某种借口将他召了回去，并残忍地把他枪毙了。事先我丈夫预知到自己可能会遭到不幸，所以坚决不带我同往。我丈夫的财物也被贪污，我得到的是少得可怜的津贴以及一颗不完整的心。

"终于这个暴君被推下台了。正如你刚才说的，他逃之夭夭了。可是，他已经毁掉了许多人的生活，许多人的亲友和至爱在他手里受尽折磨而死，受到伤害的人自然不会放过这个恶魔。他们结成团体，发誓在没有任务完成之前，绝不将这个团体解散。当我们发现这个自称为亨德森的就是那个被推下台的暴君后，我的任务就是进入他家，给其他人提供他的行踪。只要保住在他家当女教师的位置，我就可以完成这一使命。他万万没想到，每顿饭都出现在他面前的这个向他微笑的女人的丈夫，正是被他召回并残忍杀害的那个人。我负责教育他的孩子，等待报仇的时机。在巴黎我们几乎将他的命夺去，可是功败垂成。他们便马上转移地方，跑遍欧洲，甩掉追踪的人，最后来到这里，他一到英国就将这幢房子买了下来。

"他没想到的是，这儿也有高尚公道的人，他们也在等待他。加西亚是原圣佩德罗达官贵族的儿子，当他知道默里罗即将返回这里时，他就和两名地位虽然卑下但却忠诚无比的伙伴等着他，出于一样的原因，这三个人心中都对这个恶魔充满着仇恨。加西亚白天无法行动，因为默里罗戒备心很强，防守严密，如果没有他的护卫卢卡斯守护在身边——此人在他腾达的时候叫洛佩斯——他肯定不会外出。不过，晚上他一个人睡，报仇的人可在这个时候下手。事发当天晚上，按照事先的计划，我给我的朋友送去最后的消息，由于这个恶魔时时刻刻在警惕，他不断地调换房间。我要保证让所有的房门都开着，同时在朝车路的那个窗口发出绿光或白光作为信号，传递一切顺利或者行动不宜现在进行，要往后延期的信息。

"可是，事情的发展对我们产生了不利。不知道从什么地方，洛佩斯，就是那个秘书，对我产生了疑心。我刚将信写完，他就悄悄从背后向我猛扑过来。他和他那个可恶的主人将我拽到我的房间，说我是个罪该万死的女叛徒。假如他们能做到杀人后可以安全无恙的话，他们早就当场用刀将我刺死了。最后，他们商量，都感觉将我当场杀死会引来大麻烦，于是我得以暂时安全。但是，他们决定要除掉加西亚。他们将我的嘴塞住，默里罗扭住我的胳膊，直到他从我这里得到了地址。我保证，要是我知道这对加西亚意味着什么，那么，他们可能早都把我的胳膊扭断了。洛佩斯在我的信上写上地址，然后用袖扣封上口，随后让仆人约塞将这封信送去。至于他们是怎样杀害加西亚的，我并不清楚，我只知道是默里罗亲手击倒他，因为洛佩斯被留下来看守我。

"据我所料，默里罗一定是在金雀花树丛里伏击加西亚的，因为那里有绵延的小径，等加西亚经过时猛扑出来袭击他。起初，他们计划将加西亚诱骗进屋来，然后将他当窃贼杀死。不过，他们讨论了一番，说要是他们被查问，他们的身份就会立即暴露，他们就会因此麻烦缠身。加西亚一死，追踪可能会因此停止，因为这样可以吓住别的一些人，迫使那些人停止对他们的追杀。

"假如不是我对他们的所作所为有所了解的话，他们现在都会安然无事。我很清楚，好几次我几乎都丢掉了性命。我被关在我的房子里，经受了他们最可怕的恐吓，他们对我施以残忍的手段以摧毁我的信念。你们瞧瞧我肩上的刀疤和手臂上一道道的伤痕，这都是他们赐给我的。有一次，我想在窗口喊叫，他们将一件东西塞进我嘴里。这种令人发指的监禁持续了五天，他们只给我一点点吃的，我几乎饿死。今天下午，他们给我送来了一顿丰盛的菜肴，可是我刚吃完，就察觉到他们竟然在饭菜里下了毒。我迷迷糊糊，像是在做梦，隐约记得我被他们推搡着进了马车，懵懵懂懂中我又被推上火车。就在车轮快要转动的时候，我的意识突然恢复了，我不能任由我的自由掌握在他们手中。我从车厢中跳了出来。他们想把我拖回去，如果不是这位好心人将我扶进一辆马车，我还会落到他们手中的。

感谢上帝，我终于逃出他们的魔掌了。"

我们都在认真仔细地听着这离奇的故事。最后福尔摩斯开口打破了沉默。

"到目前为止我们的困难还没有完结，"他说着摇摇头，"我们的侦查虽然结束了，可是我们的法律工作马上就要开始了。"

"是的，"我说，"一个巧舌如簧的律师可以将这次谋杀说成是自卫行动。在这样的背景下，他们可以犯上百次罪，不过，只有这件案子，才能将他们送上法庭受审。"

"不要那么悲观，不要悲观，"贝尼斯高兴地说，"我认为法律还是有作用的。自卫是一回事，而抱着蓄意谋杀的目的残酷地诱骗一个人，则要另当别论了，无论你担心会有什么样的危险。不，不，等我们在下一次的吉尔福德审判会上看到海盖布尔的那些房客时就可以得到证实了。"

可是，这个问题要归结为历史。圣佩德罗之虎落网，还需要假以时日。他和他的同伙是既狡猾又胆大的一群人，他们偷偷躲进埃德蒙顿大街的一个寓所，然后从后门溜了出去，来到了柯松广场，追捕他们的人就被他们这样给甩掉了。从那天以后，在英国，他们就消失在人们的视野中。大约半年之后，蒙塔尔法侯爵和他的秘书鲁利先生都被人杀害于马德里的艾斯库里饭店。最终这桩案子被断定为恐怖主义者所为，但是却一直没有抓到杀人犯。当贝尼斯警长再一次来到贝克大街见我们时，带来一张复印图像，图像显示：秘书是一个脸色黝黑的人，而他的主人则有着一副专横的面容和两道浓眉，黑眼睛富有神采。我们坚定地认为，被延迟的正义最终得到了伸张。

"这可以说是一桩令人感到迷茫的案件啊，亲爱的华生。"福尔摩斯吸着烟斗说道，"叙述这个案件你需要采用那种缜密的形式，要想让你满意，那是不太容易做到的。它跨越两洲，事关两群神秘的人，另外还有我们无比尊敬的朋友司格特·艾克尔斯的出现，让案情变得更加扑朔迷离。司格特深陷其中，向我们表明，死者加西亚有足够的智商，而且还有良好的自我保护意识。我们和这位让人肃然起敬的警长一起工作，在这样一团乱麻中，我们将案件的关键抓住了，沿着那条蜿蜒曲折的小路前进，并最终将那结果找到了，这就很让人佩服了。你还有什么不明白的地方吗？"

"那个混血儿厨师因为什么原因要返回来？"

"在我看来，厨房里那件怪东西可能是解决这个问题的关键。这个人是圣佩德罗原始森林里的土著人，那件怪东西可能是他的圣物。当他和其他人逃到准备好的安身之所时，那里已被人占了，很显然是他们的同伙——对，是他的同伴劝他把这件容易引火上身的东西丢掉。可是，这个混血儿的心始终系在那个怪东西上。所以，第二天，他就忍不住返了回来。当他在窗口往里查看情况时，发现了正在值班的瓦尔特斯警官。他一直苦等了三天，在虔诚之心或者说是迷恋的情况下，他又忍不住回来了一趟。贝尼斯警长平时就很灵通，曾在我面前看轻本案，同时也察觉到了案情的重要性，所以就又设了圈套让那个家伙自投罗网。还有哪些疑问，华生？"

"那只被撕得不成样子的鸟，那桶血，还有被烧得焦糊的骨头，那间古怪的厨房里所有神秘的东西又透着什么秘密呢？"

福尔摩斯微笑了一下，然后打开笔记本的一页，说道："我在大英博物馆查阅了一个上午的资料，对这点和其他的一些问题进行了研究。这是从艾克曼著的《伏都教和黑人宗教》一书中摘出来的一段话：

心诚的伏都教信徒不论做什么对他们来说重要的事情，都要向他们的神奉献祭品。在极为重要的情况下，这些仪式采取杀人奠祭，这是遵照食人肉的祭祀方式。不过通常的祭品则是一只白公鸡，它会被活活扯成碎片，一只黑羊也可以作为祭品。方法是将祭品割开喉咙，然后将它的躯体焚烧。

"由此来看，我们的野人朋友对这个仪式非常重视。这真是怪诞啊，华生。"福尔摩斯在说这些话的时候，将笔记本慢慢合上了，"不过，正如我有时所讲到的，从怪诞到可怕只有一步之遥。"

二　纸盒里的人耳朵

　　为了充分地说明我的朋友夏洛克·福尔摩斯那过人的智慧，需要选择几桩具有代表性的案子，我竭尽所能选择了那些最不引起轰动却最能展现他才智的案件。可是很让人为难的是，骇人听闻的事件和犯罪通常是联系在一起的。这一情况给记录者出了一道很大的难题：或者抛去那些关于他的叙述不可或缺的细节，从而给问题加上虚构的印象；或者就靠运气而不是选择所得的材料来说明了。在短短的开场白之后，我将给读者展现这一系列虽然恐怖却十分离奇的事件。

　　故事发生在八月的一天，气温极高，让人有些受不了，贝克街就像一个火炉，太阳的强光照在大街两面房子的黄色砖墙上，看一眼就觉得眼睛被灼痛。这情形不免让人不太相信这些砖墙在冬日的大雾中会显得那么朦胧暗淡。我们的百叶窗只拉下一半，我的朋友福尔摩斯在沙发上蜷缩成一团，拿着早晨邮差送来的信一遍又一遍地看。而我曾经在印度生活过，练就了一身怕冷不怕热的本领，温度计显示华氏九十度的时候也可以安然若素。晨报没什么意思。议会结束了，人人都出了城，我也打算去新福瑞斯特公园或者南海海滩去游玩一番，可是银行存款已经被我用尽，我只能把假日推迟。而福尔摩斯则对乡下和海边没有什么兴趣，他甘愿待在五百万人的正中心，将他的触角探到他们之中，锐敏地探索需要侦破案件的每一个谣传和还没有得到解决的犯罪案件。尽管他具备很多过人的才能，可是对大自然的欣赏能力却不具备，只有当他把注意力从城里的坏人身上转移到乡下的同伙时，他才肯到乡下去。

　　福尔摩斯沉默着，聚精会神地思考着，我则把没有意思的报纸扔在一边，靠在椅子上陷入冥想中。正在这时，福尔摩斯的声音突然将我从冥想中拉了出来。

　　"你是正确的，华生。"他说，"综合情况来看这是解决争执最不合理的一种办法。"

"什么，最不合理？"我大叫道，突然察觉到他与我灵魂深处思想的相通之处。我直起身来端坐在椅子上，有些迷茫地看着他。

"你到底在说些什么，福尔摩斯？"我喊道，"我可是一头雾水。"

看我一头雾水的样子，福尔摩斯哈哈大笑起来。"你记得，"他说，"时间没过去多久，我给你读过爱伦·坡的一段话，里面有一个人将他同伴隐藏在内心的想法逐一推理出来。你当时认为，这一切只不过是作者玩弄写作的技巧。我告诉你我也常有这样的习惯，你却怀疑我。"

"啊，没有的事！"

"华生，我亲爱的朋友，你嘴上说'没有'，可是我通过你的眉毛判断出你不相信。所以，当我看到你扔下报纸陷入冥想的时候，我很高兴，这让我得以解读你的思想并介入其中，证明你我之间内心有相通之处。"

不过我对这些话却无动于衷。"你给我读的那个例子中，"我说，"那个推论者是在他同伴的举动中获得的推断。假如我没记错，他的同伴是被一堆石子绊了一跤，然后抬头望着星星有所感悟。可是我却始终安静地坐在我的椅子上，这又能给你提供哪些线索呢？"

"那是你自己受失误的判断导引的原因。别人通过你的面貌了解你表达感情的方式，而你的面貌则告诉我你是忠实的仆人。"

"你是在说你是通过我的面部特点而洞悉了我的思想的吗？"

"你的面部特点，尤其是你的眼睛告诉了我很多。可能你并不知道你的想法是怎么开始的。"

"不错，我是不知道我的想法开始于什么时候。"

"既然这样，我告诉你。我的注意力是被你扔下了报纸这个动作吸引的。之后，你表情茫然无措地呆坐了约半分钟。紧接着，你将目光落在你最近配上镜框的戈登将军的照片上。就是从这个时候我从你面部表情的变化上觉察到你的思考开始了，不过思想没有跑多远。然后你的目光又转向还没有配镜框的亨利·华德·比彻的照片上，就是你放在书上的那张。接着，你又抬头看向墙，很显然你的意思很清楚，你在想，要是这张照片装上框子，刚好将墙上的空地盖住，还正好和那边戈登的照片相对应。"

"你的描述完全与我的思路吻合！"我惊呼道。

"即使到现在我也能跟上你的思路。你的思路又回到比彻上面去了。你盯着照片看，似乎想通过相貌特征对他的性格进行研究。然后，你的眼神变得有些涣散，不过你依旧还在看，依旧在思索着什么。你在回想比彻的战绩。我很确定，这样一来你就一定会联想到内战期间比彻代表北方所肩负的使命，因为我没有忘记，在你看来我们国家的一些刁民对他态度不友好，对此你表示强烈的愤慨。你对此事的感受是如此的强烈，由此我猜想得出，你一想到比彻肯定会联想到这些。过了一会儿，我看见你的目光从照片移开，我判断你的思路现在又转到内战。我看到你嘴唇紧紧合着，双眼熠熠发光，两手紧握，借此我断定你是在回想那场生死之战中双方表现出来的大无畏精神。随后，你一脸的悲愤之色，头轻轻地摇着。你的思想游离在悲伤、恐惧以及生命无谓牺牲的感慨之中。你的手伸向你的旧伤疤，嘴角微微颤动着，同时显出一丝的微笑，这告诉我，这种解决国际问题的可笑方法已经占据了你的思想。在这一点上，我支持你的看法：那是不合理的。我很惊喜地发现，我的所有推理都没有失误。"

"一点儿不错！"我说，"既然你都明白无误地讲出来了，所以我得承认，我和刚才一样惊讶。"

"华生，我亲爱的朋友，实话实说，这是十分浅显的。假如不是前几天你对我的话有所怀疑的话，我是不会潜入你的思考之中的。可是，我手里有一个小小的问题，想要解决它，肯定比我刚才在思维解释方面的小尝试更加不容易。报上有这样一则报道，说克罗伊登十字大街的库辛小姐收到一只盒子，里面装的东西非同一般，不知道你看到没有？"

"没有，我并没有看到。"

"啊！你肯定是没有注意。把报纸扔给我。在这儿，在金融栏目下面。烦请你高声将它声读出来。"

我拿起他扔过来的报纸，高声读了他指的那段，那段报道的标题是《可怕的包裹》。

苏珊·库辛小姐居住在克罗伊登十字大街。她是这次令人恶心的恶作

剧的受害者，除非可以证明此事另外还有其他阴谋。昨天下午两点的时候，邮递员给她送去一个小包裹，小包裹用牛皮纸包着，里面有一只硬纸盒，盒里满满的一盒粗盐。库辛小姐将粗盐倒掉，发现里面有两只人耳朵，看得出来这两只人耳朵刚刚割下来。她吓得惊慌失措。这只包裹是昨天早上从贝尔法斯特寄出的。没有标明是谁寄来的。更令人感到不解的是，库辛小姐已经年近五十，而且未婚，过着隐居生活，很少有人和她来往和通信，几乎不会收到包裹。在几年前，她居住在彭奇时，曾将几个房间租于三个医学院学生。后来由于这些医学院学生过于吵闹，再加上生活又不规律，因此她叫他们搬走了。警方由此判断，对库辛小姐的这一粗暴行径，极有可能来自于这三名青年。他们抱着怨恨的心理，将解剖室的遗物邮寄给她，目的是想恐吓一下。警察的判断的依据来自于：这些青年中有一名是爱尔兰北部人，从库辛小姐那儿了解到，此人是贝尔法斯特人。目前这一事件正在积极调查之中。此案的负责人是聪明的警官雷斯垂德先生。

"《每日记事》报上就报道了这么多。"在我读完报纸后，福尔摩斯说。

"谈一谈我们的朋友雷斯垂德。今天早晨我收到他写给我的一封便条，内容是：在我看来，您对此案将会有所帮助。我们正在努力揭露真相，不过进展稍显缓慢。当然，我们已经发电报到贝尔法斯特邮局。可是由于当天邮寄包裹很多，已经无法辨认或者回忆出寄件人。盒子原本是用来装半磅甘露烟草的，这个信息无助于我们破案工作。医学院学生之说据我判断可能性最大，假如您能抽出几个小时见见我，我会十分高兴的。我不在家就在警局。"

"你认为如何，华生？可不可以顶着炎热跟我到克罗伊登走一趟，这将可以为你的记事本增加一页内容。"

"我正琢磨找些什么做呢。"

"嗯，这不就有事可做了嘛。按铃，让他们把我们的靴子拿来，另外去召唤一辆马车来。我换好衣服，将烟盒填满，很快就来。"

在我们登上火车后，一阵雨突如其来。克罗伊登没有像城里那样炎热得使人受不了。由于福尔摩斯事先拍了电报，因此雷斯垂德已经在车站候着我们了。像往常一样他穿得很整洁利索，侦探派头十足，整个人看上去很精神。步行了五分钟后，我们出现在库辛小姐住的十字大街。这条街道狭长，街旁是两层砖房，整个街貌清洁而整齐。在泛白的石阶上，系着围裙的妇女三三俩俩聚在门口说着话。

在走过一半街道时，雷斯垂德停下脚步来到一栋房屋前敲门。一个年轻女仆开了门。进入到屋子后，我们看见库辛小姐坐在那里。她慈眉善目，面貌温和，灰色的卷发垂落在两鬓。一只没有绣完的椅罩在她的膝盖上放着，她身旁摆了一个装有各色丝线的篮子。

"那件让人害怕的东西在外屋，"当雷斯垂德走进去时，她说，"我请求你将它们都拿走。"

"我会马上拿走的，库辛小姐。我之所以放在这儿，目的是让我的朋友福尔摩斯先生当着你的面看一看。"

"为什么非要当着我的面看，先生？"

"因为他可能问你一些问题。"

"我已经说过，这事我什么都不清楚，向我提问又会问到什么呢？"

"你说的完全没有问题，小姐。"福尔摩斯用安慰的语气说道，"我清楚，这件事已经给你带来了极大的困扰。"

"不错，先生。我一直喜欢安静并过着隐居的生活。发现我的名字出

现在报上，警察到我家里来，这真让我大为吃惊了。我十分不情愿让这东西放在我这儿，雷斯垂德先生。假如你要看，就请到外屋去看吧。"

所谓的外屋是这间屋子后面花园里的一间小棚。雷斯垂德进去拿出一个黄色的硬纸盒以及一张牛皮纸和一些绳子。有个石凳在小路的尽头，我们都坐在石凳上。福尔摩斯把雷斯垂德递给他的东西逐一检查。

"这些绳子很有意思，"他说着，同时将绳子举到亮处，并用鼻子闻了闻，"你判断一下这绳子是用来做什么的，雷斯垂德？"

"它涂过柏油。"

"一点儿不错。它们是一些涂过柏油的麻绳。很显然，你会发现，库辛小姐是用剪刀把绳子剪断的，从两端的磨损可以证明这一点，这是十分重要的。"

"我不知道这有什么重要的。"雷斯垂德实话实说。

"它的重要性就在于打的结没有受到破坏，这个结打得很别致。"

"打得是很别致平整。这一点，我也已经注意到了。"雷斯垂德自信提了上来。

"关于绳子就说到这儿吧。"福尔摩斯笑着说，"我们再来看看盒子的外包装。牛皮纸上有明显的咖啡味。怎么，你没有了解到这个信息吗？地址的字写得有些散：'克罗伊登十字大街 S·库辛小姐收'，应该是用笔头很粗的钢笔书写的，可能是一支 J 牌的，墨水质地不怎么样。'Croydon'一词中原来拼写的是字母'i'，后来改成字母'y'了。我认为寄件人应该是个男子，因为笔迹很男性化，而且受教育程度不高，对克罗伊登应该也算不上很熟悉。盒子是一个装半磅甘露烟草的盒子。盒子左下角留有拇指指印，除了这些外，没有明显痕迹。里面装的是用来保存兽皮或其他粗制商品的粗盐。而这奇怪的东西就埋在它们里面。"

在说这些话的同时，他将那两只耳朵取出来并放在膝盖上仔细观察。我和雷斯垂德从他的两边弯身凑近去看，我们一会儿看看这可怕的遗物，一会儿又看看福尔摩斯那张沉思而急切的脸。最后，他又把那两只耳朵放回盒子，并坐在那里继续沉思。

"我想你们也一定发现了，"他最后说，"这两只耳朵不是一对。"

"不错，我发现到了。可是，假如真是解剖室的学生们出于报复闹出的恶作剧，那么，对他们来说，挑两只不成对的耳朵配成一对不是很难的事。"

"说的不错。不过这不是恶作剧。"

"你能确定吗？"

"这有悖于你的推测。你要知道解剖室里的尸体都要注射防腐剂，可是这两只耳朵上却没有这种痕迹，它们是新鲜的，是被人用一种不是很锋利的工具割下来的。假如是那些学生所为，不可能是这样的。另外，学医的人只会用石碳酸或蒸馏酒精对尸体或尸体器官进行防腐，而不会选择用粗盐。我重申一次，这绝不是所谓的恶作剧，而是一桩严重的犯罪案件。"

听了福尔摩斯的话，再看着他越来越严肃的脸色，我禁不住感到恐惧。这段野蛮的序曲，似乎投下了幕后事件某种令人奇怪而难言的恐怖阴影。然而，雷斯垂德却摇一摇头，露出怀疑的神色。

"显而易见，恶作剧的看法是无法解释通的。"他说，"不过另外一种说法在我看来似乎更无法站住脚。我们已经知道，差不多二十年来，这个妇女在彭奇始终过着平静而正派的生活。在这些年来，她几乎一天也没有离开过家。既然这样，罪犯到底为什么非要把犯罪证据寄给她呢？除非她是最无可挑剔的女演员；再或者，她和我们一样，对此事毫不知情。"

"这是我们必须要了解的问题。"福尔摩斯回答说，"在我看来，我的推理方向是正确的，这是两起谋杀案。我将从这点开始我的调查工作。两只耳朵，其中一只耳朵是女人的，小巧，戴过耳环。而另一只属于男人的，晒得很黑，已经变色，也穿过耳环。这两个人极有可能已经不在人世，否则的话我们早已经了解到他们的故事了。今天是星期五，包裹是星期四上午寄出的。据此推断，这场悲剧可能发生在星期三或星期二，也有可能还要早。假如这两个人已被谋害，那么，除了谋杀者又是谁把这谋杀的信号邮寄给库辛小姐的呢？我们暂时可以这样认定，寄包裹的人就是我们要找的人。他把包裹寄给库辛小姐，其中一定是有故事的。此举的原因到底是什么呢？一是告诉她，事情已经办完！二是为了使她痛心。如果这样的话，库辛小姐就应该知道这人是谁。可是她知道吗？我对此有怀疑。要是她知道的话，为什么还会找警察？她完全可以悄悄地将耳朵埋了，神不知鬼不觉。假如她想包庇罪犯的话，她本可以采取这样做法的。但是，假如不想包庇他，她就可以说出他的姓名。这些疑问需要我们去了解调查。"他说话的声音高而急，目光一直盯着外面的花园篱笆。说完这些话后，他迅速地站了起来走向屋子。

"我需要向库辛小姐了解几个问题。"他说。

"哦，那好，我先走了。"雷斯垂德说，"我手里面还有需要我办理的事情。我想我没有问题需要麻烦库辛小姐了。有事的话到警局找我。"

"在我们上火车的时候，会顺便去看你的。"福尔摩斯回答说。很快，我和福尔摩斯来到前屋，那位一直平静如水的女士仍在安静地绣着椅罩。在我们走进屋时，她将椅罩放到膝上，用她那双坦率、询问的蓝眼睛看向我们。

"我毫不怀疑，先生，"她说，"肯定是弄错了，这包裹肯定就不是寄给我的。就这一观点，我已经对苏格兰场的那位先生强调不止一遍了，可是他总是一笑了之。我的认知告诉我，在这个世界上我没有敌人，又怎么会有人要这样戏耍我呢？"

"我也同您有一样的想法，库辛小姐。"福尔摩斯说，同时在她旁边的椅子上坐了下来。"在我看来更可能的情形是……"说到这儿他停住了。我看见他在盯着库拉小姐的侧面看，这使我很吃惊。就在那一瞬间，我可以看出他急切的脸上显露出惊讶和会意的神情，不过当库拉小姐抬起头来看他为什么停止说话时，他又恢复了原来的谦恭模样。我仔细打量着她那平整而有些灰白的头发、温和的面容，还有整洁的帽子、金色的小耳环，不过，显然我没有看出福尔摩斯激动的原因。

"我有一两个问题……"

"啊，我对任何询问都已经厌烦了！"库辛小姐不耐烦地说。

"我知道你有两个姊妹。"

"你是如何知道的？"

"我一来到您这里，就看见壁炉架上放着一张三位女士的合影。一位是您本人，另外两位与您长得十分相像，由此我判断，你们是姐妹关系。"

"对，你说得很正确。她们都是我的妹妹，一位叫萨拉，一位叫玛丽。"

"我旁边还有一张照片，是你小妹妹在利物浦拍的。从与她合影的男子所穿的制服来看，他可能是海员。而且我还看得出来，当时她还没有结婚。"

"你的观察力可真够敏锐的。"

"这是我的职业。"

"嗯，你说的丝毫不差。可是过几天她就要嫁给布朗纳先生了。拍这张照片的时候，他在南美洲航线上工作。不过他对她真是太迷恋了，不肯长期离开她，于是就转到利物浦 – 伦敦船上工作了。"

"哦，是'征服者号'船吧？"

"不是的。上次据说是'五朔节号'。吉姆曾来见过我一次。那时他还没有喝酒。后来，一上岸他就喝酒，而且喝一点就闹事。唉！他重新喝起酒来之后，日子就不太平了。开始，他不再和我来往，之后又与萨拉吵架，现在连玛丽也不给他写信了，现在我不清楚他们的情况如何了。"

很明显，库辛小姐谈到她有想法的话题了。同很多过着孤独生活的人一样，刚开始交流时她还保持矜持，后来就非常愿意敞开来谈了。她跟我们讲了很多关于她那个海员妹夫的情况，随后又将话题扯到了她原先的几个房客身上，就是那几个学医的学生。她讲了很多关于这几个医学院学生的恶劣行为，还把他们的姓名以及工作的医院告诉我们。福尔摩斯十分认真地听着，中间还偶尔问个问题。

"说说你的大妹妹萨拉，"他问，"既然你们两位都选择了未婚，我很奇怪，你们为什么不住在一起呢？"

"哎呀！萨拉的那个坏脾气你是不了解啊，要不然，你就不会感到奇怪了。来到克罗伊登以后，我们曾尝试过一起住，可是大约两个月前我们不得不分开住。我本意绝不想说我自己的妹妹一句坏话，可是她太爱管闲事，总之我这个大妹妹很麻烦。"

"她曾和你在利物浦的亲戚吵过架？"

"是这样的，你要知道，有一段时间他们曾是最好的朋友。她之所以到那儿去住本意是想离他们更近。可是后来，她把吉姆·布朗纳说得一无是处。她在这儿住的那六个月里，除了说他的酗酒和种种劣行外，没说什么。我由此判断，他发现了她喜欢干预他人的事情，大骂了她一顿，这一来事情就算开了头。"

"非常感谢，库辛小姐。"福尔摩斯说着，他站起来点了点头"我记得，你刚才说你妹妹是住在瓦林顿的新街，对吧？正像你刚才所言，你被一件和你完全没有关系的事弄得心情很坏，我为此感到十分难过。"

我们走出门后，正好一辆马车驶过，福尔摩斯将它叫住了。

"这里据瓦林顿多远？"福尔摩斯问道。

"只有半英里，先生。"

"好极了，上车，华生，我们要趁热打铁，虽然案情很简单，不过与之相关的还有一两个很关键的细节。车夫，路过电报局门口时请停一下。"

在电报局福尔摩斯拍发了一封很短的电报，之后回到车上一路靠在车座上，把帽子拉到鼻梁上将照射在脸上的阳光遮住。一段时间后，在一所住宅前面，车夫将马车停住。从外表上看，这座房子与我们刚离开的那座十分相像。福尔摩斯让车夫等着，就在他举手敲门时，门从里面打开了。一位穿着黑衣、头上戴一顶发亮帽子、神情凝重的年轻绅士出现在台阶上。

"请问库辛小姐在家吗？"福尔摩斯问。

"萨拉·库辛小姐病了，而且很严重。"他说，"昨天，她被诊断患上了脑膜炎，我是她的医生，没有我的允许谁也不能去见她。要想看十天后再来。"说完他戴上手套，将门关上，准备向街头走。

"好的，假如不让我们见，那我们就不见了。"福尔摩斯高兴地说。

"可能她不能、也不会告诉你多少事情的。"那个人说道。

"我并没有希望能从她那里了解到多少事情，我只不过想看看她。不过，我认为现在不必了，因为我已经知道了我想要了解的一切。车夫，载我们到一家上乘的饭店去。我们将在那儿享用午餐，然后再上警局去见一下我们的朋友雷斯垂德。"

在饭店，我们愉快地享用了一顿便餐。吃饭时，福尔摩斯谈论的话题是他的小提琴，他十分有激情地讲他是如何将他那把斯特拉迪瓦里琴买到手的，还说那把小提琴少说也要值五百个金币，可是他却只花了五十五个先令就从托坦哈姆宫廷路的一个犹太人手里将它买了下来。之后他又说到帕格尼尼。在那里我们待了一个小时，他一边喝着红葡萄酒，一边大谈这位优秀人物的种种往事。傍晚的时候，炽热的阳光已经变成了柔和的晚霞，我们来到了警局。雷斯垂德站在门口正在等候我们。

"有你的电报，福尔摩斯先生。"他说。

"哈哈，问题解决了。"他撕开电报看了一下，然后将其揉成一团放进口袋。"果然如此。"他说。

"您查出什么了吗？"

"所有的都已经查明！"

"什么？"雷斯垂德十分吃惊地看着他，"您在跟我说笑话吧？"

"这辈子我还从来没有这样严肃过。这个案件属于一桩严重的犯罪案件，我认为我现在已经将各个细节弄清楚了。"

"罪犯是谁呢？"

在他的一张名片背后，福尔摩斯随手写了几个字，然后将它扔给雷斯垂德。

"这就是那个人的姓名。"他说，"你最快也要到明天晚上才可以将他逮捕。在侦破这个案件的过程中，我希望你不要将我的名字提出来，因为我参与这个案件的目的只是因为它具有一定的挑战性。我们走吧，华生。"我们迈步向车站走去，雷斯垂德则一脸的喜悦之情，他站在那里一直在看福尔摩斯扔给他的那张名片。

"关于案子，"那天晚上当我们在贝克街的居所里抽着雪茄闲谈的时候，福尔摩斯说道，"同你之前撰写的《血字的研究》和《四签名》中进行的调查类似，我们不得不从结果去倒推事件发生的原因。我已经给雷斯垂德写了封信，让他为我们提供详细的情况，而这些情况只有在他将罪犯逮捕之后才能了解到。雷斯垂德做这种工作很擅长，完全值得信赖，虽然他的推理能力很弱，可是一旦他知道自己该怎么干时，他会像斗牛犬那样顽强地勇往直前。正是由于他的这种坚韧精神，他才在苏格兰场身居要职。"

"照你这么讲，这个案子还没有结束？"我问。

"只能说差不多结束了。因为这一犯罪事件的罪犯我们已经知道是谁了，尽管案中的一个受害者的情况我们还没有了解透彻。你已有你自己的结论了？"

"据我所料，你的怀疑对象是利物浦的海员吉姆·布朗纳吧？"

"哦！不仅仅是怀疑。"

"不过，除了能感觉到一些模糊的蛛丝马迹以外，我别的什么也推断不出来。"我说道。

"与你的情况不同，我看得十分明白清楚。我向你简单谈一下主要的步骤。你是否还记得，在我们刚接触这个案子的时候，茫然无知，实际上这是好事。我们没有形成可依据的理论，只有从观察中做出推断。我们首先看到的是什么？一位十分温和安静的女士，她似乎没有什么秘密。我通过她房间里的那张照片，获知她有两个妹妹。当时我头脑中的第一反应就是：那只盒子是要寄给她们当中的一个。之后我将这个念头暂且搁置起来，可以否定掉，也可以肯定它，这需要我们去调查判断。我们来到花园，你记得，我们看到了黄纸盒子里那令人不解的东西。绳子是海船上缝帆工人用的，同时还可以闻到有一股海水的气味。我发现绳结是水手通常采用的那种打法。另外我还知道：包裹是从一个港口寄出的；那只男人的耳朵穿过耳环，和陆地上生活的人相比，在海上工作的水手穿耳环更比较常见，由此我很肯定，这场悲剧中的全部男演员，极有可能来自于海员。

"当我开始对包裹上的地址进行审查时，我发现包裹是寄给 S. 库辛小姐的。三姐妹中最大的就是库辛小姐。虽然她的首字母缩写是'S'，但也有可能是寄给她两个妹妹当中的一个。这种情况下，我们的调查将会被迫从一个全新的基础上开始。这也是我登门拜访的原因，我的目的就是想查明这一点。当我正要向库辛小姐说出我内心的这种想法时，你可能还记得，我突然停住了。情况是这样的，当时我看见某种东西，它使我十分惊讶，同时又大大缩小了我们的调查范围。

"华生，身为一名医生，你应该很清楚，人体的任何部分只有耳朵差别极大。每个人的耳朵都有很大的区别。在去年的《人类学杂志》上，我曾就这一主题写了两篇短文。当时，我就以专家的眼光对纸盒里的那两只耳朵进行了检查，我认真细致地观察了这两只耳朵在解剖学上的特点。后来当我看库辛小姐时，我发现她的耳朵同我检查过的那只女人的耳朵十分相像，你可以想象到我有多么的惊讶。这件事一定不是巧合。耳翼都很短，上耳的弯曲度也都很大，内耳软骨的旋卷形状也很相像。从这几部分来断定，一定程度上，它们甚至可以说是一只耳朵。

"当时，我马上就意识到观察所得信息的重大作用。显而易见，受害者和她有一定的血缘关系，而且是很亲近的血缘关系。所以，我就与她谈论她的家庭。你应该还记得，她给我们提供了非常有指导性的细节。

"首先，她告诉我们她的妹妹叫萨拉，她们在不久前一直是生活在一起的，由此，误会从何而来，包裹又是寄给谁的，这就很清晰明了了。然后，她又告诉我们那个海员即将与她的小妹妹结婚，并且得知他一度曾和萨拉小姐来往密切，所以她就去利物浦和布朗纳一家住在一起，但是后来的争吵却又将他们原先的好关系弄破裂了，几个月来他们一切通信都中断了。因此，假如布朗纳要寄包裹给萨拉小姐，他自然会按照原来的地址邮寄。

"现在，情况终于弄清楚了。我们已经知道有这么个海员，他性格冲动，感情强烈。你应该还记得，为了能和妻子在一起，他推掉了一个待遇非常好的差事，而且有时候喝得烂醉如泥。我们有充分的理由，可以推断他的妻子已经遭到谋害，而有一个男人，暂且假设他是一个海员与此同时也遭到谋害。当然，这马上会使人想到，嫉妒是他的犯罪动机。那么，为什么又把这次凶案的证据给萨拉·库辛小姐邮寄去呢？可能的原因是她在利物浦居住期间，曾参与了造成这一悲剧的事件。你应该清楚，这条航线的船只在贝尔法斯特、都柏林和沃特福德等地停靠，因此，假设犯罪人是布朗纳，作案后他随即登上了'五朔节号'船，那么，贝尔法斯特则是他可以寄出他的那个可怕包裹的第一个码头。

"在这种情况下，第二种答案显然具有可信性，尽管我认为这完全不可能，于是我决定在继续下去之前将它阐明。或许有一个失恋的情人将布朗纳夫妇谋害了，那个男人的耳朵可能就是布朗纳的。这一说法会遭遇很多疑问，不过这却是可以想到的，因此我给利物浦警界的朋友阿尔加拍了个电报，请他帮助查明布朗纳太太是否在家，而布朗纳是不是已经登上'五朔节号'离开了。然后，我和你就去瓦林顿拜访萨拉小姐去了。

"首先，我非常迫切地想看看，这家其他人的耳朵和她的耳朵到底有多像。当然，她或许会给我们提供至关重要的信息，对此我没有抱很大的信心。她肯定已在前一天了解这件事情了，因为克罗伊登似乎已经人人皆知了，而且只有她自己知道这个包裹是寄给谁的。假如她愿意协助将事情弄清楚，她可能早就报告警局了。

"我想我们应该去拜访她，于是我们就去了。我们发现，包裹到达的消息竟然会给她造成如此严重的影响，以致得了脑膜炎，因为她的病就是从那时开始的。我们还了解到，她完全了解这件事的意义，不过同样清楚的是，她的帮助需要我们耐心地等待一段时间。

"不过，我们并没有依赖她的帮助。事情的答案正在警局等着我们去揭破，我叫阿尔加将答案送到他们那里，这就是结论。布朗纳太太的屋子关闭了三天多，邻居都认为她去南方见亲戚了。从轮船办事处查明，布朗纳已经乘坐'五朔节号'出航。我预估这条船将在明天晚上抵达泰晤士河。果断的雷斯垂德会在抵达地等着他。很显然，我们很快就将了解到所有的细节。"

夏洛克·福尔摩斯的希望成为了现实。两天后，一封很厚的信送到他的手里，这厚厚的信是侦探的一封短信和好几页打印的供词。

"雷斯垂德已经将他抓住了。"福尔摩斯说，同时看了我一眼。"让我们来了解一下他说些什么，这可能会引起你的兴趣来。"

信是这样写的：

亲爱的福尔摩斯先生，我遵照我们定下的计划，于昨天下午六时来到艾伯特码头，走访了隶属于利物浦、都柏林、伦敦轮船公司的'五朔节号'轮船。查询的结果是获知船上有一名叫吉姆·布朗纳的海员，在航行过程中行为出现了偏离，船长不得不暂时中断了他的工作。到他的舱位后，发现他坐在箱子上，两手抱着脑袋摇来晃去。这人高大魁梧，很有力气，脸刮得很干净，皮肤黝黑，外形与曾在假冒洗衣店那件案子中帮助过我们的阿尔德里奇有些相像。他在了解到我的来意后，随即就跳了起来。我将警笛吹响，叫来两名躲在角落的水警。不过他好像没有在意，平静地伸出双手戴上手铐。我们将他以及他的箱子带到密室，我们希望可以在他的箱子里找到什么罪证，不过除了大多数水手都有的一把大尖刀之外，再也没有别的东西了。不过，我们发现并不需要更多的证据，因为在把他带到警局审问时，他就主动要求招供。速记员照他所讲的记录了供词，我们打了三份。一份随信奉上。正如我所预料的，事实证明此案件简单至极。您对我调查此案件的帮助，我内心十分感激。谨致问候。

你的忠诚朋友　G.雷斯垂德

"哼！取证倒是不麻烦，"福尔摩斯说，"不过，当他第一次邀请我们的时候，在我看来，他根本没想到事情是如此的简单。让我们了解一下吉姆·布朗纳自己是如何交代的吧。这是嫌疑人在谢德威尔警局向蒙特戈默里警长所作供词的详细记录：

"问我有没有需要交代的？有，我有许多话要坦白，我要全部讲出来。你们可以绞死我，不过千万不要让我一人待着。至于你们如何处理我，我无所谓。我告诉你们，自从我将他们杀了以后，我就无法再闭上眼睛睡觉。我想，我恐怕再也不会闭上眼睛了。我眼前有时候浮现出的是他的脸，但更多的是她的脸。他们一直在我的眼前晃悠，不是他就是她。他像个黑人皱着眉头，而她却一脸的惊恐神色。哎，这只纯洁的小羔羊，当她从一张曾对她总是充满爱意的脸上发现浓烈的杀气时，她自然十分惊愕。

"不过那是萨拉的过错，希望她在一个被毁了的人的诅咒下腐烂死去，让她的血停滞在血管里！我不是在试图减轻我的罪恶。我知道我喝酒后，凶恶得就像一头野兽。不过，她原本是能够原谅我的。要不是那个女人走进我的家，我和她是会亲密地在一起的，就像绳子绑住木料。萨拉·库辛爱我，这是事情的根本。她爱我，直到她了解到我爱我妻子印在泥土上的脚印，要远超过爱她的整个肉体和灵魂时，恶毒的仇恨就替代了她的全部爱情。

"在她们姐妹三个中，老大是个好女人，而老二是个魔鬼，老三则是个天使。萨拉三十三岁。与我结婚的时候玛丽只有二十九。我们选择走在

251

一起，觉得幸福会长长久久。我的玛丽在整个利物浦都没有人能比得上。后来，我们邀请萨拉来住一星期，后来一星期变成了一个月，就这样，她逐渐变成了我们家的一员。

"当时我已经不再喝酒，并且存了点钱，一切都十分美好。上帝呀，谁会想到事情竟然发展成那般模样？那是连做梦也想不到的啊！

"周末我常常回家，有的时候遇到船等着装货，我就可以在家里住上一周，这样我就经常与我的玛丽的姐姐，就是那个萨拉见面。她身材高挑，皮肤黝黑，动作迅速，可是性情极为暴躁，老是骄傲地扬着头，目光就像从火石上发出的火花。不过，我只要我的小玛丽，我从来没有想到过她。关于这个我敢发誓，上帝饶过我吧。

"我发现有时候，她似乎愿意与我独处，或是诓骗我和她一起出去散步，不过我却从来没有往那方面想。但是有一天晚上，我察觉到了。我从船上回来，发现我的玛丽不在家，可萨拉在。'玛丽干什么去了？'我问。'啊，她去付账了。'我心情有些烦躁，在房间里走来走去。'五分钟不见你的玛丽就受不了了，吉姆？'她说，'就这么几分钟你都不愿意与我独处，真是难过啊。''不是那么回事，姑娘，'我说着，同时友好地把手伸过去，她马上用双手抓住我的手，她的两只手烫得好像在发烧。我盯着她的眼睛并且从中读懂了里面的深意。不用她说什么，也不用我说什么。我皱了皱眉，然后把手抽了出来。她在我身边站了一会儿，没有说什么。然后用手轻轻地拍了一下我的肩膀。'成熟稳重的吉姆！'她说着并发出嘲弄的笑声，说完之后她就跑出去了。

"唉，从那天以后，我成了萨拉仇恨的对象。她是个记仇的人。我真是愚蠢，就这样，还让她跟我们生活在一起，我真是个不可救赎的傻瓜。

"那件事情，我没有跟我的玛丽说过，因为我担心她知道后会很伤心。一切都跟以前一样。可是，过了不久，我就渐渐发现我的玛丽起了变化。她以前是非常信任我的，她是那样的天真无邪，可渐渐变得敏感古怪，想了解我去过哪里，又去干了些什么，给谁写了信，我口袋里装的什么东西等等诸如此类让人摸不着头脑的事情。她一天比一天敏感多疑，一天比一天容易发脾气，却没有任何值得的原因，我们经常吵架。这真让我一头雾水不晓得到底发生了什么事。现在，萨拉避而不见我，可是她和玛丽却形影不离。后来我逐渐清楚了，她是怎样去挑拨和毒害她的思想，促使她和我作对。可是当时，我却如同一个盲人一样，竟毫无所见。后来我开了戒，又拿起了酒杯。可是，要是玛丽像以前那样的话，我是绝不会再碰酒杯的。这回，她有理由不理我了，我们之间的隔阂越来越深了。这时候一个叫亚历克·费拜恩的人又加入了进来，事情就更糟糕了。

"最开始，他到我们家是为了探望萨拉，不过很快就变成来看我和玛丽了。这个人有他的一套不使人讨厌他的办法，走到哪儿都积极与人交朋友。他是一个有着漂亮外貌、又聪明风趣的家伙，他跑遍了半个世界，喜欢大谈特谈他的所见所闻。我没有办法不承认，对一位海员来说，他是个风趣儒雅的家伙，所以我断定他肯定在船上当过高级海员而不是一般水手。他在我们家进进出出有一个月，我一直没有察觉到他的温和、机智里面的恶毒之心。有些事情最终让我产生了疑虑。从那以后，我的平静就离开了我，从此再也没有回来。

"那是件小事。那一天我突然来到客厅，一进门时，我发现我的玛丽脸上露出欢迎的神色，可是当她发现是我的时候，那种欢愉之色转瞬失去，然后失望地转身离开。这真让我受不了。她可能是把我的脚步声错听为是那个亚历克·费拜恩的了。假如我当时知道是他，我早就把他杀了，因为我一旦发作简直就是个疯子。玛丽从我眼睛里看出了我的仇恨和杀意，她跑过来用两只手拉住我的衣袖。'不要这样，吉姆，不要这样！'她说。'萨拉去哪里了？'我问。'在厨房。'她说。'萨拉！'我一边高声喊一边往厨房走，'从今以后不准许那个叫费拜恩的人再来我的家。''为什么不可以？'她问。'因为这是我的家，我不愿意让他来。''哦！'她说，'要是我的朋友没有资格来你家，那我也没有资格了。''随你的便吧，'我说，'不过，如果费拜恩再出现在这里，我就将他的一只耳朵留给你作纪念。'我发现她被我一脸的激动之情吓坏了，因为她什么也没说，那天晚上就离开我家了。

"哎，我不清楚究竟是不是这个女人的魔法，还是她教唆我的玛丽乱了心，让我的玛丽和我作对。总之，她在离我们家两条街的地方租了个房子，然后又将它租给海员住。费拜恩是那里的常客，玛丽就过去同她姐姐和他一起喝茶。玛丽多长时间过去一次，我不是很了解。有一天，我跟在她后面来到那里，费拜恩看见我后跳过后花园的墙跑了，就像一只胆小的臭鼬。我对我妻子保证，假如我再发现她和他在一起，我就会杀死她。我把她带回家，她没完没了地哭泣，浑身不停颤抖，脸像一张纸一样惨白。我们再也没有丝毫的爱情了。我可以发现，对我，她是既恨又怕。我想到这些就喝酒，这样她又看不起我。

"萨拉认为自己在利物浦无法立足，就回去了。据我所知，她住到克罗伊登的姐姐家了。而我家里的事情还是依旧这样糟糕地延续着。上周的时候，所有的苦难和毁灭性的事情遽然发生了。

"经过是这样的：'五朔节号'在外面航行了七天。船上的一个大桶松开了，一个平板也开了，我们需要进港停泊十二小时。趁这个机会，我下船回家了，以为这会使我的妻子感到意外，并且在想，她看我回来得如此快，可能会高兴。我一边这样想着，一边步行来到我住的那条街。正在这时，我的身边有一辆马车驶过。我的玛丽坐在马车里，而她的旁边就是费拜恩，两人有说有笑，根本没有想到我会正站在人行道上看着他们。

"我跟你讲，从那个时刻开始，我无法控制自己。现在回想起来，那就像做了一场极糟糕的梦。最近，我酗酒很严重。这两件事搅在一起让我头晕目眩。现在，我脑袋就像用船员的铁锤在敲打，可是那天早上，我的耳朵中好像整个尼亚加拉河都在轰响，嗡嗡个不停。

"我悄悄追踪着那辆马车。我手里持着一根橡木手杖，很沉的那种。我跟你讲，我气得眼睛似乎在往外喷火。在跟踪的时候我也学聪明了，距离他们的车稍远，这样我能看见他们，而他们却看不见我。最后在火车站他们的车停了下来。售票处周围人很多，在保证他们没有发现我的情况下，我慢慢接近他们。他们买了去新布赖顿的车票，我也买了。在火车里，我隔着三节车厢坐在他们后面。下了火车以后，他们沿着阅兵场走去，我保持与他们的距离不超过一百码。最后，我发现他们租了一只船，他们要去划船。那天气温很高，他们一定认为水上的气温肯定要低些。

"我感觉我很快就要抓到他们了。有点薄雾，能见度大约有几百码。

我租了只船尾随在他们后面。我可以模模糊糊看见他们的小船，我发现他们的船行驶速度和我的船速度差不多，我假如不赶上去，他们肯定会离岸一英里了。薄雾就像一道道屏障，将我们笼罩在里面，这里面就只有我们三个人。上帝呀，我如何能忘掉——当他们发现靠近他们小船里的人是我的时候——他们两个人是怎样的表情呢？她立刻尖叫起来，而他像疯子一样不停地念叨着，同时用桨猛击我，他一定是发现了我眼睛里杀气腾腾。他的桨被我躲过了，我用手杖打过去，一下击中了他，他的脑袋如同鸡蛋一样碎裂了。虽然我已经发了疯，我想我还是会饶过她的，可是她却一把抱住他直叫'亚历克'，因此我又接着猛击一下，她就在他旁边倒下了。我如同一只闻到了血腥味的野兽。上帝啊，要是当时萨拉在，我想她也肯定会有同样的结局。我抽出刀子，上前……哎，算了！不说了。每每我想到，萨拉看到她无中生事带来这样的物证会有什么感觉时，我就禁不住兴奋起来。后来，我把他们两个人的尸体捆在船里面，打穿一块船板，让船慢慢沉下去，船沉下去后我才走开。我猜想船老板一定以为他们在雾里找不准方向，划出海去了。我收拾了一下衣服，上了岸，然后回到我的船上，没有人知道发生了什么事。当天晚上，我将要寄给萨拉·库辛的包裹包好，第二天从贝尔法斯特给她寄出去了。

　　"现在所有的事情你们都已经了解了。你们可以绞死我，可以随便惩罚我，不过，你们不能用我已经受到过的惩罚再来惩罚我。我无法闭上眼睛，一闭上眼睛我的眼前就出现那两张脸，他们盯着我，如同我的小船穿过薄雾的时候，他们盯着我看的那种样子。我将他们杀死时是很果断的，而他们却在慢慢地摧残我。假如让我再过这样一个夜晚，在天还没有亮时，我不是疯掉，就是已经死去。你们不会把我一个人丢进牢房里吧，先生？恳请你不要这样对待我，别这样，希望你们像现在这样对待我，就像你们在痛苦的日子里希望受到的对待一样。"

　　"这是在干什么，华生？"福尔摩斯放下供词，神情郑重地说，"这一连串的痛苦、暴力、恐惧，到底源于什么？一定是有某种目的的，要不然的话，我们这个宇宙就是受偶然性支配了，如果是这样的话，那是无法想象的。那么，到底源于什么呢？那是人类的智能无法解答的永久存在的大问题。"

三　暗语揭密

"怎么了，沃伦太太，我不清楚是什么事让你如此坐立不安，我真不明白，我没有过多的时间可以浪费，为什么还要我参与此事。真的还有别的事情需要我来做。"夏洛克·福尔摩斯这样说着，然后转身去看他那本大的剪贴簿。里面有最近发生的事情的一些材料，他将这些资料编写了索引。

可是，房东太太十分顽固，也具有女性的圆滑。她的立场看起来坚定不移。

"您去年替我的房客处理过一件事，"她说，"那个房客叫费戴尔·霍布斯先生。"

"嗯，是，事情不是很复杂。"

"他一直没完没了地称道您的善良，先生，并说您办案就像为黑暗带来光明。在我产生怀疑、陷入困境的时候，他的话给了我提醒。我清楚，只要您愿意，您是有办法解决的。"

每每听到赞美的话，福尔摩斯都是平易随和的；每当感受到别人的诚恳时，他也总是尽量满足对方的要求。这两股力量促使他将手中的胶水、刷子放下，拖开了椅子，然后叹了一口气表示无奈的接受。

"好的，沃伦太太，那就将你所要说的讲出来。我抽烟，可以吧？谢谢你，华生，给我火柴！据我了解的信息，你之所以焦灼不安，是因为你的新房客待在房子里而你却看不到他。是这样吧？上帝保佑你，沃伦太太，假如我是你的房客，你会接连好几个星期都见不到我。"

"以前确实如此，先生，不过这次不一样啊，福尔摩斯先生，这使我恐惧，恐惧到无法入睡。从一大早起来到深夜，我只听见他来来回回急促走的声音，却连他的人影也没见过。这让我无法忍受。对此，我丈夫和我一样害怕，可是我丈夫成天在外面上班，而我却要一直面对。他为什么要藏起来呢？他在做什么呢？除了那个小姑娘，屋子里就剩我和他了。想到这里我的神经就更加紧张了。"

福尔摩斯低下身子，将他那修长的手搭在房东太太肩上。只要他愿意，他会发出催眠术般安慰人的力量。她目光中的惊恐之色渐渐消失了，焦虑不安的表情也趋于缓和了，她慢慢恢复了正常神态。她坐在福尔摩斯指给她的那把椅子上。

"假如让我接手此事，我要对每一个细节都必须了解。"他说，"努力去想想，最小的细节或许是最为关键的东西。你是说，这个人十天前才住在这里，付了你两个星期的住宿费和伙食费？"

"他来的时候咨询我住宿费是多少。我说一个星期要付五十先令，房间包括一间小起居室和卧室，一切齐全，在顶楼。"

"他如何应答的？"

"他说：'只要我的条件你能答应，我一个星期可以给你五英镑。'先生，你知道我没有什么钱，沃伦先生挣的钱不多，钱对我来说很重要。他拿出一张十英镑的钞票，当时就交给了我。'要是我的条件你能答应的话，以后的很长一段时间里，每两周我都会给你同样的数目。'他说，'要不然的话，我将不再和你合作。'"

"他的条件是什么？"

"啊，先生，他的条件很正常，就是他要拿着房子的钥匙。在这里，房客们常常自己拿着钥匙。另外还有一个条件是，他要完全一个独立的空间，而且绝不能以任何借口前去打扰他。"

"能肯定没什么古怪藏在里面吗？"

"正常来讲，应该没什么。可这又完全讲不通啊！他住了十天了，沃伦先生、我、还有那个小姑娘，我们谁也没有见过他。晚上、早上、中午，就听见他走来走去急促的脚步声。除了第一个晚上以外，他就再也没有出过房门。"

"哦，你说他第一个晚上曾出去过？"

"是的，先生，出去后很晚才回来，当时我们都已经入睡了。他住进来后就交待我，他回来得晚，叫我不要闩门。我听见他上楼的时候，已经过了午夜。"

"那他吃饭的事怎么解决呢？"

"他特别交待我，说他按铃的时候，我们才可以将他的饭放在门外的椅子上。他吃完了会再按铃，我们再从那把椅子上把东西收走。假如他需要其他的什么东西，就用印刷字体写在一张纸上。"

"哦，你说用印刷体写？"

"嗯，不错，先生，用铅笔写的印刷体。就一个词，此外没有任何东西。我带来了，您看这张——肥皂，还有这张——火柴。这张《每日新闻》是他第一天早上留下的。每天早上我都把报纸和早餐一起放在那儿。"

"上帝呀，华生，"福尔摩斯说，他用无比惊奇的眼光看看房东太太递给他的几张纸片，"这确实有些让人不解。隐居，我可以理解，可是为什么用印刷体写字呢？你要知道写印刷体是个缓慢的过程。随便写不是更省事吗？这说明什么，华生？"

"说明他不想暴露自己的笔迹。"

"可这是因为什么呢？房东太太看见他写的字，能给他带来什么影响吗？也可能是你说的那样。另外，信息为什么如此简单呢？"

"我真的不清楚。"我说道。

"这为我们的推理增加了一个广阔的空间。字是用普通的紫色粗笔头铅笔写的。你们来瞧，写完之后，纸是从这儿撕开的，所以'SOAP'这个字里的'S'撕去了一部分。这很能说明一个问题，是这样吧，华生？"

"说明他很小心？"

"完全正确。但显然还会有一些记号，比如说指纹和其他一些东西可以给我们提供线索来查明这个人的身份。沃伦太太，你说这个人个子中等，皮肤黝黑，留着胡子，是这样吧？大概有多大岁数？"

"是的。他年纪不大，先生，应该没有超过三十岁。"

"再没有别的情况了吗？"

"他的英语说得很棒，先生，可是我从他的口音来判断，他应该是个外国人。"

"穿戴讲究吗？"

"十分讲究，先生，绅士派头十足。穿着黑衣服，此外再也没有引人注目的地方。"

"他告诉你他的名字了吗？"

"没有，先生。"

"他有没有来信，有没有人找过他？"

"没有。"

"那么你，或是那个小姑娘，是不是在某个早上进过他的房间？"

"没有的，先生，所有的事情都是他自己干的。"

"上帝啊！真是与众不同啊。他的行李呢？"

"他随身带着一个棕色大包，此外没有别的什么东西。"

"看来能够提供更多信息的材料还不多。他有没有什么东西从他房间里带出来过，是完全没有吗？"

房东太太从她的包里拿出一个信封，又从信封里抖出两根燃过的火柴和一个烟蒂，她将它们放在桌上。

"今天早上他将这些东西放在盘子里。我把它们带来给您看看，因为我听说您能从小东西上看出大问题。"

福尔摩斯听了耸耸肩。

"这些东西没有什么。"他说，"火柴自然是用来点香烟的，火柴棍烧得剩这么短了，点一斗烟或是一支雪茄烧去了一半。不过，上帝啊，这个烟蒂倒有些意思。你说过，这位先生上唇和下巴都留着胡子？"

"不错，先生。"

"这我就想不通了。在我看来，只有胡子剃得光光的人才会将烟抽这么短。这到底是怎么回事呢？华生，就连你嘴上那么短的胡子如果将烟抽得这么短也会被烧焦的。"

"可以使用烟嘴儿？"我提出另外一个途径。

"不，不，烟蒂已经衔破了。沃伦太太，是不是房间里有两个人呢？"

"不会的，先生，食物那么少，恐怕他连命也无法维持的。"

"就这样吧，我看我们还得再搜集些线索。你不用抱怨，反正你的房租也收了，他虽然有些怪异，不过也不是一个给人惹麻烦的房客。他出的钱很多，假如他选择在这个地方藏身，跟你也没有什么直接的关系。我们没有理由过问人家的私生活，除非我们有理由认为此事与犯罪有关联。不过，既然我着手调查此事，我就会提高警惕的。有新情况，请及时通报给我；要是有需要，我可以帮助你。"

"这件事情里面有几点很有些意思，华生。"等房东太太走后，他对我说，"当然，可能是小事，属于个人的怪僻，不过也有可能比表面现象要深奥。我当时想到的一种可能性是：现在住着的和租房人可能是两个人。"

"你为什么会这样想？"

"哦，除了烟蒂可以有所预示外，这位房客将房间租下来之后就出去过一次，这不就能说明一些问题吗？他回来的时候，或者说，某个人回来的时候，没有其他人在场。我们没有证据证明回来的人和出去的人是同一人。而且，租房间的人英语说得很棒，可是这位却把'matches'写成了'matche'。我可以推想到，这个字应该是从字典里找出来的，因为字典里不给复数，只给名词。这种简单的书写或许是为了掩盖他不懂英语的事实。因此，华生，我有一定的理由怀疑房客已经换人了。"

"掉包的用意是什么呢？"

"啊！这就是问题的关键。有一条十分清晰的调查线索。"他将一本大书取了下来，书中都是他每天保存下来的伦敦各家报纸的寻人启事。"上帝啊！"他一边翻书一边说，"这可以说是呻吟、哭喊和胡说乱言的交响乐！简直就是装着多种奇闻怪事的包袱！不过这肯定是提供给一个优秀的学习者最宝贵的练习场地！这个人孤零零的，只要写信，一定无法保守其中的秘密。外面的新闻和消息如何传给他的呢？可以猜得出是通过报纸上的广告。除了这个办法外，好像再也没有其他途径。所幸的是我只需要注意一份报纸，这是最近两周《每日新闻》上的摘录：'王子滑冰俱乐部戴黑色羽毛围巾的女士'——这个不用去理会。'吉米自然不会伤他母亲的心'——这与我们没有关系。'假如这位在布里克斯顿公共汽车上昏倒的女士'——我对她没有什么兴趣。'我的心每天都在渴望……'没用的言论，华生，简直就是胡言乱语！啊，这段倒是有可能的。你听好了：'耐心。将发现一种可靠的通信途径。目前，仍用此栏。G.'这则报道是沃伦太太的房客住进来两天之后刊登的。这个好像是真的。这个神秘人尽管不会写英语，不过他或许懂英语。看我们可不可以再找到线索。有了，在这里——三天后的。'正做有效的安排。谨慎、耐心。乌云即将散去。G.'此后一周以来什么都没有。在这之后就是更明确的信息了：'正在让道路变得干净。要是有机会，会发信号，记住定好的暗号，一代表A，二代表B，如此推下去，不久之后你就会听到消息。G.'这是在昨天的报纸上刊登的。今天的报上什么信息都没有。这一切与沃伦太太那位房客的情况都比较吻合。华生，要是我们再有耐心等一等，我认为事情就会更加明了。"

这一点获得了证实。早上，我发现福尔摩斯背朝火炉站在炉边的地毯上，一脸的满意之色。

"你怎么想，华生？"他喊道，同时从桌上将报纸拿起来，"红色的高房子，白石的门面。三楼。左面第二个窗口。天黑后。G.'描述得十分清楚。我认为在用完早餐后，我们一定得去见识一下沃伦太太的这位神秘的邻居。哦，沃伦太太！早，今天早上你会告诉我们什么好消息呢？"

我们的这位房主突然气冲冲地跑了进来，看样子是有什么重大的事情要告诉我们。

"我们需要找警察了，福尔摩斯先生！"她哭喊着，"我无法忍受下去了！让他提着包滚出去。我原本计划直接跟他讲的，不过我还是想先听听你们的意见，可是我真的无法再忍受下去了，竟然发展到打老头子的份上了，这……"

"什么，他打了沃伦先生？"

"总之对他很无礼。"

"谁对他无礼？"

"是啊！我们也想知道！先生。沃伦先生是托坦哈姆宫廷路莫顿威莱的计时员。每天他是要在七点钟以前出门的。今天早上，他刚出门还没走多远，后面跑出来两个人，将他的头用一件衣服蒙住，然后将他捆住放进停在路旁的马车中。他们驾驶马车跑了一个小时，打开车门，将他推下车。他躺在路上，吓得魂都没了，这到底是怎么一回事，他毫不清楚，什么也说不出来。等他慢慢站起来，才发现自己身处汉普斯德特希思的一片荒野之地。他坐公共汽车回了家，这个时候还躺在沙发上，我就立刻过来告诉你们这件事。"

"真是有些奇怪呀。"福尔摩斯说，"他看见那些人的面貌，听见他们说话的声音了吗？"

"没有，他吓得魂飞魄散，只知道自己像变戏法似的被抬起来，后来又将他扔下去。少说有两个人，也有可能是三个人。"

"你将这次袭击同你的房客联系在一起了？"

"哎，你要知道我们在这儿生活了十五年，一直没有出过这样的事。我再也无法忍受了，钱算不了什么。天黑以前，我就要他腾出所租的房子。"

"稍安勿躁，沃伦太太，不要着急，我认为这件事可能要比我起初了解到的情况更为重要。现在很清楚，某种危险正在将你的房客拉进去。同样显而易见的是，他的仇敌就躲在你房子附近等他，在雾气袅袅的晨光中他们误把你的丈夫认作是他。在他们发现抓错了人之后，他们就将你的丈夫放了。要是没有抓错，他们又是什么企图，我们只能推测了。"

"那我该如何处理呢，福尔摩斯先生？"

"我很想去结识一下你的那位房客，沃伦太太。"

"可是我不知道该如何帮你，除非你破门而入。每当我将送餐的盘子留下下楼后，就听见他开锁的声音。"

"他是自己将盘子拿进去的，因此，我们可以藏起来看他拿盘子。"福尔摩斯说道。

房东太太沉思了一会儿说："那好，先生，对面有个放箱子的小房子。我取一面镜子来，要是你们躲在门后面或许可能……"

"棒极了！"福尔摩斯说，"他吃午饭的时间是几点？"

"一点钟左右，先生。"

"华生大夫和我定会准时出现在那里，沃伦太太，一会儿见。"

十二点半的时候，我们出现在沃伦太太住宅的台阶上，那是一所坐落在大英博物馆东北面的狭窄的奥梅大街上高大而单薄的黄色砖房。它与大街一角很近，从它那里一眼望下去，霍伊大街和街上华丽的住宅都可以看见。福尔摩斯微笑地指着一排公寓住宅中的一所房屋，那个房屋很鲜明，非常引人注目。

"瞧，华生！"他说，"'红色的高房，白石的门面。'这正是信号联络的地方。我们知道了地点，也知道暗号，显而易见，我们的任务很容易达到。那扇窗口上放着一块'出租'的牌子，因此，这套房子现在是空着的，他的同伙来去自由。哎，沃伦太太，现在是怎么个状况了？"

"都准备好了，假如你们上来，就将鞋放在楼下平台上，现在我就领你们过去。"

她找了一个十分好的藏身地，镜子放得也恰到好处，尽管我们坐在暗处，对面房门的情况我们也可清楚看见。我们刚藏好自己，沃伦太太就走了，很快远处就响起了这位神秘房客的按铃声。时间不久，房东太太手里拿着盘子出现了，她将盘子放在关着的房门旁边的椅子上，然后踏着重重的脚步走开了。我们蹲伏在门的一角，一眨不眨地盯着镜子。房东太太的脚步声消失不久后，就传来钥匙转动的声音，然后门把扭动了，接着两只瘦削的手迅速地伸到门外，把椅子上的盘子端走。没过多久，又把盘子放回原处。我发现一张棕黑色美丽的脸惊慌失措地注视着放箱子房间的门缝。紧接着，房门猛地关上了，钥匙又转动了几下，一切又恢复之前的平静状态。福尔摩斯拉了一下我的袖子，我们两人悄悄地来到了楼下。

"我晚上再过来。"福尔摩斯对希望得到消息的房东太太说，"华生，我认为我们应该去我们的房间说说这事。"

"看来，我的推测得到了证实，"他坐在摇椅里说道，"房客掉包了，但是我没有想到的是，顶替原来房客的竟是一个女人，而且是一个不一般的女人，华生。"

"她发现我们了。"

"嗯，不错，她发现了异常情况，这让她惊恐起来，这是肯定的。这个事情现在已经十分清楚了，是这样吧？一对夫妇在伦敦避难，以躲避那对他们来说可怕又紧急的危险。有多严的防范就有多大的危险。男的需要出去办事，在他办理事情的时候，要最大限度保证女的安全。事情应该不简单，不过他用来解决问题的方法有些独特，就连给她送饭的房东太太也不清楚情况。现在已经清楚了，用铅体字写信息是为了不让别人从字迹上看出写字人是女的，防止男的接近女的，要不然的话，就可能会将敌人招来。他不便直接与她联系，于是利用寻人广告栏。照目前的情况来看，一切很明朗了。"

"不过不清楚这样做，到底是因为什么？"

"是啊，华生，这件事与以往事情一样，是个非常实际的问题！到底是因为什么呢？沃伦太太异想天开的事情现在显然已经扩大了，并且在我们进一步的探索中发现可能会出现更危险的事情。我们可以说：这应该不是一般的爱情纠葛。通过那个女人发现危险时的脸色就知道了，我们也了解了房东先生遭到袭击的事，显而易见，这是针对房客的。这样的惊恐和竭力保密，都说明了这是事关生死的大事。沃伦先生的遭遇进一步表明，那一方，不管他们是谁，并没有了解到一位女房客已经顶替了一位男房客。这件事变得十分离奇复杂，华生。"

"你为什么要参与进去？你想从中获得什么？"我问道。

"是啊，到底是因为什么呢？这样说吧，是为艺术而艺术吧，华生。我想在你给人看病的时候，应该有只为研究病例而不收费的情况吧？"

"是为了教育，福尔摩斯。"

"教育是永远都有上升空间的，华生。课程的学问很深。这件案子与众不同，对人有启发。里面既无金钱又无存款，不过需要人将它查个水落石出。到天黑的时候，我们会发现我们的调查有新进展。"

夜晚的时候，我们又来到沃伦太太住处，伦敦冬天的夜晚一片阴郁昏暗，转瞬又变成了灰暗，颜色单调，沉寂一片，只有窗户上明亮的黄色方玻璃和煤气灯昏暗的光影将这种无聊和单调打破。当我们从寓所一间黑漆漆的起居室向外看时，苍茫的暮色之中，高处又亮起一束暗淡的灯光。

"有人在那个房间里走动。"福尔摩斯压低声音说，他那急切而瘦削的脸伸向窗玻璃，"嗯，是的，我能够发现他的影子。他又出现了！手里还拿着蜡烛。他在盯着看，想确定她也在向外看。他现在开始晃灯了。华生，你也记一下，然后我们核对。一下——一定代表 A。哦，你记了多少次？二十吗？我也是。这代表的是 T。AT——很清楚了！又是一个 T。

这肯定是第二个字的开始。现在是——哦，真是讨厌，停了。不会结束了吧，华生？AT TEN TA 不代表什么意义啊。是三个字——AT, TEN, TA，可也不能说明什么呢。除非 T.A. 是人的姓名缩写。哦，又来了！是什么？ATTE——到底代表什么，重复刚才的内容。奇怪，华生，真是奇怪！他又停了！AT——嗯，第三次重复，三次都是 ATTENTA！他要这样做到什么时候？不对，他好像发完了。他从窗口离开了。你如何看，华生？"

"应该是暗号信息，福尔摩斯。"

福尔摩斯突然笑出声来，显然他已经弄明白了。"这个密码并不难懂，华生。"他说，"是意大利文！A 代表这信号发给一个女人的，意思是'当心！当心！当心！'难道不是吗，华生？"

"我认为你是正确的。"

"很明显，这是一个紧急信号。重复三次，就表示情况紧急。要防范什么呢？等等，他又到窗口了。"

我们发现一个蹲伏着的人的身影来到窗口。当信号重新开始时，一点小火苗又在窗前来回晃动了。这次速度更快，快到让人很难跟上。

"PERICOLO–pericolo——嗯？这代表什么呢，华生？'危险'对不对？不错，上帝啊，那是一个危险信号。他又在继续！PERI. 上帝啊，到底发生了什么……"

亮光突然消失了，发亮的窗格也陷于黑暗之中，第四层楼成了这幢高楼的黑暗地带，而其他各层都是明亮的。最后的危急呼叫如此突然中断了。发生了什么事？被谁打断的？我和福尔摩斯同时有了这个想法。福尔摩斯从窗户旁边蹲伏着的地方腾地一下子站了起来。

"问题严重了，华生，"他嚷道，"有危险即将来临！信息为什么突然中断了？我得跟苏格兰场取得联系来处理此事，不过，事态如此紧急，我们又分身不了。"

"我可以去警局吗？"

"我们需要进一步了解更详细的情况。快点，华生，我们亲自去，看看能获得哪些信息。"

当我们快步来到霍伊大街时，我回头又看了一下我们刚离开的房子。

在顶楼的窗口，我隐约发现有一个头影，一个女人的头影，她正在一动不动地凝望着夜空，屏息地等待着那突然消失的信号重新出现。在霍伊大街一个公寓的门道一个栏杆前，有一个围着围巾、裹着大衣的人正倚靠在那里。当门厅的灯光照在我们脸上时，惊得那个人精神一震。

"福尔摩斯！"他高声叫道。

"葛莱森，你怎么在这！"福尔摩斯一边说，一边和这位苏格兰场的侦探握手，"这真是有缘分啊。你怎么到这儿来了？"

"我猜我们来此的原因应该是一致的。"葛莱森说，"我不明白你是如何知道这事的。"

"殊途同归啊！我在记录信号呢。"

"什么信号？"

"就是从那个窗口发出的信号。信号发了一半就突然消失了。我们过来想进一步获得信息。你办案稳妥，我看我们用不着继续参与这件事了。"

"请等等！"葛莱森着急地说，"我实话实说，福尔摩斯先生，我办案子，假如有你帮助，我就更有信心了。这座房子只有一个出口，所以我们抓他会十拿九稳的。"

"他是谁？"

"哈哈，福尔摩斯先生，总算我们走在你前面了。这回，我们可算占据首功了，而你要屈居第二了。"他用手杖在地上重重地敲了一下，很快，一个手拿皮鞭的车夫，从街那头的一辆四轮马车旁边走了过来。"我给您介绍一下，福尔摩斯先生？"他对车夫说道，"这位是平克顿美国侦缉处的莱弗顿先生。"

"哦，那位侦破长岛山洞奇案的英雄，是吗？"福尔摩斯说，"先生，结识你非常荣幸。"

这个美国人年纪轻轻，稳当、干练，脸庞消瘦，胡子刮得很干净。在听了福尔摩斯的赞扬后，他一脸的不好意思。"一切都为了生活，福尔摩斯先生，"他说，"要是让我抓住乔吉阿诺……"

"什么！是红圈会的乔吉阿诺吗？"

"嗯，看来他可是名闻全欧洲啊！是啊，在美国，关于他的种种劣迹我们都有所耳闻。众所周知他是五十件谋杀案的头目，可是我们缺乏很有效的办法将他逮捕。我从纽约就开始跟踪他，一直跟踪到这里。在伦敦，整整一周的时间我都在他附近，就等机会亲手将他绳之以法。葛莱森先生和我一直追到这个大的出租公寓，这里只有一个大门，他一定逃不脱的。他进去之后，曾有三个人从里面出来，不过我敢保证，他不是这三个人里中的一个。"

"福尔摩斯先生跟我讲他在追踪信号，"葛莱森说，"我认为，同以前一样，他掌握了我们所没有掌握的事情。"

福尔摩斯将我们面对的情况，简单扼要地说了一下。这个美国人两手一拍，一脸的忧虑。

"那他发现我们了！"他高声说道。

"你根据什么如此想呢？"

"哦，事情难道不是很明显吗？他在向同伙发信号——他在伦敦有几个同伙。正像你说的，他用信号告诉同伙他们有危险，而突然中断了信号，是因为他要么在窗口看见我们在街上，要么就是察觉到危险的临近，所以他们得马上采取行动以躲过危险，除了这个解释外，还会有什么意思呢？你是如何想的，福尔摩斯先生？"

"我们需要上去看个明白。"

"不过我们没有逮捕证。"美国侦探说。

"他在没人居住的房子里，鬼鬼祟祟，令人怀疑。"葛莱森说，"现在，理由充足了。在我们跟踪他的时候，纽约警方承诺将大力帮助我们抓他。现在，我将承担逮捕他的责任了。"

官方侦探勇敢精神充足，可是智商却不够。葛莱森上楼去抓那个胆大妄为之徒，同样也带着那种绝对沉着而干练的神情，正是靠着这种沉着而干练的神情，他在苏格兰场得到迅速升迁。平克顿来的那位曾想超过他，可是葛莱森却坚决地把他挡在后面。伦敦的警察有责任优先处理伦敦的威胁。

四楼左边房间的门半开半闭。葛莱森用力将门推开，里面万籁俱寂、眼前一片漆黑。我划了一根火柴，将这位侦探的手提灯点亮。有了灯光的照射以后，我们都大吃一惊。地板上面没有铺地毯，上面赫然有一条新鲜的血迹。红脚印朝向我们，通向里屋。里屋的门呈关闭状态。葛莱森将门一下子撞开，用灯往前面照，我们大家都从他的肩头急切地向里面张望。

一个身材高大魁梧的人在屋中间的空地上蜷缩着，他的脸刮得很干净，黝黑的脸扭曲着，给人一种恐惧之感；头上有一圈鲜红的血迹。尸体位于一块白地板上一个巨大的湿淋淋的环形物上。他的双膝蜷曲着，两手摊开。他又粗又黑的喉咙正中被刺进一把白柄的刀子。这个人身材高大，在他遭到这致命的袭击之后，他一定像一头被斧子砍倒的牛一样倒下。他的右手边的地板上放着一把锋利的两边开刃的牛角柄匕首，在匕首的旁边是一只黑色小山羊皮手套。

"上帝呀！这是黑乔吉阿诺本人！"美国侦探喊道，"看来，这回有人抢先一步了。"

"窗台上有蜡烛，福尔摩斯先生。"葛莱森说，"发生了什么事，你要做什么？"

福尔摩斯早已走过去将蜡烛重新燃着，然后在窗前来回晃动。随后，他盯着暗处，接着将蜡烛吹灭，并把它扔在地板上。

"我想这样做可以让我们有所收获。"他说。他走过来，站在那里冥想起来，而那两位专业人士正在对尸体进行检查。"你刚才说，你们在楼下监视他们的时候，曾有三个人从公寓出去。"他最后说道，"你对他们仔细观察了吗？"

"仔细观察了。"

"其中是否有一个三十左右岁，留着黑胡子、皮肤黝黑、个子中等的年轻人？"

"有的。他是最后一个从我身边走过的。"

"在我看来，那正是你要寻找的人。我可以将他的相貌描述出来，这里有他的一个清晰脚印。这对你来说，应当可以了。"

"要从伦敦上百万人中去找，这个信息还不够，福尔摩斯先生。"

"或许不够，所以，我建议应该叫这位女士来帮你们。"

听到这句话，我们都将身体转过去。门道上站着一个容貌美丽、身材高挑的女人，也就是布鲁姆伯利的那个神秘房客。她慢慢来到众人面前，脸色苍白，神情忧愁且恐惧，双眼瞪得大大的，她以惊恐的眼神看着地上的那个黑色躯体。

"你们把他杀了！"她低低地说道，"哦，上帝呀，你们将他杀了！"随后，我听见她突然深深地倒吸了一口气，然后跳了起来，同时嘴里发出欢乐的叫喊声。她在房子里转着圈跳舞，双手打着节拍，黑眼睛里闪烁着喜悦的光芒，嘴里发出优美的意大利语的赞语。这个美丽的女子看到这一场景竟会如此的喜悦兴奋，这真是让人既感到不解，又感到害怕。突然她又停了下来，并用质询的目光盯着我们看。

"你们！你们是警察吗？是你们将约瑟夫·乔吉阿诺杀害了吗？"

"不错，我们是警察，夫人。"

她向房间四周的暗处快速扫描了一遍。

"那能告诉我，根纳罗在哪里吗？"她问道，"我是他的妻子，他叫根纳罗·卢卡，我叫伊米丽亚·卢卡。我们都是从纽约过来的。根纳罗在哪里？刚才他还在这个窗口叫我过来，我就立马跑过来了。"

"是我叫你过来的。"福尔摩斯说。

"你！这怎么回事？"

"你们的密码并不是很难让人理解，夫人。你能过来，我倍感高兴。我知道，只要闪出'Vie－ni'的信号，你一定会赶过来的。"

这位漂亮的意大利女人以惊惧的眼神看着福尔摩斯。

"我不清楚，你是如何知道这些的？"她说，"约瑟夫·乔吉阿诺，他是如何……"说到这里她停顿了一下，脸上突然显露出一副自豪和喜悦的神色。"哦，我现在清楚了！是我的根纳罗！我的与众不同、漂亮的根纳罗，是他在保护我，让我免于受到伤害，这肯定是他做的，是他用那强有力的手将这个恶魔杀死的！啊，根纳罗，你真是厉害！哪个女人能配得上你这样的男人！"

"到此为止吧，卢卡太太。"不懂情趣的葛莱森边说边拉住这位女士的衣袖，毫无怜悯之感，就好像她是诺丁山的小流氓，"你是哪位？你是做什么的？这些我不是很明白；不过你已经说得很清楚了，我想你应该跟我们到警局走一趟。"

"请稍等，葛莱森。"福尔摩斯说，"我认为，正如我们迫切地想了解情况一样，这位女士或许也希望将某些信息提供给我们。你应该理解，夫人，你的丈夫可能会因为我们面前这个被杀的人而被捕并接受审讯。你说的情况可能会作为证据。不过，假如你认为他做出此事不是出于犯法的动机，而是出于他想要查明情况的动机，那么，你所能尽的最大帮助可能是把全部经过告诉我们。"

"既然乔吉阿诺离世了，我们就没什么恐惧的了。"这位女士说，"他是个恶魔，要是我的丈夫由于杀了这个人而受到惩罚的话，那么我想这个世界就真的毫无什么公正可言了。"

"现在的情况，"福尔摩斯说道，"我主张我们将房门锁起来，将屋子恢复原样，然后我们和这位女士一起到她的房间去，等她告诉完我们她所知道的一切后，再做打算。"

半小时后，在卢卡太太那间小小的起居室里，我们四人落座，听那位女士给我们讲述那些让人感到稀奇又恐怖的事情。事情的结尾，我们碰巧见证了。她的英语既流畅又发音准确，不过很不规范。为了让大家更听明白一些，我稍加修改，使其更合乎语法的规范。

"我是在那不勒斯附近的坡斯利坡出生的，"她说，"我的父亲是首席法官奥古斯托·巴雷里。根纳罗是我的父亲的手下，那时他当助理，我渐渐喜欢上了他，我相信肯定也会有别的女人喜欢上他的。他没钱也没地位，但是他拥有一副俊美的脸、充沛的力量和活力，此外他什么都没有，所以我父亲对我们的婚事持反对态度。我们一起私奔了，我们在巴里结了婚之后，我将我的首饰卖掉换钱回到美国。这是四年前的事，从那以后，我们一直生活在纽约。

"刚开始我们运气不错。根纳罗帮助了一位意大利绅士——在一个被称为鲍威利的地方，他将这位先生从几个恶人手中救了出来。因为这件事，这位有势力的人成为了我们的朋友。他的名字叫梯托·卡斯塔洛蒂，是卡斯塔洛蒂-赞姆巴大公司的主要创办人。这家公司是纽约重要的水果进口公司。赞姆巴先生有残疾，我们这位刚认识的新朋友卡斯塔洛蒂对这个公司握有大权。公司有三百多名职工。我丈夫被他安排在公司工作，而且让他负责一个部门，他在各方面都很关照我的丈夫。卡斯塔洛蒂先生还没有结婚，在我看来，他觉得根纳罗就像他的儿子，我和我丈夫也对他敬爱有佳，就如同敬爱我们的父亲一样。我们在布鲁克林买下一幢小房子，天有不测风云，就在我们的前途似乎有了保障的时候，一块乌云突如其来，很快就笼罩了我们的天空。

"一天晚上下班归来，根纳罗带回来一个同乡，他叫乔吉阿诺，也是从坡斯利坡过来的。这个人身材高大肥胖，通过尸体就可以看得出来。他不仅身材出奇的大，他的一切都很与众不同，叫人恐惧。在我们的小房屋里，他说话的声音如同打雷。在我们交流的时候，当他挥动巨大的手臂时屋子好像都不够他挥舞似的。他的思想、情感和热情都超出一般人，令人震惊。他说话如同吼叫，声音强而有力，其他人只有坐着听话的份。他如火的眼睛看着你，你就得听他的话。他荒诞而可怕。感谢上帝，现在这个恶魔终于死了！

"他经常光临我家，可我察觉到，对于他的光临，根纳罗和我一样，都不是很乐意。我那可怜的丈夫坐在那里，一脸的苍白之色，精神倦怠，还得听他对政治和社会问题所发表的无休无尽的言论，这就是我们这位不速之客的谈话内容。根纳罗一直沉默不语，我太了解他了，我从他脸上看得出某种以前不曾见过的表情。最开始的时候，我还以为是讨厌。后来，我渐渐弄清楚了，那不只是讨厌，而是恐惧，一种发自内心深处的、隐蔽的、无所遁形的恐惧。那天晚上——就是我感觉到他恐惧的那个晚上——我抱着他，以他对我的爱恳求他，以他所视为珍宝东西的名义恳求他，恳求他告诉我，为什么这个大个子竟然会给他的心灵带来如此大的阴影，让他如此精神颓废。

"他将他的心里话告诉了我。我一听，心一下子跌倒了冰点。我可怜的根纳罗加入了那不勒斯的一个叫红圈会的团体。在那狂乱的水深火热的日子里，整个世界似乎都站在了他的对立面，生活的不公快把他逼上了绝路。红圈会和老烧炭党是联盟组织，这个组织的誓约和秘密是非常让人吃惊的，一旦加入，一生都别想摆脱。当我们逃到美国时，根纳罗以为自己已经摆脱它的控制了。可是让他感到害怕的是，一天晚上，他在街上碰见一个熟人。这个人正是在那不勒斯介绍他加入那个团体的坏人乔吉阿诺。在意大利南部，这个人有一个称号叫'死神'，这是因为他杀人不眨眼！他到纽约是为了不被意大利的警察逮捕，他在新窝点建立了这个恐怖组织的分支机构。根纳罗将所有的事都告诉了我，并且把他那天收到的一张传票给我看。传票页眉上画了一个红圈，通知他要在某一天举行集会，而他则是一定要到会的。

"这已经够让人烦心的了，可是更糟糕的还在后面。我曾经察觉到，有些时候，乔吉阿诺常在晚上光顾我家，而且总是找我说话。虽然他有时是和我丈夫说话，可是他的两只野兽般恐怖的眼睛却老是瞄上我。有一个晚上，他终于显露原形。我才如梦初醒般的理解他的所谓的'爱'——那是畜生的爱、野蛮人的爱。他来的时候，根纳罗还没有回家。他闯了进来，用他那粗大的胳膊将我抓住，把我搂进他那熊一样的怀里，并狂吻我，还要求我跟他走。就在我拼命挣扎的时候，根纳罗冲了进来扑向他。可是他将根纳罗打昏了，然后逃离，从此就再没有到我们家来。就从那个晚上开始，我们成了生死大敌。

"几天以后我的丈夫去开会了。回来后，通过他的可怕脸色我知道肯定发生了可怕的事情。事实上它要比我们想象的更糟。红圈会的资金来自于敲诈有钱的意大利人，假如他们不肯出钱，他们就以暴力要挟。我已经知道，他已经找到我们的亲密朋友和恩人卡斯塔洛蒂的头上了。而我们的朋友对这种暴力威胁，却不肯屈服，他把威胁他的信交给了警察。红圈会决定拿我们的朋友开刀，以儆效尤，给其他受害者看。会上决定，用炸药将他和他的房子炸掉，抽签决定由谁去执行这项任务。当根纳罗将手伸进袋子去抽签的时候，他发现我们的敌人正对他奸笑。很明显，事先已经计划好了，因为抽到签上有那个致命的红色圆圈的人就是执行该项指令的人。果然签落到了他的手里。他有两个选择：一是去杀死自己最好的朋友；二是不去执行，那么他就会遭到同伙的报复。凡是令他们恐惧的人，他们憎恨的人，他们都要全力报复，不但伤害这些人，还要伤害与他们友好的人。这就是他们做事的魔鬼潜规则。现在这种恐怖正笼罩在我可怜的根纳罗的头上，让他忧虑不堪，甚至快要发疯了。

"那天晚上，我们挽着胳膊坐了整整一晚上，在这突如其来的苦难面前，就算给彼此一点力量吧。第二天晚上就是这项计划的执行时间。正午的时候，我丈夫和我踏上了去往伦敦的路，可是我们没有时间通知我们的恩人，说他有危险；也没有时间把这一情况通报给警察，让警察来保护他的生命安全。

"后面的事情，先生们，你们都了解了。我们知道，我们的敌人与我们如影随行。乔吉阿诺公报私仇报复我们。无论如何，我们都很清楚他是个非常无情、非常狡猾又非常顽固的恶魔。意大利和美国到处都在谈论他那猖獗的势力。现在就证明了他那猖獗势力的存在。我那亲爱的丈夫利用我们出发以来珍贵的几天清净日子替我找了个稳妥的藏身之地，最大程度保证我的安全，而他要避开他们的跟踪，以便同美国和意大利的警方取得联系。他住在哪里我并不清楚，也不知道怎样生活。我了解的所有信息都是通过一份报纸的寻人广告栏。有一次我通过窗口向外探望，发现有两个意大利人在对这所房子进行监视。我就清楚，乔吉阿诺已发现我们的栖身之所了。最后，根纳罗通过报纸通知我，会从某一窗口向我发出信号。可是他发出的信号，只是警告，没有其他的，而信号又突然中断了。现在我清楚了，他知道乔吉阿诺已经盯上他了。感谢上苍！当这个家伙来的时候，他已经做好了准备。先生们，现在我想问问你们，从法律的角度来衡量，我们会受到什么样的惩罚，世界上有哪个法官会因为根纳罗所做的事情而对他定罪？"

"哦，葛莱森先生，"那位美国人说，同时看了警官一眼，"我不清楚你们英国方面对此有什么规定，不过我想，在纽约，这位太太的丈夫一定会受到人们的致意。"

"她需要与我去警局见一下长官，"葛莱森回答说，"假如她说的情况是真实的，我想她和她的丈夫没有什么可顾虑的。不过，让我摸不着头脑的是，福尔摩斯先生，你是如何参与到这件案子里来的。"

"是源于教育，葛莱森，教育，我还想在这所大学里学点知识。就这样吧，华生，你又多收集到一份悲惨而离奇的实例了。哦，还不到八点，科文特加登歌剧院今晚在上演瓦格纳的歌剧呢！假如我们现在立刻前往，也许第二幕我们还来得及看！"

四　布鲁斯－帕廷顿计划

事情发生在 1895 年 11 月的第三个星期，英国很多地区被一大片黄色的浓雾覆盖。从周一到周四都是这样的天气，我怀疑能否从我们位于贝克街的窗户看到对面那模模糊糊的房子。第一天，福尔摩斯为他那本又厚又重的参考书做检索。第二天和第三天他静下心来琢磨中世纪音乐，这是他新近发展的爱好。但是第四天，在享用过早餐后并把椅子推回桌下时，看着那黄褐色的浓雾笼罩着一切，并在窗玻璃上凝结成油状的水珠，福尔摩斯急躁活跃的本性再也无法忍受这种单调无聊的生活了。他压抑住火爆的脾气，焦灼难耐地在起居室来来回回地走，咬咬指甲，敲敲家具，对这种无所事事感到十分难耐。

"报纸上有没有比较有意思的事，华生？"他问。

我很清楚，所谓有意思的事，福尔摩斯指的就是与犯罪有关的事件。报上有发生革命的新闻，有可能要打仗的新闻，还有政府改组的新闻。可是这些，福尔摩斯都看不上眼。上面所列的犯罪报道，都是一些平淡无奇的案件。福尔摩斯哼哼一声，又焦灼不安地来回踱步。

"伦敦的罪犯真是又傻又笨。"现在的他就如同一个在比赛中失败的运动员，一肚子的失意，"华生，你看窗外，人一会儿看得见，一会儿看不见，浓雾之中若隐若现。这样的天气，盗贼和杀人犯可以在伦敦随意出入，就像老虎在丛林里一样，没有人看得见，除非他向受害者猛扑过去。当然这种情况也只有受害者才能看清楚。"

"小偷本来就不缺。"我说。

福尔摩斯轻蔑地哼了一声。

"这个昏暗的社会大舞台，是为比这个更有价值的事情而搭建的。"他说，"我不是罪犯，可以说是这个社会的福气啊。"

"确实如此！"我真心地说。

"如果我是布鲁克斯或者伍德豪斯，又或者是那个有充分理由取我性命的五十人当中的任何一个，在我自己的追捕下，我又能安全多长时间呢？一张传票、一次假约会，一切就了结了。应该感谢那些存在暗杀的拉丁国家，没有起雾的日子。上帝啊！总算有事情来让我们冲破这里沉重压抑、单调乏味的空闲了。"

女仆将一封电报送来。福尔摩斯将电报撕开，哈哈大笑起来。"棒极了，棒极了！接下来该是什么呢？"他说，"我哥哥迈克罗夫特就要来了。"

"为什么这么说？"我问道。

"为什么这么说？这就像你在乡村小路上碰到了电车。迈克罗夫特有他自己的生活轨迹，他在那些自己的轨道上运行。他在帕尔摩街的寓所、第欧根尼俱乐部、白厅——那是他生活的圈子。他到这儿来过一次，唯一的一次。这一次又是什么重大的事情使他脱离这个轨道呢？"

"他没有告诉你吗？"

福尔摩斯将他哥哥迈克罗夫特的电报递给我，上面写道：

为卡多甘·韦斯特的事我需要来见你。马上就来。

迈克罗夫特

"卡多甘·韦斯特？这个名字我不知道。"

"没有丝毫的印象。不过迈克罗夫特一定是碰到什么麻烦的事了！星球也会脱离轨道的。哦，对了，你了解迈克罗夫特从事什么工作吗？"

"我了解一点点。我记得在办理'希腊译员'这一案件时，你和我聊过，他在英国政府里帮一些小忙。"

福尔摩斯微微一笑。

"那个时候，我不是对你很了解，谈起国家大事，不得不保守小心一些。你说他在英国政府工作，这是没有错的。假如你说他有时就是英国政府，从某种意义上来讲这也是讲得通的。"

"福尔摩斯，我亲爱的朋友呀！"

"我早就知道这一定会出乎你的意料。迈克罗夫特年薪四百五十英镑，受别人的领导，没有任何野心，对名利看得很轻，不过他却是我们这个国家最不可缺少的人。"

"这话该如何理解呢？"

"哦，他的工作非常独特。这样的工作是他为自己打造的。这种事以前从未有过，以后可能也不会出现了。他的思维缜密，有条理，而且可以过目不忘，这一点谁也无法超过他。我和他拥有一样的才能，我把这才能用来侦查破案，而他把这份才能应用到那些特殊的事务上了。政府各个部门做出的结论都移交给他，他就好像个中心交换站和票据交换所，这些都由他加以平衡。别人可能是某一方面的专家，而他却是各方面的专家。假如一位部长需要有关海军、印度、加拿大以及金银复币位体制方面的信息，他可以从相关部门分别取得各自的意见。可是，只有迈克罗夫特一人才能将这些意见综合起来，并马上会说出各因素之间的相互作用和影响。开始，他们将他视为快捷方便的工具加以使用，而到了现在，他已成了至关重要的人物。

"他的记忆十分清晰，事情总是分类储存，需要的时候可以随时取出来。他的话一次又一次地影响、左右着着国家的政策。他所做的工作就是这样的。只有我去找他，让他为我的小事帮忙，他才练练智力，屈尊解答，对于其他的事他从来不肯浪费自己的精力。可是丘比特今天下凡。他到底因为什么事而来呢？卡多甘·韦斯特又是谁？迈克罗夫特同他又有什么关联呢？"

"哦，我想起来了！"我叫道，然后一下子扑到沙发上的报纸堆里，"对，对，在这儿，一定是他！卡多甘·韦斯特是个年轻人。星期二早上他被人发现死于地下铁道上。"

听了我的话，福尔摩斯坐了起来，精神高度集中，烟斗还没放到嘴边就停住不动了。

"问题肯定很严重，华生。我的哥哥竟然因为一个人的死而改变他的固定生活，看来此事肯定非同寻常。这究竟和他有什么关系呢？在我看来事情还没有线索。那个年轻人极有可能是从火车上掉下去摔死的。他没有遭遇抢劫，也没有什么迹象表明是暴力行为，事情难道不是如此吗？"

"调查表明，"我说，"有许多新情况。要是认真探究，我认为这个案件一定有它的离奇之处。"

"通过我哥哥对此事的反应我认为这件事肯定非同凡响。"他蜷伏在他的扶手椅上，一脸舒服的样子，"华生，让我们来看看报上是怎么报道这件事的。"

"这个人名叫阿瑟·卡多甘·韦斯特，年龄二十七岁，未婚，在伍尔维奇兵工厂工作。"

"在政府工作。和迈克罗夫特兄长有联系了！"

"星期一的晚上他突然从伍尔维奇离开，他的未婚妻维奥蕾特·韦斯特伯莉小姐是见到他的最后一个人。当天晚上七点半大雾弥漫，他突然离开了她。之前他们之间没有发生任何不愉快的事情，对于他的离开，她也无法解释。紧接着就听说，一个名叫梅森的铁路工人在伦敦地下铁道的艾德门站外发现了他的尸体。"

"具体什么时间？"

"星期二早上六点尸体被发现，尸体位于铁道东去方向路轨的左边一侧，距离车站没有多远，在那里火车从隧道中穿行而过。死者头部被严重摧毁，据推测可能是从火车上摔下来的。因为只有这样，身体才可能摔到铁路上。要是尸体是从附近的地方抬过来的，那必须得通过站台，可是站台一直有检查人员站在那里。所以这一点不用怀疑。"

"不错。情况已经很明确了。这个人，无论当时已经死亡还是还活着，不是从火车上摔下去的就是被人从车上抛下来的。这已经明确了。往下说。"

"抛尸地点驶过的火车是由西开往东的列车，有的是市区火车，有的来自威尔斯登和邻近的车站。能够明确的是，这个死去的年轻人是在那天晚上很晚的时候乘坐火车朝这个方向去的。不过，他是在哪里开始乘车的，还无法获知。"

"当然，这一点看一下车票就知道了。"

"在他口袋里没有发现车票。"

"什么，没有车票！上帝呀！华生，这真是让人不解呀！据我所知，没有车票是进不了都市的地铁站台的。暂定那年轻人有车票，那么，是有人将他的车票拿走了以掩盖他上车的地点吗？不排除这个可能。或者车票被扔在车里了？这个可能也是存在的。总之，这一点很奇怪，引人思考。有没有发现被劫的迹象呢？"

"没有这个迹象。这里有一张他的随身物品清单。他的钱包里有现金两镑十五先令，还有一本首都州郡银行伍尔维奇分行的支票。通过这些东西，可以猜测出他的身份。另外，还有伍尔维奇剧院的两张前排戏票，戏票的日期是当天晚上。还有一小扎技术方面的资料。"

福尔摩斯高兴地喊叫起来。

"我终于搞清楚了，华生！英国政府—伍尔维奇；兵工厂—技术资料—我的哥哥迈克罗夫特，关系链终于建立起来了。假如我没猜错，这是他亲自来谈这事了。"

没过多大一会儿，身材高大壮实的迈克罗夫特·福尔摩斯被人带了进来。他有一副好体格，骨架宽大，整个人看上去懒洋洋的，不过他的眉宇之间却显出独有的威严，深陷的铁灰色眼睛给人一种机警异常的感觉，嘴唇显得非常强而有力，表情给人一种难以捉摸的感觉。所以在你看了一眼之后，就会将他那臃肿的身躯忘掉，而只会记住他那与众不同的头脑。

我们的老熟人，苏格兰场消瘦但又异常神情郑重的雷斯垂德跟在后面。他们阴沉的面色预示着事态很严重。这位侦探和我们握握手，但却没有说一句话。迈克罗夫特·福尔摩斯费力地将外衣脱下，然后坐在扶手椅上。

"这事真是麻烦透了，夏洛克。"他说，"我最不喜欢做的事就是改变我的习惯，可是政府非要这么做。照目前暹罗（泰国的旧称）的情况来看，我离开办公室是会有一定糟糕后果的。可是，这也是一个真正的危机。说实话，我还真的从来没有见过首相因为什么事如此焦灼。至于海军部呢，乱哄哄的就像翻倒的蜜蜂窝。这个案子你认真看过吗？"

"刚看过。那些技术文件是哪方面的呢？"

"唉，麻烦就在这里！值得庆幸的是没有公开。如果公开，报界的反应肯定会激烈异常的。这个惹麻烦的年轻人，口袋里装的是关于布鲁斯－帕廷顿潜水艇计划的文件。"

在说这些话的时候，迈克罗夫特·福尔摩斯表情严肃郑重，说明了这个问题对他很重要。福尔摩斯和我坐着，等他把话讲下去。

"你一定听说了吧？据我认为大家都已经听说了。"

"只听过这个名称。"

"一点儿也不夸张地说，这是政府的最高机密。我跟你们讲，在布鲁斯－帕廷顿的威慑下，海战是完全不可能发生的。两年前，相关部门从政府预算中偷偷拨出一大笔款项，用在这项专利发明上，同时采取了所能做到的一切措施加以保密。这项繁琐复杂的计划包括三十多个单项专利，其中每一个单项都是整体必要的不能缺少的组成部分。这项计划一直在兵工厂旁边一个装了防盗门窗的机密办公室里放着，被装在一个精心制作的保险柜里。无论在什么情况下，该计划书都不允许被带出办公室。假如海军的总指挥要查阅这个计划，也必须到伍尔维奇办公室去把情况讲明。可是，我们却在伦敦中心区的一个死去的小职员口袋里发现了这些计划。政府大惊失色，这简直可怕至极。"

"可是你们不是已经将它找回来了吗？"

"不是这样的，夏洛克，没有！这就是让人感到麻烦的事。我们没有找回这些资料。伍尔维奇的十份计划被偷走了，我们只从卡多甘·韦斯特口袋里找到七份，剩下最重要的三份没了踪影。你需要将一切事情都停下来了，夏洛克。不要再去管警察局的那些琐事了。你现在需要解决的是一个重大的国际问题。卡多甘·韦斯特因为什么将文件拿走？丢失的文件现在又在何处？他是如何死的？尸体又如何出现在这里？如何处置？只要找出这些问题的答案，你就是为国家尽到最大的责任了。"

"你为什么不自己想办法呢，迈克罗夫特？我能推想到的，你也同样可以啊。"

"或许可以吧，夏洛克，问题的关键是要查明细节。只要你把你推理细节讲给我听，我就能够坐在靠椅里把一位专家的真知灼见告诉你。到处奔跑，对铁路卫兵进行盘问，拿着放大镜去察看，这些活我无法胜任。不，只有你能够将这些情况查明。假如你想让自己的名字出现在下一次的光荣名册上……"

听了这话，福尔摩斯微笑着摇摇头。

"我不是为了这个，我是为了游戏而游戏。"他说，"不过事情还真有点意思，我很乐意调查，请再给我讲一些细节吧。"

"我把一些重要的情况已经简单写在这张纸上了，还有几处地址，你会发现它很有用处。政府的著名专家詹姆斯·瓦尔特爵士负责管理秘密文件。有两行的位置介绍他的勋章和头衔。他是工作中的老手，同时也是一位绅士，一位出入上流社会并给人好感的客人。更重要的特征是，他的爱国情怀是不用怀疑的。保险柜的钥匙由两人保管，他是两位中的一位。还有，在周一的工作时间里，文件不会离开办公室。三点左右詹姆斯先生出发去伦敦，将钥匙也带走了。出事的整个晚上，他在巴克莱广场的辛克莱海军上将家里。"

"这一点有人证明吗？"

"已经得到了证实。他的弟弟法伦廷·瓦尔特上校证实他离开了伍尔维奇；辛克莱海军上将证实他在伦敦，由此判定詹姆斯先生跟这一事件没有直接的关系。"

"还有另外一人掌管钥匙，他是谁？"

"一位名叫悉得尼·约翰逊的先生，高级职员，年龄四十岁，已经结婚，有五个孩子。他平日不喜欢说话，但总体来说，他在国家事务方面有着优异的表现。他在同事中人缘不算太好，不过他工作很努力。根据他自己交代，星期一下班后他一晚上都宅在家里，而钥匙始终挂在他的表链上，这些信息从他妻子那里得到了证实。"

"说一说卡多甘·韦斯特吧。"

"他在这个岗位已经十年，表现一直不错。他性格急躁，办事鲁莽，不过却直率、忠诚。我们对他没有什么意见。他的工作性质让他每天有机会与计划有接触，再没有别的人能够接触这些计划了。"

"那天晚上把计划锁起来的人是谁？"

"悉得尼·约翰逊先生，高职职员。"

"哦，那事情不是很清楚吗？实际情况是，在小职员卡多甘·韦斯特身上发现了该项计划，那不很明显吗？"

"不是这么简单，夏洛克，还有很多事情没有得到合理的解释。首先，他把计划拿出去的目的是什么？"

"我认为是因为该计划很有价值吧？"

"那他就可以凭借它很轻松地获得几千镑了。"

"除了拿到伦敦去卖以外，你还可以说出其他原因吗？"

"我不知道。"

"既然这样，我们需要把这一点看作我们破案的前提。年轻的韦斯特将文件偷走了，但是他需要有一把仿造的钥匙……"

"不止是一把，而是要有几把仿造的钥匙，因为他得打开楼门和房门啊。"

"那好，就暂定他有几把仿造的钥匙吧。他拿着该计划到伦敦去售卖，目的显然是为了第二天早上把计划放回保险柜，以免被人发现计划丢失。没想到当他在伦敦执行这一叛国使命时却把命丢掉了。"

"如何丢掉命的呢？"

"我们做个假设，他是在返回伍尔维奇的路上被人杀害的，并被人从车厢里抛尸。"

"艾德门是抛尸地点，那个地方是通往伦敦桥车站的，也是他到伍尔维奇必须要经过的道路。"

"他必经伦敦桥，这一点让人联想到很多情形。比如，他在车厢里会同某个人秘谈。谈话引起了激烈的争斗，结果让他把命丢掉了。也或许是他想离开车厢，没想到却摔在车外的铁路上丢了命。然后那个人将车门关上了。浓雾笼罩，什么也看不清。"

"就我们现在了解到的情况来看，还无法做出更合理的解释。不过，你想想，夏洛克，还有多少问题你没有兼顾到。我们来讨论一下，我们假设，年轻的卡多甘·韦斯特的目的是将这些计划带到伦敦。当然他已经和外国间谍商谈好了，应该把那晚的时间腾出来。不过正好相反，他拿了两张戏票，陪未婚妻走到半路却突然消失了。"

"真是茫然不知所措。"雷斯垂德说。他始终坐在那里旁听，已经对他们的谈话感到有些急不可耐了。

"第一点异议是：想法很不错。异议二是：我们假设他来到了伦敦，并见到了那个外国间谍。他需要在早上以前将文件送回去，否则的话会被人发现文件丢了。他取走了十份资料，口袋里只有七份，那么其他的三份呢？他应该不是有意丢下那三份。那么，他背叛国家得到的钱又在何处呢？据我所料，应该有人觊觎他口袋里的那一大笔钱。"

"据我看，事情很清晰明了。"雷斯垂德说，"我对发生的事情不持有怀疑的态度。他把文件拿去卖了。他和那个间谍见面了。在价钱方面他们没有谈拢，他就回去了。可是间谍偷偷跟着他，并在火车上杀了他，然后将重要文件拿走了，同时把他扔到车外。这样理解不是很顺理成章吗？"

"那他的车票呢？"

"车票可能会暴露出间谍的住处距离哪个车站较近，因此他拿走了被害者口袋里的车票。"

"很好，雷斯垂德，很好，"福尔摩斯说，"你的解释滴水不漏。不过，假如真是这样，这案子就没什么事了。一方面偷计划者死了；另一方面，布鲁斯－帕廷顿潜水艇计划可能也已经到了欧洲大陆。那还需要我们做什么呢？"

"行动起来，夏洛克，行动起来！"迈克罗夫特高声嚷道，同时一下跳了起来，"我的直觉告诉我这一解释不成立。拿出你的本事来！到作案现场去！对相关的人进行盘问！不要错过任何一个细节！这是你一生中，最应该珍视的为国尽忠的机会。"

"好的，没问题！"福尔摩斯说着，耸耸肩，"走吧，华生！还有你，雷斯垂德，可以占用你一两个小时吗？我们从艾德门车站开始调查。再见，迈克罗夫特，傍晚以前我会给你一份报告，不过我要丑话说在前面，你不要抱太大的希望。"

一小时后，我和福尔摩斯、雷斯垂德三人出现在地铁上。这条铁路穿过隧道就到了艾德门车站。一位态度和蔼、脸色红润的老人代表铁路公司与我们进行了接触。

"这里是发现年轻人尸体的地方。"他说，同时指着离铁轨大约三英尺的一处地方，"人是无法做到从车里摔到那里的，你们看，这里都是墙，所以，只有一种可能，那就是从列车顶上摔下来，而这辆列车，据我们了解，是在星期一午夜前后通过的。"

"对车厢进行检查后，是否发现暴力事件的迹象？"

"没有发现，也没有找到车票。"

"有没有车门被打开的记录？"

"也没有。"

"今天早上我们了解到一些新情况。"雷斯垂德说，"有一个旅客乘坐星期一晚上十一点四十分的普通地铁列车。车驶过艾德门车站，当时他就在列车到站前不久，听见"扑通"的一声，那声音如同人摔在铁路上的声音。不过，当时浓雾弥漫，什么也看不清楚。他当时就没有将这个情况上报。怎么了，福尔摩斯先生？"

福尔摩斯站在那里，神情郑重，盯着从隧道里蜿蜒伸出的铁轨看。艾德门站是个枢纽站，有岔道。我发现，他那急切而带有质疑的双眼正在审视着这些岔道，他那一向机警的脸上，双唇紧闭，鼻翼颤动，浓眉紧锁，这些都是我无比熟悉的表情。

"岔道，"他低低地说，"岔道。"

"岔道怎么啦？你要说什么？"

"我想其他的路线上不会有这么多岔道吧？"

"应该是这样，很少有这么多岔道。"

"还有路轨的弯曲度。岔道，弯曲度。上帝呀！要是只是这些就好了。"

"哪些，福尔摩斯先生？你想到什么重要线索了？"

"一个想法，一种迹象，如此这般。不过，案件变得更加吸引人了。少见，真是少见啊！怎么会不少见呢？我无法发现铁路上有任何的血迹。"

"发现什么血迹。"

"可是我清楚那人伤得很重。"

"骨头摔碎了，几乎没有外伤。"

"应当会有血迹的。我可不可以察看一下，那个在浓雾弥漫中听见有东西摔下来声的旅客坐过的那列火车？"

"这个要求无法满足，福尔摩斯先生。列车已经分开，车厢已经重新分别挂到各路列车上去了。"

"我跟你承诺，福尔摩斯先生，"雷斯垂德说，"我对每一节车厢都认真检查过，这件事是我亲自做的。"

福尔摩斯最明显的缺点之一就是对于那些智商低于他、警觉性也不如他的人一直耐心不足。

"事情很可能就是如此。"他说着转身走开，"从出事的情况来看，我需要察看的不仅仅只是车厢。华生，这里我们需要做的事情已经结束了。雷斯垂德先生，我们就不打扰你了。我认为现在我们必须要赶到伍尔维奇去调查。"

到了伦敦桥的时候，福尔摩斯给他哥哥写了一封电报。在发出之前，他将电报递给我。电报的内容是这样的：

黑暗中现出了一丝曙光，不过也可能熄灭。请马上派通讯员把已经掌握的待在英国的所有外国间谍或国际特务的姓名及详细住址送到贝克街。

夏洛克

"我想这样做对我们是有帮助的，华生。"说这些话的时候，我们已坐上前往伍尔维奇的列车座位上了，"我的哥哥迈克罗夫特把这样一件极难碰上的案子交给我们办，我们对他应该抱有感激之情。"

在他急切的脸上流露出来的是紧张但却充满活力的表情。这告诉我，某种有启发性的新情况，已经在我们面前打开一条充满希望的思路。看看一只猎犬，在它懒洋洋地卧在窝里时，它的耳朵耷拉，尾巴下垂；同是这只猎犬，当它战斗时，却目光炯炯有神，浑身肌肉紧绷，正沿着气味强烈的猎物向前奋力追击。这就是福尔摩斯从今天上午到现在发生的变化。几个小时之前，他还精神倦怠，苦闷无聊，穿着灰色睡衣在雾气笼罩中的房间里来回踱步，而现在精神振作，真是判若两人。

"这儿有材料，有研究的空间。"他说，"我就没看出它发生的可能性，我真是愚蠢到家！"

"可是到现在，我还是很糊涂。"

"对结局我也很不明确，不过我有一个想法，它或许可以帮得上我们。

那个人是在其他什么地方死去的，他的尸体是被人移放在了火车车厢的顶上。"

"在车顶上！"

"感到有些奇怪吧？不过想想实情。发现尸体的地方正好是列车开过岔道震动最激烈的地方，这是碰巧的事吗？车顶上的东西难道没有可能是在这个地方被甩下来的吗？虽然车厢里面的东西不会受到转弯的影响。尸体一定是从车顶上掉下来的。现在，再来想想血迹的问题吧。自然，要是身体里的血流在别的地方了，那么路轨上没有血迹就很正常。每件事本身都具有启发性。放在一起，效应就会放大了。"

"车票也是这样吗？"我惊问道。

"也是如此。我们无法解释没有车票的原因，这下正好可以解释了。每件事情都是有它的原因，都要相互吻合。"

"尽管如此，我们仍然没有将他的死亡之谜弄清楚。实话实说，事情没有变得更简单，反而更加扑朔迷离了。"我禁不住说道。

"可能如此吧，"福尔摩斯似有所悟地说，"可能真的就是这样。"之后，他不再说话又开始思考了，直到这列慢车最后来到伍尔维奇车站。下了车后，他拦住了一辆马车，从口袋里掏出迈克罗夫特的字条。

"今天下午，我们需要去好几个地方调查。"他说。"我认为我们首先要关注詹姆斯·瓦尔特爵士。"

这位很有名气的官员的住宅是一幢别致的别墅，绿茵茵的草地延伸到泰晤士河岸。我们来到这里的时候，雾气正在消散变薄，一道道微弱的阳光通过带有水汽的雾气射下来。男管家听见铃声的召唤，出来开门。

"詹姆斯爵士！先生！"他脸色严肃，"今天早上詹姆斯爵士去世了。"

"什么！"福尔摩斯惊叫起来，"他是如何去世的？"

"先生，你们可以进来去问一下他的弟弟——法伦廷上校吗？"

"好，我们去见见他。"

我们被引进一个光线昏暗的客厅里。时间不久，离世的那位科学家的弟弟来到客厅，他五十岁左右、高大英俊，留点小胡子。通过他那迷离的眼神、泪迹斑斑的面颊和乱蓬蓬的头发可以发现，这家人遭到了突如其来的打击。他一说起这件事，哽咽难言。

"这是一件让人无法接受的丑闻。"他说，"我哥哥詹姆斯爵士十分敏感，极重名誉。发生这种事他无法接受，这让他心碎。一直以来他总是为他主管的那个部门的效率而倍感骄傲，如今发生这件事对他可是致命的打击。"

"我们本来希望他能给我们提供一些线索，协助我们查清此案。"

"我敢向你们承诺，他和你我一样，对这件事也是十分迷茫。他已经将他所知的一切情况都跟警方讲了。当然，他认为卡多甘·韦斯特有罪，可是，其余的一切简直太让人费解了。"

"你是否可以对这件事提出什么新的见解？"

"我只能说我知道的就是我看到的、听到的，除了这些，我什么也不知道。我不想失礼，不过福尔摩斯先生，我想，你对我现在的糟糕心情能够体谅，所以，我只好请你们尽快结束这次询问。"

"这点确实让我始料不及。"当我们坐上马车时，福尔摩斯说道，"我不清楚是不是自然死亡，或者是这个倒霉的老头以自杀的方式了结了生命！假如是后者，是不是因为失职而良心自责？这个问题还是先放一放吧。现在我们需要去一趟卡多甘·韦斯特家。"

死者的母亲的住处是城郊一所修护得不错的小房子。遭到失去儿子的打击，老太太有些神志不清了，无法给予我们什么帮助。她身边有一位一脸苍白之色的年轻女子，说是死者的未婚妻，名叫维奥蕾特·韦斯特伯莉，也就是死者遇害当晚最后见过他的人。

"我解释不清这件事，福尔摩斯先生。"她说，"自从发生这个悲剧以来，我就没真正睡一个好觉，白天想，晚上想，这究竟是怎么一回事。我可以说阿瑟是世界上思想最单纯、最有正义感，又是最有爱国情怀的人。他假如出卖让他严密保管的国家机密，我想那他早就把自己的右手砍断了。凡是了解他的人，都认为这是无法解释的、不可接受的，甚至是荒谬至极的。"

"可这是事实……韦斯特伯莉小姐。"福尔摩斯说道。

"是的，所以我说我无法解释。"

"他对钱渴求吗？"

"不，他对生活的要求很简单，他的薪水足够他生活所需，他积蓄了几百英镑。我们打算新年就结婚。"

"你发现他有受过精神刺激的迹象吗？韦斯特伯莉小姐，有什么话你对我们直说吧。"

福尔摩斯的敏锐眼睛已经注意到她态度一瞬间发生的变化。她的脸色显示出她的犹豫不决。

"不错，"她最后说，"我认为他有心事儿。"

"这个变化有多久了？"

"从上周开始的。他一副心事重重的样子。有一次我追问他，他告诉我他确实内心有事，那件事和他的公务有关系。'对我来说，这件事过于严重，我不能说，即使对你也是如此。'他说。因此我没能从他那儿问出什么来。"

福尔摩斯的神色变得郑重起来。"继续讲，韦斯特伯莉小姐。即使事情或许不利于他，也要把它讲出来。我们也无法说出会有什么结果。"

"可是我确实没什么可说的了。有那么一两次，他好像想跟我讲什么。有一天晚上，他说那个秘密十分重要。我还记得他说过，外国间谍肯定愿意出高价的。"

福尔摩斯的脸色更加阴沉了。"还有呢？"他问道。

"他说我们这方面在管理上有所欠缺，叛国者不用费多大周折就会实现计划。"

"这是他最近和你讲的吗？"

"不错，就在最近。"

"现在跟我们讲讲那个最后的夜晚吧。"

"那天晚上我们要去剧院。由于有浓雾，无法乘坐马车，我们只好步行，走到他的办公室附近时，他突然窜进浓雾中。"

"他说了什么话没有？"

"没有，他只是惊叫了一声。我只好等着他，可是他再也没有回来。后来我就没有再等，而是回家了。第二天早上上班后，他们就来查问了。差不多十二点的时候我听到了这个可怕的消息。上帝呀，福尔摩斯先生，你如果可以挽回他的名誉，那该多好呀！对他而言，荣誉真是无比重要。"

福尔摩斯有些为难地摇摇头。

"走吧，华生，"他说，"我们需要到别处看看。去文件被盗的办公室去看一看吧。

"事件本身已经让这个年轻人处境尴尬，可是我们的调查情况又进一步对他产生不利了。"他说话时马车已经缓缓走动了，"眼前的婚事使他产生了犯罪的心理。他自然是需要钱的。既然有了这份觊觎之心，他就不免动了心。他将他的计划告诉这位姑娘，差一点使她也成了他叛国的同谋，真是愚蠢到家。"

"不过，福尔摩斯，性格也许起到一些作用吧？那么，他为什么要把未婚妻扔在大街上，跑去进行这项犯罪呢？"

"是啊，怎么会是这样！肯定有隐情。我认为，他遇到的肯定是难以应付的情况。"

在办公室我们受到了高级职员悉得尼·约翰逊先生的招待，他态度和善，彬彬有礼，这往往是福尔摩斯的名片所带来的效应。他是个中年人，身体消瘦、声音粗哑、脸上长满了斑、一脸的憔悴。由于精神紧张，他两只手始终在搓来搓去。

"情况不妙，福尔摩斯先生，真是太糟糕了！主管人死了，你知道这件事了吧？"

"我们刚从他家出来。"

"这地方一团糟。主管人死了，卡多甘·韦斯特死了，而文件失踪了。可是，星期一晚上我们下班的时候，和政府部门的任何一个办公室一样，我们及时将办公室锁了。上帝呀，想起来真让人恐惧！在这些人里面，没想到这个韦斯特竟会干出这种事来！"

"你的意思是他干下了这个勾当？"

"我认为没有别的可能。我本来像信任我自己一样信任他。"

"星期一，办公室几点锁门？"

"五点。"

"谁锁的门，你吗？"

"是的，我总是最后一个离开。"

"计划保管在哪里？"

"保险柜里。是我亲自放进去的。"

"有人看守办公室吗？"

"有的。不过他同时还需要看守另外几个部门。看守人是个老兵，值得信任。那天晚上，他什么也没有发现，当然这里面有浓雾弥漫的因素。"

"也有可能卡多甘·韦斯特是在下班以后溜进来的，他要有三把钥匙才能顺利取走文件，是这样吗？"

"不错。外屋一把，办公室一把，保险柜一把。"

"只有詹姆斯·瓦尔特爵士和你才有这些钥匙，对不对？"

"不，门上的钥匙我没有，我只有保险柜上的钥匙。"

"在你看来，詹姆斯爵士做事有条理性吗？"

"不错，在我看来，他做事非常有条理。据我所知，他将这三把钥匙拴在一个环上。我经常看见。"

"他去伦敦时随身戴着钥匙吗？"

"他是这样讲的。"

"你的钥匙从未离开过你？"

"是的，从不离身。"

"我们这样假设，假如韦斯特是罪犯，他一定有一把仿造的钥匙，可是在他身上并没有发现这样的钥匙。另外一点，假如这个办公室里有一名职员想售卖该机密文件，复制计划不是比拿走原件更省事吗？"福尔摩斯问道。

"要有一定的技术知识才可以有效地复制计划。"

"你说得不错，可我认为无论是詹姆斯爵士，还是你，或者韦斯特，都拥有你说的这种技术知识吧？"

"不错，我们都有。不过，我恳求你不要把我扯到这件事里面，福尔摩斯先生。事实上，计划原件已经在韦斯特身上发现了，我们又为什么要做这样的假设和推测呢？"

"确实，他可以用复印件安全地得到他想要的东西，可是他为什么非要冒着天大的危险去盗取原件呢？真是奇怪啊！"这名高级职员显得十分迷茫。

"确实奇怪，可是现在的情况表明他就是这样干的。"福尔摩斯说道。

"每进行一次询问，总会发现案情更加扑朔迷离。现在有三份文件没有找回。就我来看，这是非常非常重要的文件。"高级职员说道。

"不错，是这样。"

"按照你说的重要性来看，只要有了这三份文件，而不需要另外七份文件，就可以成功建造出一艘布鲁斯－帕廷顿潜水艇了吗？"

"就此事的现状，我已经向海军部作了报告。我今天又看了一下图纸。我也不能确定，双阀门自动调节狭槽的图样是否在已经找回的一张文件上。除非外国人自己将双阀门自动调节狭槽设计出来，要不然的话，他们是无法造出这种潜水艇的。不过，他们或许会攻克这个技术难关。"

"那不见踪影的三份图纸是不是最重要的？"

"这一点是肯定的！"

"要是允许的话，我想在这屋里转一转。我本来想问问题，可是现在什么也想不起来了。"

福尔摩斯对保险柜的锁、房间的门进行了检查，最后又看了看窗户上的铁制百叶窗。之后我们从办公室出来，来到外面草地上。福尔摩斯对办公室的窗户产生了浓厚的兴趣。窗外有一丛月桂树，上面留有几根树枝被折断的痕迹。福尔摩斯用放大镜对树枝进行了仔细检查，接着又察看了树下地面上的几个隐隐约约的记号。最后，他让那位高级办事员将那铁制百叶窗关上，然后他指给我看，百叶窗正中间留有缝隙，有人在窗外可以看得见屋里的情形。

"事情已经过去了三天，这些痕迹被破坏了。这个发现可能意义重大，也可能毫无用处。哎，华生，我想伍尔维奇也没有什么让我们调查的了，我们没有大的收获，我们再去看能不能在伦敦找到线索。"

然而，我们在伍尔维奇车站却有了意外的收获，售票员颇有保证地说，他对卡多甘·韦斯特留有深刻印象，他说就在星期一晚上，卡多甘·韦斯特是坐八点一刻开往伦敦桥的那趟车去伦敦的。当时他独自一人，买了一张三等单程车票。他当时神情慌张，这让售票员很吃惊。他手不停地颤抖，连找给他的钱都没有办法拿稳，还是售票员帮他拿的。根据时间可以断定，七点半左右韦斯特离开自己的未婚妻，八点一刻这趟车是他有可能搭乘的第一趟车。

"我们需要对我们的思路进行一下梳理，华生。"福尔摩斯沉默了好久之后这样说，"在我们两人一起调查的所有案件中，我想不起来比这更麻烦、更不好办的案子了。每向前走一步，会出现一个新的障碍。但是，现在我们已取得某些有利于侦破的进展了。"

"我们在伍尔维奇调查的结果，显然对年轻的卡多甘·韦斯特有不利影响。不过窗下的痕迹，却给我们提供了一个让侦破有新发展的假设。比如，我们可以假设有一个外国间谍接触了他。也可能他们已经商定好，不许他说出去。我们从他对未婚妻说过的话可以了解到，他的思想还是受到了影响。这是个新发现！我们现在假定，当他同这位年轻姑娘在去剧院的路上，浓雾中，他突然发现那个间谍向办公室方向走去。他是个感情充沛的人，做事果断，把自己的职责看得高于一切。他跟着那个间谍来到窗前，看见那人在抽取文件，就上前阻止。这样一来，就可以解释原来可以复制原件却偷了原件的疑问。这种情况下，那个人不得不拿走原件，这样就顺理成章了。"

"接下来呢？"

"目前我们还陷在迷局中。刚才的情况下，年轻的卡多甘·韦斯特首先应该是抓住那个窃贼，并发出警报，可是他为什么没有如此做呢？拿文件的有没有可能是一名上级官员？如果这样的话，就可以解释韦斯特的行动了。有没有可能是这个主管人在浓雾中将韦斯特摆脱，逃走了，所以韦斯特立刻启程去伦敦，希望赶到他的住所将他拦住，假如韦斯特知道他的住址在哪里。情况如此危急，所以他丢下未婚妻，任她站在雾里，一句话没说就走了。我们的线索至此结束了。我们假设的情况和被放置在地铁火车顶上、口袋里又有七份文件的韦斯特的尸体这两者之间，尚需要很多链条加以链接。我的直觉告诉我应从事情的另一头着手。要是迈克罗夫特把名单给了我们，我们就有可能找出我们需要的人，这样就不是一条线索而是有两条线索了。"

如希望的一样，一封信在贝克街已经等候着我们，那是一位政府通讯员加急送来的。福尔摩斯打开看了看，然后将它扔给了我。信的内容是这样的：

小人物有很多，事关此大案的人没有多少。值得一提的人有：阿道尔夫·梅耶，住址：威斯敏斯特，乔治大街13号；路易斯·拉罗塞，居住地址：诺丁希尔，坎普敦大厦；雨果·奥伯斯坦，居住地址：肯辛顿，考菲尔德花园13号。有人说，后者周一在城里，有人报告说他现在已离去。知你已有线索很高兴，内阁迫切想知道最后结果。最高当局的查询急件已到。要是需要的话，可以调动全国的警察。

迈克罗夫特

"没用的，"福尔摩斯微笑着说，"即使动用了王国的全部人马也帮不上忙。"他将伦敦大地图展开，急切地查看着。"棒极了，棒极了，"他突然得意地高声喊着，"事情终于向我们这边倾斜了。啊，华生，我敢保证，我们会取得成功的。"他十分激动，拍拍我的肩膀。"我现在需要出去再调查一番。没有我忠实的伙伴兼传记作者在我身旁，我是无法顺利完成这么大一件事的。你一定不要出去，要待在这里。过一两个小时我们会再见面的。万一延误了时间，你就拿出纸笔，开始撰写这个国家是如何靠我们拯救的。"

他兴奋的心情，带给了我一种强烈的感觉，因为我十分清楚，除非那高兴有确定的原因，否则，他不会一改往日郑重严肃态度的。在这个11月的漫漫长夜，我内心焦灼地盼望着他回来。终于，九点钟刚过，一封信笺送来了，内容是：

我现在在肯辛顿，格劳塞斯特路，哥尔多尼饭店就餐。请马上赶过来。携带上铁撬、提灯、凿刀、手枪。

S. H.

带着这些东西在昏暗、浓雾弥漫的街道穿行，有一种很好的感觉。我小心地将这些东西裹在大衣里步行来到指定地点。福尔摩斯正坐在豪华的意大利饭店门口的一张小圆桌旁。

"你吃过饭了吗？喝杯咖啡和柑桂酒，再试试饭店老板的雪茄。这种雪茄不像人们传说的毒性大。工具都带来了吗？"

"带来了，在我的大衣里。"

"嗯，不错。让我把做过的事大致跟你说一说，并讲一讲我们需要做的事。华生，你现在应该很清楚了，那个年轻人的尸体是被人放在车顶上的。当我认定尸体是从车顶上而不是从车厢里摔下去这一事实时，这一点就确定无疑了。"

"有没有可能是从桥上掉下来的呢？"

"这种可能几乎不存在。假如你仔细查看过车顶，你会发现车顶是略微拱起的，而四周没有栏杆。所以，可以肯定的是，卡多甘·韦斯特的尸体一定是被人放上去的。"

"那么，是如何放上去的呢？"

"这就是我们需要着手解决的问题，只有一种可能。你知道地铁在西端几处没有隧道。在我记忆中，我曾坐车路过时，偶尔可见头顶的窗户。现在我们假设有一列火车正好停在这样一个窗口下，将一个人放到列车顶上问题大吗？"

"好像不太容易。"

"有这样一个真理我们必须承认：别的推断被证明一定是错误的，那么，剩下的一定是真理，无论它是多么让人感到不解。到现在为止，别的一切都失败了。当我发现那个在紧靠地铁的房子里住的国际头号间谍刚刚离开伦敦的时候，这真让我万分激动，而你对我的这种突如其来的激动感到惊讶。"

"啊，事情是这样吗？"

"对，就是如此。住在考菲尔德花园十三号的雨果·奥伯斯坦先生已经被我列入我的侦查对象。我在格劳塞斯特路车站开始调查。我得到了站上一位官员的帮助。他陪我沿着铁轨走，并且告诉我考菲尔德花园的后楼窗户是向着铁路开的。十分关键的一点是，由于那里是主干线之一的岔道，地铁列车恰好就在那里停几分钟。"

"真是棒极了，福尔摩斯！你马上就要成功了！"

"目前只能推测出这样的结果，华生。我们需要动身了，这里距离目的地还很远。我查看了考菲尔德花园的后面，之后又看了前面，侦查的结果发现那个家伙已经逃跑了。那是一座面积很大的住宅，里面没有家具，在我看来，他的卧室在上面一层的房间里。只有一个贴身男仆和他生活在一起，此人极有可能是他的心腹。我们要警惕，奥伯斯坦拿着盗窃来的成果去欧洲大陆做交易去了，他没有逃走的迹象，因为他根本没有往自己被捕的方面去想，他丝毫想不到会有人以业余工作者的身份对他的住宅进行搜查。可是，这正是我们要做的事。"

"你的意思是我们不需要一份搜查许可证吗？"

"根据现有证据，还无法申请。"

"我们希望找到什么东西呢？"

"信件，不知道能不能找到呢。"

"我不支持采取这样的行动，福尔摩斯。"

"亲爱的朋友，你在街上放哨。我去做犯法的事。现在不是争辩这些的时候。想想迈克罗夫特，想想海军部，还有内阁，以及那些等待消息的人吧。我们是势在必行啊。"

我从桌边站了起来，高声回答："不错，福尔摩斯，我们是势在必行。"他高兴地站起来握住我的手。"我就知道你不会胆怯的。"他说。就在那一瞬间，我发现他眼里闪耀着温和的目光，可是只是一瞬间，很快他又恢复了原来傲慢、现实的神情。

"我们需要走将近半英里，不过不用着急，我们慢慢步行去。"他说，"注意一定不要让工具掉出来。把你当作嫌疑犯抓起来，那我们就有麻烦缠身了。"

这里的一排房子无一例外都带有扁平的柱子和门廊，而考菲尔德花园就是其中的一栋，这里位于伦敦西区，是维多利亚中期的优秀的建筑。隔壁一家传来孩子们快乐的呼喊声和叮咚的钢琴声，好像在搞儿童联欢。四周的浓雾将我们的身形完好地保护起来。福尔摩斯将提灯点燃，并让灯光照在那扇大门上。

"这是一件需要我们小心对待的事情。"他说，"门自然是闩上并锁了的。我认为地下室空地上更利于我们的行动。那头有个拱道，为了防止那过于热心的警察参与进来。来，帮我一把，华生，我也协助你。"

很快，我和福尔摩斯两人来到地下室入口。我们刚要走向暗处，头顶忽然传来警察的脚步声。等到轻轻的有节奏的脚步声渐行渐远，福尔摩斯就开始撬地下室的门，只见他低下身子使劲撬。只听咔嚓一声，门开了。我们随即迈步走进黑漆漆的过道，我回身将地下室的门关上。福尔摩斯在前面走，而我则跟着他东拐西弯，一直走上没有铺地毯的楼梯。福尔摩斯那盏发出黄光的小灯将前面一个低矮的窗子照亮。

"找到了，就是这里，华生，我要找的就是它。"他将窗子打开，在此瞬间，低沉刺耳的嗡嗡声传了过来，而且很快嗡嗡声逐渐变成隆隆巨响，一列火车在黑暗中疾驰而过。福尔摩斯将灯照向窗台。发现窗台上积了来往列车开过时留下的厚厚一层煤灰，我们惊喜地发现在黑乎乎的表面上，有几处的煤灰明显已经被人擦去了。

"你可以发现他们放尸体的位置。看，华生！那是什么？显而易见，那是一摊血迹。"他指着窗框上的一片痕迹，"看这里，还有石头台阶上，都有。证据已经具备。我们在这儿等着列车停下。"

时间没过去多久，下一趟列车和刚才一样穿过隧道疾驰而来，到了隧道外面慢慢减速，伴着拉刹车的吱吱声，列车在我们下面停了下来。车厢距离窗台不到四英尺。福尔摩斯轻轻将窗子关上。

"到目前为止，我们的看法已经获得了证明。"他说，"你是如何认为的，华生？"

"一件令人满意的创作，最完美的创作。"

"我不同意这样的看法。从我认为尸体是被放在车顶上那个时候起，这一想法就不难猜想到，其余的一切显而易见。如果不是因为有利害关系，就这点来说意义不大。不过对我们来说仍是有很大的困难，也许在这儿我们可以发现一些有利于我们破案的东西。"

我们又上了厨房的楼梯，然后走进二楼的一套房间。其中一间是吃饭的地方，陈设简朴，没有什么让人注意的东西。第二间是卧室，里面也没有什么摆设，所以也是空空荡荡。最后一间看来有些让人关注的东西，于是福尔摩斯停下来进行系统的检查。这里有很多书和报纸，显然这里也当作书房。福尔摩斯迅速而有条不紊地对每个抽屉、每个小橱柜进行了仔细检查，可是他那严峻的脸上没有掠过一丝成功的希望。一个小时的检查，没有获得他需要的东西。

"这个老狐狸将他的行踪狡猾地掩盖起来了，"他说，"他没留下一件可以证明他和此事有关联的东西。有牵连的信件要么被销毁，要么就是被转移。这是我们最后一次机会了。"

有一个通常用于存放现金的小铁匣子放在书桌上，福尔摩斯用凿将它撬开。里面有几卷纸，上面画着一些图案和数字，不知代表什么意思。"水压"、"每平方英寸压力"等反复出现的字眼证明可能与潜水艇有关联。福尔摩斯有些烦躁地将它扔在一边。匣子里还有一个信封和几张报纸的碎片。福尔摩斯将东西倒在桌上。我从他那惊喜的脸上马上察觉事情有希望了。

"这是什么，华生，知道吗？这是什么？是一张报纸登载的几则新闻。从印刷和纸张可以判定，那是《每日电讯报》的私事广告栏，位于报纸右上端的一角。虽然没有日期，不过信息自有编排。这一段一定是第一则信息：

"希望尽快收到答复。条件谈妥。按名片地址来信。"

皮罗特

第二则信息：

"繁复难言，需作详细说明。一手交钱一手交货。"

皮罗特

紧接着写道：

296

"事态紧迫，必须收回要价，合同已定除外。信函约定，盼广告。"

皮罗特

最后一则信息：

"星期一晚九点后，两声敲门，都是自己人，勿怀疑。交货后马上付硬币。"

皮罗特

"记录轨迹很清晰，华生！要是我们能从另一头将这个人找到就好了！"他坐着陷入冥想之中，突然用手指敲着桌子，最后跳了起来。

"啊，可能没有多大困难。在这里没有其他事情可做了，华生。我认为我们有必要去趟《每日电讯报》看看，我们这一天的工作就结束了。"

第二天早餐后，迈克罗夫特·福尔摩斯和雷斯垂德按照约定过来了。夏洛克·福尔摩斯将我们头一天的进展讲给他们听。雷斯垂德对我们没有丝毫避讳的入室行窃行为大摇其头。

"我们警察是决不允许如此做事的，福尔摩斯先生。"他说，"我说你们为什么能取得了我们无法取得的成果。不过以后你们要再这样行事的话，你会发现你和你的朋友将会因此惹上官司。"

"从英国的安全出发，从家庭和美好生活出发——嗯，是吧，华生？我们愿意当国家祭坛上的殉难者。你怎么看我们的行为呢，迈克罗夫待？"

"棒极啦，夏洛克！我支持这样的行为！不过，你准备利用这些东西做什么？"

福尔摩斯将桌上的《每日电讯报》拿了起来。

"你看没看皮罗特今天的广告？"

"什么？又有广告？"

不错，在这儿：

"今晚，一样的时间，一样的地点，敲两下。十分重要。你的生命十

297

分危险。"

皮罗特

"上帝呀!"雷斯垂德叫了起来,"他如果来,我们就能将他逮捕!"

"在发广告时我也是如此打算的。要是二位没事的话,请八点钟左右跟我们一起到考菲尔德花园去,或许我们会很快搞清真相。"

夏洛克·福尔摩斯最让人佩服的一点是:他可使自己的脑子不受其他事情的影响,在他认为自己的工作一时之间难有突破的时候,他可以把一切心思都转移到轻松的事情上去。我清晰地记得,在那难忘的一天里,他一整天都在专心撰写关于拉苏斯的和音赞美诗专著。可是我却缺少他这种超脱的能力,所以那漫长的一天令人无聊苦闷。由于事关国家大事,最高当局为此焦灼不安。在一顿清淡的饭后,我的心情才稍微放松了一些。终于,我们上路去探险了。雷斯垂德和迈克罗夫特在约定的时间内赶来了,在格劳塞斯特路车站外等候我们。头天晚上我们没有将奥伯斯坦的地下室的门锁上,不过因为迈克罗夫特·福尔摩斯坚决不爬栏杆,所以我只好先进去将大厅正门打开。九点钟左右,我们已经坐在书房里静下心来候着我们的客人了。

在等待中,一个又一个钟头过去了。十一点的钟声敲响了,大教堂里悠扬有节奏的钟声,听起来如同为我们信心满满大唱哀歌。雷斯垂德和迈克罗夫特坐在那里焦灼难耐,一分钟看两次表。而福尔摩斯则镇定从容坐着,一言不发,半闭着眼睛,不过却保持着高度的警惕。猛然他转过头。

"有人来了。"他说。

有人先是鬼鬼祟祟地走过门前,然后又走回来。先是传来一阵拖着脚走的声音,然后又传来两下门环敲击门的声音,声音很刺耳。福尔摩斯站起来,示意我们坐着不要动。厅里面只有能发出一点光亮的煤气灯。他将外门打开,一个黑影偷偷溜进来的时候,他将门关上并闩紧。"往这边走!"我们听到他说。没有多久,我们的客人出现在了我们的面前。福尔摩斯跟在他的后面。这人大声喊了一声,转身要逃跑的时候,福尔摩斯便上去抓住了他的衣领,又将他扔进了屋里。他还没来得及站稳,门已经关上了,福尔摩斯在门那里站着。这个人向四周看了看，晃晃悠悠地倒在地上没有了知觉。一阵慌乱之中，宽边帽从他的头上掉了下来，围巾也从他的嘴边滑开，长长的浅色胡子和清秀英俊的面庞显露了出来，这个人竟然是法伦廷·瓦尔特上校。

福尔摩斯深深地叹了口气。

"我真的是太愚蠢了，华生，"他说，"这个家伙可不是我们要找的人。"

"这个人是谁？"迈克罗夫特非常着急地问道。

"这个人是潜水艇局局长，还是已经离世的詹姆斯·瓦尔特爵士的弟弟。没错，没错，我知道底牌了。他一定会来的。你们最好安排我来盘问。"

这个卧倒的家伙被我们挪到了沙发的上面。这个时候他坐了起来，慌忙地扫了一下四周，又用手擦了擦额头，像是不相信自己的知觉一样。

"这是什么意思？"他问道，"我是来看望奥伯斯坦先生的。"

"这一切都很明了了，瓦尔特上校。"福尔摩斯说，"谁会想到一位英国的上等人，居然会做出这种事情，真是让人无法理解。你和奥伯斯坦的交往和关系我们已经完全掌握了，我们还掌握了关于年轻的卡多甘·韦斯特死亡的有关情况。你最好选择坦白、忏悔，这样可以获得我们对你的一些信任，因为还有一些细节，我们需要从你这里获取。"

这个家伙长舒一口气，用两手将脸蒙住。我们等着，可是他沉默不语。

"我可以让你相信，"福尔摩斯说，"每个重要部分都已查清。我们很清楚钱对你来说很重要，你仿造了你哥哥掌管的钥匙，然后你与奥伯斯坦联系上了，他借助《每日电讯报》的广告栏与你联系。我们已经查明你是在星期一浓雾笼罩的晚上到办公室去的。不过，你被年轻的卡多甘·韦斯特发现并跟踪上了。或许在这之前他就已经对你产生了怀疑。他看见你盗窃了文件，可是又不方便报警，因为你可能是把文件拿给你在伦敦的哥哥。韦斯特丢下了自己的未婚妻，和一个好公民一样，在浓雾中紧跟着你，一直随你到了这个地方，然后他进行了干预。瓦尔特上校，现在你除了叛国之外，又犯了更为无可救赎的谋杀之罪。"

"没有！我没有！我敢向上帝保证，我没有杀他！"这个无耻的罪犯高声叫道。

"跟我们讲讲，在你们把卡多甘·韦斯特的尸体放到车厢顶上之前，你们是如何谋杀韦斯特的？"

"我交代。我发誓，后面的事是我干的。正如你刚才所说，我要还股票交易所的债，所以我非常迫切需要钱。奥伯斯坦出价五千，有了这些钱我就可以免遭破产。至于谋杀，我和你们一样，绝对是被冤枉的。"

"说说后面的事。"

"确实韦斯特早有怀疑，正如你说的那样，他尾随着我。到了这个门口我才察觉到他在后面跟踪我。浓雾弥漫，三英尺以外什么也看不清。我敲了两下门，奥伯斯坦出现在门口。韦斯特冲上来，问我们拿文件想干什么。奥伯斯坦有一件带在身边的护身武器。当韦斯特跟着我们硬冲进屋时，奥伯斯坦就用这件护身武器袭击了他的头部。这一击是致命的，不到五分钟他就没了气息。

"韦斯特的尸体横卧在大厅里，我们绞尽脑汁琢磨该如何应对。奥伯斯坦想到了停在后窗下面的列车。不过，他先是对我带来的文件进行了审查。他说有三份很重要，他必须要留下。我说：'你不能把它留下来，如果不送回去，伍尔维奇会引起轩然大波的。'奥伯斯坦说：'我必须要留下它们，因为技术性很强，不可能马上复制出来。'我说：'那不行，今天晚上一定要全部还回去。'他思考片刻，说有办法了。他说：'我拿走其中的三份，其余的塞进这个年轻人的口袋里，这样等他被人发现，窃贼的名号就戴在他头上了。'由于没有别的好办法，我只好遵照执行了。我们在窗前等了半个钟头，列车才停下来。外面浓雾弥漫，什么也看不见，我们没有费什么力气就把韦斯特的尸体放到车顶上。和我有关的事，大致也就这些。"

"你的哥哥呢？"

"他没有说什么。有一次我拿他的钥匙，他发现了。我想，他肯定怀疑我了。我从他眼神里看得出来，他起了疑心。正如你所知，他再也没有什么颜面了。"

房间里一时之间沉寂下来，后来这份沉寂被迈克罗夫特·福尔摩斯打破了。

"难道你没有想办法补救吗？这可以减轻你良心的谴责，也可能可以减轻对你的惩罚。"

"可是如何补救呢？"

"奥伯斯坦带着文件去了哪里？"

"我不清楚。"

"他没有把地址留给你吗？"

"他说让我把信寄到巴黎洛雷饭店，他就可以收到了。"

"至于想不想补救，这要看你的了。"福尔摩斯说。

"只要我有能力做到，我都愿意做。这个家伙对我没安什么好心，他毁了我，让我的前途毁于一旦。"

"过来坐到桌边来，这是纸和笔，我说你写。把给你的地址直接写在信封上。好，信要这样写：

亲爱的先生：

关于我们的这次买卖，我相信你肯定已发现，至关重要的一部分不见了。我有一份描摹图会使其完整。不过这件事已经让我处于危险边缘，必须再向你要五百镑。我不信任邮汇。我只要黄金或钞票，其他的一概不可以。本想出国找你，可是这个时候出国会引起他人的怀疑，所以我们于星期六中午在查瑞十字饭店吸烟室见面。切记，我只要黄金或钞票。

"不错。这回要是还抓不到我们所要的人，那真是让我们感到自己无能呢。"

事实确实如此！这是一段历史，国家历史的记录。这段历史比这个国家的公开大事要更吸引人：奥伯斯坦急于做成他一生中最大的这笔生意，最后受诱惑自投罗网，在英国坐牢十五年。那份价值连城的布鲁斯－帕廷顿计划被发现在他的衣箱里。之前他曾带着该计划在欧洲各海军中心公开售卖。

在判决生效后的第二年年底，瓦尔特上校死于狱中。福尔摩斯又开始重新对拉苏斯的和音赞美诗进行研究了。他的文章出版之后，在私人圈子里广泛传颂，很多专家说，它是这个主题的权威作品。过了几周，偶然一次，我听说他在温莎度过了一天，带回一枚非常漂亮的祖母绿领带夹。我问他是否是买的，但是他却告诉我那是一位和蔼可亲的女士送给他的礼物。他曾有机会为这位女士完成了一个小小的委托。其他的，他什么都没说。不过我认为，我是可以猜中这位女士尊姓大名的，并且我充满自信地认为，这枚祖母绿领带夹，将永远可以使我的朋友回忆起布鲁斯－帕廷顿计划这段侦破历程。

五　福尔摩斯之"死"

赫德森太太是夏洛克·福尔摩斯的女房东，她忍辱负重，很能长期忍受苦难。她的二楼成天有奇怪且令人讨厌的房客打搅，一位行为异常的房客生活没有规律，经常打扰她，这一点对她的耐心进行了严峻的考验。他不讲究衣着，十分邋遢，到了令人难以置信的地步。他喜欢在与众不同的时间内听音乐；有时在屋子内练习枪法；做些令人费解的科学实验，实验常常发出恶臭味，他的身上充满了暴力和危险的气氛，这些与众不同的特征让他成为伦敦最不受人欢迎的房客。不过，他出的房钱却很高。我知道，在我和福尔摩斯在一起住的那几年，他所付的租金足以购买整座房子了。

因此，尽管他的行为令人难以容忍，房东太太还是对他保持敬畏，从不敢打扰他。同时她也不是有多么讨厌他，因为他对待妇女态度温和、谦恭有礼。虽然他不喜欢，更不信任女性，可是却很有绅士风度。我清楚房东太太是真心关心他，因此在我婚后的第二年，当她来到我家给我讲我可怜的朋友福尔摩斯所处的悲惨境地时，我十分认真地听了。

"他眼看就不行了，华生医生，"她说，"他躺在床上三天了，我不清楚他能否能挺过今天。他不允许我替他叫医生。今天早上，我发现他的颧骨凸出来了，两只大眼睛无神地盯着我，我真的无法忍受了。'无论你允许还是不允许，福尔摩斯先生，我这就去替你叫医生。'我说。'那你就去把华生叫来吧。'他说。为了他，我不想再浪费时间了，先生，要不然，你就见不到他了。"

听了这个消息我很吃惊，因为我根本没听说他有病，而且还如此严重。不用再说什么了，我急忙穿上衣服，戴上帽子。在坐车往回赶的路上，我仔细询问了具体情况。

"我了解的情况也不是很多，先生。他一直在拉勒海斯河边的一条小胡同里研究一个病例。不幸的是他也由此感染上了这种病。从周三下午卧床不起一直到现在，始终没动过。三天了，滴水未进啊。"

"上帝呀！你为什么不把医生请来？"

"他不让我去，先生。你应该清楚他有多么专横，对他的要求我不敢违抗。他在这世上逗留的时间不长了。你看看他，自然就会明白。"

他的情况确实糟糕至极。这是浓雾笼罩的十一月，光线昏暗，小小的病房里的气氛沉闷压抑。看他躺在床上，那消瘦而干瘪的脸转向我，我的心一刹那降到了冰点。由于发烧，他的眼睛发红，两颊绯红，嘴唇上结了一层黑痂；两只手瘦削，而且不停地抽搐着，声音沙哑，说话的声音哆嗦颤抖。我走进屋内的时候，他躺着，一副弱不禁风的样子。一看见我，他的眼睛里闪露出神采。我知道他认出我了。

"唉，华生，看来我们与苦难的日子遭遇了啊。"他说话的声音十分虚弱，不过还是有以前那种藐视一切的态度。

"我亲爱的老朋友！"我边喊道，边向他走去。

"不要上前！快退后！"他说道。他高声阻止我，而以前这种呵斥只有在危急时刻才会出现，"不要走近我，华生，我命令你出去。"

"为什么？"

"因为这是我的要求，难道这还不可以吗？"

是啊，赫德森太太所说不错，他比以往更加专横。不过我看他虚弱的样子，又不免难受。

"我只是看我能否帮得上你。"我解释道。

"好的！我怎么要求你就怎么做，就是对我最好的帮助。"

"没问题，福尔摩斯。"

他那专横的态度渐渐消失了。"你没生我的气吧？"他喘着气问我。

真是可怜，看着他躺在床上虚弱成这样，我又如何会生气呢？

"这样做是为了你，华生。"他说道，声音颤抖嘶哑。

"为了我？我不明白。"

"我对我所患的病很清楚。我得的是苏门答腊岛的一种苦力病。这种病，荷兰人对它的了解要超过我们，虽然他们至今对治愈它也无能为力。只有一点是肯定的，这是一种致命的疾病，而且十分容易传染。"

他讲话的时候精神振奋，两只瘦长的手不停地抽搐、痉挛着，挥手让我离开些。"这种病会通过触摸传染，对，就是通过触摸传染，只要保持一定的距离就安全了。"

"上帝呀，福尔摩斯！你以为这样的说法就会让我害怕而退缩吗？即使是对待一个陌生人，这话也无法让我后退。你以为这样就可以阻止我对我的老朋友尽我的一份心意吗？"

说完我又往前走去，可是他立刻怒斥我，让我站住。"要是你站住，我就对你讲。要不然，你就离开这房间。"他用尽力气说道。

我一向极为尊重福尔摩斯的卓越品质，尽管有时候并不理解，我也总是秉持我的这项原则。可是，现在我的职业本能驱使着我。在其他方面，他可以命令我、驱使我，可是，至少在这病房里，他需要听我的话。

"我的朋友，"我说，"现在的你已经不像以前。病人就像孩子，所以让我给你治疗。无论你是否情愿，我还是要看看你的病状，然后再对症下药。"

他的眼神变得恶狠狠。"假如我非要请医生的话，至少我需要的是我信得过的。"他说。

"你的意思是你信不过我？"

"你的友情我自然信得过。可是，事实摆在眼前，华生，毕竟你只是一名普通的医师，经验不够丰富，资格也还欠缺。说这些话会使你心痛，可是你使我没有其他的选择。"

这话让我很受伤。"你不用如此讲，福尔摩斯。你的话清楚地表明了你的糟糕状态。要是我没有资格让你相信，我也不勉强你。我可以将贾斯帕·密克爵士或者彭罗斯·费舍请来，或者去请伦敦其他最好的医生。无论你如何讲，你总需要有个医生。要是你认为我可以站在这儿视若罔闻，也不去请别的医生来诊治，那你就不要将我当作你的朋友了。"

"我知道你出于一片好心，华生。"福尔摩斯说，像在呜咽，又像呻吟，"你难道非要我说一说你自己的无知吗？我问你，你知道塔帕努里热病吗？你知道黑福莫萨败血症吗？"

"我不清楚这些病症。"

"在东方有许多疾病，有许多匪夷所思的病理学现象，华生。"他说一句，就要歇一会儿，以积聚他那微弱的力气，"我最近对一些有关医学犯罪的方面进行了精心的研究，从中我了解到不少新知识。我的病就是在进行这样的研究的过程中染上的。你没有能力帮助我。"

"我可能无能为力，不过，我碰巧知道爱因斯特里博士目前就在伦敦，我还清楚他是现在还健在的热带病的治疗专家。不要再拒绝了，福尔摩斯，我现在就将他请来。"说完，我毅然转身走向门口。

我从来没有被这样的事情惊呆！突然间，原本已经弱不禁风的病人一跃而起，拦住了我。随后钥匙在锁孔里转动的刺耳声音响起。然后，他摇摇晃晃地回到床上。这一遽然行动消耗了他的大量体力，让他精疲力竭，气喘连连。

"我不会让你把钥匙从我手里抢走的，华生，我不会让你去请医生的，我的朋友。你就在这儿待着，如果我不允许你离开，你就不能走。"说这些话的时候他一直是喘着气的，每说完一句就拼命地吸气，"你完全是为我着想，这一点我自然明白。你可以自便，但需要给我时间，让我将体力恢复，现在肯定不行，华生，现在不行。现在是四点钟。到六点钟你就可以离开了。"

"你真是有问题，福尔摩斯。"

"就两个小时，华生，我答应让你六点离开，你愿意等吗？"

"看来我没有其他的选择。"

"那是一定的，华生。我感谢你，我不需要你帮助我整理衣服，你需要离我远一点。华生，你要满足我的一个条件，那就是你可以去寻求帮助，不过不是你提到的那个人，而是从我划定的人那里去寻求帮助。"

"那好吧。"

"'那好吧'这三个字是你进房间以来，说出来的最符合现实的三个字，华生，那儿有书。我身体有些疲乏。当一组电池的电都输入一个非导体，我不清楚这组电池会有何感觉。到六点钟的时候，华生，我们再来说这事。"

不过注定在六点之前我们会交谈。而这次的情况，继第一次遽然跃起跳到门口之后，再次让我非常吃惊。我呆呆地站在那里，望着病床上不再说话的那个人。他的脸几乎让被子全部遮住了。他好像沉沉睡去了。我哪有心思读书，于是在屋里慢慢地来回走，认真研究贴在四面墙上的有名罪犯的照片。我没有目的地来回看着，最后来到壁炉架旁，壁炉上面杂乱地扔着烟斗、烟丝袋、注射器、小刀、手枪子弹，还有一些叫不上名的小东西。其中有一个黑白相间的小象牙盒，盒上有一个可以活动的小盖。这个小巧的小东西吸引了我，我伸手去取，准备仔细看看，哪知道就在此时……

床上的人发出了歇斯底里的喊叫——这一声喊叫也许在街上也可以听见。这一可怕的声音使我全身上下冰凉，毛骨悚然。我回过头去，那是怎样一张抽搐的脸和两只惊惧失措的眼睛。我手拿着小盒站在那里呆呆不动。

"快放下！快放下，现在，马上，华生——我命令你马上放下！"说完他又躺到枕头上。我把小盒放回壁炉台上，他才长长地舒了一口气。"我十分反对你这种行为，华生，你知道，我一直很反感别人动我的东西。你很烦人，让我忍受不了。你，一个医生，这样做就是要把病人赶到精神病院去，快坐好，你这个家伙，让我休息一会儿！"

这件意外的事将我原本不好的心情弄得更加糟糕。先是粗暴和无缘无故的激动，接着说出如此无礼貌的话，这与他平时和蔼的态度截然相反，这无疑说明了他的头脑很混乱。在一切灾祸中，高贵的头脑被毁是最让人感到痛心的。我什么也没有说，可是情绪低落，一直坐着，等待规定时间的到来。我一直看着钟，而他好像也一直在看着表，因为刚到六点，他就再一次开口说话了，同以前一样有生气。

"到时间了，华生，"他说，"你带零钱了吗？"

"带了。"

"银币呢？"

"也有一些。"

"半个克朗的有多少？"

"五个。"

"啊，很少！太少了！多么不幸呀，华生！尽管少得可怜，你还是将它放到表袋里去，其余的钱放到你左边的裤子口袋里，一定这样做。这样一来，你就可以保持平衡了。"

这真是乱说一气呀。他颤抖起来，又发出那种既像咳嗽又像呜咽的声音。

"现在去把煤油灯点上，华生，不过一定要注意，不要一下就全点着，而是不要多于一半，一定要如此做，华生。谢谢！很好！不，你不用将百叶窗拉开。还有你将信和报纸放在这张桌子上，让我够得着就可以。哦，就这样，谢谢。你还要把壁炉台上那些乱七八糟的东西拿过来一点。哦，就是这样，华生！那上面有 V 形糖夹子，请你用夹子把那个象牙小盒打开，放到这里的报纸上。好！就这样，谢谢，现在，你可以到下伯克大街十三号去请柯弗顿·史密斯了。"

实话实说，我现在已经不想去请医生了，因为我发现可怜的福尔摩斯神志已经到了错乱的程度了，离开他，我怕有危险。可是，他现在却要请他所说的那个人来给他治疗，其迫切的心情，与他刚才不准我去请医生的态度一样让人不可抗拒。

"这个名字我从来没听说过。"我说。

"有这个可能，我的好朋友，华生，我要告诉了你，这可能会使你吃惊的，治这种病的内行其实并不是一位医生，而是一个种植园主。柯弗顿·史密斯是苏门答腊岛众所周知的人物，现在正在伦敦访问。在他的种植园里，曾流行一种疫病，由于得不到有效医药的救治，他自己不得不进行研究，正是由于这样才取得了巨大的成果。他这个人办事遵循固定的规律，我叫你六点之前不要去，是因为我很清楚那个时间你在他书房里找不到他。要是你能将他说服，让他到这里来，以他治疗这种病的独特经验，他肯定会治好的。诊治这种病已经成为他最大的爱好，可是我担心他却不会给我治病的。"

福尔摩斯的这段话意思是连贯的，也是完整的，可是他说话的时候依然喘息不断，同时病痛使他的双手不断抽搐、痉挛。在我和他接触的这几个小时里，我发现他的情况更加不好了：瘰疬热的斑点愈加明显，从深陷的黑眼窝里射出的目光有一种与平时不同的的神采，额头上冷汗直冒。可是，他平时说话时的那种自信满满的风度依然存在。即使到了弱不禁风的时候，他仍是一个支配者。

"你一定要将你离开我时的情况详详细细讲给他听。"他说，"你要把你心里的印象表达出来，比如奄奄一息、生命垂危、神志迷糊。真的，我想不出，为什么整个海滩不是一整块牡蛎。生物的繁殖力是多么强啊。上帝呀，我怎么感觉飘飘悠悠啊！多奇怪，脑子要由脑子来控制！我到底在胡乱说些什么，华生？"

"你是让我去请柯弗顿·史密斯先生。"

"哦，是的，我记得。我能否恢复健康，全靠他了，去恳求他，华生。我和他之间彼此没有好感。他有个侄子曾与我有过纠葛，华生——我曾怀疑其有见不得人的勾当，我让他看到了这一点。这孩子离世的方式有些惨，史密斯因此恨透了我。你去说服他，华生，请求他，恳求他，无论想什么办法都要将他请来。只有他能救我，相信我，只有他能救我！"

"假如我必须请他来，我就把他拉进马车。"

"一定不要那样做。你要说服他，让他自愿来。然后在他来之前你要先赶回来。随便用什么借口都可以，就是不要跟他一起来，一定要记住，华生。你不会使我失望的，你从来没有让我失望过。一定有天然的敌人在左右着生物的繁殖。华生，我们都已经竭尽所能了。那么，这个世界还会被繁殖过多的牡蛎侵害吗？不会的，不会的，那得有多可怕呀！你要把你心里的一切都表达出来。"

这样一位智力超群的天才现在却像个傻孩子似的喋喋不休，乱说一气，真是让人无语。他将钥匙交给我，我高兴极了，赶快将钥匙接过来，这样他就不会把自己锁在屋里的。赫德森太太在走廊里焦急地等待着，她不停地颤抖着、哭泣着。我走过套间，福尔摩斯精神混乱地又叫又唱的声音从后面传过来，他的音调很高，声音尖又细。到了楼下，当我正叫马车时，有个人从雾中走过来。

"先生，福尔摩斯先生怎么样了？"他问道。

原来是老熟人，苏格兰场的莫顿警长。他身穿花呢便衣。

"他病得让人担心。"我回答。

他以一种非常奇怪的神色盯着我看。如果不是这样想显得太龌蹉，我倒觉得从车灯下看见的他竟然是面带喜色的。

"有人说了一些关于他生病的谣传。"他说。

马车走动了，我和他拉开了距离。

下伯克街位于诺丁山和肯辛顿交界的地方。这一带的建筑很不错，界限却不清楚。马车在一座住宅前面停下。这座房子有老式的铁栏杆、双扇大门以及闪亮的铜件，这些东西给人一种体面而严肃的高贵气派的印象。一个表情严厉的男管家出来了，他的身后射出淡红色的电灯光。

"华生医生，柯弗顿·史密斯先生在里面。好的，先生，我这就把您的名片交给他。"

我不被人知的名字和称谓，没有引起柯弗顿·史密斯先生的过多关注。通过半开着的房门，一个嗓门很高、暴躁刺耳的声音传了出来。

"来访者是谁？他有什么事？天啊，斯泰帕尔，我不止一次跟你说过，在我作研究的时候不要让人来打扰我，难道你不清楚吗？"

从里面传出管家轻言细语地解释。

"哦，那我也不想见他，斯泰帕尔。我不能让我的工作就这样中断。我有事出去了，就这样对他说吧。要是非见我不可，就叫他早上过来。"

管家又轻言细语的解释。

"好了，就这样吧，这样对他说。让他早上来，要不然，就远点。不要打扰我的工作。"

我想到福尔摩斯正在病床上受着痛苦的折腾，掰着指头算时间，等我去帮他。现在讲礼貌会耽误宝贵的救治，他的生命全靠我的迅速及时。因此，在有深深歉意的管事还没来得及传达主人的意思之前，我就从他的身边闯进去了。

我看见有个人从火边的一把靠椅上站了起来，同时发出愤怒的叫声。那个人有一张蜡黄的脸、满脸的横肉、一个肥大的双下巴，在乱糟糟的黄眉毛下面有一对阴沉吓人的灰眼睛，现在正盯着我。在他稀少的红色卷发上，故作时髦地斜压着一顶天鹅绒的吸烟小帽。他的脑袋很大，可是当我向下一看，不觉吃了一惊，这个人的身躯既小又很孱弱，双肩和后背驼着，给人的感觉像是之前得过佝偻病。

"你是怎么回事？"他高声尖叫道，"这么闯进来是什么意思？我不是让人告诉你，让你明天早上再过来吗？"

"十分抱歉，"我说，"不能再浪费时间了，夏洛克·福尔摩斯先生……"

提到福尔摩斯的名字，显然对这个矮小人物产生了非同寻常的效果。他脸上的愤怒表情转瞬间消失了，神色变得紧张又警惕。

"你说你是从福尔摩斯那儿来的？"他问道。

"是的，我刚从他那儿前来。"

"福尔摩斯如何了？他好吗？"

"他已经奄奄一息啦，我就是为这事而来的。"

他指着椅子示意我坐下，他也坐下了。就在这时候，我从壁炉墙上的镜子里看见了他的脸上露出一丝幸灾乐祸的笑容，这点我敢保证。不过我转念一想，也可能是我意外发现的某些神经收缩，因为过了一会儿，他转过身来与我对视时，脸上显露出一副真诚关怀的表情。

"听到这个消息，我感到十分难过。"他说，"我和福尔摩斯只是通过我们做的几笔生意结识的，我对他过人的才华和品质十分敬佩。他业余研究犯罪学，我则研究疾病。他抓罪犯，我灭病菌，这就是我的监狱。"说着他用手指向一个小桌子上的一排排的瓶罐。"在这里培养的胶质物中，就有世界上最凶顽的犯罪分子正在伏法。"

"正是因为你有独一无二的知识，福尔摩斯才想得到你的帮助。他对你评价极高，他认为在伦敦，只有你才有能力帮助他。"

听了这话，这个矮小的人物显然吃了一惊，那顶时髦的吸烟小帽竟然滑到地上去了。

"你说什么？"他问道，"为什么福尔摩斯认为只有我才能帮他解决困难？"

"因为你了解东方的疾病。"

"你的意思是他认为他染上的病是东方疾病？"

"是的，在职业调查中，他在码头上和中国水手一起工作过。"

听到这儿，柯弗顿·史密斯咧嘴笑了，之后他捡起了掉在地上的吸烟帽。

"哦，是这样呀。"他说，"我想这事并不像你想的那么严重。他病了多长时间了？"

"差不多三天了。"

"有精神错乱的现象吗？"

"有时有。"

"哦！听起来很严重，不去看看，那就说不过去了。打断我的工作让我很生气，华生医生，不过，这次例外。我马上就跟你同去。"

我没有忘记福尔摩斯的叮嘱。"我另外还有别的事。"我说。

"哦，那好吧，我自己去。我有福尔摩斯先生的住址，你放心，我最多半小时后就可以到达。"

我心事重重地回到福尔摩斯的卧室。我怕当我不在的时候他会出事。令我感到高兴的是，这段时间，他的病情看起来没有恶化。他的脸色虽然还是惨白，可是没有精神混乱的症状。他说话的声音显然还很虚弱，不过要比之前显得更清醒。

"见到他了吗，华生？"

"见到了。他说他随后就过来。"

"棒极了，华生！真是太好了！你是最好的信差。"

"他想同我一起来。"

"那绝对不可以，华生，那显然是行不通的。我得病的情况，他问了吗？"

"我告诉他事关东方中国人。"

"十分准确！真不错，华生，你已经尽了好朋友应该尽的力了，现在你可以离开了。"

"我必须等着听听他的意见，福尔摩斯。"

"那是必须的。不过，假如他以为这里只剩下我们两个人，我有足够的依据认为，他的意见会更加坦率，也更有价值。我的床头后面刚好有点空间，华生。"

"我不明白你的意思，福尔摩斯！"

"恐怕没有什么其他的选择了，华生，这地方虽然不适合藏人，可是也不容易引起怀疑。就躲在那儿吧，华生，我看没问题。"他突然坐起，憔悴的脸上有一种严肃而专注的神情。"有车轮声传来了，华生，快，假如你真是关爱我，千万不要动，无论出什么事，你都不要动，听见了吗？不要说话！别动！只听着就可以了。"忽然，他那突如其来的精力又消失了，老练果断的话音又变成迷迷糊糊的微弱的咕噜声。

我急忙躲藏起来，因为我听到上楼的脚步声传来，随后响起卧室的开门声和关门声。后来，令我感到吃惊的是好久屋内都没有什么声音，只有福尔摩斯急促的呼吸和喘息声。我能想到，来客站在病床边观察病人。最后寂静终于被打破了。

"福尔摩斯！"他喊道，"福尔摩斯！"连续不断的叫声如同在呼唤睡着的人那样。"你可以听见我的说话声吗，福尔摩斯？"一阵沙沙的声音传来，好像他在抓着病人的肩膀摇晃。

"你是史密斯先生吗？"福尔摩斯低低的声音响起，"我真不敢奢望你能前来。"

那个人笑了。"我可没有这样的想法。"他说，"你看，我来了。这叫什么，叫以德报怨，福尔摩斯，以德报怨啊！"

"你真是宅心仁厚，人格真是高尚。我欣赏你独一无二的学识。"

来客肆无忌惮地窃笑着。"你欣赏，让我感到高兴的是，你是全伦敦唯一欣赏我的人。你得的是什么病，你清楚吗？"

"一样的病。"福尔摩斯说。

"啊！你看出症状了？"

"我十分清楚。"

"啊，我却不会感到任何惊讶的，福尔摩斯，假如真是同样的病，我也不会感到惊讶的。另外，真的是同样的病，你的前景就更加糟糕。可怜的维克托在第四天就死了，你知道他身强力壮，有着健康的体魄。正如你所说，他竟然在伦敦中心区染上了这种罕见的亚洲病，真是无法预料，而这种病，我也进行过专门研究。这种巧合真是奇怪，福尔摩斯。这件事你注意到了，你真是聪慧，不过严酷的事实证明，这里面有其因果关系的。"

"我知道这是你干的。"

"哦，你知道啊，那好啊，可是不管怎么样，你无法证明这一点。你原先到处给我造谣，现在你得了病又趴在地上乞求我给你治疗，你现在有什么感慨啊？这到底玩的什么把戏？"

病人嘶哑而吃力的喘息声传来。"给我水！"他虚弱地说。

"你就要悲惨地离去了，我的朋友。不过，我需要跟你把话说完才会看你死去，所以我把水给你。好了，给你，别洒出来！对，你能听懂我的话吗？"

福尔摩斯开始低吟起来。"请帮一下吧，过去的事就让它过去吧。"他低声说，"我保证将我所说的话忘掉——我向你保证，我一定忘记。只要你治好我的病，我就会忘记那些事。"

"忘记什么？"

"哎，忘掉维克托·萨维奇是如何离世的。事实上你刚才也说了是你干的，我一定将它忘记。"

"你可以忘记它们，不过也可以记着，随你的便。我不会在证人席上见到你了。我告诉你，我善良的福尔摩斯，要见到你，也是在昏暗的匣子里。即使你十分清楚我侄子是如何死的，你又能把我怎么样，要知道我们现在谈的是你而不是他。"

"我知道，是的。"

"来找我的那个家伙，我已经忘记他的名字了，我只知道，你是在东方水手中染上这种病的。"

"我只能如此解释。"

"你自认为你有一颗超人的头脑，福尔摩斯，难道不是吗？你一向觉得自己很聪明，是这样吧？这次，你碰上了比你还要聪明的人。现在，你想一想，福尔摩斯，你能够想到你是通过其他方式染上这种病的吗？"

"我无法想起来，我已经失去了思考能力。看在上帝的份上，请出手帮我吧！"

"你放心，我会帮助你。我要帮助你弄明白你现在的处境，而且还要让你明白你是怎样到这个地步的。在你死之前，这些你都要知道。"

"给我点减轻我痛苦的东西吧。"

"痛苦，是吗？不错，苦力们临终前总是要发出几声嚎叫的。我想，你要抽筋吧？"

"是的，是的，我抽筋了。"

"不错，无论如何，你还能听见我在说什么。现在听着！你是否还能想起，就在你开始出现症状的时候，你遇到过什么特殊的事情吗？"

"想不起来，完全想不起来。"

"好好想想。"

"我病得太厉害，什么也想不起来啦。"

"既然这样，那么我来帮助你。我问你，你是否收到过什么邮件？"

"邮件？"

"偶然收到一个小盒子？"

"我头晕——我就要死了！"

"听好了，福尔摩斯！"一阵响声传来，好像他在摇晃奄奄一息的病人，我只能躲在那里一声不响，"你一定要听我说，你应该听我说。你还记得一个盒子吗，一个象牙盒子？星期三送来的。你将它打开了——是这样吧？"

"嗯，嗯，是的，我打开了。里面有个很尖的弹簧，是开玩笑……"

"那不是开玩笑，你这个傻瓜，你受骗了，你是自食其果。谁叫你阻挡我的发展了！假如你不来找我的麻烦，我自然也不会报复你。"

"我记得，"福尔摩斯一个劲儿喘气，"弹簧！扎出血了。那个盒子现在就在桌上。"

"正是这个，感谢上苍！我会将它装进我的口袋，带它离开房间，这样你最后的一点证据也没有了。不过你已经了解真相了，福尔摩斯，你可以死个明白了——你是死在我手里的。你对维克托·萨维奇的事知道得太多了，所以我决定让你继续深入里面。你快要死了，福尔摩斯，我要坐在这里，眼看着你痛苦地死去。"

福尔摩斯的声音小得几乎无法听见。

"你在说什么？"史密斯问，"将煤气灯开大些吗？啊，黑夜来临了，是吧？好，我来满足你，这样我也可以把你看得更清楚。"他走过去，灯火突然明亮了许多。"还有什么事需要我帮你的吗，我的朋友？"

"火柴，香烟。"

我一阵惊喜，几乎喊了出声来。因为福尔摩斯又恢复了他那自然的说话声音，就是感觉有些虚弱，不过正是我熟悉的声音。一阵沉寂过后，我感到柯弗顿·史密斯站在那里正看着床上的人，万分惊讶，一声不吭。

"你要说什么？"我终于听见他又一次开口了，声音干哑而刺耳。

"一个角色最为成功的扮演方法就是置身其中。"福尔摩斯说道，"我告诉过你，三天来，我滴水未进，你真是好心啊，给我倒了杯水。不过，最叫人难受的还是烟草。啊，这儿有香烟。"划火柴的声音传来。"这就舒服多了。喂！喂！是一位朋友的脚步声吗？"

外面响起了脚步声，随即门被打开了，莫顿警官出现在门口。

"很顺利，你要找的人就是他。"福尔摩斯说。

警官发出通常的警告。

"你将以谋害维克托·萨维奇的罪名受审。"他最后说。

"另外，还可以加一条——试图谋害一个名叫夏洛克·福尔摩斯的人。"福尔摩斯笑着说，"为了挽救一个病人，警长，柯弗顿·史密斯先生心地善良，他让灯变得明亮，发出我们的信号。对了，罪犯上衣右边口袋里有个小盒子。最好小心将他的外衣脱下来。谢谢你，要是换作我，我会小心翼翼地拿。放在这儿，在审讯中或许有作用。"

一阵碰撞和扭打的声音传来，接着响起铁的相撞声和一声痛苦的喊叫。

"这只会徒增你的痛苦。"警官说，"站着别动，知道吗？"手铐咔的锁上的声音传来。

"可怕的陷阱！"一阵咆哮声传来，"上庭受审的是你，福尔摩斯，不会是我。是他请我来给他治病的。我同情他，所以我来了。很显然，他会说他编造的话是我说的，用来表明他神志不清的猜疑是真的。福尔摩斯，假如你喜欢说谎话，那你就说谎吧。我的话和你的话同样是可信的。"

"上帝呀！"福尔摩斯叫了起来，"我已经将他忘了。华生，我亲爱的朋友，真是万分抱歉，我竟然将你忽略了！不用向你介绍柯弗顿·史密斯先生了，因为你们晚上在这之前已经认识了。下面有马车吗？我换好衣服就和你一起走，因为我到警察局或许会起到作用。"

"看来我应该不用这副打扮了，"福尔摩斯说。他在梳洗的间歇中喝了一杯红葡萄酒，又吃了一些饼干，借此来恢复一下体力。"你很清楚，我的生活习惯不是很规律，比起大多数人来说，出演这样的角色对我来说没什么难度。最重要的是要骗过赫德森太太，让她对我的情况信以为真，因为我需要让她转告你，再由你转告他。你没有因此生气吧，华生？我知道，你很有才干，可是你不善于伪装，假如让你知道了秘密，你决不可能如此急不可耐地去找他，并使他深信不疑，而这是整个计划非常重要的一部分。我知道他报复心切，所以我相信他一定要亲自来看看自己的杰作。"

"可是你那迷糊人的外貌，福尔摩斯——你是如何弄出那张惨白可怕的脸的呢？"

"无论谁绝食三天都不会很美的，华生。至于其他的，用一块海绵就可以搞定，它无所不能。额头抹上凡士林，往眼睛里滴点颠茄制剂，在颧骨上涂点口红，用蜡在嘴唇上涂一层，绝妙的效果就会出现。诈病这个主题，我还曾考虑过出一本论著呢。一会儿说半个克朗，一会儿说说牡蛎，再加上这些胡言乱语，就可以产生神志昏迷的奇效。"

"既然你没有染上病，那为什么我靠近你会让你产生如此大的反应呢？"

"你如何问起这个单纯的问题呢，我亲爱的华生？你以为我真的看不起你的医术吗？不管我这个多么弱不禁风的病人何奇虚弱，可是我的脉搏不快，温度也不高，你说这些怎么能逃得过你那精明的眼睛啊？只有相隔四码，我才有可能瞒过你。要是我无法做到这一点，谁会把史密斯带到我的掌控之中呢？除了你，没有人能做到这一点，华生。我没有碰那个盒子。当你将那个盒子打开，从盒子旁边看时，你就会发现那个像毒蛇牙齿般的弹簧伸出来。由于萨维奇妨碍了这个恶人继承财产，我敢说，一定是他采用了这种手段害死了可怜的萨维奇。你很清楚，我收到的邮件多种多样，凡是送到我手上的包裹，我无一例外都要小心对待。但是，我很清楚，我要让他感觉到他的诡计已经得逞，这样我就会出其不意地让他将心里话说出来。我是以真正艺术家的心理去完美地执行这次诈病的。非常感谢你，华生，你得帮助我穿上衣服。等我在警局做完我该做的事情后，我想我们应该去辛普森饭店吃点我们喜欢吃的东西。"

六　　弗朗西斯·卡法克斯女士的失踪

"怎么会是土耳其式的？"夏洛克·福尔摩斯问道，他眼睛一眨不眨地盯着我的靴子。这时我正斜倚在一把藤椅上，他对我伸出去的两只脚发生了兴趣。

"英国式的，"我有些惊奇，"是在牛津大街拉梯默鞋店买的。"

福尔摩斯微微一笑，脸上显示出有些不耐烦的神情。

"洗澡！"他说，"洗个澡为什么去洗使人松弛而浪费的土耳其浴，而不去洗个令人舒服痛快的本国澡呢？"

"最近几天我的风湿病发作了，身上不舒服。土耳其浴对于身体很有好处，给人一种全新的感受，如同身体的清洁剂。"

"顺便询问个事，福尔摩斯，"我接着说，"我个人确信，对于有逻辑头脑的人来说，靴子和土耳其浴之间的关系应该是显而易见的。不过，要是你能告诉我，我将十分感激。"

"这个推理不是多复杂，华生。"福尔摩斯说，顽皮地眨着眼睛，"这实际上是推理的基础课程，你告诉我，今天早上你和谁一起坐的车？"他问道。

"我认为一种新的实例不应该成为一种普遍的解释。"我有些不以为然。

"哎呀，华生！这是一个庄严而有逻辑的反抗。我来看看问题出在哪里？将最后的拿到最前来说吧——说说马车吧。你看，你的左衣袖上和肩上都沾染上了泥点。假如你坐在车子中间，泥点就不会溅到你身上了。假如你坐在车子中间，要有泥点当然两边都有。由此我断定，你是坐在车子的一边的，这很清楚。你有同伴，这同样也很清楚。"

"这很清楚。"

"荒唐而且古怪，是这样吗？"

"可是靴子和洗澡呢？"

"同样的清楚。你穿靴子的习惯一直很固定。现在，我发现你靴子的双结是认真打过的，系法与你平时的不同，所以，你脱过靴子。那么是谁给你系的鞋呢？鞋匠吗？还是澡堂的伙计。鞋匠的可能性不大，因为你的靴子几乎是全新的。哦，还有什么呢？只有洗澡。太荒唐了，是这样吧？但是，不管如何，你洗土耳其澡是有目的的。"

"什么目的？"

"你说你洗土耳其澡是因为你需要改变。我主张你再去洗一次。华生，我亲爱的朋友，去洛桑如何？头等车票，钱想花多少花多少。"

"不错的主意！不过为什么呢？"

福尔摩斯将身子靠在椅子上，然后从口袋中取出笔记本。

"你知道，世界上最危险的一种人是哪种人吗？"他说，"就是四处流浪，没有朋友的女人。她最无害处，可是往往是最有用的，常常是别人犯罪的导火索。她处于没有人帮助的窘境，四处流浪。她有大量的钱让她从一个国家到另一个国家，住了这家旅馆，再住另一家旅馆。她往往迷失在贫寒的私人旅店和寄宿栈房里。她如同一只小鸡，迷失在狐狸的世界。她被吃掉了，很少有人想起她。我猜想弗朗西斯·卡法克斯女士已经遭遇了某种灾难。"

话题突然从抽象概括转到具体，我一下子放松了。福尔摩斯在查阅他的笔记。

"弗朗西斯女士，"他接着说，"是已经不在人世的拉福顿伯爵直系亲属中唯一幸存下来的人。你可能还记得，遗产都留给了男性，她只得到很少的一部分，不过其中包括几件非常稀罕的古老西班牙银饰珍宝和巧夺天工的钻石。她对这些奇珍异宝非常珍惜，不肯存放在银行，总是随身携带。可怜的弗朗西斯女士刚刚步入中年，容貌漂亮，然而，由于一次意外，二十年前这个庞大家族中的最后一位成员失去了她的家园。"

"她发生了什么事？"

"哎，弗朗西斯女士发生了什么事？现在是在人世，还是死了？这就是需要我们解决的问题。这位女士有个雷打不动的习惯，四年来，她每隔两星期都会给她以前的家庭女教师杜布妮小姐写一封信，这个习惯一直坚持着。杜布妮小姐早已退休，现在住在坎伯韦尔。正是这位小姐向我求助。五个星期的时间过去了，她没有收到任何的来信。最后一封信是从洛桑的国家饭店寄出的。弗朗西斯女士好像已经不在那里了，不过没有留下地址。杜布妮小姐一家人都焦灼不安，而且他们非常有钱，要是我们能够将情况查清，他们会以重金感谢的。"

"杜布妮小姐是唯一可以给我们提供线索的人吗？这位女士是不是也给别的人写信？"

"肯定会有通信者，华生，那就是银行。单身女人也要生活，她们的存折就是日记的缩影。她将钱存在西尔维斯特银行。我查看过她的账户。她取款的最后一张支票，只是为了付清在洛桑的账单，不过数额很大，现款可能留在她手上。从那以后只开过一张支票。"

"给谁开的发票？又开到什么地方？"

"是给玛丽·黛汶小姐开的。开到什么地方，我尚不知道。大概三星期前，这张支票在蒙彼利埃的里纳银行兑现，总数五十镑。"

"知道那个玛丽·黛汶小姐是谁吗？"

"这个我已经调查出来了。玛丽·黛汶小姐过去是弗朗西斯·卡法克斯女士的女仆。把这张支票给她的原因，我们还无法确定，不过毫无疑问，你的调查将会很快将这个问题搞清楚。"

"什么是我的调查？"

"正因为如此才要到洛桑做一次恢复健康的探险。你清楚，老阿伯拉罕斯十分怕死，我不可能离开伦敦。另外，从原则上说，我最好不要离开。如果我不在，苏格兰场会感到无聊的，并且也会让犯人感到兴奋。所以，你去吧，华生，我亲爱的朋友。假如我的意见每个字能值两便士的高价，那就让它在大陆电报局的另一头始终如一地静等你的调用。"

我在过了两天后来到洛桑的国家饭店，在那里，那位闻名遐迩的经理莫塞先生礼貌接待了我。他跟我讲，弗朗西斯女士曾在这里住过几个星期。见到她的人都很喜欢她。她年纪应该不到四十岁，美丽还没有远离，可以看出她年轻时是个美人。莫塞并不知道她有什么珍贵珠宝，不过仆人曾提到过，那位女士卧室里的那只沉甸甸的皮箱一直锁着。女仆玛丽·黛汶同她的女主人一样，见到她的人都很喜欢她。她已与饭店里的一个领班订了婚，她的地址并不难得到，她就住在蒙彼利埃的特拉扬路十一号。我急急忙忙记下这些。我觉得福尔摩斯收集信息也就这样。

还有一点到现在还不是很清晰。就我掌握的信息，没有证据能够表明这位女士突然离去的原因。她在洛桑生活得很舒服。所有的证据告诉我们，她原计划在这湖滨之上的豪华房间里度过这个季节，不过，她却在预订的第二天就离去了，一周的房钱白付了。只有女仆的情人茹勒·维巴提出一些看法，他将这位女士的突然离去和一两天前一个身材高大、皮肤黝黑、留有胡子的人的来访联系起来。"野蛮人——不折不扣的野蛮人！"茹勒·维巴嚷道。这个人就生活在城里的某个地方。他在湖边的游廊上和这位女士热情洋溢地交谈。随后他就来与这位女士见面，不过她拒绝见他。他是个英国人，不知道他的姓名。随后，这位女士很快就离开了那个地方。茹勒·维巴，以及更重要的人——茹勒·维巴的情人，一致认为那个男人的来访与这位女士的离去有着因果关系。只有一件事，茹勒没有讲清楚，那就是玛丽因为什么要离开女主人。这一点，他不能、也不愿讲。假如我想弄清楚，我需要到蒙彼利埃去问她。

我第一阶段的调查活动宣告结束。第二阶段的主要任务是要了解到弗朗西斯·卡法克斯女士离开洛桑后要去往哪里。关于这一点，据猜测她在故意隐瞒，这使我确信，她之所以离开是为了甩开某人的跟踪。要不然的话，她的行李上为什么不公开贴上去巴登的标签呢？她本人和她的行李都是绕行来到了莱茵河旅游胜地的。我是从当地库克办事处经理那里了解到这些信息的。我去巴登之前，给福尔摩斯发了电报，告诉他我的调查情况，并且收到他的回电，他在其中幽默地赞许了我。

在巴登寻找线索不是很费劲。弗朗西斯女士在英国饭店住了两星期。在那里她与来自南美的传教士施莱辛格博士和他的妻子结识了。与大多数独身女子相类似，弗朗西斯女士从宗教中获得安慰。施莱辛格博士过人的品质，全身心的奉献精神，以及他在传教过程中的苦难经历，这些都深深地触动了她。她协助施莱辛格太太一起照料这位正慢慢恢复健康的圣者。经理告诉她，他白天在游廊的躺椅上度过，有两名服务员在他的两边服侍他。他正在绘制一幅专门说明米迪安天国圣地的地图，而且还在撰写与此相关的文章。后来，他的身体渐渐好了起来，便和妻子返回伦敦。弗朗西斯女士与他们同往。这只是三星期前的事。此后，这位经理再也没有他们的任何消息。至于女仆玛丽，她告诉别的女仆说自己永远不再做这个工作了，她早几天走的，当时泪水布满了她的脸庞。施莱辛格博士出发前，给他的那帮女仆都付了酬薪。

"哦，还有一件事，"经理最后说，"你不是唯一打探弗朗西斯·卡法克斯女士消息的人。一两个星期之前，她有个朋友也到这儿盘问过她的消息。"

"知道他的姓名吗？"我问。

"不知道，不过知道他是英国人，虽然样子特别。"

"像个野蛮人？"我说，根据那位经理的说法，我将事情联系起来了。

"不错。这样描述他确实很形象。这家伙身宽体胖，留有胡子，皮肤晒得黝黑，看样子，他经常住农村客栈，而不是高级饭店。我看这个人模样凶狠，有些不敢惹他。"

秘密渐渐显露出来了，乌云散去，一切看得更明白了。这位善良而虔诚的女士被一个阴暗的家伙追踪，从一个地方追到另一个地方。对他，她是抱着恐惧心理的，要不然她不会逃离洛桑的，可是他仍然没有放过她。他早晚会追上的。他已经追上她了吗？她选择保密是否就因为这个？跟她同行的人难道不掩护她，使她免于遭受暴力或敲诈的威胁？这长途跋涉追逐的后面到底是因为什么，有什么阴险的企图呢？这就是我要调查清楚的问题。

我写了封信给福尔摩斯，告诉他我已经迅速而准确地查到案子的根源了。福尔摩斯回电，却是要我说明施莱辛格博士的左耳是什么模样。福尔摩斯的这种幽默让我既感到奇怪，又感到有些气愤。我没有理会他不合时宜的幽默。其实，在他的电报还没有到来之前，为了追上女仆玛丽，我已经赶到了蒙彼利埃。

我没有费多大周折就找到这位女仆，并了解了她的情况。她是个忠诚之人，她要离开她的女主人，是因为她确信她的主人已经找到了靠谱的人照料，另外由于她的婚期已到，不管怎样她都需要与主人告别。她精神不振，并告诉我，她们住在巴登时，女主人对她大发脾气，有一次甚至质问她，看样子女主人对她的忠诚产生了怀疑。这样的分离更好，要不然彼此会很难割舍。作为礼物弗朗西斯小姐给了她五十镑。和我一样，玛丽也对这个使她的女主人离开洛桑的陌生人有强烈的不信任感。她亲眼看见，他竟公然在湖滨游廊上粗暴地抓住她女主人的手腕。他残暴无情，让人害怕。玛丽认为，弗朗西斯女士愿意和施莱辛格夫妇同去伦敦，就是因为她害怕这个人。这件事，她一直没有向玛丽提过，不过许多细小的迹象都使这位女仆深信，她的女主人始终生活在担忧之中。说到这里的时候，她突然从椅子上跳起来，一脸的惊恐之色。"看！"她叫喊起来，"那个恶魔还在跟踪！那个人就是我刚才说的。"

通过客厅敞开的窗子，我发现一个留着黑胡子的彪形大汉缓步走向街中心，只见他匆忙地查看门牌号。显而易见，他和我一样在追查女仆的下落。我冲动之下，跑出去和他搭起话来。

"你是英国人吧？"我说。

"是又如何？"他反问我，一脸的怒容，凶狠而可怕。

"能告诉我你的姓名吗？"

"不可以，不可以。"他果断地说。

当时的处境很让人下不来台。有时候，最直截的方式往往是最好的方式。

"弗朗西斯·卡法克斯女士在哪里？"我问道。

他一眨不眨地看着我，万分的惊讶。

"你为什么追踪她？又对她做了些什么？你必须回答我！"我说。

这个恶魔怒吼一声，如同一只老虎向我猛扑过来。我曾参加过很多的搏斗，还没有落败过，不过这个人手像一把铁钳，怒如恶魔，他将我的喉咙卡住，差点让我失去知觉。就在这个时候，从街对面的一家酒店里冲出一个不修边幅、身穿蓝色工作服的工人，他手拿短棍，一棒打在与我格斗的那个家伙的小臂上，这迫使他把手松开。他站在那里，怒火万丈，不知是否就这样结束。然后，他怒吼一声，离开了，走进我刚才出来的那座房子。帮助我的人站在路上，就在我的旁边，我转身表示感谢。

"哎呀，华生，"他说，"你将事情弄得一团糟！我认为你最好还是和我坐今晚的快车一同回伦敦去。"

一小时后，夏洛克·福尔摩斯穿戴整齐，正坐在我的旅馆房间里。他告诉我，他之所以突然出现，实际上没有什么奥秘，因为他认为他可以离开伦敦了，于是就决定赶到我旅程的下一站将我拦住。他化装成一个工人坐在酒店里静候我出现。

"你做调查工作一直坚持不懈，亲爱的华生。"他说，"我一时半会还弄不清你有什么遗漏。你行动的所有效果就是处处发出警报，不过却没有什么收获。"

"可能你干得还不如我。"我愤怒地回答。

"没有'可能'，我现在的收获已经比你大了。尊敬的菲利普·格林

323

就下榻在这里，和你住同一个饭店。如果需要进行更成功的调查，也许他就是新的起点。"

一张放在托盘里的名片被送了上来。随后那个刚才在街上与我搏斗的满脸胡须的暴徒接踵而至。他看见我，显然吃了一惊。

"这是怎么回事，福尔摩斯先生？"他问道，"收到你的通知，我马上就赶来了，可是这个人来这里做什么？"

"我们是好朋友，他也是我的同行，名叫华生医生，他在协助我们破案。"

这个陌生人将他一只晒得黝黑的大手伸了出来，连声道歉。

"希望没有伤到你。刚才你说我伤害了她，我无法忍受。的确，这几天我情绪有些失控，因为我的神经就像带电的电线一样，可是我还是无法理解和接受这种情况。福尔摩斯先生，我非常迫切地想了解你们到底是如何打听到我在这里的呢？"

"我与弗朗西斯女士的家庭女教师杜布妮小姐取得了联系。"

"是戴一顶头巾式女帽的老苏珊·杜布妮吧！我自然没有忘记她。"

"她也没有忘记你。就在前几天，你还认为到南美去是最佳的选择。"

"啊，我的事你已经全部了解了，我也用不着向你再说什么了。我向你发誓，福尔摩斯先生，世界上没有任何一个男人爱一个女人像我爱弗朗西斯女士那样全心全意。我性格粗犷，这我很清楚，不过我并不比别的年轻人坏。她的心像雪一样纯洁，对于哪怕一丁点的粗鲁也丝毫不能容忍，所以，当她听说了我干过的事，她就对我爱答不理了。但是，说来也让人不解，她爱我，爱得那么深，为了我，她将她宝贵的青春虚度，一直没有结婚。几年过去了，我在巴伯顿挣了一大笔钱。我想，也许我能找到她，让她动心。我听说她一直未婚。在洛桑，我找到了她，并且想尽办法竭力说服她。我想，她被打动了，不过她的意志却十分坚决。等我第二次去找她时，她已经从洛桑离开了。我又追到了巴登，很快我听说她的女仆在这里。我是一个粗野的人，刚刚脱离野人般的生活，当华生医生以那样的口吻盘问我的时候，我一时之间无法控制住自己。看在上帝的份上，告诉我，弗朗西斯女士现在如何了。"

"这正是我们需要面对的问题。"夏洛克·福尔摩斯说道，一脸的郑重之色。"你在伦敦什么地方下榻，格林先生？"他问道。

"我在兰姆旅馆住，你们可以在那里找到我。"

"既然那样，我劝你回去，不要离开旅馆，假如我有事找你，可以吧？我不想让你空抱希望，但是你尽管相信，为了确保弗朗西斯女士能够安全，只要我们可以做到的，我们一定会尽力去做的。到目前为止也没有什么话要说的了。我把这张名片给你，以便与我们保持联系。华生，你如果需要整理你的行装的话，我去给赫德森太太发电报，我告诉她明天七点半为两个饥饿的旅客做一桌好饭。"

在我们回到贝克街的住处时，一封电报已经在我们之前到了。福尔摩斯看了电报后十分惊喜，然后他将电报扔给我。电报上面写着"有凹口或被撕裂过"，发电报的地址是巴登。

"什么意思？"我问道。

"这就是我所要的。"福尔摩斯回答说，"你可能没有忘记，我问过一个似乎与本案无关的问题——那位传教士的左耳是什么模样，而你没有搭理我。"

"那时我已经离开巴登，无法查询。"

"哦。所以，我又将电报转发给了英国饭店的经理，而这就是他给我的答复。"

"这代表了什么意思？"

"华生，我亲爱的朋友，这说明，我们面对的是异常狡猾、异常危险的人。所谓的来自南美的传教士施莱辛格博士，实际上就是亨利·彼特斯，澳大利亚最为人所不齿的流氓之一。这个年轻的国家已经诞生了一些虚伪的人。他很擅长通过激发独身女士的宗教情感来对她们进行欺骗。他那所谓的妻子，是他的得力助手，名叫弗蕾塞，英国人。通过他的惯用伎俩，我调查到了他的身份，还有他的相貌特征。那是1889年，在阿德莱德一家沙龙里有一次格斗发生，他在这次格斗中遭到了暴打，这证明了我的怀疑。现在这位可怜的女士就在这对恶魔夫妇手里，他们可是什么坏事都能做得出来啊，华生。说她已经死了，这个可能性有。即使没有死，显然也被拘禁起来了，她想写信给杜布妮小姐和其他的朋友，可是无法做到。很有可能，她根本就没有到伦敦，要不然的话，她已经过了伦敦。第一种猜测的可能性不大，因为欧洲大陆有一套登记制度，外国人对大陆警察玩心眼是有一定难度的。第二种猜测的可能性也不大，因为这帮流氓不会如此容易找到一个囚禁人的地方。我的直觉告诉我，她应该就在伦敦，不过目前我们还无法说出她在什么地方，因此我们只好先做明确的事情了，吃饭、养好精神，还有静下来等待。晚上，我到苏格兰场去找我们的老熟人雷斯垂德再聊聊一些情况。"

不过，无论是官方警察，还是福尔摩斯自己高效的小组织，都没有办法揭露这一秘密。在伦敦几百万人中，我们要找的这三个人仿佛人间蒸发了。登过广告，没有效果；跟踪线索，没有反响；去过施莱辛格可能作案的地方，一无所获；监视他的老同伙，可是他们不去找他。然后，在一周无助的等待之后，转机终于出现了。威斯敏斯特路的波汶顿典当行里，有人典当了一个古老的西班牙式的、亮晶晶的吊坠，来人有着高大的身材，脸刮得很干净，外表看起来是一副教士的打扮。他用的是假姓名和假地址。没有关注他的耳朵，不过从对他的描述来看，是施莱辛格的可能性极大。

那位下榻在兰姆饭店的留有很多胡须的朋友为了获知进展情况，来了三次。第三次来的时候，距离这一新的发现还不到一个小时的时间。他那高大的身躯上，衣服却显得越来越肥大了。因为焦虑，他渐渐消瘦了。他经常哀求说："给我分配点工作吧！"最后，福尔摩斯终于满足了他的这一请求。

"他来典当行典当珠宝了，现在我们应该将他抓起来。"

"那是不是意味着弗朗西斯女士已经遇难了？"

福尔摩斯摇摇头，表情郑重。"我认为他们现在已把她拘禁起来了。他们很清楚，放了她就等于自取灭亡，所以，我们必须做接受最糟糕情况的准备。"

"我可以做点什么？"

"你不会被那些人认出来吧？"

"不会的。"

"他以后有可能去其他的典当行，这样的话，我们又不得不重新开始了。另一方面，他得到的价钱很公道，典当的人也没多问他话。所以，要是他急需现钱，他极有可能还会到波汶顿当铺去的。我给你写张便条，你将它交给典当行的人，他们就会让你在店里等了。假如这个家伙来了，你就尾随到他的住所。千万小心，不许动粗。向我保证，我不允许的话，不许动手。"

两天来，可爱的菲利普·格林（有必要说一下，他的父亲是一位著名的海军上将。这位海军上将在克里米亚战争中是阿佐夫海舰队的指挥）没有给我们带来什么消息。第三天晚上，他突然冲进我们的客厅，一脸的苍白之色，浑身发抖，魁梧的身躯上的每一块肌肉都在剧烈地颤动着。

"我等到他了！等到他了！"他激动地高喊道。他兴奋得连话都说不连贯了。

福尔摩斯安慰了几句，同时将他推到椅子上坐下。"来，从头到尾讲给我们听。"他说。

"大约一小时前，有个女人来了，那是他的妻子，这次，她拿来的吊坠和以前的是一对。她个子很高，脸色惨白，一副贼眉鼠眼的样子。"

"不错，就是那个样子。"福尔摩斯说。

"她离开典当行后，我紧随其后。她走上肯辛顿路，我尾随她后面。走了没多长时间，她进了一家店铺。福尔摩斯先生，那是一家棺材铺啊。"显然福尔摩斯也大吃一惊。"是吗？"他问话的声音颤抖，可以知道在他那冷静苍白的面孔后，有一颗十分焦灼难耐的心。

"她和店铺里的一个女人谈话，我也进去了。我听见她说'晚了'之类的话，而店里的女人在找理由推托。'这之前我们应该送去的。'她回答说。'这和一般的有些不同，时间得长一些。'她说。突然她们停止了说话，盯着我看。我只好随口问了几句后借故走了。"

"你干得很棒。然后呢？"

"我躲在门道里监视。发现她出了店，我想她有了疑心了，因为她向四周看了看，随后叫来一辆马车并坐了进去。所幸的是之前我也叫了一辆马车，所以我能及时跟在她后面。她在布里斯顿的波特尼广场三十六号下了车。我吩咐马车夫驶过门口，并把车停在广场的角落，然后监视这所房子。"

"你发现人了吗？"

"只有底层的一个窗户有亮光，其余的窗户黑漆漆的，窗帘放下来了，我看不见里面的情况。我站在那儿，不知下一步该怎样行动。这时来了一辆有篷的货车，车在这里停下后，车里的两个人下了车，从货车里抬出一件东西将其放到大门口的台阶上。福尔摩斯先生，那东西是一口棺材啊。"

"啊？"

"那一瞬间，我真想冲进去。门打开了，那两个人抬着棺材进去了。正是那个女人开的门。我站在那里，她发现了我，我想她肯定认出我了，因为她显出一副吃惊的样子，急忙把门关了。我没有忘记你说的话，所以就急忙到这里来了。"

"不错，你干得很棒。"福尔摩斯一边说，同时在一张半页纸上匆匆写下几句话。"假如没有许可证的话，我们所做的任何事都是违法的。你拿着这个纸条到这个机构，将会获得一个许可证，这事需要你亲自去办。虽然有一定的困难，不过我想就出售珠宝这一项罪名已经足够了，雷斯垂德会认真考虑所有细节的。"他嘱咐道。

"可是他们也许会在这段时间将她杀害的。棺材意味着什么？不是给她准备的，难道还会给其他人吗？"他有些急不可耐。

"我们将竭尽全力，格林先生。眼前一分钟也不能浪费，让我们处理吧。"当我们的委托人匆匆忙忙离去后，福尔摩斯接着说："现在，华生，雷斯垂德将会调用官方警察，而我们呢，要与之前一样，要采取非正规的行动。情况万分危急，最极端的手段也是合情合理的。马上去波特尼广场，一分钟也不能耽误。"

"让我们再梳理一下情况。"说这话的时候，我们的马车正疾驰通过议会大厦和威斯敏斯特大桥，"这些家伙先挑拨弗朗西斯女士与她那忠实的女仆分离，现在又把这位不幸的女士骗到伦敦。就是她写过信，他们也不会让它发出去。在同伙的帮助下，他们租到一所备有家具的房子。一到那里，她就被拘禁起来了。他们已将那些贵重的珠宝首饰据为己有，这也是他们最初的想法。他们已典当了部分珠宝，在他们看来这很安全，因为他们未曾想到还有人高度关注这位女士的命运。放了她，她当然会告发他们，因此他们不会傻到这样做。不过，他们也不能一直关着她，于是将她杀掉就成为了他们唯一的解决方法。"

"这似乎很清楚了。"

"现在我们利用起第二条推理线索来。华生，当你顺着这两条毫无相同点的思路思考时，最终你会发现这两者之间将会在某一点交汇。而这个点则与事情真相接近。我们现在就开始梳理一下，不过不是从这位女士入手而是从那口棺材和之后她们的争论开始。这件意外的事件告诉我，这位女士极有可能已经死了，同时还说明是要按照惯例安葬的，需要有正式的医生证明，经过正式的批准手续。要是她是被害死的，他们一定会把她埋在后花园的小坑里。可是，现在这一切都是按照正常程序进行的，这说明了什么？显而易见，他们是用某种别的办法将她弄死的，将医生骗过了，伪装成是因疾病自然死亡的，可能是毒死的。不过令人不解的是，他们怎么会让医生接近她，除非医生也是他们的同伙，可是这种假设不太可能。"

"难道他们不会伪造一份医学证明吗？"

"很危险，华生，十分危险。不，我认为他们不会如此做的。车夫，停车！我们已经过了那家典当行，这就是那家殡仪馆。华生，你进去一下吧！他们不会疑心你。问问波特尼广场那家人的葬礼明天几点钟举行。"

店里的那个女人没有丝毫的戒心告诉我，葬礼将在早上八点钟举行。

"你瞧，华生，一切公开！没有丝毫的遮遮掩掩，显而易见，他们弄到了合法证明，所以他们丝毫不担心。好吧，没有别的办法了，只能从正面直接进攻了，你做好武装的准备了吗？"

"我只有我的手杖！"

"好，好，这就可以了。我们绝不能等警察行动，也不能让法律的条条框框将我们限制死。车夫，你可以走了。现在，华生，我们一起去发挥我们的能量，就像我们以前那样。"

福尔摩斯用力按着波特尼广场中心的一栋黑暗的房子的门铃。门很快打开了，在过道暗淡的灯光下，一个女人的身影出现。

"什么事，你要干什么？"她厉声问道，眼神透过黑暗窥视着我们。

"我想与施莱辛格博士聊一聊。"福尔摩斯说。

"这里没你说的那个人。"她说着，就要关门。可是门被福尔摩斯用脚抵住。

"啊，我需要见一见住在这儿的人，无论他叫什么。"福尔摩斯坚定地说。

她想了一下，然后把门敞开。"那好吧，进来吧！"她说。

"我丈夫无惧世界上任何人。"她将门关上，把我们引进大厅右边的一个起居室里，将煤气灯扭亮然后离开了。"彼特斯先生很快就会过来。"走的时候她说。

她的话很快得到了验证。我们还没有来得及对这间布满灰尘、破旧不堪的房子进行打量，门就打开了，一个高大的、脸刮得很干净的秃顶的家伙悄无声息地走了进来，他有一张大红脸，腮帮子下垂，一副道貌岸然的样子，可是那张凶残险恶的嘴巴却将他的这副神态破坏殆尽。

"先生们，我想你们肯定是弄错了，"他用一种油腔滑调、淡定从容的声调说道，"我看你们走错地方了。要是你们到街那头去试试，也许会有收获。"

"应该吧，不过我们没有时间耽搁了。"福尔摩斯坚定地说，"你是阿德莱德的亨利·彼特斯，后来又称作巴登和南美的牧师施莱辛格博士。这一点我确定无疑，正如我确定无疑叫夏洛克·福尔摩斯一样。"

我发现那个叫彼特斯的人大吃一惊，他盯住这个令人畏惧的跟踪者。"福尔摩斯，你的名字吓不倒我。"他冷冷地说，"不做亏心事，何惧鬼敲门，你到我家来想做什么？"

"我要了解你对弗朗西斯·卡法克斯女士做了些什么，她是被你从巴登带过来的。"

"假如你能够告诉我这位女士现在在哪里，我会非常高兴。"彼特斯冷冷地回答，"她还欠我将近一百镑的欠款，除了一对不值什么钱的吊坠外，什么也没有给我。这对吊坠，典当行很看轻。在巴登，她缠着我和彼特斯太太，当时，我的确使用过化名，她跟随我们来到伦敦。我替她埋单，替她买了车票，可是一到伦敦，她就不知去向了，只留下这些古老的首饰抵债。要是你能找到她，福尔摩斯先生，我将会为此万分感激。"

"我想我能找到她。"夏洛克·福尔摩斯说道，"只要搜查这屋子就可以找到她。"

"那你有许可证吗？"

福尔摩斯从口袋里将手枪露出一部分。"在更好的证件还没到之前，它就是许可证了。"他说道。

"啊，你如同一个强盗。"

"你可以这样称呼我。"福尔摩斯愉快地说，"我的伙伴也是一个喜欢武力的人。我们要一起对你的住宅进行搜查。"

我们的对手将门突然打开。

"去叫警察来，安妮！"他说。过道里很快响起一阵奔跑时妇女衣裙的声响，随后大厅的门打开的声音传来，接着又关上。

"我们的时间宝贵，华生。"福尔摩斯说，"假如你想阻拦我们，彼特斯，你肯定会付出受伤的代价的，搬进来的棺材在哪儿？"

"你要找棺材干什么？正用着，里面有尸体。"

"我需要对尸体进行查看。"

"没有我的允许，那肯定不可以。"

"不需要你的允许。"福尔摩斯动作迅速，一下把这个家伙推到一边，然后迈步走进了大厅。一扇半开半合的门出现在我们眼前，我们走进去。那是餐厅，一盏昏暗的吊灯照着停放在桌上的棺材上。福尔摩斯上前将灯扭亮，然后打开棺盖。棺内深处躺着一具瘦弱的尸体。借助头顶上的灯光，我们发现那是一张干瘪的老人尸体。即使是受尽百般的虐待、受尽饥饿和疾病的摧残，这个干瘪的人也不可能是漂亮的弗朗西斯女士。福尔摩斯一时又惊又喜。

"感谢上帝！"他说，"这是另外一个人。"

"啊，你知不知道你已经犯了一个大错误，夏洛克·福尔摩斯先生。"彼特斯说道。他已经跟在我们后面也进屋来了。

"这个死了的女人是谁？"

"哦,假如你非要知道的话,我跟你讲,她是我妻子的老保姆罗丝·斯彭德,是我们在布里克斯顿救济院附属诊所里发现的。我们将她带到这里,请来了费班克别墅十三号的霍森医生对她进行医治。福尔摩斯先生,烦请你将这个地址记住——我们精心对她进行了照料,以尽基督教友友爱之责。第三天,她就离世了——医生证明书上说是因年纪大衰老而死——这是医生的证明。我们叫肯辛顿路的斯梯姆森公司料理后事。明天早上八点钟安葬。你可以发现哪儿不对吗,福尔摩斯先生?你犯了一个低级的错误,这一点你不得不承认。你打开棺材,原想能看见弗朗西斯·卡法克斯女士,结果却发现是一个九十岁的可怜老太婆。假如用照相机将你那种目瞪口呆的惊讶样子拍下来的话,我想那是非常有意思的。"

在对手的冷嘲热讽下,福尔摩斯的表情同往常一样冷漠,可是他那紧握的双手显露出他愤懑的内心。

"我要对你的房子进行搜查。"他说。

"我看你怎么搜?"彼特斯喊道。此时,一个女人的声音和沉沉的脚步声从过道那儿传了过来。"我们马上就可以分出高下。请到这边来,警官们。这两人冒然闯入我家,我没有能力让他们离开,帮我将他们赶出去。"

过道里出现一名警官和一名警察。福尔摩斯从包里取出自己的名片。

"这是我的名片,他是我的朋友,叫华生医生。"

"呦,是您呀,先生,早就听说了您的大名了。"警官说,"可是要是您没有许可证,你这样做是违法的。"

"这个我自然十分清楚。"

"把他抓起来!"彼特斯嚷道。

"要是对这位先生进行调查,我们知道该怎么做。"警官威严地说,"不过,您现在确实需要马上离开这儿,福尔摩斯先生。"

"好的,华生,我们需要暂时离开。"

时间不长,我们就来到了街上。福尔摩斯和以前一样冷漠,可是我却十分生气。那个警官跟在我们的后面。

"真是不好意思,福尔摩斯先生,法律规定的,我们必须遵从。"

"我很清楚,警长,你也没有办法。"

"我想您之所以来到这里，一定有原因的。要是有什么事，我可以……"

"事关一位失踪的女士，警长。我敢认定那位女士就在这个房子里，现在我在等搜查许可证。"

"那么我来负责监视，福尔摩斯先生。一有什么情况，我马上告诉您。"

这时刚刚九点钟，我们立刻出发一心一意追查线索。首先我们来到布里克斯顿救济院。在那里我们了解到一个信息：前几天确实有一对慈善夫妇光临救济院，他们说一个傻老太婆是他们以前的仆人，在获得允许后将她领走。救济院的人在知道这个傻老太婆去了以后不久就离世的消息时，并没有感到吃惊。

我们要找的第二个人就是那位医生。我们了解到他曾被请过去，发现那个女人已经极度衰老，只剩下一口气了，他确实亲眼看着她死去，因此在正式的诊断书上签了字。"我向你们保证，确实是自然死亡，在这件事上，谁也无法找到什么漏洞。"他说。屋子里也没什么可以让人怀疑的东西，除了一点，就是他们那样的人家竟然没有佣人，这点让人有所怀疑外，其余的都很正常。医生提供的情况就这些，再没有其他的了。

最后，我们去了一趟苏格兰场。许可证的审批程序有些繁琐，所以耽搁下来了。治安官的签字要在第二天早上才能拿到。假如我们要在九点左右去拜访，就可以同雷斯垂德一起去，亲自将搜查许可证拿到手。这一天就这样过去了。那位新认识的警长朋友在半夜前后跑来告诉我们，他发现那座黑暗的大住宅的窗口里不时亮光闪现，一会儿左一会儿右，不过没人从里面出来，也没人进去。我们则只好强按下焦躁的心等待明天的到来。

夏洛克·福尔摩斯心事重重，沉默不语，也难以入睡。我走开了，他一个劲儿地吸着烟，双眉紧蹙，修长的手指焦灼地在椅臂上敲打，似乎在费尽心机地考虑每一个可能的解决方法。晚上，我不止一次听见他在屋里徘徊。我清晨刚醒来时，他就冲进了我的房间。虽然他穿着睡衣，可是我通过他那苍白的脸和深陷的眼睛知道他一晚上肯定没睡。

"定在什么时间安葬了？八点钟，是吗？"他急切地问道，"哎呀，已经七点半了。天哪，华生，上帝赐给我的头脑怎么变得如此愚钝了？快，老伙计，快！万分紧急，九死一生。要是耽误了，我永远也不会宽恕自己的，永远不会！"

五分钟不到的时间，我们的马车就飞奔过贝克街。即便如此，我们经过毕格本钟楼时也已经七点三十五分了，在布里克斯顿路时，八点的钟声传了过来。不过，其他人和我们一样，也迟到了。八点已经过十分钟了，枢车依旧还停靠在门口。就在我们那匹跑得喘着粗气的马停下步来时，三个人抬着棺材出现在门口。福尔摩斯疾步上前，将他们的去路拦住。

"抬回去！"他高喊道，一手按在最前面抬棺人的胸前，"立刻往回抬！"

"你这个混账家伙，你究竟想做什么？我再问你一回，你有搜查许可证吗？"暴怒的彼特斯大喊着，那张大红脸一直朝向棺材的那一头。

"搜查许可证很快到。将棺材抬到屋里去，等搜查证来。"

福尔摩斯的威严声调让抬棺人不禁一愣，就在这时，彼特斯溜进屋子，他们就遵从了福尔摩斯的命令。"快，华生，快！这是螺丝刀！"当棺材放置在桌上时，他喊道，"老伙计，这一把给你！一分钟之内将棺盖打开，赏金币一镑！不要多问，快干！不错！另一个！再一个！现在一起用力推！马上了！快了！啊，推开了。"

我们一起用力将棺盖推开。棺盖推开时，一股强烈的使人昏迷的氯仿气味随之冲出。棺内躺着一个躯体，浸过麻药的纱布厚厚地裹着头部。福尔摩斯将纱布取下，一个中年妇女雕塑般的脸庞显露了出来，美丽而高贵。福尔摩斯马上伸臂将她扶着坐了起来。

"她还有救吗，华生？还有希望吗？我们是不是来得不算晚！"

半个小时的时间过去了，看来我们来得确实有些迟。由于窒息，由于氯仿有毒的气味，弗朗西斯女士好像没有了最后的生命迹象。最后，我们进行了人工呼吸，并给她注射乙醚，各种能想到的科学办法都采用了。一丝生命的微光出现了，她的眼睑动了，眼睛里露出一点微弱的光泽，这一切说明她在逐渐恢复生机。

一辆马车赶到了，福尔摩斯拉开窗帘向外看。"是雷斯垂德带着搜查许可证赶来了。"他说，"不过他会发现他的猎物已经不在这里了。"当过道上沉重而急促的脚步声传来时，他接着说："还有一个人来了，这个人要比我们更有资格照顾这位女士。早安，格林先生，我建议我们现在要把弗朗西斯女士送走，而且越快越好。葬礼还要继续，那个躺在棺材里的可怜老太婆需要独自到她最后的长眠之地了。"

"华生，我亲爱的朋友，假如你愿意将这个案子写进你的记录本，"那天晚上福尔摩斯说，"也仅仅可以把它看作一个例子，那就是即使思考事情最周全的头脑也会受到蒙蔽。人不是神，都有犯错误的时候，最重要的是能够认识错误并及时补救。对于这次已经得到挽救的声誉，我还想再做些补充。那天晚上，我一直被一种想法所缠绕。我想，我应该在什么地方发现过一点线索，或者一句奇怪的话，要不就是一种可疑的现象，可是我都不加重视地放过了。后来，天刚拂晓的时候，几句话突然闯进我的脑海，就是格林向我报告过的殡仪馆老板妻子说的话，她说过：'这之前本应该送去的，这和一般的有些不同，时间得长一些。'她说的就是棺材。它怎么和一般的有些不同呢。这只能是说，棺材是要按照特殊的尺寸来做。原因在哪里？我一下想起来了：棺材那么深，可是里面却只有一个小老太。那么大的棺材，那么小的尸体，难道没有什么隐秘吗？为的就是腾出地方来再装一具尸体，这样同一张证明书埋葬两具尸体。要是我的视野没有被蒙蔽，这一切原本不难看破的。八点钟就要安葬弗朗西斯女士，因此，我们只有一个机会，那就是在棺材搬走之前将他们截住。

"她活着的可能性还存在，不过希望却渺茫，然而结果表明，这是一次机会。我已经了解到，这些人从来不干杀人的事，即使到了最后关头他们也尽量不使用真正的暴力。他们把她葬了，就没有痕迹表明她是如何死的，即使将她挖出来，他们还是有机会避免惩罚的。我希望他们也抱有同样的想法。你再回忆一下当时的情况，楼上那间看上去有些让人阴森的密室，就是长期囚禁这位可怜女士的地方。他们冲进去用氯仿浸过的纱布蒙晕她，之后将她抬下来放进棺材，又将氯仿倒进棺材，以避免她醒来，然后再将棺盖订上。多巧妙的计划啊，华生，对这种犯罪我还是感到比较新鲜。假如我们的前任传教士朋友从雷斯垂德那儿没有受到惩罚，那么，我们就有可能听说他们日后导演出的'传奇'故事了。"

七 魔鬼脚跟

我和夏洛克·福尔摩斯相交多年，来往密切，我们共同经历了很多非同寻常的事情，有很多有趣的回忆，不过由于他性情忧郁，有些玩世不恭，不太喜欢人们对他的称赞，更不愿意在公众面前出风头，这曾让我一度陷入困境。在每个案件成功告破之后，他不会沾沾自喜，只是将调查结果告知那些正统的官方组织，听着他们喜气洋洋地庆贺所谓属于他们的成功，对于这些，福尔摩斯只是报以嘲讽的一笑。最近几年来，我一般不会将记录的案件公诸天下，不是因为缺乏有趣的素材，而正是由于他的这种态度。我能够加入到他的冒险活动中是我的荣幸，不过这需要谨慎的态度和保持缄默的雅量。

可是，令我感到十分吃惊的是，上星期二，福尔摩斯给我发来了一封电报，电文如下：

为什么没有把科尼什发生的恐怖事件公告天下呢？那是我调查的最奇异的案件。

我不知道他因为什么对此案件如此上心，或是出于某种原因，他产生要公布此案的渴望。在他的反悔电报没到之前，我急忙翻出案件详细的记录，将它呈现给我的读者。

1897 年春天的一天，因为福尔摩斯长时间辛苦的工作，还有他本人平时不太注意自己的身体状况，所以他的健康一天不如一天，身体出现了衰弱的症状。这年的三月时，哈里街的摩尔·阿根医生（有关将阿根医生介绍给福尔摩斯的具体情节先放一放再说）建议这位很有名气的私家侦探放下手头上的所有案件，进行一次彻底的疗养。不然，他的身体会彻底垮掉。他一点儿都没有在意自己的健康状况，可是迫于日后没有能力再从事自己工作的压力，在朋友们的极力劝导下，他才决定要改变一下他所处的环境。就这样，1897 年初春时节，我们一起来到了科尼什半岛尽头的澎德湖湾旁边休养，并选择在一间小农舍里住下。

这真是一个好地方，特别适合我的这位脾气古怪的病人。我们所居住的小白房子在草木丛生的海岬之上高高矗立着。站在窗前向远处望去，整个茫兹湾的半圆形险要地势全部展现在眼前。这个地方是海船经常失事的不祥之地。海浪冲蚀的礁石，黑凄凄的悬崖，无数的海员葬身在这里。北风吹过来，平静的海湾在等待着风雨中颠簸的船只向它驶来。

一瞬间，风向突然逆转，西南风突然袭过来，疯狂勇猛地吹着。拖曳着船只的锚，背风的海岸，它们都在汹涌的海浪中进行着最后的搏击。水手们站在很远的地方，不敢靠近这个邪恶凶险的地方。

在陆地上，我们附近的环境如同海上一样让人觉得郁闷。连绵起伏的沼泽地，孤寂晦暗；通过时常出现的教堂钟楼，可以看出这是一处很古老的乡村。在这片荒野沼泽地上，早就已经消失不见的某个民族留下来的遗迹随处都可以看见。奇特的石碑、埋葬死者骨灰的零乱的土堆，另外还能看见标志着史前时期用来战斗的一些土制武器，都是历史的见证物。这片神奇而富有魅力的土地和那被人所忘记的民族的邪恶气氛，让我的朋友产生了兴趣，更能让他发挥他的奇特想象。他经常会在沼泽地上漫步，一个人静静沉思。他对古代的科尼什语也产生了浓厚的兴趣。我记得，他曾经推测出科尼什语和迦勒底语很相像，大多数都是做锡生意的腓尼基商人传过来的。他还收到了一些有关历史比较语言学类的书籍，他还想专心研究这一问题。可是，让我感到难过却使他暗自高兴的是，即便在这梦境一样的地方，我们终究还是陷入了一个很令人紧张、具有吸引力、离奇神秘的案件之中。和我们从伦敦来到这里之前所遭遇的问题相比，这件事情比以往任何一件事都更加的离奇神秘。还有，这件事就发生在家门口。这样一来，我们简单、平静的疗养生活受到了严重的影响，我们被牵连进一系列的重大事件当中，这个事件不但惊动了康沃尔，也惊动了整个英格兰西部。即便在十三年前发给伦敦报社的报道不够详细，可是很多的读者也许还对当时叫做"科尼什恐怖事件"的一些情况印象深刻。到目前为止，十三年过去了，我要让所有人都知道这个匪夷所思的事件的真相。

我之前说过，疏散的钟楼证明康沃尔附近有零落的村庄。其中距离这里最近的村子便是特里丹尼克·沃拉斯。在那个小村里，一百多户的村民屋舍都被长满青苔的古老教堂围拢起来。教区牧师朗德黑先生看上去感觉有一些考古学家的派头，福尔摩斯就是将他当成一位考古学家和他结识的。他是一个和蔼可亲、举止庄重、有点偏胖的中年人，特别有学问，还对当地的情况极为熟悉。我们受邀来到他的教区住宅喝过茶，因而结识了一位独立自主的绅士，就是莫蒂默·特雷格尼斯先生。他将牧师那座又大又零乱的住宅里的几个房间租了下来，增加了牧师的原先只够维持生计的微薄收入。这位教区牧师还没有结婚，虽然他同这位房客没有多少相同的地方，但也非常乐意这种安排。特雷格尼斯先生既瘦又黑，戴副眼镜，还有些驼背，使人感到他的身体有些畸形。我没有忘记，在那次短暂的拜访中，牧师啰嗦个不停，他的房客却惊人的沉默，一脸的愁苦之色，坐在那里，眼睛转向一边，心事重重，显然是在冥思苦想。

3月16日，星期二，这两个人突然走进了我们不大的起居室。那时，我和福尔摩斯刚享用完早餐，正在抽烟，并打算和往常一样，到沼泽地去转一转。

"福尔摩斯先生，"牧师情绪有些激动，"昨晚发生了一件让人费解、又让人感到悲惨的事，我从来都没有听说过这样的事。碰巧您在这里，我敢说即便在整个英格兰，我们最需要的人只有您。我们只能认为这是上帝给我们的眷顾。"

我以很不友善的眼光盯着这位冒昧的牧师，不过福尔摩斯却把烟斗从嘴边抽出，并从椅子上坐起，就好像一只训练有素的猎犬听见了主人对它的呼叫。他用手指了指沙发，我们这位受惊的来访者和他那焦躁不安的同伴并排在沙发上就坐。莫蒂默·特雷格尼斯要比牧师更有自控力，不过，他那双瘦削的手抖个不停，黑眼睛由于吃惊而越发显得明亮，说明他们两人的情绪差不多。

他问牧师："是我说，还是你说？"

福尔摩斯说道，"哦，貌似是你发现的，无论如何，牧师也是从你那里了解情况的，因此还是由你先说吧。"

我看了一眼牧师，可能是因为着急，他衣冠不整，而坐在他旁边的房客却穿戴整齐。福尔摩斯简单的推理让他们喜形于色，我看了觉得有些滑稽。

"我还是简单谈一谈吧，"牧师说道，"之后您再决定是否听特雷格尼斯先生讲述细节，或者我们是否不必着急现在就赶到神秘事件的现场去。我要谈的是我们的朋友特雷格尼斯先生，昨天晚上他和他的两个兄弟欧文、乔治以及妹妹布伦达在一起，他们就在沼泽地上一个石制十字架附近的特里丹尼克瓦萨的房子里活动。他们在餐桌上打纸牌，身体无恙，精神饱满。一过十点，他就离去了。他总是早早起床。今天吃早饭之前，他朝着房子走去。理查德医生的马车拦住了他去路，跟他说说刚才有人请他尽快到特里丹尼克瓦萨去，有病人着急看病。莫蒂默·特雷格尼斯先生自然随同他一同前往。

"他来到特里丹尼克瓦萨，发现了让人惊奇的场景。他的两个兄弟和一个妹妹在桌边围坐着，他们的面前摆着纸牌，保持他离开时的样子。蜡烛烧到了底端。他的妹妹仰面躺在椅子上，已经没了气息。她的两边是他的两个兄弟，他们又笑、又叫、又唱，精神好像出了问题。三个人，一个是已经没了气息的女人，两个是精神错乱的男人，他们脸上都留有十分惊惧的表情，那副惊惧的样子恐怖得叫人无法直视。除了老厨师兼管家波特太太外，再也没有别人去过的迹象。波特太太说她昨晚睡得很沉，没有听到任何声音。另外，也没有发现丢东西，东西也没有被翻过的痕迹。究竟是什么样的恐怖景象能吓死一个女人，吓疯两个身强力壮的男人，真是让人难以理解。简而言之，福尔摩斯先生，大致的情形就是如此，假如您能帮我们将真相查清，那可是积了一份功德！"

我原本计划以某种巧妙的方式，说服福尔摩斯回归那种平静的生活去——这也是我们此行的初衷。可是当我发现他一脸的狂喜以及皱缩的双眉，我就知道我的这种期望恐怕要落空了。他静坐了半天，专心致志地思考这一桩离奇的案件，这个案件将我们平静的生活打破了。

最后，他说："我即将开始调查这个案件。从表面看，这件案子与众不同。朗德黑先生，你本人去过那里吗？"

"没有，福尔摩斯先生。是特雷格尼斯先生回到牧师住宅跟我讲的此事，我就马上和他赶过来寻求你的帮助了。"

"发生这个悲剧的房子距离这里有多远？"

"往里走大约一英里吧。"

"那你和我一起去吧。在我们出发之前，我一定要向你提问几个问题，莫蒂默·特雷格尼斯先生。"

特雷格尼斯一直都没有吭声。但据我的观察他是在抑制他的激动情绪，比牧师的冒失情感都要强烈。他的面色憔悴苍白，两只非常瘦的手痉挛性地紧握在一起，他用焦急的目光看着福尔摩斯。他听别人讲述家人所遭遇可怕事情的时候，苍白的嘴唇颤抖着，黑眼睛里好像映衬出对当时情景的恐惧。

他很着急地说："福尔摩斯先生，你有什么想问的尽管问吧，这是一件很糟糕的事情，但是请相信我会说出实情的。"

"跟我说一下昨天发生的事情。"

"可以的，福尔摩斯先生。就像牧师所说的，我在那里吃完晚饭，我哥哥乔治建议玩一局惠斯特纸牌游戏。我们坐下来打牌的时间约九点钟，我离开那里的时间是十点一刻。我走的时候，他们都围在桌边开心地打牌。"

"是谁送你出去的呢？"

"当时波特太太已经睡了，是我自己出门的。关上门的时候，我看到他们房子的窗户关着，窗帘还没有放下来。今天早上过去，门窗并没有发生什么变化，没有什么异常情况表明有外人进入。可是，他们依然坐在那里。太吓人了，布伦达被吓死了，脑袋耷拉在椅臂上。我只要还活着，就永远也不能将那个景象从我的大脑中抹去。"

福尔摩斯说问道："就像你所讲述的，情况非常的怪异，无论如何，我认为连你自己也没有依据来解释这些事情吧？"

莫蒂默·特雷格尼斯高叫着："福尔摩斯先生，真是可怕至极！可怕至极！这不是这个世界上的事，肯定有什么不明东西进入了那个房间，扰乱了他们清醒的头脑，人类有什么力量能够达成这一点呢？"

福尔摩斯说："我在想，假如真的是人力所不及的，那么我也办不到。不过，在确认这种理论之前，我们需要运用一切符合科学的解释来理解这一现象。对于你来说，特雷格尼斯先生，在我看来你们分家了吧？因为他们住在一起，可是你却住在另外的地方？"

"情况是这样的，福尔摩斯先生，可是事情已经过去了。我们原来在雷德鲁斯锡矿上居住，后来，我们把企业转卖给了一家公司，只要手中有了足够的钱就不从事这一行了。我承认，为了分钱，有段时间我们之间产生了矛盾，不过，现在大家都已取得了彼此的谅解，我们都已经和好了。"

"好好想一想你们共度的那个晚上，对于这个悲剧，你的脑海里是否留有任何值得怀疑的蛛丝马迹？认真地想一想，特雷格尼斯先生，因为任何线索都有可能给我提供帮助。"

"什么也想不起来，先生。"

"你的家人精神都一直没问题吗？"

"再正常不过了。"

"他们是否有些神经质？是否显出危险的忧虑情绪？"

"完全没有。"

"有没有需要补充的？"

莫蒂默·特雷格尼斯认真地默想了片刻，最后说："我突然回忆起一件事，当时我的后面是窗户，我哥哥乔治与我是打牌的搭档，他是面对窗户的。打牌中我发现他一个劲儿朝我背后看，于是我也转过头去看。窗帘没有放下，可是窗户却是关着的，我发现草地上的灌木丛里好像有东西在动。我不知道那是人还是动物，不过我肯定那儿有东西在动。我问乔治在看什么，他说他和我的想法差不多。我能告诉你的也就只有这些了。"

"你就没去查看一下吗？"

"没有，我没太重视这件事。"

"后来你离开他们，没有发现有任何不祥的兆头吗？"

"完全没有。"

"我不清楚，今天早上那么早，你是如何获知消息的。"

"我喜欢在吃早饭之前散步。今天早上我刚要出去散步，医生就坐着马车将我拦住了。他说波特老太太叫一个小男孩捎急信给他，说那里有病人要看。我就跳上马车，和他一块儿上路了。到了那里，我们来到了那间恐怖的房间。蜡烛和炉火一定在几个钟头前就烧尽了。他们三个人始终处于黑暗中，一直到天亮了起来。医生判断布伦达死去少说也有六个小时了。没有遭受暴力的痕迹。她斜靠在椅臂上，脸上带着那副表情。乔治和欧文唱着不连贯的歌，说着断断续续的话，就像两只大猩猩。真是让人无法直视啊！我真是无法忍受啊！医生的脸像张白纸一样惨白，他有些眩晕，随后就倒在椅子上，几乎需要我们去照顾他。"

"难以理解，难以理解！"福尔摩斯说着站了起来，随即拿起帽子。"我认为，我们应该还是到特里丹尼克瓦萨去一趟，不要浪费时间了。实话实说，一开始就出现这么奇怪问题的案子我经历得并不多。"他说道。

第一天早上的调查工作，没有取得任何的收获。不过有一件事却很特别，那是一件意外的事，却给我留下了不是很舒服的感觉。通往发生悲剧地点的是一条窄窄的、蜿蜒曲折的乡村小路。正当我们向前走时，一辆发出吱吱嘎嘎声音的马车向我们驶来，我们靠路边站着，以避免相撞。马车驶过时，我发现车窗里有一张扭曲的、可怕的、龇牙咧嘴的脸，他正在盯着我们看。那仇视的眼睛和紧紧咬合的牙齿从我们面前快速闪过，如同一个可怕的幻影。

"这是我的兄弟们！"莫蒂默·特雷格尼斯叫道，嘴唇惨白，"这是要将他们送到赫尔斯顿去。"

我们的内心怀着恐惧，在目送这辆黑色笨拙的马车远去后，我们转身向他们遭遇不幸的凶宅走去。

这是一栋小型别墅，宽敞而明亮，有一个大花园，在科尼什气候的滋润下，这里已是满满的一园春色了。起居室的窗子面向花园。莫蒂默·特雷格尼斯跟我们讲，那个邪恶的东西一定来自于花园，并且在瞬间摧残了他们的大脑。

还没有进入门廊，福尔摩斯沿着小路四处查看，若有所思。我记得，他是那么的全神贯注，以至于被浇花的水壶绊了一跤，水壶的水也洒了出来，洒在我们的脚上和花园小路上。来到屋内后，我们受到了科尼什老管家波特太太的接待（一个小姑娘协助她处理家务）。她很痛快地回答了福尔摩斯提的一切问题。她说晚上她没有听到任何动静。她的主人们最近情绪也很不错，心情比之前都要愉快。早上，当她进屋一看到桌边可怕的场景时，她吓得晕了过去。在慢慢苏醒过来后，她将窗子推开，让清晨的空气进来，然后马上跑到楼下小巷，让一个孩子去请医生。她说假如我们想看看那个已经离世的女子，现在可以去楼上，因为她就躺在楼上的床上。那兄弟两人被四个身强体壮的男子放进精神病院的马车里送往精神病院。她不希望在这屋里多待一天，当天下午就准备回圣伊弗斯去和家人生活在一起。

我们上楼看了那位女士的尸体。虽然已经临近中年，布伦达·特雷格尼斯小姐仍是一位风韵非凡的女子。那张深色清秀的脸依旧很美丽，她的脸上留着某种惊恐的表情，这是她在这个人世最后保留的一丝人类的情感。从她的卧室离开后，我们下楼来到发生这起悲剧的起居室。隔夜的炭灰还残留在壁炉里。桌上有四支已经燃尽熄灭的蜡烛，桌上还有一副零散的纸牌。椅子已经搬到后面靠在墙壁上了，除了这个变动外，和昨晚一样，一切保持原样。

福尔摩斯在屋内迈着轻捷的脚步走来走去。他在每把椅子上都坐了下，把椅子提起又放回原处。他又测试了一下在屋内究竟能看见花园多大的范围，然后又对地板、天花板和壁炉进行了检查。在这个过程中，我一次都没有发现他那种两眼突然发亮、双唇紧闭的表情。我知道，每当这种表情出现，那就说明他已在迷茫之中看到希望了。

他突然问道："为什么要生火呢？他们经常在春天的夜晚在这间小屋生火吗？"

对这个问题，莫蒂默·特雷格尼斯这样说：那天晚上天气潮冷，所以他来了之后就生了火。"您现在打算如何入手，福尔摩斯先生？"他问道。

福尔摩斯微微一笑，他将一只手搭在我的胳膊上说："华生，我认为我要继续研究你常常说我而且说得很正确的烟草中毒。先生们，要是你们同意的话，我们现在要回到我们的住宅，因为在我看来，这里并不会有什么新的线索值得我们关注了，我要好好思考一下。特雷格尼斯先生，要是我有任何的新发现，我一定会通知你和牧师的，现在呢，祝两位早安。"

在澎德湖湾的房子，福尔摩斯又进入他那专心致志的沉默。他在扶手椅里蜷缩成一团，身边烟雾缭绕，使人几乎无法看清他那憔悴严肃的面孔。

他两道浓眉紧蹙，额头紧皱，眼神茫然。最后他将烟斗放下，跳了起来。

他说道："这样不是办法，华生！让我们一起沿着悬崖去转一转，寻找火石箭头。比起寻找这个问题的线索来，寻找火石箭头更为容易些。没有足够的材料而要想明白事情，好似空转的引擎，没有任何收获的。有了海风、阳光、耐心，还有华生——就能解决任何问题。"

"现在，让我们理智地来想一下我们的境地，华生，"我们一边沿着悬崖走，他一边继续说，"我们要紧紧抓住我们已经了解到的一点情况，这样的话，一旦发现新的线索，就可以对号入座了。首先，我敢保证我们俩谁都不会承认，这件事是魔鬼所为。这种魔鬼介入的想法应该完全排除，然后再开始工作，继续我们的推理！那三个人遭到了某种有意识或无意识的人类行为的严重袭击，这一点毋庸置疑。那么，这种袭击发生在什么时候呢？显而易见，假定莫蒂默·特雷格尼斯先生所说情况真实无误，那么这事是在他离开房间没多会儿就发生的。这一点很关键。可以说是在他走后几分钟之内发生的事。你看，桌上还放着牌，平时睡觉的时间已过，可是他们还坐着没有动，也没有把椅子推回去。我再强调一次，是在他离开不久就发生的，应该不会超过当天晚上十一点钟。

"很明显，我们下一步就是要对莫蒂默·特雷格尼斯先生离开之后的行动进行调查。这方面并没有多大的难度，而且也无可怀疑。我的方法你应该是很清楚的。你当然已经察觉到了我笨手笨脚地将浇花水壶踢翻的用意。这样，我就可以获得他的脚印，这个办法要比别的办法取得的脚印清晰许多。在潮湿的沙土小路上会很清晰地看见脚印。你应该不会忘记昨天晚上很潮湿，获取一个脚印的标本是很容易的事情。从一个人的脚印中追踪他的行踪，从而断定他的行动，这是很常见的事。看来，他是向牧师住宅那个方向快步走去的。

"假如莫蒂默·特雷格尼斯没有出现在现场，那肯定是外面的某个人对玩牌的人起了作用，那么，我们又如何证明呢？这样一种恐怖的形象又该怎样去描述呢？波特太太应不在此列，因为显然她缺乏这个能力。有没有证据可以证明有人爬到花园的窗口上，用某种方式制造了让人害怕的效果，将看到它的人吓得精神错乱呢？这方面唯一的线索是莫蒂默·特雷格尼斯跟我们讲的，就是他哥哥看见花园里有动静，而他也看见了。这有点异常，因为那天晚上下着雨，天气迷离，一片漆黑，要是有人故意要吓唬这几个人，他就不得不在别人发现他之前把他的脸紧贴在玻璃上。可是窗户外面三英尺的花圃却没有发现任何脚印的痕迹。更令人不解的是，外面的人如何做才能够让屋里的几个人感觉极度恐怖呢？同时，我们也没有发现，这种煞费苦心的奇怪举动是出于什么样的目的。你意识到了我们的困境了吗，华生？"

"意识到了。"我坚定地回答道。

福尔摩斯说："可是我认为，假如材料能再多一点点，或许就会让这些困难容易得到解决。华生，我认为你可能在你那内容广泛的案卷中，发现某些模糊不清的案例吧。现在，我们先不去想这个案子，等到有了更加精确的材料再去思考。把早上仅存的一点时间用来探索新石器时代的人吧。"

我原打算谈谈福尔摩斯聚精会神思考问题时的那种毅力，但是，在这康沃尔春天的早上，他却用了两个小时去谈石凿、箭头和碎瓷器，一脸的轻松和兴奋，好像根本不存在什么险恶的、神秘的事情在等着他面对，这点出乎我的意料。下午，我们才回到我们的住所。有一位来访者已经在那里等着我们。他立刻将我们的心绪带回到我们要办的那件事上。想想就知道，这位来访者是谁。他有着魁梧的身材，严峻却布满皱纹的脸，凶狠的眼神，鹰钩鼻子，灰白很多的头发，胡子金黄，所有这一切，在伦敦如同在非洲一样都是人们所熟知的，他只能使人想起伟大的猎狮人兼探险家列昂·斯特戴尔博士。

实际上，我们已经知道他来到这里了。有一两次也在乡间小路上见过他那魁梧的身影。他没有接近我们，而我们也没有去靠近他，因为都知道他喜欢隐居，不愿意被人打扰。在旅行休息期间，他大部分的时间都在布尚阿兰斯森林里的一间小屋里度过，在书堆和地图堆里过着孤独自由的生活，他只仅仅满足他那简朴的需求，从不过问附近人的事情。因此，当我听见他急切地询问福尔摩斯在这个奇怪案件方面取得进展时，我感到很不理解。

这位伟大的探险家对福尔摩斯说："这里的警察什么都不懂，不过，您阅历丰富，可能会做出某种让人信服的解释。我可以提供帮助的，就是我对特雷格尼斯一家的了解，因为我算这里的常客——甚至，从我母亲那边来算，他们还是我的表兄弟姐妹呢，因为我母亲是科尼什人。他们遭遇到这样的不幸我自然感到震惊和难过。我跟你们讲，我已经走在去非洲的路上并到了普利茅斯，不过今天早上得到消息，又急忙赶回来协助调查。"

听后福尔摩斯皱起了眉头。

"你为此耽搁行程了吧？"

"我可以坐下一班。"

"哎呀！这真是让人敬佩的友谊啊。"

"我刚说过，我母亲和他们是亲戚。"

"哦——你母亲的远亲。你的行李上船了吧？"

"一部分行李上了船，不过主要行李还在旅馆里。"

"哦，清楚了。不过，难道说这件事已经上了普利茅斯的晨报吗？"

"没有，先生，我收到了电报。"

"哦，那是谁发给你的电报？"

这位探险家憔悴的脸上闪过一丝不悦之色。"你真是追问到底呀！福尔摩斯先生。"他说道。

"这是我的工作。"福尔摩斯回答道。

斯特戴尔博没有让自己内心的愤怒发泄出来，他很快恢复了镇静。"那我不妨跟你讲，"他说，"是牧师朗德黑先生发电报叫我回来的。"

"非常感谢。"福尔摩斯说，"我现在只能这样来回答你之前的提问：我对这一案件还没有理顺，不过，做出某种结论肯定是极有可能的。现在解释太多有些过早。"

"假如你的怀疑已经具体有所指，那么你可以将它讲给我吗？"

"不，这点我无法做到。"

"要是这样的话，我认为浪费了我的时间，我就告辞了。"说完这位著名的博士迈步走出我们的房子，表情不悦。五分钟后，福尔摩斯出去跟上了他。一直到晚上，福尔摩斯才步履缓慢地返回，脸色难看。这告诉我他的调查肯定不是很顺利。他把一封电报瞥了一眼，然后将它扔进了壁炉。

"电报是从普利茅斯的一家旅馆发出的，华生。"他说，"我从牧师那里知道了这家旅馆的名字，就发电报了解一下列昂·斯特戴尔博士跟我们讲的是不是真话。现在来看，昨晚他还真的是在旅馆度过的，也确实是把一部分行李送上船运到非洲去了，而自己回到这里来了解事情的进展。对这一点，你有什么看法，华生？"

"他对此怎么如此兴趣浓厚啊？"

"兴趣浓厚——不错，确实如此。有一条线索我们还没有掌握，它可能会帮助我们打破现在的僵局。打起精神来，华生，我认为我们还没将全部材料掌握。一旦掌握，我们马上就可以摆脱困境了。"

我没去细思量福尔摩斯的话多久会变成现实，也没想过新进展将为我们的调查打开怎样一条别开生面的线索，又或者是多么奇特险恶？早晨起来后我正在窗前刮胡子，听见了格嗒格嗒的蹄声。我向外一看，看见一辆二轮单马车疾驰而来，在我们门前停住了。我们那位牧师朋友从马车上跳下来并冲上了花园小径。福尔摩斯已穿戴整齐，我们赶紧下去迎他。

我们的客人情绪激动，连话都表达不清了。最后，他气喘吁吁地道出他的悲惨故事。

"鬼缠上我们了，福尔摩斯先生！鬼将我们可怜的教区缠上了！"他喊道，"撒旦一直在我们这里游荡！我们都落入他的魔爪了！"他十分激动，手脚乱舞，要不是他那张面如土色的脸和那双惊惧的眼神告诉我们他是一个正常的人，我们都怀疑他就是个滑稽小丑。最后他告诉我们一个可怕的消息。

"昨天晚上莫蒂默·特雷格尼斯先生死了，症状和他的家人分毫不差。"

福尔摩斯马上突地一下站了起来。"你的马车可以载上我们两个吗？"他问道。

"没问题。"

"华生，我们先不吃早餐。朗德黑先生，我们一起去现场。快，快，在现场被破坏之前一定要赶到那里。"

牧师住宅的两个房间都被这个房客占据了，不过都在一个角度，楼上楼下两个房间，下面一间是个大起居室，卧室在上面。通过窗户看，可以发现一片打槌球的草地。医生和警察到来之前我们赶到了，所以现场得到了完好的保护。让我来描述一下这个薄雾覆盖的三月早晨我们所见到的景象，它留给了我们一种难以忘怀的印象。

房间里的气氛阴森恐怖，让人有一种窒息感。第一个进屋的仆人将窗子推开，要不然的话就更无法忍受了。这或许是因为房中间桌上的灯还在燃烧并在冒烟。桌边坐着死者，仰靠在椅子上，稀疏的胡子向上翘着，前额上挂着眼镜，黑瘦的脸面向窗户。他的脸因恐惧而扭曲，和他死去的妹妹表情一样。他四肢痉挛，手指紧紧扭在一起，好像是被一阵突如其来的恐惧吓死的。可以看得出来他是在匆忙之中将衣服穿好的，不过还算穿戴整齐。我们也了解到，他之前一直在床上睡觉，凌晨左右的时候惨遭不幸的。

福尔摩斯进入那间房子时，那一刹那发生的惊人变化，使人感到他那冷漠外表下炽热的活力了。他一下子变得紧张而警惕，目光熠熠有神，紧绷着脸；四肢因激动而有些发抖。他有时走出房间来到外面的草地上，有时又从窗口钻进屋里，还有的时候在房间四周巡视，又跑到楼上的寝室，如同一只冲出冲进的猎狗在作掩护工作。他快速地环视了卧室，然后将窗子推开，似乎又发现了使他兴奋的东西，因为他把身体探出窗外，禁不住大声叫喊，显得兴奋异常，激动万分。

之后，他又跑到楼下，从开着的窗口跳出去，并趴在地上将脸贴在草地上，随后，站起来又跑进屋里。他精神振奋，就如同猎人捕到了猎物。他对那盏灯进行了认真检查，那只是普通的灯。他又量取了反射罩精确的尺寸，又用放大镜对盖在灯罩上的云母挡板进行了仔细检查；他将灯罩顶端外壳上的灰刮下来，并将它们装进信封，然后夹在笔记本里。这个时候，医生和警察赶了过来，他招手叫牧师过来，我们三人出屋来到外面的草地上。

在草地上，福尔摩斯说道："我十分高兴地宣布我的调查有结果了，我不想留下来和警察说此事，我想，朗德黑先生，要是你能代我向勘察人员问候，并引导他们关注卧室的窗户和起居室的灯，我将万分感激。每件东西都有所指，将它们联系起来，差不多就可以得到答案了。假如警方想进一步了解情况，去我那里与我探讨我还是乐意的。华生，我认为，现在我们最好还是到别的地方去做些其他的事情。"

也许是警察对业余侦探参与到这件事里面感到不满，也可能是警察自以为会发现其他的解决途径，总之，在随后的两天里警察那里没有传来任何的消息。

在这个时间里，福尔摩斯有时候待在房间里抽烟，想事情，而更多的时候是独自在乡村小路上散步，一去就是好几个小时，回来也不对我讲去了什么地方。一次实验让我对他的调查线索了解了一些。他买了一盏莫蒂默·特雷格尼斯房间那盏灯的复制品，和那个早晨发生惨剧的房子里的灯一模一样。他往灯里装满了牧师住宅所用的那种油，并且详细记录了灯火燃尽所需的时间。他做的另一个实验更是给我留下了深刻印象，让我一辈子都难以忘却。

一天下午，福尔摩斯对我说："华生，在我们了解的几种有差别的传闻中，只有一点共同之处，那就是首先进入发生惨剧房间的人都感到的那种窒息的气氛。你是否记得莫蒂默·特雷格尼斯跟我们讲过，他最后一次去他哥哥那里的那个片段：他说医生一走进屋里就晕倒在椅子上了，是这样吧？还有女管家波特太太也曾跟我们说过，她走进屋里也晕倒了，苏醒后将窗子打开了。现在，我可以对这个问题进行解释了，情况是这样的：在第二起莫蒂默·特雷格尼斯死亡案件中，你应该还清楚地记得，我们一进屋就感到那种让人紧张、令人窒息的感觉，虽然仆人已经将窗子打开了。我已经了解道，那个仆人后来感到身体非常不舒服就上床去休息了。

"华生，不得不说，这些情况非常有指导性。每个案件都表明房间里存在有毒气体。你注意到没有，每个案件中，房间里都有两样东西在燃烧，一个是火，另一个是灯。烧炉子需要这两样东西，可是为什么在大白天点灯呢？比较一下耗油量就明白了。可以肯定的是，点油灯，令人窒息的气体，还有那几个倒霉的人或疯或死，这三件事相互之间肯定有联系，难道这不是很清楚吗？"

"好像是应该有一些联系。"我说道。

"保守起见，我们可以将它看作一种有用的假设。在此基础上，我们再假定，两起案件中所烧的某种东西，释放出的气体产生了令人害怕的中毒效果。在第一起悲剧中，在特雷格尼斯家里，这种东西是在炉火中的。窗户是关着的，一部分烟雾通过烟囱跑到了室外。所以，中毒的情况就没有第二起案件中那样严重。而在第二起悲剧中，房子里的烟雾没有泄漏到室外，却在某种程度上证明了这一点：在第一起悲剧中，只有女的死去了，或许是因为女性的机体更加敏感，而另外两个男性的精神出了问题，不论是短时间还是永久性的，也很明显，也都是因为毒药毒害的结果。在第二起悲剧中，它的毒性发挥得很彻底，所以，事实证明是由于毒品燃烧而放出的毒气造成了悲剧。

"我的推理进行到这里的时候，我自然会在莫蒂默·特雷格尼斯的房间里四处找寻这种物质的残留物。一个容易让人想到的地方就是油灯的云母罩或者是防烟罩。最终我在它们的上面发现了一些鳞状的灰末；在灯的四周发现了一圈没有烧尽的褐色粉末。我取了一半装在信封里，这你也看见了。"

"为什么只取一半呢？"

"华生，我亲爱的朋友，我这样做是为了不妨碍官方警察办案。我把我发现的全部证物都留给他们。云母罩上还残留着毒药，只要他们有头脑就能发现并拿到这些。华生，让我们现在把灯点上，当然我们得打开窗子，可不要让两个有价值的社会公民白白丢掉性命。你坐在靠近打开窗子的扶手椅上，除非你像一个极有理智的人那样决定不参与这个实验。啊，我相信你会参加这个实验的，是这样的吧？我想我对你还是了解的。我坐在你对面的椅子上，我们两人面对面坐着。你我离毒药的距离是一样的。我们保持房门半开半闭，让我们都看着对方。如果没有出现性命攸关的症状，我们就把这项实验一直进行下去。明白吗？好，我把药粉，也就是那残留的药粉，从信封取出来，放在点燃的灯上。好了，弄好了！华生，让我们坐下来，亲身体验一下中毒的感觉。"

没过多长时间，微妙的事情发生了。我刚一坐下就闻到一股浓浓的麝香味，有一种微妙且令人恶心的感觉。刚闻到味道，我就忍不住控制我的大脑和想象力了。我只觉得一团又浓又黑的云状物在我眼前出现并且徐徐上升，我的理智提醒我，在这种又浓又黑的云状物中，暗藏着一种看不见的、人世间极其恐怖的怪异且不可思议的邪恶东西，它随时可能冲出来袭击我已经紊乱的理性。模糊的轮廓在浓黑的烟云中不断变化着，预示着有什么东西就要出来，突然我感觉有一个难以描摹的人影来到门前，所有这一切差点让我魂飞魄散。一种阴冷的恐惧让我魂不附体，我感到头发竖起来了，眼睛也突出来了，嘴大大地开张着，舌头不听使唤，脑子里一片混乱，肯定是什么东西被一下子折断了。我本能地想呼救，潜意识里我好像察觉到自己的声音是一阵嘶哑的哇哇声，离我十分遥远，不再属于我自己。

所幸的是，在这生死攸关的时刻，我用尽浑身力气跑开，冲出那使人窒息的烟云，一眼就发现福尔摩斯那张由于内心惊惧而苍白、僵硬、变形的脸，那是我所见到的死人才有的表情。正是这一景象让我在一瞬间恢复了神志，充满了力量。我猛地从椅子上站起来，抱住福尔摩斯，跌跌跄跄地同他一起奔出了房门，然后扑通一声跌倒在外面的草地上，并排躺着，只感觉到明媚的阳光有力地射透了那股刚刚还包围我们的令人恐怖的烟云。我们心里的烟云渐渐消散，如同雾气从山水间消失一样，平静和理智再一次回到我们身上。我们坐在草地上，将我们又冷又湿的前额擦了又擦。然后满怀忧虑地仔细查看着我们刚经历的这场冒险所留下的最后痕迹。

"实话实说，华生！"福尔摩斯声音颤抖地说，"我既要感谢你救了我，同时又要向你道歉。即使对我本人来讲，这个实验也是欠缺考虑的，对一位朋友来说，就更没有道理了，所以，我实在有些对不住你。"

"你应该清楚，能够帮助你，我是很愿意的，同时也倍感荣幸。"我激动地回答。我对福尔摩斯的内心从没像现在这样感觉得那么深刻。

没多久他就恢复老样子了，脸上显示出那种既幽默又挖苦的神情，这是他对他周围人常有的态度。"华生，亲爱的朋友，把我们两个逼疯，那是很简单的事。"他说，"在我们着手做这个让我们疯掉的实验之前，率真的观察者一定会认为我们是疯了。不过我也得承认，我根本没有想到效果来得如此的迅猛和突然。"他冲进屋子，随即又跑出来，手臂伸得直直的拿着那盏依旧燃烧的灯，尽可能让自己离它远一些。最后他将灯扔进了荆棘丛中。"需要一些时间让屋子换换空气。华生，我认为对这几起悲剧的发生，你应该不会再有任何怀疑了吧？"

"不再有任何怀疑。"

"不过，原因和以前一样，还是有些茫然。我们到凉亭里聊一聊此事吧。这个邪恶的东西现在依旧好像还缠绕在我的喉咙。我们可以确认，一切的证据都表明此事是莫蒂默·特雷格尼斯所为，虽然他是第二起悲剧的受害者，可这不能因此说明他不是第一起悲剧的制造者。首先，我们一定不要忘记，他们家里闹过纠纷，随后又和解了。纠纷闹到什么状况，和解又到何种程度，我们毫不清楚。当莫蒂默·特雷格尼斯那张狡诈的脸，眼镜后面那两只透着邪恶、阴险的小眼睛在我的脑海中出现时，我就认定他不是一个厚道人。另外，你没有忘记吧，他说过有人进入花园，他如此一说就将我们的注意力引开了，使我们忽略了引起悲剧的真正起因，他这是在故意误导我们。最后，假如不是他在离开房间的时候把药粉扔进火里，谁又会这么做呢？他刚一离开事情就发生了，要是另有别人进来，屋里的人肯定会站起来。还有，在这宁静的康沃尔，人们通常是不会在晚上十点钟以后去别人家串门的。所以，可以说，一切的迹象都表明莫蒂默·特雷格尼斯就是罪魁祸首。"

"既然这么说，那他是自杀？"

"从表面上看，不排除这种可能。他给家人造成如此的不幸，他有罪恶感，可能会因为良心的谴责而选择结束自己的生命。可是，这有悖于具有说服力的论据。所幸的是，在英格兰有一个人对这里面的情况很了解。我已经作了安排，我们今天下午就可以亲耳聆听他的真言。啊！他提前过来了。请到这边来，列昂·斯特戴尔博士。我们在室内做过一次化学实验，使我们那间小屋不方便接待您这样一位贵客。"

随着花园的门咔嗒声一响，那位高大的非洲探险家的魁梧身影出现在小路上。他显得很吃惊，随即向我们所在的简陋的凉亭走来。

"你叫人让我到你这儿来，福尔摩斯先生，一小时左右之前我收到你的便条。我来了，虽然我还真不清楚我为什么要听从你的命令到这里来。"

"我们或许可以在我们分道扬镳之前将事情的真相弄清楚。"福尔摩斯说，"对您彬彬有礼，愿意与我们对话，我表示真心的感激。室外接待很不周到，还请谅解。我的朋友华生和我就要给名为《科尼什的恐怖》的文稿增添新的一篇。由于我们无法避开讨论的事情可能与你本人密切相关，所以我们最好还是在一个安静没有人打扰的地方聊一聊。"

列昂·斯特戴尔博士从嘴里取出雪茄，神情有些严肃地看着我的同伴。"我不清楚，先生，"他说，"你要谈的事情与我怎么会关系密切。"

"是事关莫蒂默·特雷格尼斯的死。"福尔摩斯说。

我发现就在这话音刚结束的瞬间，斯特戴尔原先那张有些凶相的脸一下变得绯红，他瞪着两眼，额上青筋突起，紧握拳头冲向福尔摩斯，不过随后他又站住，努力让自己保持一种冷酷的平静。据我看，这种样子比他大发脾气还要危险。

"我一直生活在野人堆里，世俗的法律无法约束我，"他说，"因此，我自己就是法律，我已经习惯了这种生活。福尔摩斯先生，不要忘记一点，我并不想对你造成伤害。"

"我也不想对你造成伤害，斯特戴尔博士。你应该明白的一点是，虽然我知道了一切，但我还是派人去请你过来而不是去找警察。"

斯特戴尔喘息着坐下了。可能在他的探险生涯中他还是首次感到害怕吧。福尔摩斯的镇静自若令人不敢冒犯。列昂·斯特戴尔博士有些张口结舌，焦虑不安，两只大手一会儿放开一会儿紧握。

"那么你想说什么？"他问道，"福尔摩斯先生，要是你想唬住我，你可选择错了对象。别再绕来绕去了，你到底什么意思？"

福尔摩斯说："我跟你讲，我之所以要与你沟通，是因为我希望你能够实话实说。我的下一步措施完全取决于你的辩护。"

"我的辩护？"

"不错，先生。"

"我因为什么事辩护？"

"为了你杀害莫蒂默·特雷格尼斯一事而为自己辩护。"

斯特戴尔用手绢擦了擦前额的汗水，说："我不得不说，你越来越咄咄逼人了，你的一切成就都是靠这种惊人的故弄玄虚吗？"

福尔摩斯神态严肃地说："列昂·斯特戴尔博士，是你故弄玄虚，而不是我。为了让你心服口服，我来告诉你我得出结论的依据。你从普利茅斯返回，而将一部分财物运到非洲，我只想说，这使我意识到你本人是导演这出戏的幕后人。"

"我回来是为了……"

"你所谓的返回的理由，我已经了解到了，不过我认为那不能令人信服，也不充分，这个暂且不说。你来问我怀疑谁，我没有回答，随后你就去了牧师住所。你在牧师家外面等了一会儿，最后又返回你自己的住所了。"

"你是如何知道的？"

"我跟踪了你。"

"我不知道你跟踪了我。"

"既然是跟踪，自然是不让你发现。你在屋里焦灼不安并默想行动计划，夜里想好后准备在第二天清晨执行。天刚刚有亮光你就出门了，在你门前的一堆小石子里，你挑了一些红石子装进口袋。"

听到这儿，斯特戴尔显然吃了一惊，诧异地看着福尔摩斯。

"你急急忙忙走了一英里路，来到牧师住所。我发现你当时穿的就是现在你脚上的这双有螺纹的网球鞋。你穿过牧师住宅的果园以及旁边的篱笆，来到特雷格尼斯卧室的窗下。那个时候天已经亮了，可是屋里还没有动静。你从口袋里将那些红石子取出来，然后扔向窗户。"

听到这儿斯特戴尔猛然站了起来。"真是神不知鬼不觉啊！"他喊道。

对这个恭维，福尔摩斯微微一笑，继续说："你扔了两三把小石子后，特雷格尼斯出现在窗前，你叫他下楼。他匆匆忙忙将衣服穿好，然后下楼到了起居室。你从窗子进入起居室。你们说话的时间很短，在此期间，你在屋里不停地走来走去。后来，你从屋子出来，关上了窗子，站在外面的草地上，抽着雪茄观察屋里发生的情况。最后，发现特雷格尼斯死了，你又从原路回来了。列昂·斯特戴尔博士，现在你向我说明一下你的这种行为属不属于犯罪呢？你因为什么要做这件事？如果你还在推诿我，我向你保证，我将不再插手这件事了。"

列昂·斯特戴尔博士听了这番话，脸上变得惨白。他用两只手蒙住脸，坐着沉默不语。突然他很冲动地从前胸口袋里取出一张照片，然后将照片扔到我们面前的粗糙石桌上。

"我之所以这样做，就是为了她。"他说。

这是一张美丽女子的半身照。照片上是这个女子的面孔。福尔摩斯弯身看那张照片。

"是布伦达·特雷格尼斯。"他说。

"不错，是布伦达·特雷格尼斯。"列昂·斯特戴尔博士重复道，"这么多年来，我们一直相爱着。这就是人们始终不明白我为什么选择在科尼什隐居的秘密。我这样做，是为了使我离这世界上我所珍爱的东西更近。我无法娶她为妻，因为我已经结婚了。我妻子离开我多年了，可是这没有人性的英格兰法律，却不准我与我妻子离婚。这些年，布伦达一直在等我。我也在等。现在，这就是我们等待的结果。"说到这儿，列昂·斯特戴尔博士无法抑制地呜咽起来。他用手捏住他那花斑胡子下面的喉咙，随后他又努力控制住自己的情绪，继续说道：

"牧师清楚，我们信任他。他会跟你讲，她是一个可爱的人间天使。因此，牧师发电报通知我，我就回来了。当我得知我心爱的人竟然遭到这样罹难的时候，我又怎么会顾及行李和非洲呢？这一点，福尔摩斯先生，你已经掌握了。"

"请继续讲下去。"我的朋友说。

斯特戴尔博士从口袋里拿出一个纸包放在桌上。纸包上写着"Radix pedis di – aboli"几个字，字的下面有一个代表有毒的红色标签。他将纸包推向我。"先生，我知道你是医生，你看看你知道这种药吗？"

"魔鬼之足！不，我还真的不知道它。"我说道。

"这不代表你孤弱寡闻，"他说，"据我所知除了放在布达实验室里的一个标本外，欧洲其他地方没有它的标本。在药典和毒品文献上也都没有关于它的记载。它的根长得像只脚，一半有些像人脚，而一半有些像羊脚，一位熟悉植物的传教士因此给它取了这么个有趣的名字。西部非洲一些地区的医师将它当作毒物，用来折磨人，同时对它严加保密。我在一种十分特殊的情况下在乌班吉专区得到了它。"他一边说，一边将纸包打开。纸包里是一堆像鼻烟一样的红棕色的药粉。

"继续讲，先生。"福尔摩斯依旧严肃地说道。

"福尔摩斯先生，既然你已经掌握了很多情况，我就把真实情况告诉你，这件事情显然与我的利益密切相关，我会让你了解到全部情况的。前面我已经将我和特雷格尼斯一家的关系解释过了。由于他们的妹妹的关系，我和他们兄弟几人友好相处。他们家曾为金钱发生过矛盾，因为这件事莫蒂默与大家疏远了，听说又和好了，因此后来我和他之间的关系就像我和他的另外几个兄弟之间一样。他为人阴险，爱耍些阴谋诡计，有好几件事让我对他产生了怀疑，不过，我没有任何理由和他发生正面冲突。

"两个星期之前的一天，他来到我这里，我拿出一些非洲古玩给他看，也把这种药介绍给了他，当然也把药粉的奇效跟他讲了。我告诉他这种药如何对支配恐惧情感的大脑中枢进行刺激，还告诉他，当非洲一些不幸的本地人受到部落祭司用这种手段惩罚和迫害时，他们不是被吓疯就是被吓死，最后我还跟他讲，欧洲的科学界对这种毒药也无法检验。我不清楚他是如何从我这里拿走这种药的，因为我从来没离开过房间。不过我认为，他是在我打开橱柜弯身去翻箱子的时候，将一部分药粉偷走了。我记得他一直询问我这药粉产生效果的用量和时间。当时，我没有察觉他问这些话是别有用心的。

"牧师发电报到普利茅斯给我的时候，我才意识到他问我的话是别有用心的。这个坏蛋以为我在听到消息之前，早已经出海远行了，还认为我一到非洲，就会几年杳无音信。出乎他意料的是，我很快就回来了。我一听到详细情况，就清楚地知道他使用了我的毒药。我来找你，认为你会给我其他的答案，但是没有。我深信莫蒂默·特雷格尼斯就是凶手。为了钱，他认为假如家人都疯了，他就成了共有财产的唯一受益人，就是在这种心理下，他使用了'魔鬼之足'，结果使两个人疯了，一个人死了，我最爱、也是最爱我的人——布伦达死去了。他犯了罪，应当如何让他付出代价呢？要依靠法律惩罚他吗？那我的证据呢？我很清楚事情的真相，可是我能使一个由村民组成的陪审团相信这样一个听起来如此荒诞的故事吗？也许可以，也许无能为力，可是我不能失败。我的内心强烈促使我必须复仇。我刚对你说过，福尔摩斯先生，我长期生活在野人堆里，没有受过法律的约束，我有自己的法律，现在正是如此。我认定一个道理：害人终害己，他要为自己的恶行付出代价。我要亲自对他做出裁决。目前，我敢说，在整个英格兰没有人比我更不在乎自己的生命了。

"我把一切都跟你讲了，其余的情况是你自己了解到的，正如你所说，我过了一个焦灼不安的夜晚，天刚亮就出了家门。我猜到，直接叫醒他有些费劲，于是从你提到的石堆里抓了一些小石子，往他的窗户上扔。他来到起居室，让我从起居室的窗口进去。当着他的面我将他的罪行揭露了。我告诉他，我来找他，既是法官，同时又是死刑的执行人。这个阴险无耻的小人看见我拿着手枪，就瘫坐在椅子上。我将灯点燃，然后洒上药粉，在窗外站着，假如他想逃走，我就给他一枪。五分钟不到的时间他就死了。啊，上帝哪！他死了！可是，我并不是那样的无情，我很清楚他所受的痛苦，可是他所受的哪一样不是我那无辜的、最挚爱的人所受的痛苦。福尔摩斯先生，这就是我的故事，我想你要是爱上一个女人，你也可能会像我这样做的。不管怎么说，我现在掌控在你手里了，你想怎么处理就怎么处理吧。我已经说了，现在没有哪一个活着的人比我对死亡更无所惧。"

福尔摩斯陷入沉思中不发一言。"你有什么计划？"他最后问道。

"我原计划把自己的尸骨仍在非洲中部。我在那里的工作只进行了一半。"

"那去完成你剩下的一半吧，"福尔摩斯说，"我不愿意阻拦你。"

斯特戴尔博士将他那魁梧的身体挺了挺，然后神情郑重地鞠躬致谢，接着离开了凉亭。福尔摩斯将烟斗点燃，把小烟袋递给我。"烟是没有毒的，可以换换口味，感觉很好。"他说，"华生，我认为你也会支持我这个决定的，我们将不会再参与到这个案件中了。我们做的调查是自主的，我们的行为也是自主的，难道你会去揭发我的行为吗？"

"我怎么能做那样的事！"我回答道。

"华生，你知道我没有恋爱过。我在想，要是我恋爱过，而且我所爱的女子遭遇了这样的不幸，也许我会像我们这位看轻法律的猎狮人一样，也会采取类似行动的，谁知道呢？唉，华生，对这些显而易见的事情我不想再浪费口舌了，免得你厌烦。窗台上的小石子当然是进行研究的起点，这与牧师花园里的小石子是不同的。当我的目光被斯特戴尔博士和他住的房子吸引过来时，我才去关注与它有关的东西。白天燃着的灯和留在灯罩上的药粉是这一明显线索上相关的环节。华生，我亲爱的朋友，现在，我认为我们可以抽身远离这件事了，我们可以心里坦然地回去对迦勒底语的词根进行研究了，而这些词根一定可以从伟大的凯尔特方言的科尼什分支里去探索。"

八 最后的致意：夏洛克·福尔摩斯后记

让人感到极度恐怖的 8 月 2 日晚上九点钟，可能人们已经联想到，这个时候上帝的诅咒已经降临到人世间，因为在这湿热让人无法忍受的沉闷空气中，处处弥漫着死气沉沉、虚幻缥缈的气氛。太阳虽然早已经下山了，但是血色的余晖像撕裂的伤口低挂在遥远的西边，天空繁星已经亮起，船上的灯光在海湾里闪耀，两位赫赫有名的德国人站在花园人行道的石栏旁边，一排狭长、低矮的人字形房屋在他们身后隐现。两个人低头看着白崖脚下那一大片海滩。冯·波克如同一只四处游荡的鹰，四年前将这处悬崖作为自己的居所。他们紧挨着站在那里低低地说着话。抬头仰视，那两个发光的烟头看上去如同恶魔冒烟的眼睛，在黑暗中窥探着。

冯·波克不是个普通的人，他在所有尽职尽责的侦探中十分有名。他才华出众，所以首次被派到英国去执行一项最为重要的使命。他接受这项重任以来，他的才华日益显露出来，这让世界上真正了解真相的那几个人更加认为选对了人。这些人中包括他现在的同伴——公使馆首席秘书冯·赫林爵士。这时男爵的那辆奔驰牌轿车正停在乡间小巷里，等待着把主人载送回伦敦去。

"根据我对整个事态的了解，估计你可以在本周内返回柏林。"秘书说，"亲爱的冯·波克，等你返回柏林，我猜你可能会对你受到的欢迎感到吃惊。我不经意获悉这个国家的最高层对你工作的看法。"秘书是一个身材高大壮硕的人，他说话缓慢，声音浑厚，这一直是他政治生涯中的重要资本。

闻言冯·波克笑了起来。"要骗过他们实际上不难做到。"他说道，"你不会想到有人会比他们更加和顺、头脑更简单。"

"这点我还真的不知道。"秘书若有所思地说，"他们有一些让人不懂的规矩，可是我们必须要学会遵守。从表面上看，他们很单纯，这对陌生人造成了误导。人们得到的第一个印象是他们十分温顺，然而，当你突然遭遇非常严肃的事情时，你就会清楚你已经达到限度，必须让自己适应现实，比如，对他们褊狭的习俗你必须要学会遵守。"

"你是在说类似'良好的状态'这样的东西吗？"冯·波克长出了一口气，很像饱受苦难的人一样。

"就是各种令人费解的英国式的偏见，拿我犯过的一次最大的错误来说吧，我说这件事是有资格的，因为假如你了解我的工作，你就清楚我的成就了。我初次来到这里，受到邀请参加一位内阁大臣在乡村别墅里举行的周末聚会。他们谈话轻率得让人感到惊讶。"

冯·波克点了一下头。"我到过那儿。"他声音有些冷。

"真的这样啊，我当然将情报向柏林作了简要汇报。不过令人遗憾的是，我们那位好首相对这类事情没有给予应有的重视，他在广播中发表的讲话已经预示他对这次谈话内容了解了。这事自然就追到我头上了。你根本不清楚这事给我造成的伤害。我跟你讲，在这种场合，我们的英国主人可不是像以往的温顺。两年时间才让人们慢慢将此事忘却。瞧瞧你，为什么要摆出一副运动员的架势……"

"那怎么叫架势？架势是矫揉造作的，是故意做出来的，我这个多自然啊。我是个天生的运动者，我很喜欢这样做。"

"那很好呀，这样就会更有影响力了。你可以和他们赛艇、打猎、打马球，参与各项运动，与他们切磋技术，比比高下，由你一人驾驶的四马马车在奥林匹亚是得过奖的。此外，我还听说你和年轻的军官比过拳击，结果又如何呢？没有人重视你。你是个'优秀运动者'，'对德国人来说你十分体面'，同时又是一个喜好喝酒，逛夜总会，成天东游西逛，对一切的事情都不放在心上的年轻人。一直以来，你这所安静的乡村住宅成为破坏英国活动的中心。而你这位爱好运动的人竟然是欧洲最机敏的特工，亲爱的冯·波克，你可真是十足的天才呀！"

"多谢赞誉，男爵。不过我敢说我自己在这个国家的四年并非没有任何收获。我还没给你展示过我那个小小的储藏柜呢！您想进来观察一下吗？"

进入书房的门直接与台阶相连，冯·波克将门推开，走在前面带路。他将灯打开，然后关上门，胖大的男爵紧随其后。冯·波克谨慎地将花格窗户上厚厚的窗帘拉严实。等到将这些准备做好并检查完毕后，他才将他那张晒黑的鹰脸转过来，朝向他的客人。

"有些文件已经从这里被带走了。"他说，"昨天，我妻子等其他家人离开这里到福勒辛去的时候，他们将一些不是太重要的文件带走了。当然，我要求使馆保护其余的一些文件。"

"你的名字已经作为私人随员归档在案了。另外，你和你的行李也不会受到骚扰的。当然，我们也可能不必从这里离开。英国可能抛下法国，而不管它是否能生存下去。现在我们可以敢保证，英法之间没有签订有约束性的条约。"

"那比利时呢？"

"比利时也是如此。"

冯·波克摇摇头。"我真搞不清楚怎么会这样。有明明白白的条约摆在那里。比利时将永远也无法从这一屈辱中重整旗鼓了。"他说道。

"至少，它能够获得目前的和平。"

"那么它的荣誉呢？"

"停止！我亲爱的先生呀，我们生活的时代是如此的急功近利。荣誉是中世纪的概念。还有，英国还没有准备好。我们的战争特别税高达五千万，我们的目的犹如登在《泰晤士报》头版上的广告一样，每个人都已经知晓，可即使如此也没有将英国人从睡梦中唤醒，真是令人不敢相信。随处都可以听到人们谈这个问题。我所做的事情就是将真相查清。到处充满了怒气，我的任务就是将这些怒气平息。不过我可以向你保证，在实质性问题上，比如军需品的储备、潜水艇准备袭击、制造烈性炸药方面，那是没有任何的准备，尤其是我们挑起了爱尔兰内战，并搞得无法收场，谁知道是怎么想的。"

"她必须要为自己的未来好好打算打算。"

"哦，这和这件事没有必然的关系。我想，将来我们对英国肯定会有非常明确的计划，而你的情报对我们将起着非常关键的作用。对于约翰·布尔先生来说，不是今天就是明天的事。假如他计划今天行动，那我们已做好充分的准备；要是明天行动，那我们的准备就更加充分了。在我看来，英国应当与同盟国联合战斗，这就是更明智的选择。不过，这与我们没有关系，是他们自己的事。这个星期是决定他们命运的一周。你刚才不是在谈论你的文件吗？"他坐在靠椅里，悠闲地抽着雪茄，光秃秃的大脑袋上反射着灯光，亮亮的。

这是个橡木镶嵌、有很多排书架的大房间。最安全的角落挂着幕帘。拉开幕帘，后面是一个黄铜大保险柜。冯·波克从表链上取下一把小钥匙，在锁上鼓弄一会儿，将一个沉重的柜门打开。

"你瞧！"他站在一边，边指边说。

灯光照亮了开着的保险柜，使馆秘书十分感兴趣地凝视着保险柜里一排排装得满满当当的分类架。每个分类架上都贴着一个标签。他快速浏览着，那是一长串的标题，比如"浅滩"、"港口安全预防"、"飞机"、"爱尔兰"、"海峡"、"罗塞斯""埃及"、"朴茨茅斯要塞"，等等很多，每一格里文件和计划书塞得满满的。

"真是厉害啊！"秘书说。他将雪茄烟放下，两只肥胖的手轻拍着。

"男爵，所有的资料都是我在四年中收集到的。对一个喜欢喝酒、爱骑马的乡绅来说，这应该是不错的成绩吧。我收藏的珍品很快就要到了，我已经给它留好位置了。"他指着一个空格，空格上印着"海军信号"的标签。

"可是你不是已经有了一份很好的档案材料了吗？"

"那是过去的，已经没用了。海军部已有所发现，将密码全换了。男爵，这是一次打击，是我全部战役中遭到的最严重的失败，所幸的是我有存折和好助手阿尔塔蒙。今天晚上将马到成功。"

男爵看看表，有些失望，不满地哼了一声。

"唉，我真不能再这样等下去了。你知道，事情正在卡尔顿大院里进行，我们要各自负责起自己的事。我原想能够把你获得巨大成功的消息带回去。阿尔塔蒙没有说具体的时间吗？"

冯·波克翻出一封电报：

今晚带火花塞来，一切顺利

阿尔塔蒙

"你说的是火花塞吗？"

"他将自己打扮成汽车专家，而我开汽车行，这些你是清楚的。我们的暗号都是用汽车配件命名的，假如他说散热器，实质上指的是战列舰；说油泵指的就是巡洋舰，等等就是这个意思，火花塞代表的就是海军信号。"

"是正午的时候从朴茨茅斯发来的。"秘书说的同时查看姓名和地址，"哦，对了，你给了他什么了？"

"由于这项工作的特殊性，我付给他五百英镑。当然还要发给他工资。"

"这个贪得无厌的家伙。这些卖国贼虽然有用处，不过，对于付给酬金我还是不愿意的。"

"我什么都愿意给阿尔塔蒙，他工作完成得很不错，用他自己的话说，只要我付给他足够的钱，他无论想什么办法都要交货。此外，他不是卖国贼，我跟你讲，和一个真正爱尔兰血统的美国人相比，在对待英国感情上，我们最好的泛日尔曼容克贵族也只不过是一只需要哺乳的幼鸽。"

"哦，是爱尔兰血统的美国人？"

"如果你听到他谈话，你就不会这么问了。说实话，有时候我也感到无法理解。他好像已经向英国人和英国的国王宣战了。你必须要离开吗？他随时都会到这里来的。"

"真是对不起，不等了，我已经逗留过久了。我们明天一早等你来。等到你从约克公爵台阶的小门里将那本信号簿取来，你的英国之行就算大有收获。什么！匈牙利葡萄酒！"一个密封严实却沾满灰尘的酒瓶引起了他的注意。有两只高脚杯在酒瓶旁边的托盘里放着。

"您离开之前，愿意喝一杯吗？"

"不必了，非常感谢。看来你们要畅饮一番了。"

"阿尔塔蒙对品酒十分在行，所以对我的匈牙利葡萄酒很是青睐。他脾气火爆，需要在小事情上和他逗一逗。我跟你讲，我要好好研究研究他。"他们来到外面台阶上。台阶的下面，男爵的司机发动了汽车，那辆大轿车发动起来隆隆地响着。"据我看，这是哈维奇港口的灯火吧。"秘书说着将风衣披上了，"一切似乎都是那么祥和平静。一个星期之内可能就会出现另外的光亮，英国海岸将会变得不那么平静！要是齐伯林可以使我们的事成为现实，我想恐怕天堂也不会安静了。顺便问一下，知道那个人吗？"

在他们身后只有唯一一个窗口还亮着灯。屋里有一盏灯发着亮光，旁边的桌子旁坐着一位慈眉善目的老太太，她头上戴着一顶小帽，正弯着腰织东西，不时停下来抚摩她身边凳子上的一只大黑猫。

"她叫玛莎，是我留下来的唯一一个仆人。"

秘书轻轻笑了一笑。

"她做事很认真，生活很从容自在，可以说是不列颠的化身。"他说。"再见了！冯·波克！"他挥了挥手，上了车。车头上的灯射出两道穿透黑暗的金色光柱。秘书靠在豪华轿车的座位上，心里想的都是很快就要来临的欧洲悲剧，他想得很入神，以至于他的汽车行驶在乡村小路上时，迎面开过来一辆小福特汽车，都似乎没有引起他的注意。

一直到车灯的最后一束亮光在远处消失，冯·波克才不急不慢地回到书房。当他经过时，他注意到老管家已经关灯休息了。他的家眷多，所以房子很大，现在这里漆黑一片，非常安静，这让他又有了一种全新的体验，想到家人都生活在安宁之中，他就有一种欣慰之感。现在只有那个老妇人还逗留在厨房，这个地方完全属于他。书房里，他还有很多东西需要整理，于是他动手整理起来，烧文件的火光照亮了他那敏锐、英俊的脸。他的旁边放着一个皮包，他开始按部就班地将保险柜中的贵重物品放进这个皮包里面。不过，刚开始做这事的时候，他那灵敏的耳朵捕捉到远处的汽车声。顿时，他长长地松了一口气，将皮包上的皮带系好，并将保险柜门关好，锁上，赶忙走向外面的台阶。一辆小汽车的车灯照向这里，随后停在门前。车里跳出一个人，快步向他走来。车里的司机年纪已经不小了，留着花白胡子，但是看上去身体很结实，他稳坐在那里像要准备整夜守候似的。

"成功了吗？"冯·波克一边急切地问，一边走向来访者。

作为回应，来人十分得意地挥动着手里的一个黄纸小包。

"先生，今晚你得隆重地款待我。"他喊道，"我可是满载而归啊。"

"信号如何了？"

"都是我在电报里说的东西，所有应该有的都在这里：信号机、灯的暗码、马可尼式无线电报。不过，跟你讲，是复制的，而不是原件。要弄到原件实在危险。不过，你放心，这是真货。"他有些不礼貌地拍拍冯·波克的肩膀，显得很熟悉，而冯·波克躲开了。

"进来吧，"他说，"这屋里就我一个人，我等的就是这个。我要告诉你，复制品要比原件更好，因为如果原件不见了，他们会统统换新的。你认为这复制品可用吗？"

爱尔兰籍的美国人进到书房里，坐在一把靠椅上，舒展筋骨。他是个又高又瘦的人，年龄在六旬左右，轮廓鲜明，嘴上有一小撮山羊胡。他的嘴角叼着一支已经抽了一半的雪茄烟，他又划了一根火柴，重新让烟继续燃着。"打算搬走？"他一面说，一面打量周围。"喂，先生，"他继续说道，角落里的保险柜吸引了他，保险柜前面的幕帘已被拉开，"你可别跟我讲，文件都在这里面啊？"

"为什么不能放在它里面呢？"

"上帝呀，就放在这么一个大敞四开的怪东西里面！他们会把你当成间谍的。就这玩意儿，一个美国强盗用一把开罐头的小刀就可以将它打开。假如我早知道我的来信都被你扔在这样一个怪东西里，再给你写信，我该有多么愚蠢。"

"放心吧，无论哪个强盗都对这个保险柜无能为力的。"冯·波克回答说，"随便你用什么工具都锯不断这种金属。"

"可是还有锁呢？"

"也没有办法。两层锁，你知道是怎么回事吗？"

"这我可不清楚。"美国人说。

"假如你想打锁的主意，首先你需要知道某一个字和几个数字。"他站起来，用手指着钥匙孔四周的双层圆盘。"外面圆盘一层是字母，而里面一层圆盘是数字。"

"哦，哦，真是严密。"

"所以，远不是如你所看到的那么简单。这是四年前我请人专门定制的。你知道我选定的字和数字是什么吗？"

"不清楚。"

"我来告诉你，我选定的字是'August'，数字是'1914'。你来瞧这里。"

美国人的脸上开始显露惊异和赞赏。"上帝啊，真是聪明！这玩意儿真是太棒了。"

"对呀，没有几个人能猜出日期。现在你知道了，所以我准备明天早上就撤了。"

"哦，你得把我安排一下吧，我可不想一个人孤独地留在这里。在我看来，一个星期，可能还不到一个星期，约翰·布尔这头公牛就要抬起后腿大发脾气了。我可要在远处观望。"

"可是不要忘了你是美国公民呀？"

"我知道，可是杰克·詹姆斯也是美国公民，他还不是待在波特兰的监狱里。对英国警察说你是美国公民什么用处都没有。警察会告诉你：'这是英国法律条令管辖的范围。'对了，先生，至于杰克·詹姆斯，我认为你并没有尽全力保护好你的手下。"

"你说这话是什么意思？"冯·波克声音变得严厉。

"你是他们的上司，不是吗？不能让他们倒下是你的责任之一。可是他们倒下的时候，你什么时候救过他们呢？就拿詹姆斯来说……"

"那是詹姆斯自己犯下的过错。这个你也清楚。他太目中无人了。"

"我知道，詹姆斯是个笨蛋，但是，还有霍里斯。"

"这个人是个大疯子。"

"哦，确实他到最后有些犯糊涂，不过他需要从早到晚做好随时对付百十个机智的警察的准备，这足够使人发疯了。我现在要说的是斯坦纳……"

听到这儿，冯·波克猛然一惊，红润的脸刹那间变得煞白。"斯坦纳出什么事了？"他问道。

"他被抓住了，这件事你不知道吗？昨晚警察突然搜查他的铺子，连人带文件都带走了，他被投进了朴茨茅斯监狱。你可以离开，可是他这个可怜虫还得受苦，能保住性命就算他的福气。所以，你一出国，我也要马上离开了。"

冯·波克一向是个很坚强、很有自控力的人，不过显而易见，这一消息让他感到震惊。"他们是如何发现斯坦纳的呢？"他低低地说道，"这真是不小的打击。"

"啊，你差点儿碰上比这儿还要糟糕的事，我认为我也快被抓了。"

"啊，你说这话是什么意思？"

"很明显的事情嘛，我的房东弗雷顿太太已被警察盘问过。我一听这事，就清楚我必须要加速行动了。不过，先生，我想弄清楚的是，警察是如何了解到这些事的？自从我签字替你做事以来，斯坦纳已经是你损失的第五个人了。如果我行动不够迅速，我知道第六个人一定是我了。你如何解释呢？看着你的手下一个个被抓，难道你不应该扪心自问吗？"

冯·波克一脸的绯红。"你竟敢这样和我说话？"他吼道。

"先生，我有什么不敢的，要是懦弱，我就不会为你效力了。我只不过将我心里的疑问直接说出来而已。我听说，对你们德国政客来说，每当一名谍报人员将他们的任务完成后，你们会毫不留情地将他除掉。"

听到这儿，冯·波克猛地站了起来。"你的意思是说我出卖了我自己的谍报人员！"他问道。

"先生，我并没有这个意思，总之一定有告密者，或是一个迷局。这需要你自己去调查清楚，反正我不想再继续冒险了，我要去荷兰，而且越早越好。"

冯·波克将怒气强忍下去。"我们是长期合作的伙伴，也没争吵过，现在眼看着成功就要到来，却争吵起来了。"他说，"你的工作一直完成得很好，也冒了许多险，我是不会忘记的。不管怎么说还是到荷兰去吧，要从鹿特丹坐船去纽约，从现在开始的一个星期内，别的航线都有危险。那个册子交给我，同别的东西放在一起。"

那个小包在这位美国人手里拿着，可是他明显没有将它交出去的意思。

"酬金呢？"他问道。

"什么？"

"我要现款，五百英镑。那个讨厌的枪手最后翻脸不认账了，没有办法我只好再给他一百英镑以了结此事，要不然的话我们都有麻烦。他说：'没办法！'我知道他说的也是实话。好在给了这最后的一百英镑，事情就算圆满结束了。从开始到结束，我花了两百英镑，所以，不给钞票就打发我走，恐怕不会如愿吧？"

冯·波克苦笑了一下。"看来你信不过我啊！"他说道，"你的意思是要一手交钱，一手交册子吧？"

"就是这样，先生，做交易本来就是如此嘛。"

"既然如此,就照你的意思办。"他在桌边坐下,从支票簿上撕下一张支票,并填好,不过却没有将它交给对方。"阿尔塔蒙先生,既然我们把话都说到这个地步了,"他说,"你信不过我,我也无法完全相信你了,知道这个道理吗?"说完,他转过头看看站在他身后的那位美国人。"支票在桌子上,在你取走它之前,我需要对你的纸包进行检查。"

美国人没有说什么,只是将纸包递过去。冯·波克将纸包上的绳子解开,打开包在外面的两张纸,里面有一本蓝色的小册子,他坐在那里盯着小册子看,书的封面上印着几个金字:养蜂手册,他的内心不免吃了一惊。这个间谍首脑对这个与谍报没有丝毫关系的奇怪书名刚揣摩没多久,他的后脖颈儿就被一只手卡住了,随即一块浸有麻醉剂氯仿的海绵,被放到了他那已经扭曲的脸上。

"再喝一杯,华生!"夏洛克·福尔摩斯一边说,一边将一个帝国牌葡萄酒瓶举了起来。

坐在桌旁的那位看着很结实的司机,应声把酒杯递过去。

"这酒真是不错,福尔摩斯。"

"是的,华生,堪称美酒啊。躺在沙发上的这位朋友曾告诉过我,这酒是从弗朗兹·约瑟夫在申布龙宫的专门酒窖里弄出来的。请将窗户打开,氯仿的气味对于我们品酒有影响。"保险柜依旧敞开着,福尔摩斯来到柜前,取出一本一本的卷宗,快速浏览,之后又整整齐齐地放进冯·波克的皮包。这个德国人躺在沙发上酣睡,打着如雷的鼾声,他的胳膊被一根皮带束缚着,他的双脚被另一根皮带捆着。

"华生,我们不必着急,没人会来打扰我们的。请你按响门铃,好吗?屋子里除了老玛莎以外,再也没有其他人。这件事玛莎起了十分重要的作用,令人钦佩。我一开始处理这一案件,就将这里的情况跟她讲了。啊,玛莎,一切顺利。我想你听了一定会很欣慰的。"满心欢喜的老太太出现在过道,她对福尔摩斯行了礼,同时慈祥地笑了笑,不过看了一眼沙发上的那个人,她显出有些担心的神情。

"没有关系的,玛莎,我们完全没有伤着他。"

"那我就放心了,福尔摩斯先生。从我这儿来看,他是个善良的主人,昨天他要我跟他的妻子一起到德国去,那可就妨碍您施行您的计划了,是这样吧，先生？"

"不错，玛莎，不过只要有你在这里，我就安心。我们今晚等你的信号等了好长时间。"

"因为那个秘书，先生。"

"我清楚。我们的汽车就是从他的汽车旁开过去的。"

"我还以为他要留在这里呢，先生，他在这儿，我就无法配合您的计划。"

"你说得对，我们大约等了半个钟头，才看见你屋里的灯熄灭了，我就明白可以执行我的计划了。玛莎，你明天去伦敦，可以来克拉瑞治饭店向我报告。"

"没有问题的，先生。"

"我想你已准备了一切，就要离开了。"

"是这样的，先生。他今天寄了七封信，与之前一样，我将地址都记下了。"

"真是不错，玛莎，明天我再好好研究，晚安。"当老太太离开了，福尔摩斯接着说，"这些文件，没有多大价值，当然是因为文件所提供的情报很久以前就提供给了德国政府。这些原件是不太可能安全送出这个国家的。"

"你的意思是，这些文件已经没有任何用处了。"

"也不是完全如此，华生。这些文件至少可以向我们表明，我们什么东西已经被别人知道，什么还没有被别人知晓。这些文件有很多都是我经手的，显而易见，可信度很低。看到一艘德国巡洋舰按照我提供的情报在索伦海上航行时，我想在我的一生中，将会是一件让我感到十分荣耀的事。而你，"他放下手头的工作，按着老朋友的双肩，"我还没有好好端详你呢。这几年你过得如何？看起来还和以前一样，像个没有任何烦恼的孩子。"

"我认为我年轻了二十岁呢，福尔摩斯，当我收到你的电报，让我开车到哈维奇和你见面时，我真的是十分激动。可是你，福尔摩斯，你没有什么变化——除了留着难看的山羊胡。"

"这是我为自己的国家所付出的一小点儿牺牲，华生。"福尔摩斯一边说一边捋着他的小胡子，"到了明天可能就变成回忆了。我要去理发，修整一下外表，明天当我来到克拉瑞治饭店的时候，显然会和扮演美国人之前的我是一样的——请你体谅一下，华生，在我扮演美国人这个角色之前，我的英语发音好像变得不再那么纯正了。"

"听说你已经洗手退出江湖了，福尔摩斯，听说你在南丘地区的一个小农场上与蜜蜂和书本结为生活伴侣，过着与世隔绝的生活了。"

"这不是传说，华生，这就是我选择隐居生活的成果——我近年来的大作！"他从桌上拿起一本册子，并读出书的全名：《养蜂实用手册：隔离蜂王的观察资料》。"这是我一个人独自创作的，同时也是我日夜操劳、兢兢业业获得的成绩。我观察这些勤劳的小蜂群，就如同我观察伦敦的罪犯一样。"

"既然如此，你又怎么开始工作了呢？"

"是啊，对此，我也常常感到有些不解。如果仅仅是外交大臣一人，我本可以挺住不答应的，可是当首相光临寒舍，我就不好意思再推脱了！华生，事实是躺在沙发上的这位先生对我国来说还是有些好处的。他自己手下有一伙人，事情一直进展不算顺利，可是却不知道原因在哪里。一些谍报人员被怀疑，甚至抓了几个。但是事实证明，还存在着一支能量强大的秘密核心力量，因此揭发他们是十分必要的。在强大的压力下，我开始调查此事。这些调查工作让我用去了两年的时间，华生，不过这两年也并不是没有任何的乐趣。等我将后面的情况讲给你听，你就知道事情有多繁复了。我从芝加哥出发远游，加入了布法罗的一个爱尔兰秘密团体，这给斯基巴伦的警察制造了很多的麻烦，最终这引起冯·波克手下谍报人员的注意。这个人认为我是个可造之才，于是就推荐了我。也就是从那个时候开始，我开始获得了他们的信任。这样，他的大部分计划都莫名其妙地出了问题，他手下五名最好的谍报人员都被抓了起来。华生，我观察着他们，他们成熟一个，我就收拾一个。哦，先生，希望你没有受到伤害！"

这最后一句话显然是说给冯·波克本人听的。因为这个时候他已经醒了过来，只见他喘息了片刻，眨巴眨巴眼睛，先是静静地躺在那里听福尔摩斯说话，现在他开始用德语骂了起来。他的脸因激动而抽搐着，而福尔摩斯毫不理会，他在快速地检查文件。

"虽然德国话缺乏一定的音乐性，不过也是所有语言中最具有表达力的一种语言。"当冯·波克骂得没有力气被迫停下来时，福尔摩斯说道。"呦！"他接着说，他的眼睛被还没放进箱子的一张临摹图的一角吸引了过去，"应该再抓一个，虽然我长期对这位出纳员进行了监视，不过我还真不知道他是个十足的无赖。冯·波克先生，你需要回答我的很多提问呀。"

冯·波克有些费劲地从沙发上坐了起来，以一种既惊讶同时又憎恨的奇怪眼神盯着福尔摩斯。"阿尔塔蒙，我要和你再比试一下。"他镇定地说，"就是花去我后面所有的时间，我也要跟你比一比高低。"

"还是老一套啊，"福尔摩斯说，"这样的话我听得多了，这是悲痛欲绝的莫里亚蒂教授喜欢唱的小调，塞巴斯蒂恩·莫兰上校也唱过这种调子，可是又有什么用，我依旧活着，并且还在南丘地区养蜂。"

"我恨透了你，你这个无耻下流的卖国贼！"冯·波克大声喊叫，同时使劲地挣扎，企图弄掉他身上的皮带，冒火的眼睛里杀气腾腾。

"不要这样说，我还不至于那么恶劣。"福尔摩斯笑着说，"我跟你讲，事实上并没有芝加哥的阿尔塔蒙先生，我不过使用一下，他已经不存在了。"

"那么，告诉我你是谁？"

"至于我是谁没那么重要，不过既然你对此感兴趣，冯·波克先生，我可以跟你讲，这不是我们第一次打交道了，以前我在德国做过大买卖，我的名字，可能你并不陌生。"

"我倒想知道。"冯·波克声音冷冷地说。

"当你的堂兄亨里希出任帝国公使的时候，促使艾琳·艾德勒和前波希米亚国王分居的人是我；我还将你母亲的哥哥格拉劳斯坦伯爵救出克洛普曼之手，此外，我还曾经……"

听到这儿，冯·波克坐了起来，表情惊愕。"只有一个人。"他嚷道。

"完全正确。"福尔摩斯说。

冯·波克呻吟着倒在沙发上。"绝大多数情报都经过你的手，"他嚷道，"那还有什么价值？我干了些什么？这对我们来讲，简直是灭顶之灾！"

"当然价值性不高。"福尔摩斯说，"那些情报需要核对，而你却没有时间去做这些事。你们的舰队司令或许会发现，新式大炮比他料想的要大，巡洋舰也可能速度更高些。"

冯·波克痛苦且绝望地掐住自己的喉咙。

"显而易见，有许多其他细节在合适的时候会真相大白的。有一点我要跟你讲，冯·波克先生，你有一种德国人很缺乏的气质，那就是：运动员的气质。当你意识到你这个素来以智慧赢得他人的人反被他人战胜的时候，你对我并没有怨恨，毕竟你已为你的国家尽力了，而我也为我的国家尽力了，没有比这更加合乎情理的了。还有，"他将手放在这位躺着的人的肩上，神情郑重地说，"这要比你败给那些更卑鄙的敌人面前好。华生，文件我已经处理完毕，假如你能帮我处理一下这名间谍，我想我们很快就可以返回伦敦了。"

要想将冯·波克弄走并不是件容易的事，他身强力壮，再加上拼命扭动，因此很难弄走。最后，我和福尔摩斯分别抓住他的两只胳膊，架起他慢慢走到花园的小道上。就在几小时前，当他接受那位很有名望外交官的祝贺时，他曾满怀自豪、信心十足地走过这条小道。在经过一阵短暂的无效的挣扎后他被抬起来塞进了小汽车的空座上。他那贵重的旅行提包就放在他的旁边。

"我向你承诺，只要条件许可，我会让你更舒服一些的。"等什么都处理妥当后，福尔摩斯说道，"我可以将一支点燃的雪茄烟放到你嘴里吗？"

可是对现在这个怒火万丈的德国人来说，一切令人愉快的建议都被视为戏谑。"夏洛克·福尔摩斯先生，我想你应该明白，"他说，"要是你的政府可以容忍你以这样的方式对待我，这无疑就是战争行为。"

"那么，你的政府和所有的这些行为又有什么关系呢？"福尔摩斯一边说一边用手轻轻拍着那个手提皮包。

"你的行为代表你个人，你没有权力拘捕我。整个程序完全是不合程序的，是粗暴的。"

"是这样的吗？"福尔摩斯问道。

"你涉嫌绑架德国人，并且将他的私人文件据为己有。想想你们所做的事情，你还有你的帮凶。等到经过村子的时候，我如果大声呼救的话……"

　　"哦，亲爱的先生，要是你要做下这种蠢事，你没想到是在给我们提供一块指示牌吗……虽然英国人有耐心，可是目前他们已经满腔怒火，这个时候还是不要去惹怒他们。你说呢，冯·波克先生？你还是安安静静地随我们到苏格兰场去。在那里你可以派人去将你的朋友冯·赫林男爵请来，虽然这样，你会发现，你已没有办法再去填补他替你在使馆随员当中保留的位置了。华生，我的老朋友，按照我的想法，你还是与我一起干之前我们的老行当，伦敦需要你的付出。来，让我们在这台阶上站一会儿，这或许是我们最后一次可以平静地聊天了。"

　　这两位朋友亲切聊了一会儿，他们再次回忆之前的许多事情。这时，他们的俘虏继续使劲扭动着身子想挣脱皮带的束缚，结果自然还是徒劳。当他们两人向汽车走去的时候，福尔摩斯用手指着月光下的大海，有所感悟地摇摇头。

　　"要起东风了，华生。"他说道。

　　"我认为不会起东风的，福尔摩斯，天气很宜人。"

　　"华生，我的老朋友啊！你算得上多变时代里固定不变的点。你放心，一定会刮东风的。在英国，这种风还从来没有刮过。刮东风的时候气温很低，让人很有寒意。华生。这阵风刮来之前，我们很多人可能会枯萎。不过这依然是上帝的风。风暴过去之后的土地将更加干净、纯洁，也更加美好、强大，沐浴在阳光之下。华生，开车吧，是时候上路了，我还有一张五百英镑的支票需要尽早兑现，因为如果开票人能停付的话，他无疑是会这样做的。"